THÜRINGER TEUFELSWERK

Julia Bruns wurde in einem kleinen Dorf mitten in Thüringen geboren. Die promovierte Politikwissenschaftlerin arbeitete viele Jahre als Redenschreiberin und in der Öffentlichkeitsarbeit. Heute schreibt sie als freie Autorin, am liebsten Krimis aus ihrer Heimat Thüringen.
www.thueringen-kommissare.de

Dieses Buch ist ein Roman. Handlungen und Personen sind frei erfunden. Ähnlichkeiten mit lebenden oder toten Personen sind nicht gewollt und rein zufällig.

JULIA BRUNS

THÜRINGER TEUFELSWERK

Kriminalroman

emons:

Bibliografische Information der Deutschen Nationalbibliothek
Die Deutsche Nationalbibliothek verzeichnet diese Publikation in der Deutschen Nationalbibliografie; detaillierte bibliografische Daten sind im Internet über http://dnb.d-nb.de abrufbar.

FSC
www.fsc.org
MIX
Papier aus verantwortungsvollen Quellen
FSC® C083411

Umschlagmotiv: Thomas Stankiewicz/Lookphotos
Umschlaggestaltung: Nina Schäfer, nach einem Konzept von Leonardo Magrelli und Nina Schäfer
Umsetzung: Tobias Doetsch
Gestaltung Innenteil: César Satz & Grafik GmbH, Köln
Lektorat: Marit Obsen
Druck und Bindung: CPI – Clausen & Bosse, Leck
Printed in Germany 2018
ISBN 978-3-7408-0282-0
Originalausgabe

Dieses Werk wurde vermittelt durch die Agentur Editio Dialog, Dr. Michael Wenzel (www.editio-dialog.com).

Für Christine und Stefanie,
da am Ende eben doch alles gut wird

Prolog

1987

Die Schermaschine summte. Die Luft war stickig. Obwohl es weit nach Mitternacht war, spürte er noch die Schwüle des vergangenen Tages, die ihm, vermischt mit dem strengen Geruch nach mehreren tausend Kühen und dem schweren Dunst von Motorenöl und Schmiermittel, den Atem nahm.

Seine Augen hatten eine Weile gebraucht, um sich nach der Dunkelheit in der Maschinenhalle der Wieglebener Milchviehanlage an das gleißende, kalte Licht der kleinen Neonröhre zu gewöhnen, die direkt über der Werkbank von der Decke hing. Fast hätte er den Schalter dafür nicht gefunden. Aber seine Erinnerung hatte ihn nicht im Stich gelassen.

Die Lampe beleuchtete einen schmalen Streifen auf der metallenen Arbeitsfläche. Gerade so viel, wie er brauchte. Er hatte die abgenutzte silbergraue Platte nicht groß freiräumen müssen. Die Maschinenschlosser hatten ihren Arbeitsplatz schmutzig, aber halbwegs ordentlich hinterlassen. Nur ein paar Kisten mit Schrauben musste er zur Seite rücken. Das war ausreichend, um die willenlose Gestalt, die er zuvor entkleidet hatte, auf der Werkbank abzulegen. Ersteres hatte ihn kaum Mühe gekostet. Der Mann war bei den Temperaturen ohnehin mit nicht viel mehr als einem Paar Gummistiefel und einer blauen Arbeitshose bekleidet gewesen. Noch dazu handelte es sich um einen Hänfling von höchstens siebzig Kilogramm. Eine widerliche kleine Ratte, die bestialisch nach Schweiß und Kuhmist stank.

Voller Ekel betrachtete er den vor ihm liegenden nackten Körper. Die jugendliche Haut, die straff die Muskeln umspannte, die sehnigen, kräftigen Hände, die dünne, noch flaumige Brustbehaarung, das Muttermal an der linken Leiste, den schwarz behaarten Schambereich. Abrupt schloss er die Augen. Er spürte, wie sich sein Herz zusammenkrampfte. Das Blut rauschte in seinen Ohren. Denk nicht daran, nicht daran denken, sagte er sich immer wieder. Er atmete tief durch, versuchte sich mit aller Kraft zu konzentrieren.

Es gelang. Sein Puls verlangsamte sich wieder. Er war bereit. Entschlossen setzte er das Scherblatt auf.

Die dunklen Härchen rieselten hinunter auf die gestrige Ausgabe des »Neuen Deutschland«, dessen Seiten er zuvor zur Hälfte sorgsam auf der Bank ausgebreitet hatte. Sie landeten auf einem Foto des Staatsratsvorsitzenden Erich Honecker, der einem ihm fremden Mann die Hand schüttelte. Er hielt einen Moment inne und las die fett gedruckte Überschrift.

»Begegnung Erich Honeckers mit Bremer Bürgermeister«. Darunter stand als zusammenfassende Schlagzeile: »Aufgeschlossenes Gespräch mit Klaus Wedemeier/Gemeinsame Auffassung betont: Beseitigung der Mittelstreckenraketen in Europa ist der Schlüssel zur Abrüstung/Kontakte DDR-Bremen gewürdigt«.

Deren Probleme möchte ich haben, dachte er und setzte die Schermaschine wieder an. Sekunden später war der Staatsratsvorsitzende unter der Schur verschwunden.

Nach einer Weile hielt er erneut inne, begutachtete die kahl geschorene Stelle, legte die Maschine ab und beseitigte mit einer zackigen Wischbewegung seiner rechten Handfläche die auf der Haut verbliebenen Haare. Dann schaute er sich suchend um. Er konnte seine Tasche nicht finden. Dabei hatte er doch eben erst das Schergerät dort herausgenommen. Das musste das Adrenalin sein. Oder die Hitze.

Regungslos stand er vor der Werkbank und starrte ins Nichts. Endlich fiel es ihm wieder ein. Die Schubkarre. Die Tasche lag in der Schubkarre, mit der er den Typ hierhertransportiert hatte. Er trat einen Schritt zur Seite und touchierte mit seinem rechten Knie einen der gummiüberzogenen Griffe der Karre. Den Schmerz spürte er nicht. Hastig beugte er sich hinunter. Die Tasche war da, wo er sie abgestellt hatte. Er öffnete den Klappverschluss, zog die Flasche mit dem Jod und ein Mulltuch heraus, desinfizierte lieblos die nackte Haut und legte alles sorgsam neben den Füßen des leblosen Mannes ab. Sein Blick war starr, seine Bewegungen mechanisch, auf eine seltsame Weise geschäftig. Als Nächstes fingerte er das Operationsbesteck, das er am Morgen sorgsam in ein Leinentuch eingeschlagen hatte, aus der Tasche, fasste vorsichtig nach dem Skalpell und setzte an.

Er arbeitete ruhig und konzentriert. Ab und zu horchte er in die Nacht hinaus. Nichts. Die Ruhe war gespenstisch. Hin und wieder waren ein paar Kühe zu hören. Er schwitzte.

Nur noch ein paar Handgriffe, dann war es so weit. Angewidert packte er das blutige Fleisch auf den auseinandergefalteten Rest der Zeitung, den er zuvor aus Ermangelung einer Nierenschale auf der Werkbank abgelegt hatte. Er wickelte die feuchte, noch warme Masse in das »Neue Deutschland«, zog ein altes graues Handtuch aus seiner Tasche, schlug es mehrfach um das blutdurchtränkte Paket und verstaute alles bei seinen Sachen. Das Jodfläschchen, die Schermaschine und sogar der benutzte Mull folgten. Er durfte nichts zurücklassen. Erst nachdem er sicher war, keine Spuren hinterlassen zu haben, verschloss er die Wunde.

Die schwarze Naht war schief geworden. Unberührt davon warf er einen letzten abschätzigen Blick auf den Mann, zog sich die Gummihandschuhe von den Händen, warf sie samt dem Operationsbesteck in seine Tasche, klemmte diese unter seinen Arm, löschte das Licht und verließ die Halle.

EINS

Friedhelm Bernsen saß auf dem Balkon und blinzelte in die warmen Strahlen der Augustsonne, die ihren Weg durch das Blätterdach der großen Linden fanden, welche die Bremer Stadtväter zur Naherholung der Bewohner hinter den Mietshäusern hatten anpflanzen lassen. Seit über dreißig Jahren bewohnte er mit seiner Rotfeder eine gemütliche Drei-Zimmer-Wohnung im zweiten Obergeschoss eines der schlichten Wohnblöcke im Bremer Westen zwischen dem Industriehafen und dem Bahnhof Bremen-Walle. Hier am rechten Weserufer, in Utbremen, wie die Einheimischen die Gegend nannten, war er aufgewachsen.

Bernsen hatte seine Beine lang ausgestreckt, bequem an den Knöcheln übereinandergeschlagen und in einem an der Balkonbrüstung befestigten Blumenkasten abgelegt, wobei er die fetten Nachtkerzen und Lobelien mit seinen Füßen rücksichtslos zur Seite drückte. Das tat er aus ganz praktischen Erwägungen, denn der üppige Blumenschmuck, mit dem seine Rotfeder den Balkon bestückt hatte, versperrte einem kleinen Mann wie ihm, noch dazu wenn er saß, schlichtweg die Sicht auf den Hinterhof und damit auf die Geschäftigkeit seiner Nachbarn. Es hatte grüne Heringe und Bratkartoffeln zum Mittagessen gegeben, ein samstägliches Ritual, das die Rotfeder und er seit ihrer Hochzeit pflegten. Dass sie anschließend alle Wohnungsfenster aufriss und ihn zum Auslüften auf den Balkon verbannte, gehörte ebenfalls zu diesem Brauch. Es bereitete ihm jetzt, mitten im Hochsommer, wenig Unbehagen. Das schwere Essen und die Mittagshitze hatten ihn jedoch ein wenig schläfrig gemacht, und so hing er mit halb geschlossenen Augen dösend auf seinem Klappstuhl.

»Friedhelm«, ertönte der alles durchdringende Ruf seiner Rotfeder aus der Wohnung. »Du hast doch nicht wieder deine Füße in meinem Blumenkasten? Wehe dir, wenn nur eine meiner schönen Blüten abgebrochen ist.« Geschirr klapperte. Eine Schranktür fiel zu. Die Kaffeemaschine rauschte.

Bernsen war auf einmal hellwach. »Natürlich nicht, meine Rotfeder«, rief er reflexartig, während er seine Beine von der Brüstung schwang und sich kerzengerade aufsetzte. Just in diesem Moment betrat die Rotfeder den Balkon, warf einen prüfenden Blick auf die zerdrückten Blumen, tadelte ihn lautstark, stellte energisch einen dampfenden Kaffeepott vor ihn auf den kleinen Beistelltisch und verschwand wieder in der Wohnung. Bernsen griff nach der Tasse, von deren Vorderseite ihn ein Seehundpaar freundlich anlächelte, nahm, vorsichtig in die heiße Flüssigkeit pustend, einen Schluck und machte es sich wieder bequem. Seine Füße landeten erneut im Blumenkasten. Ein paar Stängel des Männertreus fielen auf den mit Kunstrasen ausgelegten Balkonboden.

Er dachte an die vergangene Woche. In der Erfurter Polizeiinspektion war nichts Spektakuläres passiert. Ein paar aufzuarbeitende Akten, der übliche Papierkram, den Bernsen im Normalfall möglichst unauffällig auf Kohlschuetters Schreibtisch befördert hätte. Aber der Kollege war im Urlaub, und so war ihm nichts anderes übrig geblieben, als sich selbst im Zwei-Finger-Suchsystem mit den Protokollen herumzuquälen.

Nur einmal hatte man ihn zu einem vermeintlichen Tatort gerufen. In Sömmerda war ein bewusstloser Mann blutüberströmt in einem Vorgarten gefunden worden. Alles deutete auf eine Straftat hin, woraufhin Bernsen ein Dutzend Bereitschaftspolizisten durch die anliegenden Straßen schickte, damit sie in Mülltonnen, hinter Briefkästen und unter Sträuchern nach der Tatwaffe suchten. Doch abgesehen von ein paar Anrufen einiger irritierter Anwohner, die beobachtet hatten, wie die Polizei ihren Müll durchwühlte, war nichts dabei herausgekommen. Schlussendlich hatte sich herausgestellt, dass der Mann, ein Kleingärtner, den fünfundzwanzigsten Geburtstag des Kreisverbandes der Gartenfreunde Sömmerda e. V. in der Unstruthalle so ausschweifend gefeiert hatte, dass er, nicht mehr ganz Herr seiner Sinne, auf seinem Nachhauseweg unglücklich in einen halbhohen Gartenzaun gefallen war. Dabei hatte er nicht nur eine überaus reich blühende und betagte Akelei auf unschöne Weise platt gemacht, sondern sich an den spitzkantigen Streben der Grundstückseinfriedung auch so üble Verletzungen zugezogen, dass die Polizei zunächst von einer schweren Messerstecherei ausgegangen war.

Für Bernsen, der schon Sorge gehabt hatte, sich mit langwierigen Ermittlungen, im schlimmsten Fall mit einer Fehde zwischen Gartenfreunden herumschlagen zu müssen, war die Sache damit gottlob zügig erledigt gewesen. Grünfanatiker, die sich in so einfältigen Wettbewerben wie dem um den dicksten Zucchino befanden, welchen der gekürte Sieger dann wie eine Jagdtrophäe vor der Kamera des Zeitungsfotografen präsentieren durfte, vertrugen sich nicht mit Bernsens männlichem Ego. Zumal er der tiefen Überzeugung war, dass der Zucchino-Champ die Mühen der wochenlangen Pflege der gurkenähnlichen Frucht, ein aus seiner Sicht gänzlich testosteronarmes Hobby, nur für die wenigen Minuten kleingärtnerlichen Ruhmes auf sich nahm. Ein Ruhm, der jählings verblasste, sobald das holzige Gemüse unters Messer kam und nicht einmal mehr für eine Suppe taugte. Männer sollten sich schlichtweg nicht wie Gemüsemodels gebärden, sondern die Familie ernähren, lautete Bernsens unumstößlicher Standpunkt. Entsprechend hatte er weder Lust verspürt, die Gartenfreunde kennenzulernen, noch sich mit deren unzufriedenen Ehefrauen herumschlagen wollen. Überdies wäre das ohnehin eher ein Fall für den weichgespülten Kohlschuetter gewesen.

Das Protokoll zu dem Einsatz hatte Bernsen dennoch gut und gern einen halben Tag beschäftigt. Ansonsten hatte er es sich mit heruntergelassenen Jalousien im leichten Lüftchen seiner penetrant ratternden Tischventilatoren in ihrem gemeinsamen Büro gemütlich gemacht. Das monotone Geräusch wurde nur noch von dem Rauschen des alten Transistorradios und damit seinen krampfhaften Versuchen, NDR 2 zu empfangen, übertroffen. Ab und zu hatte Claudi, die Sekretärin des Chefs, seine »Höhle«, wie er den Raum während Kohlschuetters Abwesenheit getauft hatte, betreten. Meist jedoch nur, um ihm das bestellte Frühstück oder ein Stückchen Torte zu bringen. Seit es vor einigen Wochen zu einem peinlichen Zusammentreffen zwischen Kohlschuetter und Liese, der Küchenfrau der Bereitschaftspolizisten, gekommen war, gab die gute Seele Bernsens Verpflegung nur noch an der Pforte der Polizeiinspektion ab. Claudi übernahm den Rest des Botendienstes.

Gelegentlich war Claudi aber auch nur so vorbeigekommen, um nach ihm, dem, wie sie immer wieder betonte, »einsamen« Friedhelm zu sehen und wie nebenbei den neusten Bürotratsch loszuwerden. Dabei war das einzige wirklich Interessante die Verlobung von Susanne Summer, der Leiterin der Kriminaltechnik beim Landeskriminalamt, gewesen. Claudi gab an, sogar den Bräutigam schon gesehen zu haben. Irgendein Konditor aus der Nähe von Erfurt. Bernsen hatte zwar schon dessen von Susi mitgebrachte Torte verspeist und wusste daher um des Mannes berufliche Fähigkeiten, konnte sich aber beim besten Willen nicht mehr daran erinnern, wer das sein sollte. Was ging ihn auch das Liebesleben der sperrigen Summer an? Was ihn aber an dieser Nachricht kitzelte, war der Gedanke an Kohlschuetters blödes Gesicht, wenn er erfahren würde, dass der Traum seiner schlaflosen Nächte sich anderweitig orientiert hatte. Denn eines war sicher: Bernsens junger Kollege war, auch wenn er mitunter den Eindruck machte, dass er sich nichts sehnlicher wünschte, nicht der Auserwählte.

»Friedhelm!«, ertönte von drinnen die alles andere als zärtliche Stimme seiner Rotfeder.

Bernsen schwang umgehend die Beine nach unten, wobei

er versehentlich den Topf mit den Hortensien streifte. Eine dicke blaue Blütendolde fiel zu Boden, eine andere hing abgeknickt über den Topfrand. Er räusperte sich. »Ja, meine Rotfeder?«

»Denkst du bitte daran, dass wir pünktlich um Viertel vor fünf losmüssen. Wenn Knipp Gumbo im ›Hart Backbord‹ singt, wird es bestimmt voll«, rief sie angestrengt aus der Küche. Dann hörte er, wie sie auf den Pudel einredete.

Sicher macht sie den blöden Bernd wieder ausgehfein, und das Vieh wehrt sich nach Kräften, dachte Bernsen und grinste in sich hinein. Absolut unverständlich, dass der Köter sie auch noch zu Knipp Gumbo begleiten musste. Wofür hatte man denn einen Wachhund, wenn der nicht die Wohnung hütete, sondern sich ständig in Frauchens Schlepptau befand. Zumal es früher selbstverständlich gewesen war, dass Bernsen die halben Portionen, die seine Rotfeder auf ihrem Teller übrig ließ, rübergereicht bekam. Und heute? Pustekuchen! Seit Bernd da war, hatte er gut und gern drei Kilogramm abgenommen, die nun ganz eindeutig der Hund auf den Rippen trug.

»Und zieh dir bitte ein frisches Hemd an, ja?« Pause. »Bernd, bei Fuß.« Pause. »Du riechst wie ein alter Hering.« Pause. »Wirst du wohl, Bernd.«

Der Pudel kam um die Ecke gesprintet und knallte sich genervt vor den Hortensientopf. Ein paar einzelne kleine Blütenblätter segelten herunter und landeten auf seinem Rückenfell.

»Alter Hering riecht immer noch besser als das muffige Flohwohnheim hier«, murmelte Bernsen angesäuert. »Ja, mein Schatz«, antwortete er laut.

Bernd knurrte. Die negativen Schwingungen blieben nicht mal dem tumben Hund verborgen.

»Halt die Klappe«, zischte Bernsen. Zufrieden lächelnd schwärmte er: »Knipp Gumbo, der plattdeutsche Elvis. Was für ein herrlicher Samstag.« Er senkte die Lider und beschloss, sie erst wieder zu öffnen, wenn der Aufbruch zum alljährlichen Wallener Stadtteilfest kurz bevorstand. Mehrere Bühnen, viel gute Musik, leckerer Fisch mit eiskaltem Bier und ausgelassene Stimmung wie an einem Kindergeburtstag, auf all das freute sich Bernsen schon seit Monaten.

»Bernd, kommst du bitte. Wir waren noch nicht fertig.«

Bernsens Rotfeder stand in der Balkontür und versuchte sich in Hundeerziehung, wobei ihr Tonfall allem Anschein nach ernst klingen sollte. Dabei sprach sie mit dem Pudel eher säuselnd wie eine Mutter, die sich mit breitem Lächeln über ihr Neugeborenes beugte und permanent »dutzi, dutzi, dutzi« rief. Der Hund hatte entsprechend schnell durchschaut, dass die Erziehung seines Frauchens deutliche Schwächen aufwies. Zumindest was ihn anging. Gegenüber Herrchen verhielt sich die Sache schon ganz anders.

Von jetzt auf gleich schlug die Stimme der Rotfeder um, sie keifte in Richtung Bernsen: »Und du trink deinen Kaffee, bevor er kalt wird. Ich bin schließlich nicht deine Magd. Ach übrigens, was ist das für eine leere Wurstverpackung, die ich da aus deiner Tasche gefischt habe? Seit wann mögen wir denn Schweinefleisch? Aus Thüringen?« Sie rümpfte die Nase. »Na ja, du musst selbst wissen, was du tust. Es ist dein Leben.«

Sie zog ein Gesicht, als hätte sie Bernsen mit einer anderen Frau im Ehebett erwischt. Doch es kam noch schlimmer. Im Hineingehen bemerkte sie die demolierte Hortensie. Ihre Augen formten sich zu schmalen Schlitzen, die Lippen wurden weiß, und ihre Kieferknochen knackten, als zermalmte sie ein paar Walnüsse samt Schale.

»Friedhelm!«, kreischte sie so laut, dass die gesamte Nachbarschaft strammgestanden hätte, wenn sie gemeint gewesen wäre.

Bernsen zuckte nicht einmal. In Zeitlupe ballte er seine linke Hand zur Faust, streckte den Daumen im rechten Winkel ab, drehte seine Hand um fünfundvierzig Grad und zeigte damit auf Bernd. Der Hund schaute ihn aus treuen Augen an.

»Also wirklich, Berndi-Boy, was machst du denn für Sachen«, hauchte die Rotfeder liebevoll, wiegte sanftmütig seufzend den Kopf, schnappte sich den Pudel und ließ Bernsen allein auf dem Balkon zurück.

»Berndi-Boy«, sagte Bernsen verächtlich, nahm seine Lieblingsposition wieder ein und schlummerte weg.

Er konnte nicht sagen, wie lange dieser glückselige Zustand schon andauerte, als das schrille Läuten der Türklingel ihn aus seinen Träumen riss. Stimmen wurden laut. Ein junger Mann sagte etwas von »alte Dame, Gipsbein und Pflege«. Mehr konnte er hier draußen nicht verstehen. Dann wurde es wieder still, und die Wohnungstür fiel unsanft ins Schloss. Die Nachbarn, dachte er und beschloss, seinen wohlverdienten Mittagsschlaf fortzusetzen.

»Friedhelm!« Ein hysterischer Schrei seiner Rotfeder beendete das Vorhaben. Irgendetwas knallte gegen die Vitrine im Wohnzimmer. Gläser klirrten. Wieder hörte er Stimmengemurmel.

»Ich habe immer gesagt, dass diese Wohnung viel zu klein ist. Ein Loch, er lässt dich in einem Loch wohnen. Ach, was sage ich, hausen. Dieser Nichtsnutz«, zeterte eine unangenehm schrille Stimme.

»Jetzt bitte ich dich aber, so kann man das auch nicht sagen«, entgegnete die Rotfeder beschwichtigend. »Er verdient gut bei der Polizei. Und unter der Woche wohne ich doch allein hier.«

»Pah. Nimm ihn nicht in Schutz. Oh, mein Bein.«

Wieder dieser beängstigende Tonfall. Bernsen brauchte ein paar Sekunden, um die Stimme zuzuordnen. Im nächsten Moment spürte er, wie sich sein Magen verkrampfte. Unverzüglich fühlte er sich, als wäre er in einen Schusswechsel geraten. Seine Nackenhaare stellten sich auf. Jeder Muskel in seinem schmächtigen Körper spannte sich an. Adrenalin schoss ihm in die Blutbahn. Hektisch sah er sich um, suchte nach Fluchtmöglichkeiten. Ein Sprung über die Balkonbrüstung in den Hinterhof. Aus dem zweiten Stock. Als junger Streifenpolizist hätte er das gewagt. Aber heute? Ausgeschlossen. Er konnte seiner Schwiegermutter nicht entrinnen.

»Friedhelm!«, rief seine Frau erneut.

»Friedhelm!«, schrie ihre Mutter, wobei er sich sicher war, dass sie diesen herzigen Ruf noch um ein moserndes »Wenn man den Idioten braucht, ist er natürlich nicht da« erweiterte.

Bernsen verließ seinen Platz und trottete mit hängenden Schultern ins Wohnzimmer. Mit einem Blick erfasste er die Situation und wünschte sich, er wäre doch vom Balkon gesprungen. Jetzt hatte er die Bescherung. Seine Schwiegermutter thronte in einem Rollstuhl. Ihr linkes Bein lag ausgestreckt auf einer extra dafür an diesem Gefährt angebrachten Vorrichtung. Es war bis oberhalb des Kniegelenks eingegipst. Auf ihrem Schoß stand eine prall gefüllte Reisetasche, die sie mit ihren dicken kurzen Fingern fest umklammerte, so als ob die Gefahr bestünde, dass sie ihr jemand stehlen könnte. Die altrosafarbene Chiffonbluse, die sie trug, war falsch zugeknöpft, sodass die Rüschen am Revers schräg herabhingen, was jedoch angenehm von den dunkelbraunen Kaffeeflecken ablenkte, die darauf verteilt waren. Ein langes dunkelblaues Hämatom zog sich von ihrem rechten Auge bis hinunter zur Wange, und ihr geschwollenes Gesicht wirkte noch verzerrter als sonst. Das konnte aber auch an ihrem Gebiss liegen, das sich augenscheinlich nicht in ihrem Mund befand. Die dünnen weißen Haare standen nach allen Richtungen ab und verliehen ihrer Erscheinung etwas Wahnsinniges.

Bernsen beäugte sie schweigend. Eine Mischung aus Klaus Kinski und Axel Schulz, dachte er, Letzterer, was das Gewicht angeht. Nur dass diese Frau kaum mehr als anderthalb Meter misst. Die eigentliche Frage aber war, wieso sie in diesem Zustand den weiten Weg aus Hannover auf sich genommen hatte. Sie war ein unzufriedenes, böses altes Weib, das es sich zum Lebensinhalt gemacht hatte, ihren Schwiegersohn zu tyrannisieren, und ihn auch jetzt in einer Tour mit garstigen Blicken bedachte. Ihm schwante Übles.

»Mutti ist gestürzt und wird die nächsten drei Wochen bei uns wohnen«, verkündete die Rotfeder entschieden, um gleich darauf zur Tagesordnung überzugehen. »Kannst du bitte neuen Kaffee aufsetzen und den Tisch decken? Ich habe noch einen Apfelstrudel im Eis. Den gönnen wir uns auf den Schreck«, flötete sie und verschwand aus dem Zimmer.

Schreck ist leicht untertrieben, dachte Bernsen mit knirschenden Zähnen und unterdrückte den Reflex, den Rollstuhl samt Schwiegermutter ins Treppenhaus zu stoßen und die Wohnungstür von innen zu vernageln. Drei Wochen. Einundzwanzig Tage. Fünfhundertvier Stunden. Nun gut, davon verschlief der Drache einen guten Teil. Und er weilte allein schon fünfzehn Tage in Erfurt. Aber trotzdem, selbst wenn er nur die Wochenenden einkalkulierte, waren das gefühlte Jahre. Wie sollte er das nur aushalten? Die Alte kam einer Landplage gleich.

»Wo willst du denn hin, Rotfeder?«, jammerte er, als habe er Angst, auch nur ein paar Minuten mit seiner Schwiegermutter allein sein zu müssen. Und so war es ja auch.

»Ich richte unser Bett her«, rief sie aus dem Schlafzimmer. »Wir können Mutti ja schlecht auf dem Sofa schlafen lassen.«

Aber mich, dachte Bernsen verkniffen.

»Jetzt steh nicht so nutzlos rum und tu, was deine Frau dir aufgetragen hat. Für mich Schonkaffee und frische Sahne. Die werdet ihr ja wohl haben«, befahl seine zahnlose Schwiegermutter eigentümlich undeutlich, während ihr der Speichel über das Kinn lief. »Und schaff mein Gepäck ins Schlafzimmer.«

Mit einem dumpfen Knall landete die Reisetasche vor Bernsens Füßen.

»Scheiß dienstfreier Samstag«, nuschelte er mürrisch, ohne dass sie es hören konnte. »Wochenendbeginn und kein Mord in Sicht. Nur einer an einer Gehbehinderten. Bei dem dürfte ich aber mit Sicherheit nicht ermitteln.«

Er bückte sich nach dem Gepäck und verließ den Raum.

ZWEI

»Ein herzliches Willkommen, Ihr edlen Damen und Herren! Lasset Euch verzaubern, denn die Stadt Bad Langensalza hat zum großen Mittelalterstadtfest geladen.« Berthold von der schönen Aue, im wahren Leben der Bürgermeister der hübschen Kur- und Rosenstadt, stand mitten auf der großen Bühne und begrüßte die zahlreichen, teils illustren Gäste. Während er sprach, wackelte die Straußenfeder, die in seinem ausladenden weinroten Samtbarett steckte, fröhlich auf und ab. Der Schweiß rann ihm die Schläfen hinunter, und seine Wangen glühten. Selten hatten die Bad Langensalzaer zu ihrem Mittelalterstadtfest am letzten Augustwochenende eine derartige Hitze erlebt. Doch heute brannte die Sonne erbarmungslos vom Himmel.

Am frühen Nachmittag waren die Gaukler, Musikanten, Ritter, Händler, Stelzenläufer, Fahnenschwinger und allerlei Gefolge in der Stadt eingefallen und hatten unter den Klängen von Dudelsäcken, Trommeln und Flöten das Stadtoberhaupt nebst der schönen Rosenkönigin und dem Herold der Thüringer Landgrafen, Randolf zu Duringen, vom Rathaus abgeholt und über die belebte Marktstraße zur großen Bühne auf dem Töpfermarkt begleitet. Nun stand der Bürgermeister unter den schwarzen Planen der Bühnenverkleidung und schwitzte aus allen Poren. Die weinrote Samtweste mit den aufgenähten hellgrauen Fellapplikationen, das geschlossene Leinenhemd und die dicken Hosen taten dabei ihr Übriges.

Randolf zu Duringen, der wie jedes Jahr mit frecher Zunge durch das Programm führte, nickte mit wichtiger und übertrieben ehrerbietiger Miene zu den Worten des Stadtoberhauptes und animierte das Publikum mittels seines Heroldstabes zum Applaudieren. Dabei verrutschte ihm fortwährend das rot-schwarze Chaperon, das er auf dem

Kopf trug. Mit zackigen Handbewegungen richtete er es ein ums andere Mal und warf die lange herabhängende Spitze verwegen zur Seite. Der stattliche Mann steckte bis zu den Waden in einem rot-blau-gelben Wappenrock, der mit dem Thüringer Löwen, Sternen und Kreuzen verziert war. Darunter blitzte eine dunkelblaue Strumpfhose hervor. An den Füßen trug er abgewetzte dunkelbraune Schnabelschuhe, in denen er beschwingt hin und her tänzelte. Er vermittelte nicht den Eindruck, als würden ihm die hohen Temperaturen etwas ausmachen. Dagegen schien die Rosenkönigin, die unschwer daran zu erkennen war, dass ihr ein Korb mit dunkelroten Rosen über dem Arm hing, in ihrem hellgrünen langen Samtkleid und mit ihrem breiten, Ton in Ton gehaltenen Stirnreif förmlich wegzufließen. Sie presste die Lippen zusammen und lächelte tapfer.

»Das sechsundzwanzigste Mittelalterstadtfest ist eröffnet«, rief der Bürgermeister voller Überschwang. Er entledigte sich seines großen Hutes und fächelte sich und der Rosenkönigin damit abwechselnd etwas Luft zu, denn jetzt kamen die Gaukler und Spielleute dran, die unter lautem Getöse vor der Bühne aufzogen, um dem Stadtoberhaupt ihre Aufwartung zu machen. Berthold von der schönen Aue lachte fröhlich, während das Spielmannsduo »Pampatut« in gestreiften Hosen und bunten Gewändern nach vorn trat und, begleitet von Drehleier und Cister, lautstark derbe Lieder zum Besten gab. Mühelos gelang es den beiden stadtbekannten Musikanten, die Zuhörer zu begeistern, sodass kurze Zeit später der gesamte Töpfermarkt am Ende jeder Strophe die Arme nach oben riss und ein schallendes »Hey!« hören ließ.

Nur wenige Minuten nach der offiziellen Eröffnung befand sich Bad Langensalza im berüchtigten Mittelalterstadtfestfieber.

Michelle Silbermann hörte von alledem nichts. Hastig hatte sie den Damen im Zollhäuschen die abgezählten acht Euro hingelegt und ihnen ihren schmalen Arm entgegengestreckt, damit sie ihr das rote Papierarmbändchen, die weithin sichtbare Eintrittskarte, umlegen konnten. Ohne ein Wort an die beiden Frauen zu richten, war sie über den Töpfermarkt in Richtung Marktstraße davongestürmt.

Michelle war mit einer mintgrünen Strickjacke bekleidet, deren vordere Teile sie auf Höhe ihrer flachen Brüste krampfhaft zusammenhielt, als würde sie sich vor einem eisigen Wind schützen wollen. Mit gesenktem Haupt eilte sie durch die Bad Langensalzaer Innenstadt, vorbei an Ständen mit Töpferwaren, Salzprodukten, mittelalterlichem Kinderspielzeug, den Auslagen der Kürschner, Silberschmuck, den Kesseln der Färberinnen und unzähligen anderen Ständen von Händlern und Handwerkern, die ihre Waren feilboten. Um sie herum schlenderten die Besucher, viele von ihnen in mittelalterlichen Kostümen, neugierig von Bude zu Bude, ließen sich an den Tischen und Bänken vor den Brätereien, Weinschenken oder Hütten mit leckerem Naschwerk nieder oder suchten sich Plätze auf den Tribünen der zahlreichen Bühnen. Immer wieder musste Michelle Entgegenkommenden ausweichen, sich durch starre Massen zwängen, aufpassen, dass sie nicht in abrupt stehen bleibende Besucher hineinlief. Das Gedränge war so groß, dass sie niemandem auffiel.

Ihr Blick klebte am Kopfsteinpflaster. Sie wollte keine Bekannten treffen, vielleicht gar mit ihnen reden müssen. Vor der Marktkirche wäre sie fast in die Flugbahn des Messers eines kleinen Jungen gelaufen, der sich beim Axt- und Messerwerfen auf eine mit einem wilden Bären bemalte Spanholzplatte versuchte. Der entsetzte Schrei der Mutter ließ das Kind innehalten, sodass Michelle unversehrt, aber ohne weiter Notiz davon zu nehmen, passieren konnte. Vor dem in direkter Nachbarschaft stehenden Badehaus, einem überdachten Podest, auf dem für alle sichtbar zwei große runde Zuber mit Badewasser standen, drängten sich die Leute so dicht, dass Michelle Mühe hatte vorbeizukommen. Zwei vollbusige, nur mit einem Leinentuch um die schlanken Hüften bekleidete Schönheiten hatten den Anfang gemacht und waren kichernd in einen der Bottiche gestiegen. Da noch mindestens acht weitere Personen Platz darin finden konnten, herrschte derzeit reger Andrang vonseiten der männlichen Festbesucher. Als jedoch eine korpulente Dame mit viel zu engen gelben Bermudas, einem ausgeleierten Muskelshirt, schiefen Zähnen und einer billigen Tätowierung auf ihrer behaarten Wade an die Reihe kam, ihre brennende Zigarette mit ihren Flipflops austrat und bereits auf der kleinen Treppe zum Podest damit begann, sich komplett zu entkleiden, schwand das Interesse an der Abkühlung im Badezuber auffällig.

Michelle bemerkte auch das nicht. Zielsicher steuerte sie auf ein kleines, unscheinbares Rundzelt zu, dessen weißer Baldachin von einer Bordüre aus auf dem Kopf stehenden Zinnen gesäumt wurde. Kurz verharrte sie vor dem mit hellblauen Tüchern verschlossenen Eingangsbereich und schaute nachdenklich auf das seitlich daneben hängende verwitterte Holzbrett, auf dem in dicken dunkelroten Buchstaben das Wort »Handlesen« geschrieben stand. Dann drückte sie den Stoff beiseite und trat ein.

Die Luft im Zelt war heiß und stickig. Es herrschte ein etwas diffuses, aber angenehm warmes Licht, denn die Seitenwände waren mit riesigen gelben Tüchern ausstaffiert worden. An der hinteren Wand hing eine dunkelblaue Stoffbahn, auf der ein golden leuchtender Horoskopkreis, eingerahmt von Tausenden Sternen, zu sehen war. Davor stand ein mit einer roten Decke eingeschlagenes niedriges Bänkchen, auf dem zwei dicke weiße Kerzen brannten, deren Flammen sich in einer Kristallkugel von der Größe eines Handballs spiegelten. Direkt neben den Kerzen stand ein braunes aufgeklapptes Holzkistchen, in das ein Deck Tarotkarten einsortiert war, und ebenso ein tönernes Trinkgefäß mit ringsherum eingebrannten Runen. In der Mitte des mit dicken Teppichen ausgelegten Holzbodens gab es drei Fußbänke, auf denen jeweils ein braunes Schaffell lag, die sich um einen niedrigen Tisch gruppierten. Eine dunkelblaue Samtdecke mit einer aufgenähten strahlend hellen Sonne lag darauf. Eine zweite, kleinere Glaskugel und ein Salzstein mit Teelicht nahmen etwa ein Drittel der Tischplatte ein.

An der linken Seite saß eine Frau mit angewinkelten Beinen auf der Erde. Ihren Ellenbogen hatte sie halbschräg auf der hinter ihr stehenden Fußbank abgestützt. Der derbe Stoff ihres langen, am Oberkörper gerafften dunkelroten Kleides überdeckte wallend einen Teil ihrer nackten Füße. Ihre dunklen langen Haare hatte sie mit einem bunten Tuch zu bändigen versucht, an ihren Ohrläppchen trug sie Ohrringe in Form von Halbmonden. Um ihren schmalen Hals baumelten einige Lederbänder, an denen jeweils ein Edelstein aufgefädelt war. Rosenquarz, Malachit, Lapislazuli, Amethyst, Opal und Hämatit. Die Dame war höchstens Mitte vierzig, ausnehmend hübsch, hatte dunkle, warme Augen und lächelte Michelle freundlich an. Sie nickte auffordernd und gab ihrem Gast mit einer Handbewegung zu verstehen, dass sie direkt gegenüber Platz nehmen sollte.

»Möchtest du, dass ich dir die Karten lege?«

»Aus der Hand lesen, Karten gehen auch. Ich weiß nicht recht«, sagte Michelle hastig, während sie sich etwas unbeholfen auf einer der Fußbänke niederließ und ihr Kleid richtete. »Bitte.« Ihre Wangen erröteten leicht. Sie wagte es nicht, der Frau in die Augen zu sehen. Unsicher knispelte sie am obersten Knopf ihrer Strickjacke.

Die Dame nickte verständig, beugte sich nach vorn, nahm Michelles Hand, zog sie ein wenig zu sich herüber, drehte ihre Handfläche nach oben und streichelte sanft darüber. »Was möchtest du wissen?«

Michelle zuckte mit den Schultern. Ihr Gesicht war ausdruckslos, absolut gleichgültig. Sie fror.

Die Handleserin senkte den Kopf und betrachtete ausgiebig Michelles schmale Hand. »Du hast mit etwas Neuem begonnen. Es macht dir viel Freude.«

Michelle unterdrückte ein Nicken.

»Du bist sehr gut in dem, was du tust. Sehr gewissenhaft und ausdauernd. Du bist ein starker, glücklicher Mensch, das ist schön. Und du hast Pläne. Aber …« Sie stockte. Mehrmals strich sie über Michelles Hand, als könnte sie das Gesehene wegwischen, und ließ ihren Zeigefinger behutsam über die Handlinien gleiten. Dann etwas fester. »Du …« Sie kämpfte mit sich. »Du …« Die Worte schienen ihr im Hals stecken zu bleiben. Regungslos starrte sie auf die Handfläche.

Minuten vergingen ohne ein Wort. Irgendwann ließ sie Michelle abrupt los und wandte sich ab. »Ich kann nichts sehen. Geh jetzt«, sagte sie abweisend.

Als Michelle sich nicht rührte, wiederholte sie das Gesagte noch einmal energischer. Schließlich verschwand das Mädchen grußlos.

»Lieber Gott, steh ihr bei«, murmelte die Seherin leise, ehe der hellblaue Vorhang vor dem Eingang erneut zur Seite geschoben wurde und der nächste Kunde das Zelt betrat.

***

Timo Kohlschuetter stand am Fenster und schaute hinab auf den Bad Langensalzaer Kornmarkt. Es war Sonntagmorgen, und er war noch nicht angezogen, sah man von dem Paar enger schwarzer Shorts ab, in das er nach dem Duschen gestiegen war. In einer Hand hielt er ein großes Glas lauwarmes Wasser, von dem er immer wieder kleine Schlucke nahm, mit der anderen fasste er nach den unerwünschten Speckfalten an seinem Bauch. Dabei beobachtete er interessiert das Treiben unter dem Fenster. Eine Gruppe junger Männer, mehrere davon voll kostümiert mit Brust- und Rückenpanzern, Wappenröcken und Kettenhemden, trug eine ganze Batterie ziemlich echt aussehender Waffen in Richtung Rathaus. Schwerter, Streitäxte, Lanzen und Langdolche, zu Kohlschuetters Erstaunen wurde hier nahezu das ganze Spektrum mittelalterlicher Waffenschmiedekunst aufgeboten.

Schräg gegenüber, vor einem grünlichgelben Fachwerkhaus, welches das »K3 Café und Restaurant« beherbergte, legte ein Gerber seine Waren aus. Beim Umrunden seines Standes wäre er beinahe über ein paar Strohballen gestolpert, die das Café als Begrenzung für seinen Außenbereich ausgelegt hatte. Der Mann fing sich wieder, plauderte angeregt mit ein paar Gästen, die sich nebenan zum Frühstück niedergelassen hatten, und fuhr mit seiner Arbeit fort. Kurz darauf gesellte sich ein junges Paar zu ihm an den Stand. Der glatzköpfige Mann war barfuß, nur mit einer Art Pumphose und einem riesigen schwarz-weißen Fell bekleidet, das über seinen nackten Schultern hing. Er erinnerte eher an einen Wildhüter aus der Mongolei als an einen mittelalterlichen Knecht. Die Frau sah mit Jeans und kurzem Hemd ganz normal aus.

Beim Bad Langensalzaer Mittelalterstadtfest ist anscheinend alles erlaubt, dachte Kohlschuetter schmunzelnd. Er war noch nie dabei gewesen, auch wenn er schon viel davon gehört hatte. Die Langensalzaer warben jedes Jahr landesweit für das angeblich größte und schönste Fest dieser Art in Thüringen. Irgendetwas musste da laut Lea, die er vor sechs Wochen auf einer Party bei einem Freund kennengelernt hatte, wohl auch dran sein. Die schnuckelige kleine Notfallsanitäterin aus dem hiesigen Hufeland Klinikum war gebürtige Bad Langensalzaerin und bekennender Fan des Mittelalterstadtfestes. Zu Kohlschuetters Erstaunen verstanden sie sich nach zwei Wochen gemeinsamem Urlaub an der holländischen Nordseeküste immer noch super, und das, obwohl sie täglich vierundzwanzig Stunden zusammen gewesen waren. Nach der anstrengenden Kiste mit Manuela, der Ernährungsberaterin aus seinem alten Fitnessstudio, die wie eine Klette an ihm geklebt und ihn mit ihrem permanenten Drängeln nach einer gemeinsamen Wohnung zur Weißglut gebracht hatte, empfand er die ungezwungene Nähe zu Lea als sehr angenehm. Die Kleine war irgendwie tough und schien eine ähnlich lockere Vorstellung von einer

Beziehung zu haben wie er. Deswegen hatte er nicht eine Sekunde gezögert, ihre Einladung zum Mittelalterstadtfest anzunehmen. Obwohl sie gerade erst von der Nordsee zurückgekehrt waren.

»Hey, Süßer, warum hast du mich nicht geweckt?« Lea stand hinter ihm und legte zärtlich den Arm um seine Brust. Kohlschuetter zog instinktiv seinen Bauch ein, der vor dem Urlaub kein Gramm Fett aufgewiesen hatte, von ihm inzwischen aber zähneknirschend zur Problemzone herabgestuft wurden war. Ohne von ihm abzulassen, trat Lea neben ihn, küsste seine unrasierte Wange und schaute ihn kritisch von der Seite an. »Du siehst ziemlich fertig aus. Hast du schlecht geschlafen?«

Er grinste etwas verschämt. »Ich war laufen und bin jetzt wohl etwas ausgepowert. Nach dem Urlaub kein Wunder.«

Sie lächelte, gab ihm einen Klaps auf den Hintern, bewunderte ausgiebig den von ihm gedeckten Frühstückstisch und hockte sich mit hochgezogenen nackten Beinen auf einen der Stühle. Ohne zu warten, bis er sich ebenfalls gesetzt hatte, griff sie sich einen Apfel und biss herzhaft hinein. Die schwarzen Ringe unter ihren Augen verrieten, wie müde sie war.

Lea hatte im Anschluss an ihren Urlaub kurzfristig den samstäglichen Nachtdienst für eine Kollegin übernehmen müssen. Kurz nachdem sie heute Morgen gegen sechs zu ihm ins Bett gekrochen war, hatte er seine Laufschuhe angezogen und sich aus der Wohnung geschlichen. Ohne Probleme hatte er den Weg durch den Kurpark zur Promenade gefunden, die direkt an der mittelalterlichen Stadtmauer entlangführte. Dank der zwei trainingsfreien Wochen in Holland war er kaum bis zum Klagetorturm gekommen, als er das erste Mal verschnaufen musste, was ihm jedoch ausreichend Zeit bot, an einem Hinweisschild zu erfahren, dass der über dreißig Meter hohe Turm zu den wenigen noch vorhandenen Tortürmen Thüringens zählt. Er hatte sich erinnert, dass er irgendwann mal von der gut erhaltenen alten Stadtmauer gehört hatte, und spontan beschlossen, sein heutiges Sportprogramm daran auszurichten. Auch wenn er, untrainiert wie er war, Gefahr lief, beim letzten Turm vor Erschöpfung zusammenzubrechen.

Nach etwa fünf Kilometern hatte er, bei nur einer längeren Pause, die er mit schwerem Seitenstechen auf einer Bank vor dem Arboretum verbracht hatte, den gesamten mittelalterlichen Altstadtkern umrundet gehabt und dabei sechzehn Türme und ein Stadttor gezählt. Seine Beine waren so schwer gewesen, dass er Mühe gehabt hatte, sich unter Leas Dusche zu schleppen und das Frühstück zuzubereiten. Jetzt kam langsam wieder Leben in seine schlaffen Muskeln, und ein Hungergefühl machte sich in ihm breit.

»Du bist sicherlich nicht böse, dass ich heute Morgen nicht den Grill angeschmissen habe. Nach vierzehn Tagen Dauergrillen können wir mal eine Pause machen, oder?«, witzelte er, während er ihr gegenüber Platz nahm und den Deckel der Thermoskanne aufschraubte, um Kaffee einzuschenken.

Sie lachte auf und nahm erneut einen Bissen von ihrem Apfel. Der Saft lief ihr über das Kinn. Sie bemerkte es, errötete leicht und wischte ihn schnell mit dem Handrücken weg.

»Du hast kaum vier Stunden geschlafen. Wieso bist du nicht noch liegen geblieben?«, wollte Kohlschuetter wissen. Er schälte einen Kohlrabi und verfluchte insgeheim die Völlerei der letzten beiden Wochen, die seinen Magen dazu gebracht hatte, jetzt nach Rührei und Schinken anstatt nach Obst und Gemüse zu verlangen.

Lea winkte ab. »Ist schon okay. Ich bin einfach nicht zur Ruhe gekommen. Der Dienst war nicht so berauschend. Eine schwere Verbrennung am Spanferkelgrill auf dem Schlosshof, ein Kreislaufkollaps einer Hochschwangeren im Zelt der Wahrsagerin, ein gebrochenes Bein durch einen Sturz von der Bühne am Neumarkt, Verdacht auf Herzinfarkt am Badehaus ...« Sie seufzte schwer.

Kohlschuetter hörte aufmerksam zu und war froh, dass er diesen Knochenjob nicht machen musste. Nicht weil ihn der Anblick von Blut, Eiter, Erbrochenem oder anderweitigen menschlichen Exkrementen abgeschreckt hätte. Davon bekam er als Kriminalhauptkommissar mehr als genug zu sehen – und das mitunter in den abartigsten und grausamsten Ausprägungen, die sich ein Mensch vorstellen konnte. Erstaunlicherweise, und das hätte er am Anfang seines Berufslebens nicht für möglich gehalten, entwickelte man als Kriminalist beinahe automatisch eine seltsam distanzierte Sicht auf die Opfer, vor allem, wenn es sich um Morddelikte handelte. Zumindest ging es Kohlschuetter so. Obwohl er nach wie vor mit einem mulmigen Gefühl im Bauch zu einem Tatort kam, wandelte sich dieses Gefühl, sobald er dort eintraf und ein toter Mensch vor ihm lag. Das Mitleid mit dem gewaltsam ausgehauchten Leben, der Schock und jeglicher Ekel traten in den Hintergrund und machten nackter Wut und dem unerbittlichen Streben nach Gerechtigkeit Platz. Eine Mordermittlung ließ keinen Raum für Sentimentalitäten. Der Ermordete, wie schlimm zugerichtet er auch sein mochte, hatte ein Recht darauf, dass sie jede normale menschliche Regung unterdrückten und seinen Peiniger der verdienten Strafe zuführten. Der Kollege Bernsen beherrschte dieses Spiel perfekt, er ermittelte nahezu kaltblütig, war rücksichtslos, kaltschnäuzig gegenüber Zeugen und Angehörigen und voller schwarzem Humor. Für Kohlschuetter war das manchmal etwas zu abgefahren, aber jeder hatte seine eigenen Methoden, mit dem Job zurechtzukommen. Was Leas Arbeit anging, so würde es ihm dabei ganz entscheidend an Geduld mangeln. Und vielleicht auch am Verständnis für die Kranken und Verletzten. Damit hatte er schon gegenüber Bernsen so seine Probleme.

»Und dann auch noch der Autounfall. Auf der B 247 kurz vor Schönstedt hat sich einer um einen Baum gewickelt.«

Der Apfelkrebs landete auf ihrem Teller, und sie machte sich an der noch ungeöffneten Tüte mit dem Müsli zu schaffen.

»Wie viele Unfallbeteiligte?«, fragte Kohlschuetter interessiert und so abgeklärt, wie das nur ein Kripobeamter tun konnte.

»Nur der Fahrer des Wagens, ein Mann aus Weberstedt, Blarns oder so. Ich kannte ihn nicht«, antwortete sie nachdenklich. Etwas leiser ergänzte sie: »Komisch irgendwie.«

»Wieso komisch? Du kennst die Patienten doch sonst auch nicht.« Kohlschuetter steckte sich ein Stück Kohlrabi in den Mund und kaute langsam. Als sie nicht antwortete, hakte er nach. »Ist der Unfall auf freier Strecke passiert?«

Lea nickte. »Bei der Menge Alkohol, die der Mann im Blut hatte, wundert es mich, dass er in der Lage war, den Zündschlüssel herumzudrehen. Ich verstehe die Typen einfach nicht, die sich die Kante geben und meinen, sie müssten danach noch ins Auto steigen.«

»Das wird er sich demnächst vielleicht noch mal überlegen«, bemerkte Kohlschuetter gleichmütig.

»Er wird keine Gelegenheit mehr dazu haben. Er ist auf dem Weg in die Klinik gestorben.«

»Oh Mist. Das tut mir leid«, entgegnete Kohlschuetter verständnisvoll und griff nach ihrer Hand. Dabei streifte er versehentlich ihre Kaffeetasse, und ein großer Schwapp des Getränkes landete auf dem Set aus hellem Bast. Verlegen nahm er seine Serviette und tupfte alles auf. Lea schien das Malheur gar nicht zu registrieren.

»Lass mal, Timo, das passiert mir nicht zum ersten Mal. Das ist mein Job«, antwortete sie gereizt, wobei ihr leicht verzerrter Mund erkennen ließ, dass sie seinen versuchten Trost als unnötig empfand. »Aber willst du wissen, was echt scheiße war?« Sie wartete nicht auf seine Antwort. »Dieser Arsch von Notarzt. Talter. Du weißt schon.«

Kohlschuetter wusste nicht, er war sich sicher, dass sie den Namen noch nie erwähnt hatte, sparte sich aber die

Nachfrage, aus Sorge, er könnte irgendetwas überhört haben, was sie als mangelndes Interesse auslegen würde.

»Damit die Feuerwehr den Mann aus dem Auto hieven konnte, musste seine Hose dran glauben. Von dem Auto war aber auch wirklich nicht mehr viel übrig, alles komplett eingedellt.« Sie warf Kohlschuetter einen unsicheren Blick zu, so als fragte sie sich, ob er derartige Details beim Frühstück ertragen konnte. Er verzog keine Miene. »Das war so ein knielanges Joggingteil mit ausgeleiertem Gummizug«, sagte sie geistesabwesend.

Kohlschuetter dachte daran, dass er einige ihrer Ferienhausnachbarn während des gesamten Urlaubes nie anders gekleidet gesehen hatte als in dieser Art Schlabberbermuda, die der halben Welt Gelegenheit gab, bei jeder Bückbewegung ausgiebig die behaarte Gesäßspalte ihrer Träger begutachten zu können. Angewidert schob er den Gedanken beiseite und nickte. »Modell holländische Nordseeküste.«

Lea verzog den Mund zu einem flüchtigen Lächeln. »Talter nannte es ganz ungeniert einen Proletenlumpen. Na ja, der Mann war schwer verletzt und blutete stark. Wir mussten die Blutung lokalisieren und haben ihm auch die restlichen Klamotten aufgeschnitten.« Sie hielt einen Moment inne, um konzentriert die Rosinen aus ihrem Müsli zu puhlen. Als sie alle restlos aus ihrer Schüssel entfernt hatte, goss sie Milch darüber.

Kohlschuetter fragte sich, wieso sie ihr Müsli nicht gleich ohne Rosinen kaufte.

»Der hatte keine Hoden«, ergänzte Lea unvermittelt.

Kohlschuetter, den diese Information kaltließ, griff nach ihrem Teller mit den Rosinen und dem Apfelrest, entsorgte Letzteren im Tischmülleimer und kippte die Rosinen in seine Müslischale. »Vielleicht hatte der Mann Krebs? Oder einen Unfall? So etwas ist zwar nicht alltäglich, aber auch nichts komplett Ungewöhnliches.«

»Ich habe das noch nie erlebt«, entgegnete Lea sichtlich irritiert.

»Was? Männer mit amputierten Eiern?«, platzte es etwas zu hämisch aus ihm heraus.

»Quatsch.« Sie schaute ihn gekränkt an. »Natürlich weiß ich, wie so etwas aussieht. Ich habe aber noch nie erlebt, dass sich ein Notarzt darüber lustig macht. Mensch, Timo, der Mann hat noch gelebt, und der blöde Talter spricht die ganze Zeit vom Kastraten. Das war widerlich. Da hättest du auch die Krise gekriegt. Das geht absolut gegen meine Berufsehre. Und der Typ ist Arzt.«

»Stimmt. Da wäre ich auch sauer geworden«, sagte Kohlschuetter und dachte an Bernsen, dem derart pietätlose Sprüche ebenfalls zuzutrauen waren. »Aber du weißt doch, wie Männer sein können, vor allem, wenn sie auf einen schwächeren Geschlechtsgenossen treffen. Und ein Entmannter, na ja …«

»… ist kein richtiger Mann?«, vollendete sie verärgert Kohlschuetters Satz.

»Blödsinn«, widersprach er energisch. »Das habe ich nicht gemeint. Es gibt eben Männer, die sich über ihre Geschlechtsorgane definieren, und wenn dein Talter so einer ist und auf einen Gehandicapten trifft, macht er sich wichtig.«

»Ist mir egal, was er für einer ist. Solche Sprüche gehen gar nicht, wenn derjenige verletzt vor einem liegt und um sein Leben kämpft.« Sie schaute ihn wütend an.

»Keine Frage. Ist dieser Talter immer so?«

Sie nickte, und ihr Blick schweifte wieder in die Ferne. »Dieses Verhalten ist nicht zu entschuldigen. Dann war die Narbe auch noch ziemlich alt und nicht besonders schön. Der Mann war um die fünfzig und muss schon ewig damit rumgelaufen sein. Das sah alles einfach nur schrecklich aus. Seine arme Frau.«

»Aha«, machte Kohlschuetter lakonisch und versuchte, gegen sein Kopfkino anzukämpfen. Selbst ein hartgesottener Polizeibeamter hatte seine Grenzen, vor allem bei so was. »Wann wollen wir eigentlich auf das Fest?«, erkundigte er sich, um vom Thema abzulenken.

Sie schwieg.

»Hallo, schöne Frau. Der Sonntag ist viel zu herrlich, um ihn sich von diesem niveaulosen Notarzt verderben zu lassen.« Er hielt ihr lockend eine Erdbeere vor den Mund, und als sie die Lippen öffnete, schob er sie hinein.

»Du hast recht«, antwortete sie mit einem strahlenden Lächeln, das ihm den Anblick der zermatschten Frucht ermöglichte.

»Kipp etwas Milch nach, dann sieht es noch appetitlicher aus«, witzelte er.

Sie lachte auf.

Der Tag war gerettet. Vorerst.

***

Das entsetzte Aufschreien der Leute war schon aus der Ferne deutlich zu hören gewesen. Lea hatte Kohlschuetter an der Hand gefasst und ihn geradewegs durch den Pulk der Menschen gezogen, die sich im Schatten der großen Marktkirche versammelt hatten. Um sie herum kreischten und lachten die Schaulustigen, manche legten erstaunt eine Hand vor den Mund, andere wandten sich angeekelt ab. Zwei Frauen juchzten auf: »Das ist ja noch besser als die Feuershow gestern Abend auf dem Töpfermarkt!«

Ein danebenstehendes Paar stimmte ihnen lautstark zu.

In der Mitte der Massen stand weithin sichtbar ein Mann auf Stelzen, der auch ohne die Holzstangen ein Riese sein musste. Er trug einen weiten blauen Umhang, der bis zu den Querstangen reichte, auf denen seine Füße positioniert waren, und der mit Goldapplikationen und Phantasiesymbolen bestickt war. Seinen Kopf zierte ein ebenfalls blauer Zaubererhut, der kerzengerade rund einen Meter in den Himmel ragte und Kohlschuetter mit seiner überbreiten Krempe ein wenig an die Kostüme aus dem Musical »Wicked – die Hexen von Oz« erinnerte. Die Wangen des Mannes leuchten dunkelrot, so viel Rouge hatte er aufgetragen. Auch seine Augenbrauen waren übermäßig breit mit tiefschwarzer Farbe nachgezeichnet und wanden sich an den äußeren Enden nach oben wie der Schnurrbart eines Zirkusdirektors aus den 1920er Jahren. Immer wieder griff er in seine linke Hand, zog eine gelbe Bohne hervor, hielt sie dem Publikum zur Begutachtung entgegen, verneigte sich mit salomonischem Gemurmel und ließ sie unter den lauten Ah- und Oh-Rufen der Menschen in den Öffnungen seines Kopfes verschwinden. Eine Bohne nach der anderen landete in seinen Ohren und in den Nasenlöchern. Als die Tränendrüsen an die Reihe kamen, nahm das Lärmen der Zuschauer deutlich zu. Es endete in tosendem Applaus, als der Zauberer die Bohnen nacheinander durch seinen Mund wieder ausspuckte. Mit flinken Fingern wiederholte er das Kunststück noch einmal, um sich anschließend tief zu verneigen und mit unübersehbarer Genugtuung die Begeisterungsstürme der Menge zu empfangen.

Kohlschuetter schaute mit einer Mischung aus Bewunderung und Mitleid auf den Künstler und überlegte, was der Mann wohl in seinem richtigen Leben von Beruf war, vorausgesetzt, er hatte noch ein anderes. Aber dass es eine Berufung sein konnte, sich Bohnen in die Nase zu schieben, wollte dem zuweilen durchaus als konservativ zu bezeichnenden Kohlschuetter beim besten Willen nicht einleuchten. Der Mann praktizierte eine Unart, die jede Mutter ihren Kindern bereits im Kindergartenalter strengstens untersagte.

Obendrein war das, was er in den letzten zwei Stunden gesehen hatte, alles in allem ziemlich abgefahren gewesen. Erwachsene Männer und Frauen, die aufwendig verkleidet tanzten, musizierten oder mit den Besuchern Schabernack trieben, kreischende Marktweiber mit hervorquellenden Brüsten, Gaukler und Ritter sowie kräftige Burschen, die eifrig längst vergessen geglaubte Handwerkskunst präsentierten, Falkner, Henker, Bettler und allerlei Scharlatane waren darunter gewesen. Durch alle Straßen und Gassen strömten die unterschiedlichsten Düfte, die wenig mit den Ausdünstungen der modernen Zivilisation gemein hatten. Es roch nach Kräutern, Bienenwachs, Räucherwerk und Ölen, zuweilen übertüncht von dem verlockenden Duft nach gebratenem Spanferkel, Würsten, Sauerkraut, frischem Sauerteigbrot und dem süßlich-schweren Aroma mittelalterlichen Mets. All das präsentierte sich vor der Kulisse farbenprächtiger Patrizierhäuser und wirkte so echt, als hätte man die Bad Langensalzaer Innenstadt in eine andere Zeit versetzt. Kohlschuetter kam sich mit seiner Jeans, dem T-Shirt und den Sneakers zuweilen etwas deplatziert vor. Er ertappte sich sogar dabei, wie er verstohlen zu den kleinen Fenstern der Fachwerkhäuser hinaufschielte, in der Erwartung, jemand könnte versuchen, einen Nachttopf über ihm zu entleeren. Es hätte ihn keinesfalls gewundert.

»Jetzt aber los«, forderte Lea entschlossen. »Wir verpassen sonst das Finale der Salzaer Spiele auf dem Töpfermarkt.« Sie drehte ab.

Kohlschuetter, der sich von ihrer Begeisterung langsam anstecken ließ, legte seine Hand auf ihren schmalen Rücken und führte sie durch das dichte Gedränge. Im Augenwinkel sah er, wie keine zwei Meter von ihm entfernt zwei Ritter mit Morgensternen aufeinander einschlugen, während ein Dudelsackspieler neben ihnen herlief und seine Weisen spielte. Mit Sicherheit war das die Werbetruppe für die auf dem Kornmarkt stattfindende Rittershow, deren Vorbereitungen er heute Morgen von Leas Küchenfenster aus beobachtet hatte.

Der Töpfermarkt lag auf der anderen Seite der Marktkirche und war ein kleiner, mit Granit und Travertin gepflasterter Platz, der von Linden mit kastenförmig gestutzten Kronen umsäumt wurde und an dessen abschüssiger Seite ein sanft plätschernder Wasserlauf lag. Überall in der Altstadt fanden sich diese kaum einen halben Meter breiten Rinnen, die aus den wieder geöffneten historischen Mühlströmen des Flusses Salza hervorgingen oder als neu angelegte Bachläufe an Bad Langensalzas Zeit als bedeutender Mühlenstandort erinnerten.

An normalen Tagen war der Töpfermarkt ein beschauliches Plätzchen innerhalb der eng bebauten Altstadt. War Mittelalterstadtfest, wurde er mit seiner großen Bühne und dem abwechslungsreichen Musik- und Showprogramm zu einer der Hauptattraktionen des Marktes. Und zur Arena, für deren authentisches Aussehen die Stadtväter tonnenweise Sand aufschütten und Tribünen aufstellen ließen.

In der Mitte des Turnierplatzes fiel Kohlschuetter sofort ein seltsames Gerät ins Auge, das ihn an den Teil seines Schulsportunterrichtes erinnerte, den er lieber ausblendete. Es handelte sich um einen extralangen Schwebebalken, der sich von dem Turngerät allerdings dadurch unterschied, dass etwa zwei Meter über dem Balken eine Holzstange angebracht war, an der an dicken Hanfseilen und in einigem Abstand zueinander sechs prall gefüllte Mehlsäcke baumelten. Auf das Kommando eines Zisterziensermönches, dem zwei Adjutanten in Kniehosen zur Seite standen, postierten sich jeweils drei junge Männer auf der rechten und linken Seite und ergriffen jeder einen Sack, den sie so weit wie möglich zu sich heranzogen. Ein siebter Mann bestieg den Balken und schaute erwartungsvoll in die Runde. Der Mönch gab das Zeichen, und der Bursche rannte los, während die anderen versuchten, ihn mit den kraftvoll zur Mitte gestoßenen Säcken zu Fall zu bringen.

»Es geht um die Zeit, die man braucht, und natürlich darum, durchzukommen«, erklärte Lea und drängelte sich zwischen den Zuschauern hindurch. »Sechs Mannschaften aus den Bad Langensalzaer Ortsteilen Illeben, Grumbach, Nägelstedt, Ufhoven, Wiegleben und vom Kulturverein Stadtmauerturm treten in vier Disziplinen gegeneinander an. Als da wären: Mehlsackhochwurf über eine stetig höher wandernde Stange, ›Über und unter die Schnur‹, wobei zwei Mannschaften versuchen müssen, so viele Kohlrabis und Mehlsäcke wie möglich ins gegnerische Spielfeld zu werfen, und die Nadel im Heuhaufen suchen. Das ›Teufelswerk‹, so heißt das Teil dort«, sagte sie, auf den Schwebebalken zeigend, »ist der Höhepunkt des Turniers.«

Kohlschuetter scannte die Tribünen in der Hoffnung, irgendwo zwei freie Plätze zu ergattern. Ohne Erfolg. Er hatte die ganze Zeit Leas Hand gehalten und stand dicht neben ihr, als sich ein anderer Mann, der ein brabbelndes Kleinkind auf seinen Schultern trug, vor ihn stellte. Kohlschuetter verkniff sich eine Bemerkung und trat einen Schritt zur Seite, um besser sehen zu können. Der erste Läufer hatte es geschafft, sprang mit einem Satz vom Balken, riss die Hände nach oben, rannte zu seiner Mannschaft und klatschte einen nach dem anderen ab. Dabei brüllten sie einander undefinierbare Schlachtrufe zu.

»Der Nägelstedter Recke bleibt wohlbehalten. Pfeilschnell bezwang er als Erster das gefährliche Teufelswerk in nur vier Komma zwei Sekunden. Es trete nun der Wieglebener hervor und beweise seinen Mut«, rief der Mönch mit bebender Stimme, begleitet vom Applaus und den Jubelschreien der Zuschauer. Einer seiner Gehilfen notierte die Zeit. Der andere konnte seine Begeisterung kaum verbergen.

Ein junger Mann, höchstens achtzehn Jahre alt, war an der Reihe. Leichtfüßig hüpfte er auf den Schwebebalken, richtete sich auf, schaute selbstsicher ins Publikum und zwinkerte ein paar jungen Mädchen zu, die ihn aus der ersten Reihe anhimmelten und unaufhörlich kicherten. Nachdem der Bursche die Aufmerksamkeit ausgiebig genossen hatte, gab der Mönch das Startsignal.

»Wiegleben gewinnt!«, rief irgendjemand aus Leibeskräften.

Der Kerl war schneller als sein Vorgänger. Er hatte den dritten Sack schon nach zwei Sprüngen erfolgreich hinter sich gelassen. Der nächste verfehlte ihn nur um Haaresbreite. Ein Raunen ging durch die Menge. Kohlschuetter bemerkte, wie Lea voller Spannung die Luft anhielt. Der fünfte Sack schnellte in erstaunlichem Tempo auf den Jungen zu, erwischte ihn an der Hüfte und schleuderte ihn zu Boden. Bei seinem Aufprall stob der Sand auf. Freudenrufe aus der Nägelstedter Ecke wurden laut. Dazwischen mischten sich Klagelaute des Wieglebener Teams.

Die Kollision mit dem Spieler hatte den Sack erstaunlicherweise nur wenig abgebremst. Er schwang zurück, löste sich aus seiner Befestigung und landete unsanft auf dem jungen Mann, der gerade dabei war, sich unter den Anfeuerungsrufen seines Fanclubs mühsam wieder aufzurappeln. Die unerwartete Wucht streckte ihn erneut nieder. Sein Aufschrei wurde von frenetischem Gejohle übertönt. Gelächter machte sich breit.

Mit dem Aufprall hatte sich der Sack geöffnet. Ein Turnschuh kullerte heraus. Dann kam etwas, das wie eine menschliche Hand aussah, zum Vorschein. Die Zuschauer waren kaum noch zu halten. Bravorufe hallten über den Töpfermarkt. Nur die drei Verantwortlichen und die Teams standen regungslos und schauten sich mit versteinerten Gesichtern verunsichert an.

Der Mönch war der Erste, der reagierte. Kreidebleich umrundete er den Schwebebalken, wobei sich seine Beine immer wieder in der langen Kutte verhedderten und er in dem dicken Sand nur schwerfällig vorankam. »Der Arm ist echt«, schrie er fassungslos, warf sich auf die Knie und zog den Sack mit angewiderter Miene von dem regungslos daliegenden Läufer der Wieglebener Mannschaft. »Das ist keine Puppe. Hört doch, das ist keine Puppe.« Er schaute sich immer wieder hilfesuchend um, während er an den Schultern des Wieglebeners rüttelte, auf dessen Stirn eine blutende Platzwunde zu sehen war. »Wir brauchen Hilfe. Schnell! Der Junge hat eine Leiche an den Kopf bekommen.«

Mit dem letzten Satz geriet das Publikum vollständig aus dem Häuschen, denn es hielt das Ganze für ein ausgezeichnet inszeniertes Schauspiel und war in seiner Euphorie kaum noch zu bremsen.

Kohlschuetter fasste nach Leas Arm und schaute sie beunruhigt an. Sie schloss kurz die Lider, als wollte sie ihm sagen, sie habe ebenfalls das Gefühl, dass hier irgendetwas nicht stimmte. Und so drängelte er sich mit breitem Kreuz, festem Schritt und unter dem immer wieder monoton vorgetragenen Hinweis auf seine Zugehörigkeit zur Thüringer Polizei durch die Menschenmassen hindurch in Richtung Teufelswerk. Der Blick des Mönches, dem die Farbe mehr und mehr aus dem Gesicht wich, schwankte zwischen Verzweiflung und Dankbarkeit, als er ihn auf sich zukommen sah. Kohlschuetter bückte sich zu dem Wieglebener hinunter, fühlte dessen Puls und nickte dem Mönch aufmunternd zu. Während er die Nummer des Rettungsdienstes wählte, versuchte Lea, den bewusstlosen Jungen wieder zum Leben zu erwecken. Der Mönch zog ein Taschentuch aus einem kleinen Beutel, der an seinem Gürtel baumelte, wischte sich über die schweißnasse Stirn und jammerte leise vor sich hin. Zwei Spieler waren nach vorn getreten und fragten, ob sie helfen könnten. Lea schickte sie Wasser und eine Decke holen.

Kohlschuetter, der mit der einen Hand sein Mobiltelefon ans Ohr drückte und den Sanitätern den Standort durchgab, zog mit der anderen Hand das Sackleinen leicht nach oben, um hineinsehen zu können. Zwei starre, leere Augen schauten ihn an. Ohne eine erkennbare Regung zupfte er den groben Stoff zurecht, um so wenig wie möglich von seiner Entdeckung preiszugeben. Dabei bemerkte er Leas verstörten Gesichtsausdruck, schüttelte sanft den Kopf und deutete auf den Mönch, der immer noch apathisch zwischen ihnen hockte und auf den Sack starrte. Lea verstand, wandte sich dem Mann zu und versuchte, ihn in ein Gespräch zu verwickeln, während sie den Wieglebener sanft tätschelte. Kohlschuetter konnte jetzt alles Mögliche gebrauchen, aber keinen hysterischen Zisterzienser, der die Menschenmassen weiterhin auf den Toten im Mehlsack aufmerksam machte.

Angesichts der nunmehr offenkundigen Geschäftigkeit, die sich um das Teufelswerk herum gebildet hatte, verstummte die Heiterkeit der Leute zunehmend. Viele zogen weiter. Wie in einer La-Ola-Welle schien einer nach dem anderen mitzubekommen, dass das Spiel beendet war und hier etwas Schreckliches passiert sein musste. Das hielt einen Großteil nicht davon ab, das Geschehen auf dem Platz mit neugierigen Augen und aufgerissenen Mündern zu verfolgen, als handelte es sich immer noch um eine harmlose Volksbelustigung. Etliche Handys wurden gezückt. Die Helfer des Mönchs erklärten den Wettkampf kurzerhand für beendet, gingen auf die um das Teufelswerk dicht gedrängten Zuschauer zu und forderten sie zum Weitergehen auf. Einige Frauen schrien durcheinander. Ein Mann rief: »Das haben wir nun von den ganzen Flüchtlingen.« Ein anderer stimmte ihm lautstark zu. Ein paar Leute traten mit vorgehaltenen Handys aus dem Pulk hervor, wobei einer von ihnen fast über die Füße des gestürzten Wieglebeners gestolpert wäre. Ganz offensichtlich filmten sie das Ganze.

Kohlschuetter blaffte die Filmenden an, warf den penetranten Gaffern einen scharfen Blick zu und appellierte mit durchdringender Stimme an deren Vernunft. Die Teamkollegen des Wieglebeners und die gegnerischen Mannschaften kamen Kohlschuetter zur Hilfe. Sie verstellten den Zuschauern die Sicht und wiesen auf die anderen Attraktionen des Mittelalterstadtfestes hin, bei denen im Moment viel Interessanteres geboten würde. Die Ränder der Menschentraube fransten zusehends aus, kleine und große Gruppen zogen unter aufgeregten Diskussionen von dannen. Nur ein hartgesottener Kern, der sich weder von Kohlschuetter noch von den Spielern beeindrucken ließ, blieb. Dabei galt die Neugier schon lange nicht mehr dem Verletzten, der inzwischen mittels einer Bewegung seines Armes eindeutige Lebenszeichen gezeigt hatte, sondern dem undefinierbaren Inhalt des Sackes.

Kohlschuetter, der die Situation irgendwie unter Kontrolle halten musste, bis die Kollegen eintrafen, ließ den Sack keine Minute aus den Augen. Man konnte ja nie wissen, ob nicht einer der Schaulustigen die Dreistigkeit besaß, den Inhalt inspizieren zu wollen. Dem Pöbel entging nichts, dafür hatten zu viele Augenpaare das Unglück mitverfolgt und der Mönch eingangs viel zu laut das Gesehene kundgetan. Entsprechend waren bereits unangenehme Mutmaßungen darüber, was hier passiert sein könnte, im Umlauf. Eine Frau grölte: »Das war Sabotage. Die von der Leuchtenburg wollen uns das Fest kaputt machen.« Ein Mann unterstützte das und rief: »Was die dort treiben, hat nichts mit Mittelalter zu tun. Das ist doch zum Einschlafen.« Einige Leute nickten zustimmend. »Das wird ein Ausländer sein. Die von der AfD haben den bei uns entsorgt. Denen ist alles zuzutrauen«, schimpfte eine ältere Dame. Auch ihr wurde beigepflichtet. »Quatsch! Der Ramelow ist schuld. Seit der Ministerpräsident ist, geht es im Land nur noch bergab.« Der Mann, der das gesagt hatte, bekam von »Du Faschoschwein« bis »Recht hat er« die komplette Palette politisch gefärbter Äußerungen zu hören.

Glücklicherweise verläuft auch die hitzigste politische Diskussion irgendwann einmal im Sande, wenn sie nicht weiter genährt wird, und den Zuschauern gingen die Kommentare aus. Gerade als etwas Ruhe eintrat, schlug jemand vor, dass man die Leiche doch einmal aus dem Sack holen sollte, um zu sehen, wer es war. Das fachte die Gemüter noch einmal gefährlich an.

Kohlschuetter konnte das alles komplett ausblenden. Er hatte schon vor langer Zeit damit aufgehört, über die voyeuristischen Bedürfnisse der menschlichen Spezies nachzudenken. Er konnte einfach nicht begreifen, warum manche Leute im Schritttempo an einem Verkehrsunfall vorbeizuckelten und damit gleichmütig die Behinderung der Rettungskräfte in Kauf nahmen, nur damit sie von der Beifahrerseite aus den Wagen lenken und er einen anständigen Schnappschuss von der Unglücksstelle machen konnte. Wofür brauchte jemand solche Bilder? Für das Familienalbum, um den Kindern später einmal zeigen zu können, wie gefährlich rücksichtsloses Verhalten im Straßenverkehr war? Oder für das Kaffeekränzchen bei den Nachbarn, die vor Neid erblassten, weil ein in eine Rettungsfolie gewickelter Verkehrstoter und ein einsamer, auf dem Mittelstreifen liegender blutverschmierter Schuh interessanter waren als die Bilder vom letzten Urlaub auf Mallorca?

In Gedanken ging er die als Nächstes notwendigen Schritte durch. Er war angespannt. Die unsägliche Hitze, die Menschenmassen, die sicherlich wieder zunehmen würden, wenn sich das hier erst auf dem gesamten Fest herumgesprochen hatte, und Lea, die ihn die ganze Zeit erwartungsvoll beobachtete. Zuerst telefonierte er mit den Bad Langensalzaer Kollegen, damit endlich der Platz geräumt werden würde. Dann kamen die Erfurter Kriminaltechniker an die Reihe. Schließlich suchte er im Adressbuch nach der Nummer seines Teamkollegen Friedhelm Bernsen.

Die Verbindung war noch nicht einmal aufgebaut, da kamen ihm schon Zweifel an der Sinnhaftigkeit dieses Gespräches. Er wusste genau, dass Bernsen unter Aufbietung sämtlicher Ausreden alles versuchen würde, den ihm heiligen Sonntag ungestört vergehen zu lassen, um erst am Montagvormittag nach Erfurt aufbrechen zu müssen. Aber darum, den Kollegen vorzeitig aus dem Wochenende zu holen, ging es ihm eigentlich nicht. Bernsen konnte getrost in Bremen bleiben. Das hier kriegte er prima allein auf die Reihe, nur informieren wollte er ihn und sich vergewissern, dass in seiner zweiwöchigen Abwesenheit nicht irgendetwas passiert war, das mit dem Toten aus dem Sack in Verbindung stand. Schließlich wollte er nicht Gefahr laufen, eine blöde Figur zu machen.

Dass die Leiche in den Zuständigkeitsbereich der Landespolizeiinspektion Nordhausen fiel und der Fall somit eigentlich von seinen früheren Kollegen bearbeitet werden musste, blendete Kohlschuetter dabei vollständig aus. Sein überbordender Ehrgeiz und die Dienstbeflissenheit, über die sich Bernsen des Öfteren maßlos aufregte, standen ihm bei einer nüchternen Betrachtungsweise der Angelegenheit im Weg. Jeder andere Polizist hätte alles Wichtige veranlasst, den Fall übergeben und sich noch einen schönen Sonntag gemacht. Doch Kohlschuetter, der seinen Traumjob lebte und sich als Thüringer Polizeibeamter aus tiefster Überzeugung heraus für die Gemeinschaft verantwortlich fühlte – insbesondere wenn Gewalt- und Tötungsdelikte ihre Grundfesten erschütterten –, konnte einfach nicht aus seiner Haut. Die Wut, die er beim Anblick eines ermordeten Menschen empfand und die sich im Laufe der Ermittlungsarbeit in eine leicht übersteigerte Erregtheit umwandelte, die ihn erst wieder losließ, wenn der Täter ihm geständig gegenübersaß, trieb ihn unaufhörlich an. Er genoss das Gefühl der Befriedigung, den Stolz und die Anerkennung, die mit jedem gelösten Fall mitschwangen, auch wenn er noch nicht lange genug dabei war, um sich das selbstkritisch eingestehen zu können.

So drehte und wendete er die Argumente in seinem Sinne und kam zu der Erkenntnis, dass die Nordhäuser ohnehin ständig unterbesetzt und höchstwahrscheinlich allein schon deswegen auf eine sechzig Kilometer entfernt liegende Ermittlungsarbeit wenig erpicht waren. Dem Chef würde er das genauso verklickern. Das Problem war eigentlich nur Bernsen, der erfahrungsgemäß wenig begeistert sein würde, in fremden Gefilden wildern zu müssen. Aber noch war der Kollege ja erfreulicherweise weit weg.

Das Freizeichen ertönte. Bernsen war sofort am Apparat.

»Ich … Was ist denn mit Ihnen los?«, stammelte Kohlschuetter. »Haben Sie nicht aufs Display gesehen?« Bernsens schnelle Reaktion hatte ihn komplett überrumpelt. Wenn er den Kollegen sonst am Wochenende anrief, konnte es gefühlt Stunden dauern, bis er abnahm. Von den unbeantworteten SMS ganz zu schweigen.

Bernsen räusperte sich gewichtig. »Kollege Kohlschuetter. Wir haben einen Fall? Ich mache mich sofort auf den Weg.«

»Ja, also … gut«, entgegnete Kohlschuetter verdattert und fing an, die wichtigsten Daten durchzugeben. Als keine Antwort kam, schaute er auf das Handydisplay und stellte fest, dass Bernsen längst aufgelegt hatte. Was war denn mit dem los? Schnell tippte er die Adresse seines Standortes in eine Kurznachricht. Ein Pfeifton des Handys signalisierte ihm, dass sie rausgegangen war.

Wenn der jetzt wirklich auf dem Weg nach Thüringen ist, fresse ich einen Besen, dachte Kohlschuetter, dann verlor der Mönch neben ihm das Bewusstsein. In der Ferne ertönte das Jaulen eines Martinshorns.

DREI

»Der Tote heißt René Bärt, ist dreiundzwanzig Jahre alt, aus Bad Langensalza, Mitarbeiter der Stadtverwaltung beziehungsweise genauer gesagt des Ordnungsamtes und zuständig für das Marktwesen. Sehr engagiert, seit mindestens zwölf Stunden tot«, rasselte Kohlschuetter im Stakkato herunter. »In seinen Taschen waren die Ausweispapiere, etwas Bargeld, ein paar Schmerztabletten und ein Schlüsselbund.«

»Stadtverwaltung, soso. Engagiert. Steht das neuerdings alles im Personalausweis?«, fragte Bernsen spitz. Die seltsamen Gestalten um ihn herum gingen ihm schon jetzt ziemlich auf den Zeiger. Musste Kohlschuetter auch ausgerechnet bei einem Mittelalterstadtfest über eine Leiche stolpern? Aber er wollte sich nicht beklagen. Es gab Schlimmeres. Und das hatte er in den vierundzwanzig Stunden vor seiner abrupten Flucht aus Bremen Minute für Minute über sich ergehen lassen müssen.

Schwiegermutterterror müsste strafbar sein, die UN-Menschenrechtskonvention sollte sich darum kümmern. Man heiratete die Tochter, was sich bei manchen im Nachgang schon nicht als Hauptgewinn entpuppte, und bekam die Mutter als Gratisbeigabe dazu, ob man wollte oder nicht. Das war wie bei dem Pizzalieferanten, der in dem Erfurter Mietshaus, in dem Bernsen eine Einraumwohnung bewohnte, sein Lokal hatte. Dort bestellte er seit nunmehr zwanzig Jahren mindestens zweimal in der Woche eine XXL-Thunfischpizza. Dazu packte ihm Andras, der Kroate, der, seit sie sich kannten, von Bernsens Abneigung gegenüber Erdnüssen wusste, stets unverdrossen und unter Aufbietung seines großzügigsten Lächelns einen Riegel Snickers ein. Bernsen hatte nicht viele Ausschlusskriterien bei Lebensmitteln, aber mit Karamell zugeschleimte Erdnüsse in einer Pampe aus weißem Nougat gehörten definitiv dazu. Der Vorteil dieses Schokoriegels im Vergleich zu seiner Schwiegermutter war jedoch, dass man ihn leichter wieder loswerden konnte. Er wanderte einfach in den Briefschlitz des Nachbarn. Und der Nachbarsjunge, der mittlerweile auf das sechsundzwanzigste Lebensjahr zugehen musste, hatte Woche für Woche vierhundertdreiundachtzig Kilokalorien gratis.

Konnte das Leben nicht immer so leicht sein? Warum musste es garstige Schwiegermütter mit dem Ich-drängle-mich-überall-dazwischen-und-meine-es-nur-gut-Gen geben? Wobei seine unverkennbar nur einem Menschen Gutes tun wollte, und das war sie selbst. Wieso sonst musste er das essen, was ihr empfindlicher Magen vertragen konnte, Florian Silbereisens Gejaule und ihre dazu im Takt trommelnden Finger ertragen oder das Wallener Stadtteilfest sausen lassen, nur weil sie Angst hatte, Berat, der seit vierzig Jahren komplett assimilierte osmanische Hausmeister, könnte in die Wohnung einbrechen und sie vergewaltigen? Um Himmels willen, welche Vorstellung! Abgesehen davon, dass der alte Berat ein feiner Kerl war, wäre jede Ziege begehrenswerter als seine Schwiegermutter.

Wenn er ehrlich in sich hineinhorchte, war Bernsen noch nie so froh gewesen, in Thüringen sein zu dürfen, wie jetzt gerade. Ein Mehlsacktoter war tausendmal besser als ein Rollstuhlschwiegermonster. Von daher musste heute irgendwie sein Glückstag sein. Und wenn er es schlau anstellte, würde sich die Glückssträhne geschickt bis über das nächste Wochenende hinziehen. Damit wären dann schon mal zwei von den drei Horrorwochen abgehakt. Bernsen spürte, wie sich ein Wohlgefühl in ihm ausbreitete. Erwartungsvoll schaute er Kohlschuetter an.

Der ging auf Bernsens nölige Bemerkung von eben gar nicht ein. »Der Bürgermeister hat unser Opfer identifiziert«, entgegnete er gelassen und berichtete, dass die Marktleitung nach dem Zwischenfall umgehend in Begleitung des

Bad Langensalzaer Bürgermeisters auf dem Töpfermarkt erschienen war. Berthold von der schönen Aue hatte den Mord, an dem es nach derzeitiger Faktenlage trotz noch ausstehender Feststellung der Todesursache keinen Zweifel gab, kopfschüttelnd zur Kenntnis genommen, war es doch das erste Mal in seiner achtundzwanzigjährigen Amtszeit, dass seine schöne Kurstadt von einem Verbrechen dieser Art heimgesucht wurde. Ohne weitere Fragen zu stellen, war er der Polizei behilflich gewesen, hatte den Toten identifiziert und seine Ordnungsamtsmitarbeiter überdies angewiesen, über alle verfügbaren Mikrofonanlagen den unverzüglichen Abbruch des Festes zu verkünden. Er halte dies, so hatte er Kohlschuetter gegenüber mehrfach betont, für eine Frage des Anstandes.

Da sich die Geschehnisse auf dem Töpfermarkt ohnehin wie ein Lauffeuer in der Stadt verbreitet hatten, waren die meisten Gäste und Beteiligten über das jähe Ende des Spektakels wenig überrascht gewesen beziehungsweise hatten es gleichmütig zur Kenntnis genommen. Nur zwei niedersächsische Spanferkelbrater, die mit ihrem auf dem Schlosshof über glühenden Kohlen hängenden Krossgebratenen bei der schwitzenden Meute bislang kaum einen Stich gelandet hatten, waren angesichts ihrer leeren Geldkassette auf die Barrikaden gegangen. Sie hatten sich lauthals beschwert und damit gedroht, das Schwein samt Spieß im Brunnen vor dem Rathaus zu versenken. Das wäre ein unverzeihlicher Affront gegenüber der stolzen Stadt gewesen. Denn der 1582 aus Seeberger Sandstein erbaute Brunnen mit dem kursächsischen und dem städtischen Wappenlöwen war alles, aber kein Schweinebad. Zumal die Wut der Niedersachsen in Anbetracht der schlechten Wiederverwertbarkeit des Tieres auf dem erst am kommenden Wochenende in Seesen stattfindenden Sehusafest vielleicht nicht ganz unbegründet, aber in keinem Fall angemessen war. Nichtsdestotrotz hatte der Bürgermeister schließlich höchstselbst den Abverkauf des Schweins genehmigt, welches zur Beschleunigung des Vorgangs nun zum reduzierten Preis herausgegeben wurde, während alle anderen Händler und Handwerker nach und nach ihre Stände und Buden leer räumen und abbauen mussten. Seither lief das beliebte Stadtoberhaupt durch die Innenstadt und besänftigte Gäste wie Beteiligte, nahm Beschwerden entgegen, tröstete die Verschreckten und Enttäuschten und forderte Händler, Handwerker und Künstler auf, sich um achtzehn Uhr im Rathaussaal zur polizeilichen Befragung einzufinden.

»Fotos?«, forderte Bernsen schmallippig, um kurz darauf die Aufnahmen auf Kohlschuetters Smartphone eine nach der anderen ausgiebig zu beäugen. Er drehte kauend das Telefon, vergrößerte die Bildausschnitte, beugte sich nah an das Display und schnalzte immer wieder mit der Zunge, um sein Missfallen auszudrücken. Dabei legte er eine nur selten bei ihm zu beobachtende Ausdauer an den Tag, die dadurch, dass er ständig vor sich hin murmelte, was er auf den Bildern sah, noch unterstrichen wurde. Die Plastikgabel verharrte dabei immer wieder sekundenlang in der Luft, ehe er sich den nächsten Bissen Spanferkel in den Mund schob.

Seit einem spärlichen Frühstück hatte er nichts mehr gegessen. Unter den kritischen Blicken des Schwiegermonsters war ihm geradewegs der Appetit vergangen, und auf der Fahrt hierher hatte er sich nicht mal eine Toilettenpause gegönnt, so enthusiastisch war er gewesen, ihren Klauen zu entkommen. Die Glocke der Marktkirche hatte eben vier geschlagen, da war Bernsen mit einem zufriedenen Lächeln ob seiner geglückten Flucht über den Töpfermarkt spaziert und hatte sich sogleich darangemacht, den Ort des Geschehens zu inspizieren und die Kollegen von der Kriminaltechnik nach ersten Erkenntnissen auszuquetschen. Kohlschuetter hatte ihn zuerst nicht bemerkt, er war gerade dabei gewesen, die Personalien des Mönches, dessen Kreislauf sich dank des Notarztes wieder stabilisiert hatte, und sämtlicher Teufelswerk-Teilnehmer aufzunehmen und sie zu befragen. Das blöde Gesicht, das er gemacht hatte, als er so bald nach ihrem Telefonat auf einmal vor ihm stand, war eine wunderbare Genugtuung für Bernsen gewesen, zumal sein junger Kollege augenscheinlich gar nicht mit ihm gerechnet hatte.

Kohlschuetters bisherige Bemühungen hatten sich allerdings als wenig ergiebig herausgestellt. Entweder war den Frauen und Männern vor und während des Mittelalterspiels nichts Außergewöhnliches aufgefallen, oder sie standen so sehr unter Schock, dass sie zu einer brauchbaren Auskunft nicht fähig waren. Nicht einmal der Mönch, der zum Team des Bad Langensalzaer Bauhofes gehörte und das Teufelswerk am Morgen eigenhändig mit aufgebaut hatte, wollte irgendetwas bemerkt haben.

Die Schaulustigen waren von den Langensalzaer Kollegen befragt worden. Die Beobachtungen der Leute stimmten weitestgehend überein, sah man von so unwesentlichen Kleinigkeiten wie der vom Opfer getragenen Turnschuhmarke ab, und entsprachen dem, was Kohlschuetter ihm über den Ablauf des Teufelswerk-Fiaskos erzählt hatte. Die Polizisten hatten auch die im Umkreis geparkten Autos registriert. Eine reine Routinemaßnahme, denn es war ziemlich offensichtlich, dass der Fundort nicht der Tatort gewesen sein konnte. Dementsprechend musste irgendjemand den Sack mit dem Toten auf den Töpfermarkt gebracht haben. Allerdings hatten sich die beim Teufelswerk verwendeten Säcke äußerlich überhaupt nicht voneinander unterschieden. Fünf von ihnen waren mit Lumpen vollgestopft gewesen, im sechsten hatte man die Leiche gefunden. Damit die Form erhalten blieb, war er mit ein paar Stoffresten ausgepolstert worden, was die Annahme nahelegte, dass der oder die Täter einen der Säcke teilweise geleert hatten, um den Toten darin zu verstecken. Nach den übrig gebliebenen Lumpen wurde noch gesucht. Da René Bärt ein schmächtiger Bursche gewesen war, war der

Gewichtsunterschied zwischen den Säcken kaum merkbar gewesen und in der Hektik des Aufbaus niemandem aufgefallen.

Der Notarzt hatte bei dem Wieglebener Läufer eine schwere Gehirnerschütterung diagnostiziert, vermutlich ausgelöst durch den unglücklichen Zusammenprall mit dem Kopf von René Bärt, und ihn ins Hufeland Klinikum bringen lassen. Für Bärt, den Kohlschuetter gemeinsam mit dem Notarzt und einem Kriminaltechniker aus dem Sack gezogen hatte, während einzelne Schaulustige scharf protestierten, da sie durch das aufgestellte Sichtschutzzelt nichts davon mitbekamen, war erwartungsgemäß jede Hilfe zu spät gekommen. Bei dem Tempo, das die Bestatter angeschlagen hatten, befand er sich längst im Kühlhaus des Jenenser Institutes für Rechtsmedizin. Angesichts des Wetters konnte man ihm und den Rechtsmedizinern das auch nur wünschen.

»Seit wann essen Sie eigentlich Spanferkel, oder hat man Ihnen das Stück auf Ihrem Teller als Thunfisch verkauft?«, fragte Kohlschuetter, während Bernsen mit einer Hand die mageren hellroten Fleischfasern zerlegte und mit der anderen unermüdlich über das Display von Kohlschuetters Handy wischte.

Sie lehnten an einem etwas abseits des Spanferkelstandes stehenden leeren Weinfass, das zu einer Methütte gehörte. Da die Sache mit dem verbilligten Spanferkel kaum minder spektakulär als das Verbrechen gewesen war, hatte es zügig die Runde gemacht, und die letzten Besucher des Festes waren vom durch die Polizei konsequent abgesperrten Töpfermarkt zum Schlosshof geströmt, um dort dem Reiz des Sonderangebotes zu erliegen. Der kleine, urige Marktstand, der den halben Liter Met für fünf Euro anbot, befand sich in der Ecke der L-förmig auf dem Schlosshof aufgebauten Buden, direkt vor dem Eingang zum »Nachtcafé Eulenspiegel«. Schloss Dryburg, das älteste noch erhaltene Wohngebäude der Stadt, in dem Hermann von Salza, der vierte Hochmeister des Deutschen Ordens, das

Licht der Welt erblickt haben soll, war im 12. Jahrhundert als Burganlage errichtet worden und bestand nur noch aus dem Westflügel mit einem spätromanischen Wohnturm und zwei Burghäusern. Die Anlage mit ihren vier Stockwerken war deswegen nicht weniger imposant, obgleich mit ihrer schmucklosen, in grau gehaltenen Fassade ein wenig schlicht gestaltet.

»Sie haben mich vom Mittagstisch weggeholt. Schon vergessen?«, antwortete Bernsen gedehnt. Er dachte an den widerwärtigen Rinderbraten mit Rosinen, das Leibgericht seiner Schwiegermutter, den seine Rotfeder heute zeitgleich mit dem Klingeln seines Handys auf den Tisch gestellt hatte. Der Kollege Kohlschuetter hätte den Zeitpunkt nicht besser wählen können und hatte ihm damit nicht nur den ekeligen süßsauren Fraß, sondern auch das Schmatzen der alten Beißzange erspart. Schon allein die Vorstellung, wie die Alte den halben Braten in sich hineinspachtelte, wobei die Soße von ihrer Gabel zurück auf den Teller oder, schlimmer noch, auf ihre eingefallenen Brüste tropfte, um ihn dort den ganzen Tag an das verkorkste Mittagsmahl zu erinnern, trieb ihm die Zornesröte ins wettergegerbte Gesicht. Dabei gab es sonntags im Hause Bernsen von jeher nur Edelfisch zu essen. Aber nein, für die Simulantin – Bernsen war sich hundertprozentig sicher, dass das Gipsbein einzig und allein zu dem Zweck angelegt worden war, ihm das Wochenende und vor allem das Wallener Stadtteilfest zu vermiesen – musste natürlich eine Ausnahme gemacht werden. Dann doch lieber niedersächsisches Spanferkel und ein toter Thüringer im Mehlsack.

»Sie hätten nicht kommen müssen«, sagte Kohlschuetter jetzt und wischte das Schwitzwasser von seinem Seltersbecher.

Bernsen blieb absolut gelassen. »Der Typ hat ziemlich … Was sind das eigentlich für Verletzungen, die da unter seinen Klamotten zum Vorschein kamen? Sieht verdammt nach Misshandlung aus. Es kann dem Täter jedenfalls nicht bloß darum gegangen sein, den Kerl in die ewigen Jagdgründe zu schicken und ihm als Souvenir die Eier abzuschneiden. Da steckt mehr dahinter.« Er tauchte ein dickes Stück Fleisch in den Senfklecks auf seinem Pappteller und schob es in seinen Mund.

»Darüber denke ich auch schon die ganze Zeit nach. Schauen Sie sich doch mal diese seltsamen Wunden am Bauch an, wie tausend Nadelstiche, und das überall herausgerissene Fleisch. Ganz zu schweigen von den fürchterlichen Verbrennungen, vor allem an den Fußsohlen. Das sieht verdammt nach Zigarette aus. Wenn aber die Kastration, die ohne Zweifel frisch ist …«

»Wie frisch?«, fiel Bernsen ihm ins Wort.

»Dazu konnte mir der Notarzt nichts Genaues sagen. Höchstens Tage, wenn überhaupt. Wir müssen Kalders Obduktionsergebnis abwarten. Wenn also die Sache mit den abgeschnittenen Hoden Teil der Quälerei und vielleicht sogar ihr Höhepunkt war, wieso hat man ihn nicht verbluten lassen? Stattdessen wurde die Wunde fein säuberlich vernäht.«

»Ohne Narkose ist das auch kein Zuckerschlecken«, bemerkte Bernsen lapidar und leckte sich genüsslich die Lippen.

»Sie meinen, der Täter könnte ihn ohne Betäubung operiert haben, um ihn noch mehr zu quälen?«, fragte Kohlschuetter angewidert, wobei ihm seine Stimme für einen Moment entglitt und die Worte lauter als angemessen aus seinem Mund kamen.

Bernsen sah kurz auf und verzog das Gesicht, Kohlschuetter drehte sich unsicher nach allen Seiten um. Doch niemand schien auf sie zu achten. »Dann haben wir es entweder mit einer ausgeprägten Freude an Grausamkeit oder mit unbändigem Hass auf das Opfer zu tun«, ergänzte er nun deutlich leiser.

»Oder mit beidem.« Bernsen zuckte mit den dürren Schultern. »Möglich ist alles. Treten, verbrennen, schlagen, das volle Programm. Und weil es so schön ist, wird auch noch ein bisschen herumgeschnippelt. Wenn er Glück hatte, war er tot, bevor der oder die auf die Idee gekommen sind, ihm noch andere Körperteile abzusäbeln. Nach dem Ableben wird das ja alles uninteressant. Haben Sie schon mal was vom Fall des Mailänder Hundefriseurs gehört?«

»Von was bitte?«, fragte Kohlschuetter irritiert, um gleich darauf zu frotzeln: »Seit Sie den Pudel haben, beschäftigen Sie sich vorzugsweise mit dem Klatsch und Tratsch der Hundefriseure, was?«

Bernsens wunder Punkt war getroffen. Er schaute verdrießlich, brummte ungehalten und orderte mit einer unwirschen Bewegung seines Armes eine zweite Portion Spanferkel, worauf der Mann am Spieß mit einem freundlichen Lächeln reagierte. »Vor ein paar Jahren hat ein Mailänder Hundefriseur seinen Nachbarn, der sich regelmäßig wegen des Hundegebells beschwerte, zusammengeschlagen, ihn in ein Hinterzimmer seines Salons verschleppt und dort an einen Stuhl gefesselt. Jeden Morgen, bevor er den Viechern die Flöhe aus dem Fell massierte, ist er zu seinem Gefangenen gegangen und hat ihm ein Körperteil nach dem anderen abgeschnitten. Erst die Finger, danach die Zehen und so weiter. Eine grauenhafte Prozedur, dazu die Hitze, die Fliegen und vielleicht das eine oder andere verunreinigte Messer. Der Nachbar jedenfalls ist irgendwann qualvoll verreckt. Als man dem Hundefriseur zwei Wochen später auf die Schliche kam, war das Opfer erst seit wenigen Tagen tot. Der reine Sadismus. Aber erstaunlich, was ein Mensch so alles aushalten kann. Und dann auch noch ein Italiener. Dass die so zäh sind, hätte ich nicht für möglich gehalten.«

Der Niedersachse brachte die neue Portion Schwein.

»Wie abartig«, murmelte Kohlschuetter ungläubig. »Und nur, weil dem Mann die Bellerei auf die Ketten ging? Wie kann man denn wegen so einer Nichtigkeit einen so extremen Hass entwickeln?«

»Tja, so sind die Menschen eben.« Bernsen dachte an seine

Schwiegermutter. Die war alles andere als eine Nichtigkeit. Er wischte sich mit dem Handrücken über den Mund und machte sich daran, seinen Nachschlag zu vertilgen.

Kohlschuetter nahm einen Schluck von seinem Wasser. »Da bin ich ja froh, dass wir es hier bei uns nur mit abgeschnittenen Hoden zu tun haben.«

»›Nur‹ ist gut.« Bernsen, der auf ein scharfes Senfkorn gebissen hatte, schniefte. Seine Nase brannte, und ihm stiegen Tränen in die Augen. Ohne aufzusehen, nahm er Kohlschuetter den Becher aus der Hand und trank ihn aus. »Abgesehen davon fänden Sie mit Sicherheit sogar einen Grund dafür, in Mailand ermitteln zu dürfen, oder denken Sie, ich bin so blauäugig, anzunehmen, dass das nette Städtchen hier noch zu unserem Bereich gehört?« Ohne Kohlschuetter die Möglichkeit zur Antwort zu geben, drückte Bernsen ihm den Becher wieder in die Hand, pikte mit der Gabel das nächste Stück Fleisch auf und fuhr mit vollem Mund fort: »Also gut. Gehen wir mal davon aus, dass der Typ das Opfer eines sadistisch veranlagten Täters geworden ist. Es erscheint mir als ziemlich dummer Zufall, dass ein Mitarbeiter des Ordnungsamtes während eines Festes gewaltsam zu Tode kommt, für dessen Organisation und reibungslosen Ablauf er zuständig ist.«

»Noch dazu findet man ihn in ebendiesem Trubel und nicht etwa am Tatort oder irgendwo draußen am Rande der Stadt«, setzte Kohlschuetter grübelnd hinzu. »Quasi beim Highlight des Festes. Beim Teufelswerk.«

»Zusammengefaltet wie ein Fisch-Wrap. Na ja, war ja auch nur ein Hänfling«, bemerkte Bernsen wie nebenbei. »Welchen Höhepunkt meinen Sie überhaupt?«

Bernsen, der im Leben nicht auf die Idee gekommen wäre, zwischen Rittern, Scherenschleifern und Feuerspuckern zu flanieren, und der diese seiner Meinung nach alberne Vergnügung nicht zuletzt aufgrund einer tief sitzenden Abneigung gegenüber jedweder Historienverklärung ablehnte, konnte sich beim besten Willen nicht vorstellen, dass es irgendetwas

Sehenswertes auf diesem Fest gegeben haben sollte. Außer natürlich das goldbraune Spanferkel, das, obwohl es aus Niedersachsen stammte, wirklich hervorragend schmeckte. Aber dafür musste man nicht mit Tausenden Freaks, einem Klima wie in der Sahara und jammervollem, die Ohren beleidigendem Dudelsackgequietsche über das Altstadtpflaster latschen und sich das Wochenende versauen.

Kohlschuetter erklärte ihm geduldig die verschiedenen Disziplinen der Salzaer Spiele und die Bedeutung des von den Spielern allüberall gefürchteten Teufelswerkes, beschrieb die liebevoll hergerichteten Stände und Hütten, erwähnte die Folterinstrumente vor dem Rathaus, den Falkner und den Stelzenläufer mit der Vorliebe für Bohnen. Dabei ließ er mit jedem Satz mehr durchblicken, dass ihn das mittelalterliche Treiben in der Stadt an der Salza durchaus begeistert hatte.

»Haben Sie eine neue Freundin, die Seifensiederin ist?«, wollte Bernsen unvermittelt wissen. Er faltete den leeren Pappteller in der Mitte zusammen, was den übrig gebliebenen Senf an der Seite herausquellen und auf das Weinfass tropfen ließ. Nachdem er die Sauerei entdeckt hatte, versuchte er, den Mostrich mit dem Tellerrand wieder aufzunehmen, verschmierte ihn dadurch jedoch nur noch mehr. Gleichmütig faltete er die Serviette auf, die ihm der Mann vorhin neben den Teller gelegt hatte, breitete sie wie eine Tischdecke darüber aus, drückte alles fest und freute sich diebisch, dass das Malheur nun verschwunden war.

»Wie meinen?« Kohlschuetter zog die rechte Braue nach oben und sah aus wie jemand, dem gerade ins Bewusstsein gedrungen war, dass er Selbstgespräche geführt hatte, obwohl er davon ausgegangen war, sich mit seinem Gegenüber zu unterhalten.

»Oder vielleicht eine Pinselmacherin?« Bernsen hob den Kopf und schaute Kohlschuetter herausfordernd an. »Kräuterhexe? Edle Jungfrau ja wohl kaum, wenn Sie länger als drei Tage mit ihr bekannt sind.« Er lachte dreckig.

»Höre ich da den Neid des Besitzlosen?«, konterte Kohlschuetter breit grinsend.

»Sie waren nicht zufällig in der Stadt«, stellte Bernsen fest. »Neue Freundin mit Faible fürs Mittelalter, würde ich tippen. Wie einem das gefallen kann, entzieht sich zugegeben meiner Vorstellungskraft.«

»Können wir jetzt endlich? Wir müssen zur Familie des Opfers. Und die Ritter, Edelleute und Handwerksburschen warten auch nicht ewig.« Kohlschuetter schaute demonstrativ auf seine Armbanduhr. »In einer Stunde sind alle Beteiligten des Mittelalterstadtfestes im Rathaussaal. Bis dahin müssen wir wieder da sein. Zehn Minuten Mittagspause sind für Sie auch absolut ausreichend.« Kohlschuetter stieß sich vom Fass ab, drehte sich um und ging in Richtung Kornmarkt davon.

»Ich hoffe, Sie haben Ihr Auto hier. Mit meinem mache ich keine Dienstfahrten«, rief Bernsen ihm noch knurrig nach, ließ den Müll liegen, bezahlte das Essen und mit knirschenden Zähnen auch Kohlschuetters Wasser, dann folgte er ihm. Als er ihn eingeholt hatte, fing er an draufloszuwettern: »Ich möchte mal wissen, was die hier alle am Mittelalter so reizt? Mir fallen dazu nur Begriffe wie Schmutz, Gestank, Krankheit, Gewalt und Schrecken ein. Wozu soll man das bitte zelebrieren? Ebenso könnte man jedes Jahr in Stalingrad die Kesselfestspiele begehen oder in den Verduner Schützengräben die Deutschen und die Franzosen Polonaise laufen lassen«, redete er sich in Rage. »Absolut geschmacklos. Mal davon abgesehen, dass ich mir niemanden vorstellen kann, der freiwillig in einer Epoche ohne anständige medizinische Versorgung leben will. Menschenskinder, keine Anästhesie. Und vom Penicillin wollen wir gar nicht reden. Wie kann man die Geschichte nur so verklären.«

Bernsens Unmut schallte durch die enge Bonifaciusgasse, weshalb ihm einige der dortigen Standbesitzer, die noch dabei waren, ihre Sachen zusammenzupacken, böse Blicke zuwarfen.

»Also Bernsen, mal echt, finden Sie nicht, dass Sie übertreiben? Wir reden von einem mittelalterlichen Markt mit handgemachten Produkten und besonderen Künstlern. Es geht um Spaß, nicht darum, den schlechten Lebensstandard vergangener Zeiten zurückzuholen. Was sind Sie denn für ein Spießer?« Kohlschuetter drehte sich nach ein paar Kindern um, die ausgelassen in dem quadratischen aus Travertin-Quadern gebauten Marktkirchenbrunnen planschten.

»Ach, da wird man also als Spießer beschimpft, nur weil man sich auf die Fakten bezieht und den Leuten nicht irgendetwas vorgaukelt. Sie müssen schon authentisch bleiben. Toiletten zusperren, Essen verfaulen lassen und Krätze ansetzen. Die Mitspieler sollten nur dann auf den Markt dürfen, wenn sie sich vorher die Zähne ausschlagen und alles daransetzen, die Stummel verfaulen zu lassen.« Bernsen rieb sich die Hände. »Damit hätte man hier wirklich Spaß. Dann käme nämlich kein Schwein mehr zu einem derartigen Blödsinn.«

»Du liebe Güte. Es ist doch wohl jedem klar, dass es hier nur um Unterhaltung und nicht um geschichtliche Authentizität geht. ›Histotainment‹ nennt man das auf Neudeutsch.«

Sie überquerten den Kornmarkt, wobei Kohlschuetter eines der dortigen Häuser auffallend neugierig beäugte.

»Ach, hier wohnt sie wohl, die Neue?«, fragte Bernsen grinsend. »Soso. In Nummer 8, dem Geburtshaus von Christoph Wilhelm Hufeland. Der stammt aus Bad Langensalza. Sieh einer an. Gut zu wissen.«

Kohlschuetter reagierte nicht.

»Egal, Ihr Problem. Zurück zum Thema. Für mich sind das ungepflegte langhaarige Tätowierte, die sich aufgrund einer ausgeprägten Persönlichkeitsstörung an den Wochenenden zwanghaft als Ritter, Räuber und Hexe verkleiden müssen. Schauen Sie sich die Typen doch an.« Bernsen machte eine auslandende Handbewegung in Richtung einer übrig gebliebenen, ganz in goldene Kleider gehüllten Stelzenläuferin, deren lange blonde Rastalocken ihr bis zu den Hüften reichten und die versonnen mit einem perlmuttfarbenen glänzenden Chiffonumhang wedelte, wie um damit in die Lüfte abzuheben. Die Dame stand etwas unschlüssig vor der Bühne am Kornmarkt, als hoffte sie, dass ihr jemand von ihren Stelzen herunterhalf. »Querköpfe, die in unserer schnelllebigen und komplexen Gesellschaft nicht zurechtkommen und sich deswegen eine eigene, einfache Welt basteln müssen«, schimpfte Bernsen weiter. »Außerdem nehmen die alle Drogen. Jetzt sagen Sie bloß nicht, dass Sie die Hanfbrote an dem Stand da vorn nicht gesehen haben?«

Kohlschuetter, der beim Entenlaich geparkt hatte, lief geradewegs auf sein Auto zu. »Ich würde sagen, es ist eine ganz eigene Szene. Und viertausend Mittelalterveranstaltungen jedes Jahr deutschlandweit sprechen doch für sich. Es gibt keine andere Epoche, die so begehrt ist. Da kommen nicht einmal Barockfeste wie das in Rudolstadt mit.« Er zog seinen Autoschlüssel aus der Hosentasche, entriegelte die Türen und stieg ein. »Gleich nebenan in Mühlhausen soll es in jedem Mai ein Bauernkriegsspektakel geben. Das werde ich mir im nächsten Jahr mal ansehen.« Er nickte Bernsen aufmunternd zu und sah dabei ziemlich amüsiert aus.

Bernsen hielt kurz inne, warf sich dann aber schwungvoll auf den Beifahrersitz und zog die Tür kraftvoll zu. »Sage ich doch, Stalingrader Schlachtenhappening«, murmelte er unwirsch.

***

René Bärt war in der Thamsbrücker Straße 52 gemeldet. Das lang gezogene dreigeschossige Mehrfamilienhaus, dessen äußere Flanken gegenüber dem Mitteltrakt ein wenig hervorgestellt waren, hatte einen Sandsteinsockel, eine rote Klinkerfassade und hohe weiße Sprossenfenster mit einer achtfach geteilten Glasfläche. An einer senkrechten Fensterreihe waren drei moderne grau-silberne Balkonreihen vor das Haus gesetzt worden, die je nach Vorliebe der Mieter mit überwuchernden Ampel- und Kästenpflanzen, Sonnenschirmen oder trostlos aussehenden Wäscheständern bestückt waren. Nebenan stand ein weiteres Haus von der gleichen Bauart und etwas abseits, schräg dahinter, ein drittes. Die Zufahrt zu den Häusern führte durch eine breite Toreinfahrt in einer Backsteinmauer, die von dicken, ebenfalls geklinkerten Torpfosten mit spitzen Sandsteinhauben flankiert wurde. Ohnehin wirkte der Komplex nicht wie ein Wohngebiet, sondern eher wie ein abgeschlossenes Terrain mit breiten gepflasterten Wegen, alten hohen Bäumen und einem zentral gelegenen riesigen Parkplatz.

Kohlschuetter schaute sich um. Ihm fiel ein Polo mit Langensalzaer Kennzeichen auf, das die Initialen RB trug.

Bernsen stand vor der breiten grauen Eingangstür und studierte die linker Hand angebrachte Klingelleiste. Er drückte sekundenlang auf einen der Knöpfe, woraufhin die Gegensprechanlage stumm blieb, aber relativ zügig der Türsummer ertönte.

»Es ist jemand zu Hause«, brummte er, ohne eine Regung erkennen zu lassen, drückte seinen schmächtigen Körper gegen die Haustür und trat ein.

»Na, dann wollen wir mal«, entgegnete Kohlschuetter und folgte, wobei er die von Bernsen schwungvoll losgelassene Tür mit seiner rechten Schulter abbremste, um sie gleich darauf lautlos ins Schloss gleiten zu lassen. Interessiert begutachtete er das breite Treppenhaus mit dem glänzenden Steinfußboden, den weiß getünchten Wänden und dem leuchtend blau gestrichenen Geländer. Alles wirkte gepflegt und ansprechend. Noch dazu herrschte im Haus eine angenehme Kühle, die sogar die aus den Wohnungen strömenden Gerüche der verschiedenen Sonntagsbraten erträglicher machte. In einer der oberen Etagen ging eine Tür auf. Schlurfende Schritte wurden laut.

»René, na endlich. Mutti hat dir den Kaninchenbraten warm gehalten«, sagte eine sanfte, tiefe Stimme.

»Da der jetzt übrig ist, nehme ich ihn«, murmelte Bernsen, während er leichtfüßig die Stufen hinaufhüpfte. »Alles andere wäre Verschwendung.«

Kohlschuetter kommentierte das nicht. Situationen wie diese waren ihm zutiefst zuwider. Was sie Bärts Angehörigen jetzt sagen würden, wollte er in seinem ganzen Leben nie hören müssen. Er hasste diesen Teil seines Jobs. Die gnadenlose Endgültigkeit seiner Worte und das Mitleid mit den Angehörigen, das zugunsten seiner Professionalität weggedrückt werden musste, hätte er gern einfach ausgeblendet. Zumal sie nie wissen konnten, ob sich hinter den schreienden, weinenden und verzweifelten Menschen nicht der oder die Täter verbargen. Die überwiegende Zahl der Gewaltverbrechen passierten im engeren Umfeld – unter Familienmitgliedern, Freunden oder Bekannten. Die Befragungen gestalteten sich daher meistens schwierig. Sie mussten behutsam vorgehen und etwaige Zwischentöne einfangen.

»Ach, Entschuldigung, ich dachte, es ist unser Sohn.« Ein kleiner, drahtiger Mann stand vor ihnen auf dem Treppenabsatz und schaute sie aus gutherzigen, warmen Augen an. Seine Füße steckten in weiß-blauen Badelatschen, unter deren Querlasche dicke weiße Tennissocken hervorquollen. Darüber trug er eine verwaschene Uniformhose in olivgrünem Strichtarn, wie sie die Soldaten der Nationalen Volksarmee getragen hatten. Das weiße T-Shirt, das er sorgsam in die Hose gesteckt hatte, wirkte etwas steif und zeigte Knickfalten, so als hätte er es heute Morgen erst aus der Packung genommen. Als Kohlschuetter und Bernsen vor ihm standen, kratzte er sich etwas verlegen durch nussbraun glänzende Haarstoppeln den Kopf. Ein Hauch von Kernseife in Kombination mit dem Duft nach frisch Gebratenem umgab ihn.

Kohlschuetter trat dicht an den Mann heran, er sprach leise und unaufgeregt. Nur wenige Sätze, mit denen er sich und Bernsen kurz vorstellte und die Bitte formulierte, in die Wohnung gehen zu dürfen.

Bei Arnold Bärt, wie der Vater des Opfers hieß, führte bereits das bloße Erscheinen der Kriminalpolizei zu einem Schockzustand, der es ihm unmöglich machte, sich zu bewegen oder auch nur einen Laut von sich zu geben. Seine Lippen zitterten, sein Blick huschte aufgeregt zwischen Kohlschuetter und Bernsen hin und her. Nackte Angst lag darin.

»Aber er kommt doch immer nach Hause«, sagte er irgendwann, wobei die Worte äußerst langsam und verzerrt aus seinem Mund kamen, so als hätte er nicht genügend Kraft, seinen Kiefer auf- und abzubewegen.

Kohlschuetter entgegnete darauf nichts, sondern fasste den Mann behutsam am Arm und führte ihn in die Wohnung. Wenige Minuten später saßen sie in einem komplett zugestellten Wohnzimmer auf einem braunen Verloursledersofa, auf dem eine ganze Batterie beiger Stickkissen so exakt drapiert war, dass man den Eindruck gewinnen konnte, das Möbel hätte lediglich eine zierende Funktion. An der mit Streifentapete beklebten Wand reihten sich dicht an dicht golden gerahmte Fotos in den unterschiedlichsten Größen, die René Bärt im Kinderwagen, mit der Zuckertüte, beim Abiabschlussball, vor einem VW-Polo und bei vielen anderen Gelegenheiten zeigten. Er war offenbar das einzige Kind der Eheleute Bärt, und sie hatten die aus ihrer Sicht wichtigsten Stationen seines bisherigen Lebens hier festgehalten. Das größte und aktuellste Bild, dessen Rahmen noch ziemlich neu glänzte, zeigte ihn mit einer Urkunde in der Hand vor dem Eingang des Bad Langensalzaer Rathauses. Darauf schüttelte er dem Bürgermeister Berthold von der schönen Aue, diesmal im zivilen Anzug, lächelnd die Hand. Die stolzen Eltern maßen, wie man deutlich sehen konnte, dem Eintritt ihres Sohnes in das Berufsleben ganz besondere Bedeutung bei.

Kohlschuetter schilderte die Vorkommnisse in mildem Ton. Er saß auf der vorderen Kante der Couch und atmete ruhig. Bernsen stierte auf die aufgeschlagene Programmzeitung, die vor ihm auf dem Couchtisch lag.

Sibylle Bärt, die Mutter des Opfers, war nach einem entsetzten Aufschrei in sich zusammengesunken. Sie bedeckte ihre tränengefüllten Augen mit den Händen und schwieg lange. Schließlich ließ sie die Hände in den Schoß sinken, bemühte sich, das Weinen zu unterdrücken, und sagte: »Er ist letzte Nacht nicht nach Hause gekommen. Das kam aber öfter vor.« Sie atmete stoßweise. »René wurde immer von allen gemocht, schon im Kindergarten, ebenso in der Schule. Seine Zeugnisse …« Sie stand etwas wackelig auf, ging zu einer großen Schrankwand aus Birkenfurnier hinüber, zog die oberste Schublade auf und griff nach einer dunkelblauen Samtmappe, die mit einem schmalen Seidenbändchen verschnürt war. »Alle Zeugnisse waren immer …« Sie schluchzte auf, schnäuzte sich in ein Taschentuch, das sie aus ihrer Schürzentasche gezogen hatte, kam zurück und hielt Bernsen schniefend die Mappe hin. Der fasste etwas zu ruppig danach, fummelte ungeduldig an dem Verschluss, löste schließlich den Knoten, klappte sie auf und blätterte sich durch den Inhalt. »Sie waren ausgezeichnet. Sogar die Ausbildung hat er mit Bestnote abgeschlossen. Deswegen hat der Bürgermeister ihn übernommen. In Festanstellung. Im öffentlichen Dienst. Ein sicherer Job. Lebenslang. Verstehen Sie?«

Bernsen nickte zu alledem bestätigend, während er nach einem Seepferdchenaufnäher fischte, der aus den Papieren hervorgerutscht war und zwischen seinen Beinen hindurch auf die hellgelbe Schlingenauslegware segelte.

»Meine Frau und ich«, Bärt warf seiner Gemahlin einen vorsichtigen Blick zu, als wollte er sich vergewissern, dass er das sagen durfte, »wir hatten nicht so viel Glück. Sie putzt halbtags im fzmb, Sie wissen schon, bei den Tierärzten im Geranienweg, und ich bin Frührentner, na ja.« Er machte eine abwertende Handbewegung. »Unser Junge sollte es einmal besser haben als wir. Deswegen wohnt er auch noch bei uns. Er sollte sein Geld sparen oder für sich ausgeben.« Arnold Bärt rieb die Hände an seinen Oberschenkeln, als wären sie ihm eingeschlafen.

»Was ist das, dieses fzmb?«, fragte Kohlschuetter an Frau Bärt gerichtet. Der Schweiß lief ihm über den Rücken in seine Unterhose. Die Luft im Raum war zum Schneiden. Sehnsuchtsvoll schaute er auf die geschlossenen Fenster. Dann wandte er sich wieder den Bärts zu. Sie schienen einfache, anständige Leute zu sein und erinnerten ihn ein wenig an seine Eltern. Nur dass Gudrun und Frank Kohlschuetter so einiges gegen die beruflichen Pläne ihres Sohnes einzuwenden gehabt hatten. Sie, die warmherzige, attraktive Melkerin, und er, der charmante, umgängliche Traktorist, die sich 1972 in der LPG Leimbach kennengelernt und nur ein Jahr später geheiratet hatten, kamen eben aus der Landwirtschaft und blieben ihr auch ein Leben lang treu. »Milchplanerfüllung«, »Kälberverlustquote«, »K 700 Traktor« oder »Maschinenpflege«, so lauteten die Begriffe, die Kohlschuetters Kindheit geprägt hatten. Dazu wirkten die Schichtdienste der Eltern, ihre diversen gesellschaftlichen Verpflichtungen und natürlich die Vergnügungen des Kollektivs, bei denen das schöne Paar immer die Hauptattraktion war, auf ihn ein.

Frau Bärt tupfte sich die Tränen aus den Augen. »Es bedeutet ›Forschungszentrum für Medizintechnik und Biotechnologie‹. Da sitzt auch die Tierklinik.«

Kohlschuetter schaute sie schweigend an. Frau Bärt war ohne Zweifel wesentlich jünger als seine Mutter. Aber sie hatte auf ihn schon beim Eintreten ins Wohnzimmer den Eindruck einer Greisin gemacht.

Bernsen räusperte sich. »Wissen Sie, was Ihr Sohn in den vergangenen Tagen gemacht hat? Wann haben Sie ihn das letzte Mal gesehen?«

»Er war am Freitag den ganzen Tag zu Hause«, entgegnete Arnold Bärt. »Als Zeitausgleich, wegen seiner angesammelten Überstunden. Jetzt am Wochenende musste er außer der Reihe ja wieder voll arbeiten. Am Samstagmittag hat er gegen eins das Haus verlassen.« Er rieb sich die Augen. »Nein, warten Sie, am Freitag um die Mittagszeit war er kurz weg, für höchstens eine Stunde. Dringende Besorgungen machen, hat er gesagt. Aber wo er genau war?« Er zuckte ratlos mit den Schultern.

»Ich habe ihm eine Hühnersuppe gekocht«, warf seine Frau ein.

Bernsen schaute sie fragend an.

»Er hat den Freitag ansonsten nur im Bett gelegen«, antwortete Arnold Bärt. »Wir dachten, er hätte einen Kater, da es am Donnerstag sehr spät geworden war. Also haben wir ihn in Ruhe gelassen.« Er sprach ruhig, aber man konnte ihm ansehen, dass er Sorge hatte, irgendetwas falsch gemacht zu haben. Sicher machte er sich Vorwürfe, nicht besser auf seinen Sohn aufgepasst zu haben.

»Hühnersuppe hilft auch gegen einen Brummschädel«, pflichtete Sibylle Bärt ihm eilfertig bei.

»Sie haben ihn also beide seit Samstagmittag nicht mehr gesehen?«, wollte Kohlschuetter wissen.

Die Bärts schüttelten zur Bestätigung stumm den Kopf.

»Und es war nicht ungewöhnlich, dass er über Nacht wegblieb, ohne sich abzumelden?«, fragte Bernsen nach.

Abermals schüttelten beide die Köpfe.

»Kennen Sie seine Freunde?« Bernsen beugte sich neugierig vor, machte im Vergleich zu sonst aber einen ziemlich geduldigen Eindruck. »Wo kann er geschlafen haben?«

Sibylle und Arnold Bärt schauten sich mit weit aufgerissenen Augen fragend an. So als wollten sie sichergehen, dass der eine nicht mehr wusste als der andere. »Natürlich kennen wir sie«, sagte Renés Mutter voller Inbrunst. Ihr Mann brummte zustimmend. »Es sind allerdings viele. Wie gesagt, er war sehr beliebt. Und wo er die Nacht geblieben ist …«

»Könnten Sie uns bitte die Namen von all jenen aufschreiben, mit denen er sich regelmäßig traf?«, bat Kohlschuetter.

Sibylle Bärt nickte verunsichert. Ihr Mann hob und senkte die Schultern und schnaufte tief aus.

»Hatte René eine Freundin?«, hakte Bernsen nach.

»Er war ein ansehnlicher Bursche, müssen Sie wissen«, antwortete Arnold Bärt ausweichend.

Kohlschuetter dachte an den blassen entstellten Körper in dem Mehlsack. Bernsen fragte unterdessen weiter.

»War Ihr Sohn in letzter Zeit krank, von den Folgen des Rausches einmal abgesehen?«, wollte er wissen.

Dem widersprach der Vater energisch. Die Mutter bedachte Bernsen mit einem scharfen Blick, der wohl aussagen sollte, dass sie das niemals zugelassen hätte.

»Sind Sie sicher?«, fragte Kohlschuetter nach, dem es lieber war, wenn er diesen heiklen Teil des Gespräches übernahm. »Ihrem Sohn sind beide Hoden entfernt worden. Das kann erst kürzlich passiert sein.« Er rief sich das Bild der leicht rot leuchtenden, frisch genähten Narbe ins Gedächtnis, ersparte den Eltern aber die Details.

Den entsetzten Blicken der Bärts konnte man ansehen, dass sie keine Ahnung hatten, wovon Kohlschuetter da sprach. Er unterdrückte ein Seufzen. Auch wenn die beiden ihrem Sohn ganz ohne Zweifel liebevolle, umsorgende Eltern gewesen waren und mit ihm noch immer unter einem Dach lebten, war nur allzu deutlich spürbar, dass der mittlerweile erwachsene Spross sich schon lange von ihnen entfernt hatte. Die überdimensionierte Bilderwand und die akribisch sortierten Zeugnisse, Abzeichen und Sporturkunden konnten nicht darüber hinwegtäuschen, dass die beiden vom Leben ihres Sohnes zuletzt wohl kaum noch etwas mitbekommen hatten.

»Könnten Sie uns bitte den Namen des Hausarztes Ihres Sohnes geben?«, startete Bernsen einen neuen Versuch.

»Also unserer ist Herr Dr. Dellter. Er sitzt am Marktplatz«, sagte Sibylle Bärt zögerlich. »René muss wohl … vielleicht …« Ein unsicherer Augenaufschlag in Richtung ihres Mannes. »Sicher. Er ist auch dort gewesen. Bestimmt.«

Mit ihrer linken Hand drehte sie unaufhörlich den schmalen goldroten Ehering an ihrem rechten Ringfinger. Ihre Augen fixierten den Boden. »Aber er war ja nie krank.« Sie wimmerte.

Stille. Das Gespräch war beendet. Kohlschuetter warf Bernsen einen unmissverständlichen Blick zu. Der sprang auf und sagte: »Würden Sie uns dann bitte noch das Zimmer Ihres Sohnes zeigen?«

Sibylle Bärt kreischte auf und begann hemmungslos zu heulen.

In René Bärts Zimmer war nichts wirklich Aussagekräftiges zu finden. Die eher spartanisch wirkende Einrichtung war wenig gemütlich und bestand lediglich aus einem breiten, akkurat gemachten Futonbett, einem Flachbildfernseher, einer Bose-iPod-Anlage und einem Kleiderständer, auf dem sich dicht gedrängt seine gesamte Garderobe zu befinden schien. Zwischen den Füßen des Ständers steckte ein lilafarbener Wäschekorb, in dem sich ein Stapel fein säuberlich gefaltete Boxershorts und ungefähr ein Dutzend zusammengerollte schwarze Socken befanden. Kein Nippes, keine Fotos, nicht ein handgeschriebener Zettel oder irgendetwas, was die Jugend normalerweise aufbewahrte. Über die von seinen Eltern im übrigen Haus zur Schau gestellten amtlichen Dokumente seiner Kindheit hinaus hatte René Bärt keine persönlichen Gegenstände oder Erinnerungen in seinem Zimmer, und seine Mutter und seinen Vater schien das nicht im Geringsten zu irritieren. Zwei, drei Bücher, deren Inhalt sich um erfolgreiches Geldanlegen drehte, lagen verstreut auf dem Fußboden.

Als Kohlschuetter sich danach bückte, entdeckte er weit hinten unter dem Bett einen dicken Leitz-Ordner. Nur mit einiger Mühe bekam er ihn zu fassen. Der Hefter war voller offizieller Schreiben. Obenauf lag eine Gehaltsabrechnung der Stadt Bad Langensalza. Bernsen nahm den Hefter an sich.

»Wenn es Ihnen nichts ausmacht, würden wir heute noch die Kriminaltechniker vorbeischicken, damit sie sich Renés Zimmer und sein Auto genauer ansehen«, sagte Kohlschuetter, als er und Bernsen schon wieder im Treppenhaus standen. »Der schwarze VW Polo mit dem amtlichen Kennzeichen LSZ RB 007 da draußen gehört doch René, oder?«

Arnold Bärt nickte geistesabwesend. Dann fing er unvermittelt an zu erzählen. »Das hier waren mal Kasernen. Die Preußen haben sie 1896 gebaut. Sogar die Wehrmacht war hier. Das Kradschützen-Bataillon 1 und die Luftwaffe. Später die Sowjets, das 119. Panzerregiment der 8. Gardearmee. Hundertdreiundvierzig Standorte hatten unsere sowjetischen Freunde damals auf dem Gebiet der ehemaligen DDR, davon sieben mit Garnisonen, und einer war hier bei uns in Bad Langensalza. Ich habe für die übersetzt. Dolmetscher, verstehen Sie? Bei insgesamt fünfhundertfünfzigtausend Rotarmisten im Land brauchte man dringend Leute, die fließend Russisch sprachen.« Er seufzte tief. Sein angespannter Körper verriet, dass er innerlich furchtbar aufgewühlt war. »Bis 1994, dann waren alle weg.« Er zog die Stirn kraus. »Keiner wollte mehr Russisch sprechen. Dabei ist das eine so schöne Sprache. Und die Literatur erst, tiefsinnig und schwermütig wie die russische Seele. Haben Sie mal Dostojewski in seiner Muttersprache gelesen?«

Kohlschuetter verneinte. »Es tut mir sehr leid, Herr Bärt. Wir kommen bestimmt noch einmal wieder.« Er dachte an seinen Vater, der Anfang der 1990er Jahre vom Traktor steigen musste und es schweren Herzens mit dem Verkauf von Landmaschinen versucht hatte. Wenn seine Mutter nicht gewesen wäre, wäre es der Familie Kohlschuetter nach der Wende nicht sehr gut ergangen. Sie hatte sich mit einem Reinigungs- und Schneiderservice selbstständig gemacht und von da an für ihren Lebensunterhalt gesorgt.

»Wann sind Sie hier eingezogen?«, wollte Bernsen wissen.

Arnold Bärt schien dankbar über diese Frage zu sein. Er lächelte milde. »1996. Da war René gerade drei geworden. Ich habe ihm alles gezeigt. Als er klein war, konnte er sogar ein paar Brocken Russisch, aber meine Frau wollte das nicht. Sie sagte, die Zeiten seien glücklicherweise vorbei.« Der letzte Satz klang wehmütig.

Als sich Kohlschuetter und Bernsen verabschiedet hatten und die Treppe hinuntergingen, blieb Arnold Bärt noch einige Zeit im Flur stehen und schaute ihnen nach. Tränen liefen über seine Wangen.

***

Im Autoradio dudelte irgendein britisches Popsternchen seine einfältigen Weisen. Bernsen beugte sich nach vorn und fummelte am Lautstärkenregler. Augenblicklich dröhnte die Musik ohrenbetäubend durch den Innenraum des Wagens. Er fluchte und drehte hektisch am Knopf. Die Stimme verstummte ganz. »So ist es besser. Wohin jetzt?«

»Die Schausteller und Händler warten im Rathaussaal. Der Bürgermeister wird sie nicht ewig hinhalten können«, antwortete Kohlschuetter.

»Das sind Hunderte Leute. Das kann Tage dauern«, sagte Bernsen mit einem sanften Lächeln um seine Mundwinkel. Er lehnte sich entspannt zurück. »In Ordnung.« Den verwunderten Blick seines Kollegen ignorierte er.

»Was nützt es. Irgendwo müssen wir ja anfangen. Und bevor die alle nach Hause fahren, reden wir besser mit ihnen«, bekräftigte Kohlschuetter.

»Ich sagte, in Ordnung.« Bernsen drückte auf den elektrischen Fensterheber, ließ die Scheibe etwa zwanzig Zentimeter nach unten fahren und bugsierte mit seinem Zeigefinger behutsam eine kleine Spinne, die sich an der Sonnenschutzblende hinunterhangelte, nach draußen. Er schloss das Fenster wieder und schaute einen Moment zufrieden auf die Straße, dann erinnerte er sich an den dicken

Ordner auf seinem Schoß und klappte den Deckel auf. »Die Eltern hatten keine Ahnung von nichts. Die hätten doch nicht einmal bemerkt, wenn ihr Sohnemann jeden Morgen statt ins Rathaus in die Bahnhofskneipe marschiert wäre. Abgesehen davon glaube ich, dass unser Opfer am Freitag keinen Kater hatte, sondern ein veritables Problem mit seinen Genitalien beziehungsweise mit dem, was davon noch übrig war.« Er schüttelte den Kopf. »Es wird Zeit, dass der Leichen-Pensionär aus Jena sich meldet und ein paar Daten rüberschiebt.«

»Ihre Umschreibung unseres geschätzten Rechtsmediziners könnte passender nicht sein.« Kohlschuetter schmunzelte. »Sie sind für einen Sonntag auffallend gelassen. Habe ich etwas verpasst?«, fragte er.

»Nur das Mittagessen mit meiner Schwiegermutter, aber das ist mir glücklicherweise auch entgangen.«

»Ist sie zu Besuch?«, fragte Kohlschuetter.

»Eher zur Pflege, angeblich Beinbruch, allerdings kann man sich so einen Gips heutzutage prima selbst basteln, ein Besuch im Baumarkt, und schon ist der Klumpfuß fertig. Wenn es nach ihr ginge, würde sie sich dauerhaft bei uns einrichten, aber nur über meine Leiche«, antwortete Bernsen.

»Das erklärt einiges.«

Bernsen ignorierte den Kommentar. »Der Vater unseres Opfers … Mal ehrlich, sieht so ein typischer Wendeverlierer aus?«, fragte er, während er anfing, sich durch die Papiere zu blättern.

Kohlschuetter zuckte mit den muskulösen Schultern. »Vermutlich. Einer von der Art, der sein Leben nach außen komplett im Griff hat. Anständig, ordentlich, pünktlich, ein guter Bürger, Sie wissen schon. Aber im Innersten ist er in dem Moment zerbrochen, als seine Berufung nicht einmal mehr ein geachteter Beruf war. Geschweige denn einer, den jemand brauchen konnte. Ich kann mir gut vorstellen, dass die Leute nach 1990 von ihrem großen Bruder Russland erst einmal die Nase voll hatten. Mit Ausnahme einiger gewiefter Unternehmer natürlich, die ihr Glück im zerfallenen Sowjetreich suchten. Aber Herr Bärt sieht nicht so aus, als wäre er damals einer dieser Desperados gewesen.«

»Und trotzdem zieht der mit seiner Familie in die ehemalige Kaserne?« Bernsens Kopfbewegung zeigte gänzliches Unverständnis. »Haben Sie eigentlich auch Russisch gelernt?«

»Er war orientierungslos wie viele andere auch, deren Lebensmodelle damals über Nacht zerbrachen. Allein bis Mitte der 1990er Jahre verlor rund die Hälfte der DDR-Bürger ihren Arbeitsplatz. Da kann einem schon der Halt abhandenkommen. Er hoffte vielleicht, in der vertrauten Umgebung noch ein bisschen was von seiner glücklichen Zeit erhalten zu können. So abwegig ist das doch nicht. Dafür haben die beiden dem Jungen alle Wege offengehalten. Und sie sind der Meinung, dass er es geschafft hat. Ob er das auch so gesehen hat, werden wir noch herausbekommen.«

Bernsen schaute kurz aus dem Fenster, widmete sich aber umgehend wieder den Unterlagen. »Unsere Leiche hat auf Finanzmanager gemacht. Bausparvertrag, Tagesgeldkonto, Aktienfonds, dazu sämtliche Gehaltsabrechnungen und Kontoauszüge, nach Datum sortiert. Der hat jeden Monat richtig was zur Seite gelegt. Ich werde das mal überprüfen lassen. Was den Umgang mit der Kohle angeht, würde ich sagen, haben die Eltern alles richtig gemacht. Der Junge hat für die Zukunft vorgesorgt. Aus meiner Sicht etwas zu konservativ, aber immerhin. Meine Rotfeder hätte andere Fonds gewählt.«

Kohlschuetter grinste belustigt. »Das passt dann aber zum Schritt in den öffentlichen Dienst. Bärt schien auf Sicherheit aus zu sein.«

»Sieht so aus. Er scheint es außerdem mit aller Gewalt darauf angelegt zu haben, es weiter zu bringen als seine Eltern. Die ›Reproduktion der Klassenlage‹, wie es so schön heißt, wollte er wohl auf Biegen und Brechen umgehen. Was ist denn nun mit Russisch?«, quengelte Bernsen.

»Ja, doch. Ab der fünften Klasse. Ich habe sogar meine Abiturprüfung darin abgelegt«, verkündete Kohlschuetter mit einem leichten Anflug von Stolz in seiner Stimme. »Ist mit Gut bewertet worden.«

Bernsen blähte die Wangen auf und ließ die Luft entweichen. Es hätte ihn nicht gewundert, wenn sein Streberkollege mit einem Sehr gut um die Ecke gekommen wäre. »Nur?«, kommentierte er bissig und setzte nach: »Sie mussten die Sprache lernen, oder nicht?«

»Pflichtfach. Erste Fremdsprache«, entgegnete Kohlschuetter knapp.

»Na ja, bei einer halben Million sowjetischer Mitbürger brauchte man das vielleicht auch. Die haben ja sicherlich auch mal nach dem Weg gefragt.« Bernsen schaute geradeaus und überlegte, was er eigentlich über die Russen wusste. Das bisschen, was man ihm in der Schule beigebracht hatte. Gut. Dazu einiges über den Lübecker Russenmafiaprozess von vor zwei Jahren. Und ein paar Dinge über das System Putin. Darüber stand genug in der Zeitung. Ansonsten war diese Nation ihm jedoch gänzlich fremd. Als Kind der alten Bundesrepublik war er gen Westen orientiert, daran hatte sich für ihn bis heute nichts geändert. Dänemark. Das war was Reelles. Dort kannte er sich aus. Königin Margrethe, die Kleine Meerjungfrau und Stockfisch.

Kohlschuetter lachte auf. »Nach dem Weg gefragt? Wir durften keinen Kontakt haben. Die waren in ihrer Kaserne streng isoliert. Mit der großen Freundschaft war es da nicht so weit her, jedenfalls was das normale Volk anging. Ich denke, zwischen den Offizieren und hochrangigen SEDlern wird es schon mehr gegeben haben.« Ohne den Blick von der Straße zu nehmen, zog er eine Flasche Wasser aus dem Ablagefach in der Fahrertür, stellte sie zwischen seinen Oberschenkeln ab, öffnete den Schraubverschluss und nahm mehrere große Schlucke.

»Ganz schön bigott, die liebe DDR.« Bernsen schnalzte abwertend mit der Zunge. »Gorbatschow und Honecker knutschten sich ab, und die normale Bevölkerung durfte nicht einmal miteinander reden.« Dabei schielte er in die auf seiner Seite befindliche Ablage. Doch die war leer. »Ich habe übrigens auch Durst, aber auf etwas Kaltes«, knurrte er leicht ungehalten.

Kohlschuetter nickte versonnen. Er schien den letzten Satz überhört zu haben. »Die einfachen Soldaten waren arme Schweine. Junge Bürschchen mit kahl rasierten Köpfen in viel zu großen Uniformen. Die hatten es echt nicht leicht. Der Marschbefehl in die DDR muss für die der Super-GAU gewesen sein. Fern der Heimat, militärischer Drill und willkürliche Gewalt, eingesperrt in die Kasernen, ohne geregelte Freizeit und Privatsphäre. Gehungert haben die auch. Wenn die Manöver hatten und die Straßen blockierten, bin ich mit meiner Schwester immer raus und habe ihnen geschmierte Brote zugesteckt. Und schwarzen Tee in Graniniflaschen. Heimlich natürlich.«

»Graniniflaschen?«, warf Bernsen mit hoher Stimme ein.

»Irgendein entfernter Onkel aus dem Westen hat uns Kindern immer Granini-Saft mitgebracht. Damals gab es den noch in Glasflaschen, die meine Mutter ausgewaschen und wiederverwendet hat. Meistens für unsere Familienausflüge, aber ab und zu auch mal für die Sowjetsoldaten«, erklärte Kohlschuetter. »Das war damals so. Verpackungsmaterialen waren in der DDR Mangelware, man musste sich zu helfen wissen. Diese Kreativität hatte doch auch etwas für sich. Ich sage nur: Müllberge.«

»Was der Russe wohl dazu gesagt hat? Oh lecker, Pfirsichsaft. Ach nee, den haben die Ossis vorher ausgetrunken. Für den Mann aus dem Ural reicht braunes Wasser«, ätzte Bernsen. »Zweiter Aufguss, was?«

Kohlschuetter wandte den Kopf und schaute Bernsen mit hochgezogener Braue an. »Für uns Kinder war das immer spannend, die Uniformen, die Panzer und die ganze Technik.«

»Iwan und Igor werden das anders gesehen haben«, bemerkte Bernsen. »Wenn ich da an meine Zeit bei der Bundeswehr denke … Die in der Truppenküche haben nicht einmal anständigen Fisch zustande gebracht.«

Kohlschuetter bewegte ungläubig den Kopf. »Na dann.« Ein erneuter Schluck aus der Wasserflasche folgte. »Wenn unsere Männer am Freitagmittag losgefahren wären, hätten wir gegen Nachmittag schon die Kaserne des Bundesgrenzschutzes in Bad Hersfeld besetzen können. Am Sonntagabend wären wir an der französischen Grenze gewesen. Die Sowjets hätten wir dazu nicht einmal gebraucht. Ein Kinderspiel bei einer Armee, die in Wochenendurlaub geht«, presste er zwischen zusammengebissenen Zähnen hervor. »Und deren Truppe auch noch mehr Wert auf Fischrezepte als auf den Einsatz fürs Vaterland legt.«

»Wenn der Diesel bis Hersfeld gereicht hätte«, entgegnete Bernsen mit unverhohlener Freude über seine Schlagfertigkeit. »Vorausgesetzt natürlich, der Anlasser des W50 spielt mit und Sie müssen nicht noch auf ein Ersatzteil aus dem Westen warten.«

»Und da ist er wieder, der arrogante Wessi«, witzelte Kohlschuetter sarkastisch.

»Auf den devoten Ossi warte ich bei Ihnen leider immer vergebens«, erwiderte Bernsen und bemühte sich um einen enttäuschten Unterton in seiner Stimme.

»Den gibt es nicht, ist eine Erfindung des Westens. Wie der GEZ-Funkwagen, der durch die Straßen fährt und die Wohnungen nach unangemeldeten Fernsehgeräten abschallt.«

»Wie?« Bernsen richtete sich auf. »Die GEZ macht das nicht so?« Er wieherte innerlich. Die Frotzeleien mit dem Greenhorn Kohlschuetter fingen langsam an, ihm Spaß zu machen. So übel war der Kollege nun auch nicht. Und in Thüringen war es herrlich. Der blaue Himmel, das Zwitschern der Vögel, das liebliche Bad Langensalza und ein ermordeter Ordnungsamtsmitarbeiter ohne Eier. Und die Schwiegermutter dreihundertfünfzig Kilometer entfernt. Schöner konnte ein Sonntag nicht sein.

VIER

Schon im Flur des Rathauses war das Gemurmel der Leute deutlich zu hören. Als Bernsen und Kohlschuetter die schwere Eichentür zum Rathaussaal öffneten, verstummten die Unterhaltungen für ein paar Sekunden, hoben aber kurz darauf lauter und teils ungehaltener wieder an. Man hatte die beiden Kommissare in deren Abwesenheit schnell als Schuldige für den Abbruch des Festes und die sinnlose Warterei identifiziert.

An den Gesichtsausdrücken der vier Kollegen von der Bad Langensalzaer Dienststelle, die mit ihren dunkelblauen Uniformen zwischen den bunten und in höchstem Maße kreativ gekleideten Leuten sofort herausstachen, konnte man ablesen, wie heilfroh sie darüber waren, dass die Verantwortlichen endlich eingetroffen waren. Der Großteil der aktiven Mittelalterfans bildete ein eigensinniges, zuweilen störrisches Völkchen mit einem ausgeprägten Hang zur Individualität und einem philosophisch geprägten anarchischen Grundverständnis, das sich mit den Erfordernissen polizeilicher Ermittlungsarbeit nur schwer vereinbaren ließ. Sie hatten sich daher bei der Aufnahme der Personalien so einiges anhören müssen. Dabei waren die gepfefferten Sprüche über die Willkür des vermeintlichen Rechtsstaates, die Vorurteile gegenüber Andersdenkenden und über ihren Ronald-Schill-Einheitslook noch das Geringste gewesen.

Der ehemalige Hamburger Innensenator und Gründer der Partei Rechtsstaatliche Offensive hatte im Jahr 2001 die Farbe der Polizeiuniformen zu seinem Lieblingsprojekt erklärt und durchgesetzt, dass die Hamburger Polizei künftig Blau tragen sollte. Von der Hansestadt aus war diese Innovation in die meisten anderen Bundesländer übergeschwappt. Hier in Thüringen war das Gros der Polizisten nach der dem gemeinen Thüringer anfänglich eigenen Skepsis gegenüber dem Neuen jedenfalls heilfroh gewesen, die alten Senfmännchen-Uniformen in der modischen Linie von 1973 an den Nagel hängen zu können.

»Hier ist die Liste mit den Namen und Adressen aller Mitwirkenden.« Eine Frau mittleren Alters war wie aus dem Nichts gekommen, baute sich breitbeinig vor Bernsen auf und schaute ihn aus schmalen, entschlossenen Augen an, deren Härte durch das exzessive Verwenden eines extrem dunklen Augenbrauenstiftes und quietschgrünem Lidschatten noch unterstrichen wurde. Ihre rabenschwarzen glänzenden Haare klebten förmlich an ihrem Kopf, so straff hatte sie sie im Nacken zu einem Knoten gebunden. Dazu war die Dame gänzlich in dunkle, mehrschichtige bodenlange Gewänder gehüllt, die bei jeder ihrer Bewegungen mitschwangen. Neben ihr war zeitgleich ein kleiner jüngerer Mann aufgetaucht, der so dicht bei ihr stand, dass sein sich unter einer schweren dunklen Tunika hervorwölbender Bauch ihren Arm touchierte. Er musterte Bernsen griesgrämig und mit unverhohlener Arroganz durch große goldgeränderte Brillengläser. Während die Dame Bernsen energisch ein Bündel Papiere entgegenstreckte, als handelte es sich dabei um seinen Abmarschbefehl, nickte der Mann behäbig. »Hundertzweiundsechzig, das sind allein die mit Ständen.« Die Zettel raschelten, so sehr zitterte ihre Hand. »Laut Anmeldebögen stehen noch zweiunddreißig weitere drauf. Dadurch, dass auf unseren Formularen immer nur eine Person vermerkt ist, nämlich die, die den Hut aufhat, könnten noch ein paar mehr zusammenkommen. Die Bands zum Beispiel haben ja meistens mehrere Mitglieder. Und die Händler haben Mitarbeiter oder Frau oder Freundin dabei. Aber ein bisschen was kann die Polizei ja auch tun.«

Während sie das sagte, legte sie ihren Kopf weit in den Nacken, so als wollte sie zum Ausdruck bringen, dass sie keinen Widerspruch duldete. Ihr Begleiter beschleunigte sein Kopfnicken.

»Gut. Noch was, Frau …« Bernsen griff betont unbeeindruckt nach der Liste und machte Anstalten, die Dame einfach stehen zu lassen. Dabei glaubte er, einen Hauch von Rosen und Branntwein zu erschnüffeln.

Kohlschuetter, der schweigend neben ihm gestanden hatte, klopfte ihm nicht ohne eine gewisse Schadenfreude auf die Schulter. »Sie machen das schon, Kollege«, sagte er und wandte sich den Kollegen zu, um sich von ihnen auf den aktuellen Stand bringen zu lassen.

Die Dame zeigte sich einen kurzen Moment verschnupft darüber, dass ihre klare Ansprache ganz augenscheinlich fruchtlos blieb, fing sich aber schnell wieder. »Mein Name ist Granitz, Ordnungsamt Bad Langensalza, und das ist mein bester Mitarbeiter Theudebert, äh, Werner Blarns«, schoss es aus ihr heraus. »Hier werden Sie Ihren Mörder nicht finden. Das sind alles ehrbare Leute. Und«, sie machte eine bedeutungsvolle Pause, ehe sie nachlegte, »die sind jetzt alle wieder *mein* Revier.« Sie fletschte die Zähne, als wäre sie bereit, besagtes Revier mit Gewalt zu verteidigen. »Nachdem Bärt … Na ja. Armer Kerl.«

Etwas Abwertendes lag in ihrer Stimme. Werner Blarns machte ein unangenehmes und nicht weniger unfreundliches Geräusch mit seinen Lippen dazu.

»Meine Leutchen haben damit nichts zu tun«, fuhr sie fort. »Das Mittelalterstadtfest ist uns heilig, nirgendwo haben es die Mitwirkenden so gut wie bei uns.«

»Was heißt das, ›wieder Ihr Revier‹?«, wollte Bernsen wissen.

»Bärt hat die Gaukler, Schausteller und Künstler gemacht und ich die Handwerker und Händler, natürlich unter Mithilfe von Herrn Blarns«, entgegnete sie schnippisch und mit einem leicht schweren Zungenschlag.

»Sie hatten die Zuständigkeiten demzufolge aufgeteilt.« Bernsen nickte. »Und weiter?« Er versuchte, möglichst flach zu atmen. Der alkoholisierte Rosenduft hatte ihn nun fast vollständig eingehüllt.

»Dann hat er es ja nun endlich begriffen«, sagte die Granitz an ihren Mitarbeiter gewandt und mit übertrieben zur Schau gestelltem Selbstbewusstsein.

Um Werner Blarns' Mundwinkel zeigte sich ein leichtes schadenfrohes Zucken, das er jedoch schnell wieder unter Kontrolle hatte.

»Bewerbungsverfahren, Anträge, Genehmigungen, Standpläne, Kostenrechnungen. Genau«, fuhr sie fort. »Nicht nach dem Alphabet, sondern nach der angebotenen Dienstleistung. Alles muss seine Ordnung haben. Man will sich schließlich nicht in die Quere kommen. Außerdem war der Bärt ja noch ein Neuling. Die fünf Stadtfeste, die der bisher mitgemacht hat, drei als Lehrling wohlgemerkt, sind doch gar nichts. Gleich nach seiner Ausbildung wurde ihm vom Bürgermeister diese große Verantwortung übertragen. Um so weit zu kommen, brauchen andere ein halbes Berufsleben.« Die Missgunst war unüberhörbar. Dazu schwenkte sie ihren Arm abwertend, geriet ein wenig ins Wanken und wurde von einem beherzten Griff des noch immer an ihr klebenden Werner Blarns aufgefangen. Mit ihrem dürren Zeigefinger tippte sie Bernsen wiederholt auf die Brust. »Sechsundzwanzig Mal, mein Lieber, sechsundzwanzig Mal bin ich schon dabei. Nie ist irgendetwas passiert. Und jetzt das. Beim Höhepunkt der Spiele. Unserem Teufelswerk.« Sie kreischte die Worte und streckte ihre Arme gen Himmel, als würde sie eine höhere Macht für den Mord an René Bärt verantwortlich machen.

Einige der Umstehenden verstummten und schauten die Granitz betroffen an. Andere, die sie vermutlich näher kannten, sahen nur kurz herüber, lächelten milde und setzten ihre Gespräche fort. Ein großer, kräftiger Mann mit nacktem Oberkörper und grauen Kniebundhosen, dessen beeindruckendes Sixpack vollumfänglich zur Geltung kam, da er die Halsschlaufe seiner Lederschürze abgelegt hatte und diese nun umgeklappt vor seinen Beinen baumelte, polterte mit einem erstaunlichen Bass: »Rosi, mach nicht so einen Klamauk hier. Du hältst die Herren Polizisten nur von der Arbeit ab. Wir kommen alle nächstes Jahr wieder. Trink was zur Beruhigung, Schätzchen.«

Der Saal johlte. Nur ein Mann, der in der letzten Reihe saß und ziemlich brutal aussah, verzog keine Miene.

Werner Blarns machte einen zackigen Ausfallschritt, den Bernsen ihm bei seiner Leibesfülle gar nicht zugetraut hätte, und herrschte den Mann mit der Lederschürze an: »Maier, Kopf zu!«

Der Hüne schwieg umgehend. Rosi Granitz lächelte selig.

»Ich nehme mal an, gute Frau, dass Sie bis vor zwei Jahren alle Mitwirkenden allein betreut haben, also auch die Künstler?«, hakte Bernsen nach, wobei er, erstaunt über dessen Reaktion, zu Werner Blarns blickte, auf dessen Halbglatze sich unzählige Schweißtropfen gebildet hatten.

Rosi Granitz schien einen Moment die Fassung zu verlieren, fing sich aber umgehend wieder. »Vierundzwanzig Jahre lang war ich die Hauptverantwortliche. Sehr richtig. Und es ist nie etwas passiert. Eine Leistung ist das. Aber das weiß man hier nicht zu würdigen.« Sie bemühte sich erfolglos, die in ihrer Stimme mitschwingende Enttäuschung zu unterdrücken.

Bernsen nickte verständnisvoll, während er überlegte, ob ihr Frust wohl ausgereicht hatte, um René Bärt um die Ecke zu bringen, und welche Rolle der stumpfsinnig wirkende Blarns, der zu seiner Überraschung ganz augenfällig eine cholerische Seite hatte, dabei spielte. »Sie nehmen Platz und warten. Zu Ihnen komme ich später«, sagte er entschieden, ließ die sichtlich brüskierte Rosi Granitz samt dem teilnahmslos wirkenden Blarns stehen und lief in großen Schritten auf den Mann mit der Lederschürze zu, der sich soeben lautstark über die Dame lustig gemacht hatte. Der hatte sich inzwischen gesetzt und erhob sich schüchtern, als Bernsen direkt vor ihm stand. Das Ganze sah aus wie David gegen Goliath, nur dass die körperliche Unterlegenheit dem schmächtigen, höchstens eins siebzig großen Bernsen ganz und gar nichts ausmachte. »Sie sind also der Herr Schmied. Und der Herr Schmied möchte eine Aussage machen. Dann fangen Sie mal an«, forderte er ihn auf, wobei er die Hände in die Hüften stemmte und locker in den Knien wippte.

»Hieronymus Maier, Rothenburg ob der Tauber, Kindergärtner, aber zurzeit ohne Anstellung. Mir gehört die kleine transportable Schmiede auf dem Neumarkt«, antwortete der Mann kleinlaut und mit hochrot angelaufenem Gesicht.

»Kannten Sie das Opfer René Bärt?«, fragte Bernsen mit ruppigem Tonfall. Der Mittelalterspinner, der ihm blöd kommen konnte, musste noch geboren werden. Dieser Kindergarten aus Karnevalisten ging ihm gehörig auf den Keks.

Hieronymus Maier senkte sein Haupt. »Nein. Wir sind uns nur ein-, zweimal im Rathaus über den Weg gelaufen. Ich gehöre zu Rosi, äh, zu Frau Granitz. Sie betreut mich.«

»Wird wohl auch notwendig sein«, blaffte Bernsen.

Der Schmied schien die unterschwellige Beleidigung nicht gleich zu verstehen, nickte zustimmend und setzte sich, ohne Bernsen aus den Augen zu lassen, etwas unbeholfen wieder auf seinen Platz.

»Ist Ihnen etwas aufgefallen, das anders war als sonst? Vielleicht ein Streit? Eine Schlägerei? Oder jemand mit einem Sack?«

Der Koloss schnellte wieder nach oben. Er schüttelte unablässig seinen dicken Kopf. »Vom Neumarkt zum Töpfermarkt gucken, nee, das kann ich nicht.« Er hielt einen Moment inne und grinste frech. »Aber Säcke gibt es hier einige«, entgegnete er mit dem Gesichtsausdruck eines Schuljungen, der seinen Lehrer aufzieht. Ein paar Männer neben ihm feixten.

Bernsen schaute den Mann einen Moment lang schweigend an, murmelte leise »Einfaltspinsel« und ging zur Tagesordnung über. »Wir machen jetzt hier mal Folgendes«, sagt er und drehte dem Schmied den Rücken zu. »Alle, die von Frau Granitz betreut werden, begeben sich nach hinten zu den Fenstern, und alle, die mit Herrn Bärt zu tun hatten, setzen sich hier herüber.« Er zeigte mit der Hand in Richtung Tür. »Wer mit dem Opfer nicht bekannt war und auch sonst keine Aussage machen kann, hinterlässt seine Personalien, bitte mit einer Mobilfunknummer. Bei euch fahrendem Volk kann man sich über Festnetz sonst die Finger wund wählen. Aber Vorsicht, Leute, wir überprüfen die Angaben, also keine Tricks.« Bernsen fuchtelte mit seinem erhobenen Zeigefinger in der Luft herum. »Die Betreffenden können danach gehen.«

Im Rathaussaal wurde es laut.

Ein Imker, die Biene auf seinem Leinenhemd verriet ihn, ging Bernsen und Kohlschuetter beim Verlassen des Raumes mit düsterer Miene an: »So ein Mittelalterfest ist ein Tummelplatz für Leute aus der Unterschicht, die per se kriminell und ehrlos sind, was?«

Bernsen ignorierte den Kommentar, und auch Kohlschuetter erwiderte nichts, doch er fasste Bernsen am Arm. »Etwas Zurückhaltung, Kollege, wenn wir noch etwas aus den Leuten herausbekommen wollen«, raunte er ihm zu.

Bernsen knurrte Unverständliches.

***

Rund zwei Stunden später waren die Handwerker und Händler verschwunden, und nur noch die Gruppe der Gaukler, Schausteller und Künstler, für die René Bärt zuständig gewesen war – das waren fünfundvierzig Leute nebst Gefolge – saß noch im Rathaussaal und wartete. Jeder hier im Raum hatte das Opfer gekannt. Das hatten mit ihrer Anwesenheit alle unumwunden zugegeben. Darüber hinaus herrschte Schweigen.

Dicht gedrängt saßen die bunten Gestalten vor den Kommissaren und begutachteten ihre Schuhspitzen, knabberten an ihren Fingernägeln oder starrten einfach nur stur geradeaus. Die Stimmung war eisig. Man konnte spüren, dass etwas in der Luft lag, über das keiner von ihnen sprechen wollte, so als ob die renitente Meute ein Geheimnis miteinander teilte. Doch niemand wagte, den ersten Schritt zu tun. Bernsen war minutenlang wie ein Schulmeister vor den Leuten auf- und abgelaufen, hatte getobt, mit den Füßen gestampft und allen mit einer Nacht in der Untersuchungszelle der Erfurter Polizeiinspektion gedroht, würden sie die Ermittlungen weiterhin durch ihr Schweigen behindern. Jetzt fläzte er mit verschränkten Armen und lang ausgestreckten Beinen auf einem Stuhl zwischen zwei Fenstern und bedachte einen nach dem anderen mit fiesen Blicken. Er hatte sich vorgenommen, den Widerstand auszusitzen, und wenn es bis zum Morgengrauen dauern sollte. Er hatte Zeit. Über vierzig Jahre Polizeidienst sollten wohl ausreichen, um den Widerstand der in seinen Augen Gesetzlosen zu brechen.

Kohlschuetter trat an den Stelzenläufer heran, der am Vormittag vor der Marktkirche die Leute unterhalten hatte. Der sortierte gelangweilt seinen Vorrat an Hülsenfrüchten von einer in die andere Hand. »Das ist ein Trick, oder?«, fragte Kohlschuetter leicht nach vorn gebeugt, wobei er dem Mann fest in die Augen schaute.

Der Stelzenläufer grinste, nahm eine Bohne, steckte sie sich in die Nase und streckte sie nahezu im gleichen Moment auf der Zunge liegend aus seinem Mund heraus. Die anderen Künstler klatschten Beifall. Ein groß gewachsener Mann mit Glatze, grauem Ziegenbart und Nickelbrille spielte einen Tusch auf seinem Dudelsack. Die neben ihm sitzende schwarzhaarige Dame lächelte ihn innig an. Bernsen war versucht, sich die Ohren zuzuhalten.

»Es gibt Dinge zwischen Himmel und Erde, die kann man nicht erklären«, entgegnete der Stelzenläufer sibyllinisch mit einem schelmischen Funkeln in den Augen. »Sie können es ja einmal probieren.«

»Ich habe nicht annähernd so viel künstlerisches Talent«,

wehrte Kohlschuetter ab. »Obendrein habe ich Angst vor Schmerzen.«

Der Mann wedelte mit seiner Hand durch die Luft und verneigte sich.

Erneut ertönten die Klänge des Dudelsackes.

Bernsen fuhr auf. »Lassen Sie das, Sie …«

»Sie was?«, fragte der Musiker freundlich, aber bestimmt.

Dudelsackterrorist, dachte Bernsen, verkniff sich aber die Aussprache des Wortes. Stattdessen schaute er den Mann geringschätzig an.

»Was haben Sie gegen gute Musik?«, wollte der Dudelsackspieler wissen.

Gegen gute nichts. Bernsen zog einen Flunsch.

»Es muss Ihnen ja nicht gefallen, was wir machen, aber etwas freundlicher könnten Sie schon sein.«

»Dann hätte ich jetzt gern mal gewusst, zu wem ich freundlich sein soll«, blaffte Bernsen. »Und wer hier durch unsinniges Maulaffenfeilhalten die Arbeit der Polizei behindert?«

»Wir sind das Duo ›Cave Feles‹ aus Weißensee«, antwortete der Mann und zeigte auf sich und seine Sitznachbarin. »Wir …«

Ehe er den Satz beenden konnte, fiel ihm Bernsen ins Wort. »Aus Weißensee. Alles klar.« Er warf Kohlschuetter einen vielsagenden Blick zu. »Haben Sie das gehört, Kollege? Die Reinheitsgebot-Junkies verfolgen uns. Ich wusste ja schon immer, dass die da seltsam sind.«

»Die Stadt ist sehr schön und Ihre Musik übrigens auch«, sagte Kohlschuetter an den Musiker gewandt.

Wieder erklang der Dudelsack. Die Dame nickte Kohlschuetter glücklich zu.

Hoffentlich rutscht niemand auf der Schleimspur aus, die der Jungspund da gerade hinterlässt, dachte Bernsen grimmig. Das Gesäusel bringt ihm vielleicht bei seinen Weibern was, aber die hartgesottenen Kerle hier werden ihm was husten. Die stecken alle unter einer Decke. Und wie kann man überhaupt bei jemandem, der Bohnen spuckt oder unkontrolliert Luft in eine Sackpfeife bläst, von Talent reden? Die haben doch alle einen ausgewachsenen Vogel. Die reinsten Scharlatane. Durch die Bank. Arbeitslose Taugenichtse, rauschmittelsüchtig und gewissenlos.

Kohlschuetter räusperte sich verhalten. »Ich weiß nicht, was Ihr Problem mit dem Opfer war, aber dass es eines gegeben haben muss, ist für uns sonnenklar«, sagte er mit ruhiger Stimme. »Wir finden es früher oder später ohnehin raus, es wäre allerdings deutlich besser, wenn Sie es uns freiwillig sagen. Wenn Sie etwas wissen und schweigen, bringen Sie sich nur in Misskredit – bei der Stadt Bad Langensalza, aber auch bei Ihren vielen begeisterten Fans.« Er machte eine dramatische Pause und schaute die Gruppe unverwandt an.

»Begeisterte Fans«, nuschelte Bernsen abfällig und hatte Mühe, dabei nicht laut loszulachen. Jetzt seift der die so richtig ein, dachte er und amüsierte sich köstlich. Argwöhnisch blickte er in die Runde. Kein normaler Mensch tat sich freiwillig diese durchgeknallten Zaubervögel an. Was den Verstand des Kollegen Kohlschuetter anging, kam er allerdings auch manchmal ins Zweifeln. »Scheint doch trotzdem ein netter Kerl zu sein«, hatte seine Rotfeder neulich gesagt, als er ihr ein paar Geschichten von seinem Teamkollegen erzählte. Seiner Meinung überwog das »trotzdem« fundamental, denn richtig rund lief er nicht. Vor allem, wenn er sich die Typen hier anguckte, für die Kohlschuetter ganz unübersehbar etwas übrighatte, hielt er eine gewisse Skepsis ihm gegenüber weiterhin für angebracht. Halloween auf der Geisterbahn war nichts dagegen. Aber wieso schauten die jetzt alle so friedlich drein? Beseelt hingen sie an Kohlschuetters Lippen. Die fraßen sein lauwarmes Getue doch nicht etwa?

»Ich kann nur an Ihr Ehrgefühl als Künstler appellieren. Wir brauchen Ihre Hilfe. Der Ruf des Mittelalterstadtfestes darf nicht unter diesem schrecklichen Verbrechen leiden. Dafür haben Sie alle zu viel investiert.« Kohlschuetter schloss seinen Monolog mit einem kurzen Senken seiner Lider, wie es ein Pfarrer von Zeit zu Zeit tat, um der Gemeinde die große Bedeutung seiner Worte nahezubringen.

Rosi Granitz klatschte etwas zu laut in die Hände. Werner Blarns knurrte zustimmend. Bernsen wollte gerade aufspringen und den Laden gehörig zusammenbrüllen, da stand ein älterer Mann auf. An seinem Körper hing ein braunes zerfetztes Sackkleid, das ihm bis über die Knie reichte. An den Beinen trug er gleichfarbige, von Motten zerfressene Wadenwickel, mit denen er auch seine Füße umhüllt hatte. Der Schuhersatz hatte den Tag auf dem Langensalzaer Altstadtpflaster jedoch nicht besonders gut überstanden, denn die großen Zehen des Herrn hatten sich bereits den Weg ans Licht gesucht. Im Aufstehen hatte er sich den Lappen, der auf seinem Kopf gelegen hatte, heruntergezogen. Er hielt ihn nun so fest in der Hand, dass seine Fingerknöchel weiß hervortraten.

»Professor Dr. Johann Tehrbaum, Internist am Klinikum Jena, in meiner Freizeit kennt man mich als den Bettler Hans. Ich möchte Ihnen gern etwas erklären. Möglicherweise gelingt es mir dadurch, Licht in Ihr Dunkel zu bringen. Allerdings bin ich der festen Überzeugung, dass sämtliche hier Anwesenden frei von Schuld sind, zumindest was den Mord angeht«, sagte er mit angenehm weicher Stimme und in einer Ausdrucksweise, die seinen Bildungsstand erkennen ließ.

Bernsen wäre fast vom Stuhl gerutscht. Ein Internist, der in seiner Freizeit als Bettler auf deutschen Marktplätzen saß? Das war zu viel für seine Vorstellungskraft. »Glücklicherweise ist mein Blinddarm schon raus«, murmelte er und ergänzte in Gedanken: Nachher hockt der sich vor einem Eingriff in die Ecke des Operationssaales und bettelt erst einmal eine Runde um das Operationsbesteck. Wie absurd.

Die anderen lauschten ehrfurchtsvoll.

Der Internistenbettler Hans, der so etwas wie die graue Eminenz bei den Künstlern zu sein schien, berichtete, dass er und seine Mitstreiter viele Jahre lang ganz ausgezeichnet mit der Bad Langensalzaer Stadtverwaltung zusammengearbeitet hätten. Seit letztem Jahr aber sei nichts mehr glattgelaufen. »Nachdem Herr Bärt seine Ausbildung abgeschlossen hatte, war kein Auskommen mehr mit ihm möglich. Als wäre er ein anderer Mensch geworden. Er hat uns mit den Formalitäten gegängelt und stundenlang auf dem Rathausflur sitzen lassen, unsinnige Genehmigungen nachgefordert. Oder können Sie erahnen, wofür die Betreiberin des Badehauses einen Lebensmittelausweis benötigt?« Sein fragender Blick fiel erst auf Kohlschuetter und danach auf Bernsen. Als keiner von beiden reagierte, sprach er weiter. »Die gute Frau kocht ja keine Würste in ihren Zubern.«

Man konnte ein paar unterdrückte Lacher hören.

Aber vielleicht Bohnen, dachte Bernsen. Immerhin spie der Typ da drüben genug aus, um eine ordentliche Suppe davon kochen zu können. »Wieso gehörte die Badefrau eigentlich zu Bärt? Sollte man diese Dienstleistung nicht eher bei den Handwerkern und Händlern einordnen?«, fragte er muffelig.

Der Bettler Hans rang mit sich. Ehe er jedoch etwas entgegnen konnte, meldete sich eine Frau aus den hinteren Reihen zu Wort: »Weil ich eine Künstlerin bin, ihr Deppen«, keifte sie mit rauer Stimme. »Das ist sogar meine Berufsbezeichnung. Körperpflege kann auch Kunst sein.« Sie raffte ihren langen Rock bis weit über die Grenze des guten Geschmacks und präsentierte ihre tätowierten Beine, die nicht einen Zentimeter weißes Fleisch mehr zu bieten hatten. »Wenn die Leutchen sauber bei mir aus den Zubern krabbeln, steche ich auch gern noch mal das eine oder andere Bildchen, verstanden?«

Bernsen starrte wie gebannt auf die bunten Beine.

Die Meute klatschte Beifall.

Hans hob die Hand, und umgehend kehrte wieder Ruhe

ein. »Das mit Bärts Gängeleien konnte man alles auf sich nehmen – wenn er es nicht kolossal übertrieben hätte.« Er hielt andächtig inne und schwieg ein Weilchen. »Jeder der hier anwesenden Künstler hat dieses und letztes Jahr hundert Euro extra bezahlen müssen, die Gruppen zweihundert. Bar auf die Hand des Herrn Bärt, ohne Quittung, versteht sich.« Er lächelte gequält. »Dafür sollte es für einige einen besseren Standplatz geben, anderen wurde die Teilnahme im nächsten Jahr zugesichert. Das Bad Langensalzaer Mittelalterstadtfest ist unter den Künstlern sehr begehrt, wissen Sie.«

Bernsen musterte die Wartenden und rechnete. »Das sind über viertausend Euro.« Er neigte den Kopf leicht zur Seite und nickte anerkennend. »Nicht schlecht, so als kleine Nebeneinnahme.«

Rosi Granitz fing an zu schluchzen. »Die Ehre unserer Stadtverwaltung, des Bürgermeisters aufs Übelste beschmutzt. Wie konnte er nur? Bestechungsgelder, und das als Verwaltungsmitarbeiter, hier bei uns. Oh, dieser Bärt …« In ihren letzten Worten lag unverhohlener Hass.

Werner Blarns legte seine Hand auf ihre Schulter und schaute sie mit undefinierbarem Gesichtsausdruck an.

»Sie haben alle anstandslos bezahlt?«, hakte Kohlschuetter nach.

Hans bestätigte das mit einer Kopfbewegung, auch die meisten anderen nickten. »Selbst ich«, erwiderte er peinlich berührt. »Aus Solidarität zu den anderen. Als Bettler ist man ja nicht wirklich ein Künstler.«

»Natürlich!«

»Sei nicht so bescheiden.«

»Du bist der Beste von uns allen.«

Die Leute riefen alle durcheinander. Hans, der Bettler, lächelte glücklich.

Kohlschuetter räusperte sich laut, um wieder Ruhe in die Truppe zu bringen. »Was ist dann passiert?«, fragte er, wobei ihm die Verwunderung über die Bestechung ins Gesicht geschrieben stand.

»Passiert ist so gesehen nichts, wir waren ja alle in diesem Jahr wieder dabei. Was das angeht, hat er Wort gehalten, wobei wir mittlerweile glauben, dass es ohnehin so gekommen wäre. Als wir auch diesmal wieder zur Kasse gebeten wurden, haben wir uns noch nichts dabei gedacht. Am Ende hat aber keiner von uns einen besseren Platz zugewiesen bekommen. Im Gegenteil, es hagelte nur noch mehr sinnlose Auflagen. Die Handleserin durfte nicht im Schatten der Marktkirche stehen, sondern musste in die pralle Sonne rücken. Dabei ist sie die Einzige, die ihr Zelt für ihre Arbeit schließen muss. Bei der Hitze schreckt das aber die Kunden ab. Den Stelzenläufern war es verboten, durch die Straßen zu laufen. Der Falkner durfte niemanden in die Nähe seiner Vögel lassen. Blödsinnige Gängeleien. Er hat uns schlichtweg alle übertölpelt.«

»Und dann haben Sie Ärger gemacht?«, fragte Kohlschuetter.

»Wir haben das Geld für dieses Jahr zurückverlangt. Ohne Erfolg. Wie fordert man auch die rechtmäßige Rückgabe von Bestechungsgeldern ein? Wir konnten es sonst niemandem sagen, wir hätten uns damit ja selbst in eine peinliche Lage gebracht.« Er warf einem jungen durchtrainierten Mann in der hinteren Reihe, dessen grobes Erscheinungsbild etwas Furchteinflößendes hatte, einen nicht zu deutenden Blick zu.

Bernsen sah das und sprach den Mann direkt, aber etwas zu scharf an. »Sie da. So wie Sie aussehen, haben Sie sich das nicht gefallen lassen, oder?«

Der Mann saß vornübergebeugt auf seinem Stuhl, die Ellenbogen auf den Oberschenkeln abgestützt, und knetete seine kräftigen Hände. Den Kopf hatte er leicht gesenkt, sodass sein Blick aus dunklen Augen, mit dem er das Geschehen aufmerksam verfolgte, noch grimmiger wirkte. Die schwarze Lederhose und die dazu passende Weste, die er trug, waren abgewetzt und an einigen Stellen rissig. Sein Oberkörper war wie bei ein paar anderen Männern aus der

Gruppe nackt, aber dafür über und über mit gelb-roten Feuersymbolen tätowiert. An der Hinterseite seines ansonsten kahl rasierten Schädels baumelte ein kleiner, schlaffer Pferdeschwanz. Neben ihm saßen drei auffallend dünne, ebenfalls komplett schwarz gekleidete Frauen, die ängstlich zu Bernsen und Kohlschuetter schauten. Sie zuckten zusammen, als er die Stimme erhob.

»Ich mache der Feuershow«, sagte er mit tiefem Timbre und übertrieben bedeutungsschwer. Der Rest der Gruppe schaute ehrfürchtig auf ihn. Nur Hans, der Bettler, stierte angestrengt auf den Parkettfußboden. »Wenn es sein muss, töte ich auch Drachen.«

Bernsen blies die Wangen auf. Das wurde ja immer besser. Das archaische Wesen dort würde wohl auch einer Fledermaus den Kopf abbeißen.

»Meine Mädels hier jonglieren mit brennenden Fackeln, tanzen mit lodernden Hula-Hoop-Reifen, werfen sich in den Flammen. Sie lieben den Nervenkitzel, die geheimnisvolle Feuerschein in dunkle Nacht, die Rückkehr zu den Urgewalten.« Seine Worte trieften vor Pathos.

»Jetzt wollen wir mal zum Punkt kommen, Kokelfritze«, warf Bernsen ein. »Was hatten Sie für ein Süppchen mit René Bärt zu kochen, oder wollen Sie mir das lieber unter vier Augen beichten?«

Der Mann sprang auf, sein Stuhl fiel um und knallte laut zu Boden. Eines der Mädchen schrie vor Schreck auf. »Ein Pier Carderra lässt sich von niemandem beleidigen, auch nicht von die Polizei.« Er schlug sich mit der geballten Faust auf die Brust. »Was ich zu sagen habe, können alle hier hören.«

Kohlschuetter warf Bernsen einen strengen Blick zu. Der verzog den Mund und dachte nicht einmal daran, den Kokelfritzen zurückzunehmen.

»Reden Sie bitte weiter, Herr Carderra«, forderte Kohlschuetter den Mann auf.

Pier Carderras breiter Brustkorb bewegte sich durch sein

schnelles Atmen zügig auf und ab. Er hatte unverkennbar Mühe, seine Erregung zu verbergen. Schließlich explodierte er. »Es ist mein Feuershow, und der macht mir niemand kaputt. Zwanzig Jahre, dreizehn Länder, Millionen Begeisterte. Wir sind Profis! Das Feuer ist mein Element.« Er trat vor den auf dem Boden liegenden Stuhl. »Mein Show ist einzigartig. Nirgendwo sonst wagt jemand den Kampf mit dem Drachen.«

Freilich, ich, dachte Bernsen. Immer dann, wenn ich zu meiner Schwiegermutter nach Hannover muss. Oder nach Hause. Seit gestern. Für die nächsten drei Wochenenden. Schiet. Seine Laune erreichte den Tiefpunkt.

»Pier, bitte«, sagte Hans, der Bettler, besänftigend. »Niemand macht dir deine Show kaputt.«

»Aber Pieri«, Frau Granitz seufzte theatralisch, »du bist doch der Beste.«

Werner Blarns zog die Stirn kraus.

Pier Carderra hörte das nicht. Wie ein wildes Tier lief er im Rathaussaal auf und ab. »Dieses widerliche Würstchen hat uns keine Genehmigung für die offenen Flammen erteilt«, rief er immer noch aufgebracht. »Er wollte mich, ausgerechnet mich, lächerlich machen.«

»Wann hat er Ihnen das mitgeteilt?«

»Zwei Tage vor unserem Auftritt. Per Mail. Dieser feige Ratte.« Pier Carderra schnaufte schwer wie nach einem Marathonlauf.

»Ist das nicht ungewöhnlich? Müssen sich die Antragsteller ihre Genehmigungen denn nicht persönlich im Rathaus abholen?«, wollte Kohlschuetter wissen.

Carderra zuckte nur mit den Schultern.

»Das kommt darauf an. Mal so, mal so. Aber zwei Tage vor Auftritt ist schon sehr spät«, antwortete Rosi Granitz verwundert. »Wenn er nicht regelmäßig in sein Postfach gucken würde, hätte er von der Auflage ja überhaupt nichts mitbekommen. Außerdem gilt immer noch die Schriftlichkeit, mit Stempel und Unterschrift, versteht sich.«

»Wenn ich richtig informiert bin, fand Ihre Feuershow aber statt, oder? Auf dem Töpfermarkt, nicht wahr?« Kohlschuetters Stimme klang erstaunlich hart.

Pier Carderra schoss durch die Reihen hindurch auf Kohlschuetter zu, stoppte aber abrupt, drehte ab und schmiss sich auf einen freien Stuhl. »Wenn ich die Mörder wäre, hätte ich die Arsch schlichtweg abgefackelt. Feuer kann alles vernichten, auch das Böse.«

Ein Raunen ging durch den Saal.

»Sie haben Ihre Show trotzdem durchgezogen?«, wiederholte Kohlschuetter scheinbar arglos.

Bernsen nickte begeistert. Manchmal hatte es etwas für sich, wenn der Kollege Kohlschuetter schon vor einem Mord den potenziellen Tatort inspizierte. Was diesen Flammenterminator anging, bestand allerdings kaum Hoffnung, dass der bei der Verwendung des weiblichen und männlichen Artikels noch irgendwann den Durchblick bekam. Die böse Mann.

Pier Carderra knurrte angriffslustig. »Ich scheiße auf der Genehmigung des Ordnungsamtes. Dafür habe ich der Drecksau bezahlt.«

Hans, der Bettler, versuchte zu vermitteln. »Die Formalitäten sind dieselben wie jedes Jahr. Es gab nie irgendwelche Beanstandungen. Auch nicht vonseiten der Feuerwehr, und die war zugegen. Pier achtet penibel auf die Sicherheitsbestimmungen. Daran hängt sein Erfolg als Geschäftsmann.«

»Gab es keine Probleme?«, wollte Kohlschuetter wissen. »Das Ordnungsamt hat doch noch andere Mitarbeiter. Ist das keinem aufgefallen?«

Hans verneinte das.

Frau Granitz pflichtete ihm bei.

»Nicht, wenn René Bärt bei Beginn der Show schon tot war«, gab Bernsen zu bedenken.

»Was will die damit sagen?«, fauchte Pier Carderra außer sich und schaute Kohlschuetter entrüstet an.

»Dass Sie die Typ um der Ecke gebracht und dann in aller Ruhe der Show durchgezogen haben«, keifte Bernsen, der sich mächtig konzentrieren musste, um die Geschlechterwörter falsch zu gebrauchen. »Bärt wusste, dass Sie keine Genehmigung hatten. Nach dem, was Sie uns erzählt haben, hätte er wohl versucht, Ihren Auftritt zu verhindern. Das war aber kaum möglich, wenn er da schon nicht mehr unter den Lebenden weilte.«

Carderra schloss den Mund und presste die Lippen fest aufeinander. Augenscheinlich wurde ihm gerade klar, wie schwer diese Unterstellung wog. Einen kurzen Moment später hellten sich seine Gesichtszüge überraschend auf. »Wurde er mit Feuer getötet?«, fragte er unvermittelt.

Kohlschuetter schüttelte den Kopf.

»Dann kann ich es nicht gewesen sein«, erklärte er in einem Anflug kindlicher Naivität. Er klatschte in die Hände, lehnte sich entspannt zurück, spreizte die Beine und kratzte sich ebenso unhöflich wie provozierend im Schritt.

»Wann haben Sie das Opfer das letzte Mal gesehen?«, hakte Kohlschuetter unbewegt nach.

Carderra winkte ab. »Vor Wochen, bei der Antragstellung.«

»Wer von Ihnen hatte an diesem Wochenende irgendetwas mit René Bärt zu tun oder ist ihm über den Weg gelaufen?« Kohlschuetter schaute fragend in die Runde.

Rosi Granitz streckte zögerlich den rechten Zeigefinger nach oben. »Am Samstag zur Eröffnung.«

Werner Blarns nickte bestätigend.

»Rauchen Sie?«, fragte Bernsen. Er hatte die zahlreichen, mit einer Zigarette beigebrachten Brandwunden auf den Armen und Beinen des Opfers noch gut in Erinnerung.

Pier Carderra schaute von einem Kommissar zum anderen. Augenscheinlich wähnte er sich in einer Falle und wusste nicht, wie er reagieren sollte.

»Rauchen Sie?«, wiederholte Bernsen.

»Niemals!«, schrie Carderra, als müsste er seiner ganzen Wut Luft machen.

»Die Leute von der Feuershow haben mit Nikotin alle nichts am Hut. Die Gase, die die Fackeln abgeben, sind schon giftig genug«, erklärte Hans leise.

»Was sind Sie von Beruf, Herr Carderra?«, fragte Kohlschuetter, ohne weiter auf ihn zu achten.

»Die Betreiber von die Feuershow. Was soll der dumme Frage?«, tönte Carderra mürrisch.

»Das bisschen Zündeln hat man in fünf Tagen drauf. Die Frage war, ob Sie auch einen anständigen Beruf gelernt haben?«, präzisierte Bernsen.

Ein Raunen ging durch den Rathaussaal.

»Fleischer«, krakeelte Carderra. »Ich habe Fleischer gelernt und danach fünf Jahre in die Betrieb meines Vaters gearbeitet. Ist das anständig genug für der Polizei?«

Bernsen warf Kohlschuetter einen entschiedenen Blick zu. Als Fleischer konnte der Typ prima mit einem Messer umgehen. Kotelett und Rouladen auslösen lernten die doch schon im ersten Lehrjahr. Und so ein richtiger Eber, der hatte doch auch …

»Herr Carderra, wo waren Sie am Samstag?« Kohlschuetters Stimme klang messerscharf.

Pier Carderra, der bis jetzt über jede Menge Körperspannung verfügt hatte, sackte förmlich in sich zusammen. Immer wieder strich er mit seinen Handflächen fahrig über seinen kahlen Schädel und fasste nach dem dünnen Zopf. Sein Blick wirkte entrückt, als hätte er die Welt um sich herum vollständig ausgeblendet. Irgendwann fing er an, seinen Oberkörper langsam vor- und zurückzubewegen wie ein orthodoxer Jude, der bei seinem Gebet andächtig schaukelte.

»Pier«, ertönte die sanftmütige Stimme des Bettlers. »Das Leben kennt viele unerklärliche Wege. Wir dürfen daran nicht verzweifeln. Es hat alles einen Sinn, auch wenn sich das nicht immer gleich erschließt.«

Die anderen schauten betroffen zu Boden. Nur Carderras Feuerdamen wirkten auffallend naiv.

Jetzt haben wir dich, du Flammenheini, dachte Bernsen und konnte sich ein hämisches Grinsen nicht verkneifen. »Also, was haben wir die Polizei zu sagen?«, hob er zuversichtlich an.

»Am Donnerstag und Freitag sind wir im Harz aufgetreten. Tolle Show. Sonnabendnachmittag sind wir in Bad Langensalza eingetroffen.« Der selbstsichere Pier Carderra, der bis vor wenigen Minuten das Alphatier in dieser bunten Truppe gewesen war, schien sich nun vollends verabschiedet zu haben. Bemitleidenswert kauerte er auf seinem Stuhl. »Ein paar Stunden später war sie tot«, flüsterte er.

Bernsen, der auf eine weitere grammatikalische Schwäche, dieses Mal die Personalpronomen betreffend, schloss, knurrte ungehalten. »Am Samstag haben Sie ihn also umgebracht.«

»Nicht Bärt. Michelle«, hauchte Pier Carderra in grenzenloser Verzweiflung.

Schrille Eifersuchtsschreie hallten durch den Rathaussaal. Die Damen der Feuershow kreischten hysterisch durcheinander. Als jede für sich bemerkte, dass die anderen ebenso betroffen waren, gifteten sie einander an. Allerdings wagte es keine von ihnen, den Feuerschlucker zur Rede zu stellen.

»Bisschen viele Gase bei den Pyromanen, was?«, raunzte Bernsen schroff.

»Wer ist Michelle?«, setzte Kohlschuetter nach. Er hatte sich in den letzten Minuten nicht von der Stelle bewegt und schaute konzentriert von einem zum anderen, als könnte er dadurch die Gedanken der Künstler und Gaukler erhaschen. Rosi Granitz murmelte etwas vor sich hin. Werner Blarns sah aus, als finge er jeden Moment an zu heulen.

»Was spielt das noch für eine Rolle? Sie ist tot«, brüllte Pier Carderra außer sich, wobei er den Kopf in den Nacken warf und die Arme theatralisch gen Himmel reckte. »Sie ist tot!« Eine Fontäne von Spucketropfen rieselte herab und legte sich über ihn und seine Stuhlnachbarn.

Niemand sagte etwas. Nur die drei Frauen weinten angesichts dieses herzzerreißenden Ausbruchs, der nicht ihnen gegolten hatte, leise vor sich hin.

Bernsen wurde ungeduldig, und vor allem fragte er sich, was hier eigentlich gerade abging. Eine zweite Leiche hatten sie nicht gefunden. Deswegen machte es auch aus der Sicht des Feuerspinners keinen Sinn, davon anzufangen, sollte er die Dame auf dem Gewissen haben. Was war, wenn der glühende Don Juan mit seinem Gejammer um diese Michelle nur ein Ablenkungsmanöver von dem Mord an Bärt gestartet hatte? So zwielichtig, wie der rüberkam, konnte man ihm den Versuch nicht einmal verdenken. Abgesehen von den Defiziten in der deutschen Sprache schien er ja nicht blöd zu sein. Zumindest gelang es ihm ganz hervorragend, sich als geheimnisvoller Feuerbezwinger und Drachentöter zu inszenieren. Dass seine Mitstreiter gehörigen Respekt vor ihm hatten, war auch nicht zu übersehen. Was aber wohl eher seinem aufbrausenden Naturell geschuldet war. Mit einem unbeherrschten Exzentriker legte man sich nicht an.

So wie der drauf ist, dachte Bernsen, war der schmächtige Bärt für ihn kein ernst zu nehmender Gegner. Carderra hätte den Jungen nur anpusten müssen, dann wäre er wie eine Fliege umgefallen. Und eine sadistische Ader hatte man als Feuerspucker locker, oder?

Während er seinen Überlegungen nachging, war eine junge Frau aufgestanden, hatte sich einen Stuhl gegriffen und ihn zu Bernsen hinübergezogen. Jetzt saß sie so dicht neben ihm, dass der dunkelrote Stoff ihres langen Kleides leicht über sein rechtes Hosenbein hing, und schaute ihn mit warmen Augen an. Ein großer goldener Halbmond, der an ihrem Ohrläppchen baumelte, glänzte in der Abendsonne, die durchs Fenster fiel. Bernsen war so sehr in seine Gedanken vertieft, dass er sie erst bemerkte, als sie vorsichtig nach seiner rechten Hand griff. Reflexartig zog er seinen Arm zurück und schaute sie verwundert an. Von fremden Leuten angefasst zu werden war neben einem Snickers so ziemlich das Schlimmste, was man ihm antun konnte. Abgesehen von verdorbenem Fisch natürlich. In ihm braute sich ein gewaltiger Wutanfall zusammen. Er öffnete den Mund, um etwas zu sagen, hielt dann aber abrupt inne und starrte die Fremde verzückt an wie nur selten eine Frau, ausgenommen natürlich die Rotfeder.

»Die rechte ist doch Ihre dominante Hand, oder?«, fragte sie zurückhaltend lächelnd, wobei sie erneut nach seiner Hand fasste und sie sanft, aber bestimmt zu sich zog.

Bernsen spürte ihre warme Haut. Ihr süßlich-schweres Parfüm erinnerte ihn an eine Veilchenwiese im Urwald Hasbruch, einem naturbelassenen Waldgebiet zwischen Bremen und Oldenburg, in dem er hin und wieder mit Bernd, dem Familienpudel, spazieren gehen musste. Er atmete tief ein, wollte den angenehmen Duft ganz in sich hineinsaugen. Veilchen waren seine Lieblingsblumen. Er dachte an das sündhaft teure Veilchenparfüm, das er seiner Rotfeder einmal zum Geburtstag gekauft hatte. Gianni Versace Couture Lilac, hundert Milliliter für schlappe dreihundertfünfzig Euro.

»Wie Marlene Dietrich«, hatte die Verkäuferin damals gesagt. Und sich geweigert, das Zeug umzutauschen, nachdem die Rotfeder angewidert an dem Flakon geschnuppert hatte. Dabei hatte er seine Frau eigentlich nur noch begehrenswerter machen wollen. So etwas taten Männer doch dann und wann. Nicht erst dann, wenn ihnen ihre Alte stank. So aber hatte es seine Rotfeder aufgefasst und ihn zu allem Überfluss noch beschuldigt, das Parfüm aus reinem Eigennutz gekauft zu haben. Schließlich hemmte Veilchenduft erwiesenermaßen das Wachstum von Prostatatumoren, wenn man der »Apotheken-Umschau« Glauben schenkte, was seine Rotfeder in jedem Falle tat.

Mit Krankheiten konnte Bernsen glücklicherweise nicht

aufwarten. Dafür hatte ihn die Parfümeurin seinerzeit mit einem fundierten Wissen über die Veilchennote versorgt. Wie sie ihm versichert hatte, waren Veilchen für extravagante, ungewöhnliche Frauen mit leichtem Hang zur Frivolität geradezu ein Muss. Die ersten beiden Eigenschaften trafen auf seine Rotfeder zu. Den Rest, so hatte Bernsen insgeheim gehofft, würde das Riechwasser deichseln. Ein Trugschluss, wie sich herausgestellt hatte.

»Sie mögen meine Note?«, fragte die Dame und lachte ihn dabei freundlich an. »Veilchen sind besonders.«

Bernsen zuckte zusammen wie ein Kind, das man bei etwas Verbotenem ertappt hatte. Hatte er irgendetwas gesagt?

»Ich mag das leicht Anrüchige.« Sie zwinkerte ihm zu.

Nuttendiesel, fiel ihm der Ausdruck seiner Rotfeder spontan wieder ein. Er nickte zögerlich und würgte an einem Kloß in seinem Hals. Nuttendiesel, Nuttendiesel. Er zwang sich, an etwas anderes zu denken, und erspähte ein paar Schweißtropfen, die am Hals der jungen Frau hinabrannen, sich oberhalb ihres Brustbeines trafen und als schmales Rinnsal vereint in ihrem straff geschnürten Dekolleté verschwanden. Nuttendiesel.

»Sie stehen vor einer schwierigen Aufgabe«, sagte sie, wobei sie unablässig seine Handfläche streichelte. »Sie brauchen viel Vertrauen. Aber Sie können auf Ihre Erfahrung bauen.«

»Über vierzig Jahre Polizeidienst«, sagte Bernsen selbstsicher. Er wusste zwar nicht, was ihm da gerade widerfuhr, aber die mysteriöse Schönheit hatte ihn so sehr in ihren Bann gezogen, dass er alles willenlos über sich ergehen ließ. Warum auch nicht, die Frau hatte Ahnung, das merkte er sofort.

»Ihr erster Eindruck täuscht Sie jedoch. Eine falsche Fährte. Sie verirren sich in Vorurteilen. Zu viele Gegensätze.« Sie runzelte die Stirn. »Huch«, rief sie mit leichtem Entsetzen, wobei sie, um das Ganze zu unterstreichen, ihre linke Hand vor den Mund legte.

»Was? Was ist?«, fragte Bernsen neugierig.

»Ich sehe Gefahr. Viele Bücher. Jemand liegt leblos auf dem Boden.« Ihre Gesten wirkten aufgeregt. »Und da ist auch ein Hund.«

»Mhm.« Meine Schwiegermutter wurde vom Bücherregal der Rotfeder erschlagen, und Bernd sitzt daneben und vertilgt die Reste des Rinderbratens, dachte Bernsen und spürte eine leichte Vorfreude in sich aufsteigen.

»Ein anderer Ort, rosa Papierservietten. Viele Tränen«, sagte sie.

»Meine Rotfeder hasst Rosa. Ich verstehe nur Bahnhof«, murmelte Bernsen, der mit jedem ihrer nebulösen Worte unruhiger wurde.

Die Handleserin ließ sich nicht beirren. »Jemand ist in Ihr Leben eingedrungen und will Ihnen etwas streitig machen«, fuhr sie fort.

Bernsen biss sich auf die Unterlippe und schaute auf Kohlschuetter, der mit dem Bettler, der Granitz und diesem Pier Carderra zusammenstand und sich angeregt unterhielt. Sie beide waren gleichrangige Teammitglieder, hatten die gleiche Besoldungsstufe, die identischen Kompetenzen. Oder? Kohlschuetter stand noch am Anfang seiner Karriere. An ihm selbst wiederum waren einige Beförderungsrunden schlichtweg unberücksichtigt vorbeigezogen. Der Innendienst, na ja, und der ständige Streit mit seinem damaligen Chef. Aber jetzt musste es doch eigentlich irgendwann so weit sein. Bei den Erfolgen, die er vorzuweisen hatte. Allein diese genial gelöste Kiste mit dem Dreifachmord in Kindelbrück. Vorausgesetzt, dass der Kollege Kohlschuetter nicht sein eigenes Süppchen kochte …

»Eine Frau.« Sie wiegte ihren schönen Kopf nachdenklich hin und her. »Ein verhärmter Mensch. Viel Leid.«

»Meine Schwiegermutter, ganz klar. Wegen der leide ich schon Jahrzehnte. Jetzt wohnt die auch noch bei mir, also bei meiner Rotfeder.« Er räusperte sich. »Äh, meiner Frau.

Angeblich ist sie die Treppe hinuntergefallen. Aber davon glaube ich kein Wort. Der alte Drache will nur mal wieder ein paar Wochen Wasser und Strom sparen und sich bei uns durchfressen.«

Die Handleserin nickte wissend. »Viele, viele Tage. Ich sehe einen Weihnachtsengel.«

Bernsen riss die Augen weit auf und schaute sie ungläubig an.

»Wenn Sie dann mal so weit wären, Kollege?« Kohlschuetter stand direkt vor Bernsen und der Handleserin und grinste hämisch. »Die beiden Kollegen«, er deutete auf zwei Uniformierte neben der Tür, »protokollieren die Aussagen der Herrschaften. Wir können los. Es sei denn, Sie wollen sich noch die Karten legen lassen oder die Glaskugel befragen. Aber so, wie Sie gerade ausschauen, haben Sie für heute genug, oder?«

Bernsen, der Kohlschuetters Kommen nicht bemerkt hatte, war erschrocken zusammengefahren und knallrot angelaufen. »Ich … wir haben uns nur unterhalten. Eine Zeugenbefragung«, stammelte er ertappt. Ruckartig zog er seine rechte Hand zurück und schob sie vorsichtshalber in seine Hosentasche. Dann stand er auf und verließ mit Kohlschuetter den Rathaussaal.

»Die Wahrheit liegt in den Veilchen. Denken Sie an meine Worte. Die Wahrheit liegt in den Veilchen«, rief ihm die Handleserin nach.

***

»Wann hatten Sie eigentlich Ihre letzte Beförderung?«, fragte Bernsen auf dem Weg durch die Stadt.

»Als ich Kriminalhauptkommissar wurde«, antwortete Kohlschuetter unbedarft. »Warum?« Zielgerichtet steuerte er den Kornmarkt und damit Leas Wohnung an. Sie hatte sich seit heute Mittag, als sie den gestürzten Wieglebener Läufer und den Mönch ins Krankenhaus begleitet hatte, nicht mehr bei ihm gemeldet. Zunächst hatte er das durch den ganzen Stress nicht bemerkt, aber jetzt, fast acht Stunden später, fand er das irgendwie komisch. Nicht dass er sich Sorgen machte, aber seine Klamotten waren noch bei ihr in der Wohnung.

»Nur so«, wiegelte Bernsen ab. »Ich dachte nur, es stünde bald mal wieder eine Runde an.«

»Nicht dass ich wüsste. Aber Sie müssen ja nur mal Ihre Claudi fragen. Die bekommt beim Chef doch alles aus erster Hand mit«, entgegnete Kohlschuetter, ohne weiter darüber nachzudenken. Ihn beschäftigte die Aussage von Pier Carderra. Keiner der fünfundvierzig Gaukler, Künstler und Schausteller hatte René Bärt ausstehen können, das war deutlich spürbar. Alle waren sie von ihm erpresst worden, auch wenn es um keine großen Summen ging. Aber Pier Carderra stach aus der Gruppe hervor. Dem Mann konnte man ein Mordmotiv zuschreiben. Dabei spielte das Bestechungsgeld nur eine untergeordnete Rolle. Einer Persönlichkeit wie Carderra, dessen Ego grenzenlos zu sein schien, musste es mächtig gestunken haben, von einem aus seiner Sicht kleinen Mitarbeiter des Ordnungsamtes am Nasenring durch die Arena geführt zu werden. Er lebte für seine Show und hatte auf seinen großen Auftritt verzichten sollen. Hinzu kam, dass er durch etwaigen Gehorsam gegenüber Bärt um seine Autorität, die er bei den anderen Künstlern genoss, fürchten musste.

So ähnlich hatte es ihm Hans, der Bettler, vorhin zu verstehen gegeben. Kohlschuetter hatte sich das anhand von Carderras Verhalten ohnehin schon zusammengereimt. Mit dessen Alibi sah es auch nicht so rosig aus. Zwischen dem Eintreffen der Feuertruppe in Bad Langensalza am Samstagnachmittag und dem Beginn der Show gegen einundzwanzig Uhr klaffte eine einzige große Lücke. Allein im Wohnwagen sitzen hatte noch nie jemandem ein Alibi beschert. Nach Ende des Auftrittes, ab etwa dreiundzwanzig Uhr, wollte Carderra sich in der Methütte auf dem Schlossplatz betrunken haben. Das überprüften die Kollegen gerade. Wenn Kohlschuetter ehrlich war, erwartete er diesbezüglich aber keine Überraschung. So wie der Haufen vorhin zusammengehalten hatte, würde Carderra immer eine Handvoll Leute finden, die das bestätigten. Generell herrschte unter den Künstlern und Schaustellern eine ganz besondere Atmosphäre, eine auffallende Verbundenheit und Solidarität, vielleicht sogar Einigkeit, wie er sie in einer so bunt zusammengewürfelten Truppe kaum für möglich gehalten hätte. Noch dazu, wenn man bedachte, dass die meisten Künstler narzisstisch veranlagt waren. In jedem Fall würde das ihre Ermittlungsarbeit wohl noch erschweren.

Immerhin waren Bärts Differenzen mit den Mittelalterleutchen schon mal ein erster Ansatzpunkt. Fünfundvierzig Leute plus Anhang, die ihn definitiv nicht ausstehen konnten, angeführt von Carderra. Auch die Abneigung der Granitz gegenüber dem Toten war nicht von schlechten Eltern. Man hatte ihr einen Teil ihrer Kompetenzen entzogen, und anstatt sie wenigstens ihrem Zögling Werner Blarns zu übertragen, hatte man den unerfahrenen Bärt, kaum dass er seine Ausbildung beendet hatte, dafür eingesetzt. Das alles schmerzte und konnte ihr locker zu einem Motiv gereichen.

Und dann dieser Werner Blarns. Ein seltsamer Kerl, vor allem, wie er für die Granitz in die Bresche gesprungen war, als der Schmied sich vor den anderen über sie lustig gemacht hatte. Kohlschuetter, der ja ein gutes Stück entfernt gestanden hatte, hatte Blarns' Namen erst danach von Bernsen erfahren, und sofort war ihm Leas nächtlicher Einsatz wieder eingefallen. Der Verunglückte aus Weberstedt hatte genauso geheißen. Und er war kastriert. Eine alte Narbe, hatte Lea gesagt. Armes Schwein, erst übersteht er eine Krankheit, die ihn als Mann für den Rest seines Lebens einschränkt – für Kohlschuetter ein schrecklicher Gedanke –, und dann rast er mit seinem Auto in den Tod. So etwas nannte man dann

Schicksal. Vielleicht waren Werner Blarns und er verwandt? Das wiederum könnte Blarns' seltsames Verhalten, von dem Bernsen ebenfalls berichtet hatte, erklären. Ein unter Alkoholeinfluss verunglückter Verwandter, im schlimmsten Fall der Vater oder ein Bruder, dazu ein ermordeter Kollege, und das alles an einem Wochenende – das überstieg bei vielen die Kräfte. Wieso er dann aber beim Fest gewesen war, und das auch noch gewandet, konnte sich Kohlschuetter nicht erklären. Er würde ihn danach fragen müssen. Jetzt kam es erst mal auf Bärts genauen Todeszeitpunkt an, den Professor Kalder mit etwas Glück morgen Vormittag vermelden würde. Dann mussten sie weitersehen. Nur der Tod dieser Michelle passte für Kohlschuetter nicht ins Bild, aber womöglich musste er das auch nicht.

»War der Liebesschrei des Feuerfuzzis ein Köder, den er uns hingeworfen hat, um uns zu verwirren?«, fragte Bernsen, der nun wissen wollte, was Kohlschuetter im Rathaussaal noch alles erfahren hatte. »Schauspielern gehört ja zu seinem Beruf.«

Kohlschuetter sah das nicht so. »Michelle und er waren angeblich befreundet. Sie hat sich am Samstagnachmittag das Leben genommen, während er im Botanischen Garten auf sie gewartet hat«, entgegnete er im Flüsterton. Man konnte schließlich nicht wissen, wie viele fremde Ohren in den engen Gassen von Bad Langensalza gerade auf Empfang waren.

»Der pyromanische Zuhälter und seine Miezen, kein Wunder, dass die Weiber vorhin so ausgetickt sind, als er ihren Namen geweint hat«, frohlockte Bernsen. Ein schadenfrohes Grinsen legte sich über seinen Mund. »Die Carderra wird mit einigen Deerns zeitgleich was laufen haben.« Er lachte.

»Bernsen«, entgegnete Kohlschuetter in strengem Ton. »Ein Mädchen hat sich erhängt. Zwanzig Jahre alt. Zeigen Sie etwas Mitgefühl. Die gesamte Stadtverwaltung von Bad Langensalza trauert um Michelle Silbermann.«

Bernsen hielt inne. »Das muss ich irgendwie überhört haben. Von hier, sagen Sie?«

»Ja, und seit zwei Jahren Auszubildende bei der Stadtverwaltung. Die letzten drei Monate im Ordnungsamt.«

FÜNF

»Na endlich«, maulte Bernsen, ohne von seinem Computerbildschirm aufzusehen.

Es war Montagmorgen, kurz nach acht, und Kohlschuetter stand wie angewurzelt in der Tür ihres gemeinsamen Büros in der Erfurter Polizeiinspektion. Er traute seinen Augen nicht. Während seiner zweiwöchigen Abwesenheit hatte Bernsen den Raum in einen Zustand versetzt, den er in einem Verwaltungsgebäude niemals für möglich gehalten hätte. Das Zimmer lag im Halbdunkeln, wobei die einzige Lichtquelle Bernsens bläulich strahlender Monitor war, was dessen tiefe Nasenfurchen und die großporige Haut unvorteilhaft betonte. Um ihn herum herrschte das übliche Chaos aus alten, durchgesuppten Pizzakartons, leeren Knackwurstverpackungen und zusammengeknüllten Takeaway-Tüten von »Nordsee«. Auf einem Stapel Akten türmten sich die dazugehörigen Menüboxen, die ebenfalls das rot-blaue Fischlogo zeigten.

So weit, so gut, das war nichts Ungewöhnliches, was Bernsens unmittelbares Arbeitsumfeld anging. Nur dass sich erhebliche Auswüchse dieses Müllberges bis auf Kohlschuetters Tischhälfte ausgebreitet hatten. Das machte jedoch nichts, denn sie passten perfekt zu dem dort ebenfalls nicht hingehörenden Ablagefach, in dem gut und gern ein Dutzend benutzte Messer und Gabeln sowie etliche Kaffeepötte auf den Abwasch warteten.

Passenderweise baumelte darüber ein gelber Fliegenfänger, der, sollte es in dieser Höhle überhaupt noch Insekten geben, kein freies Plätzchen für sie aufwies. Die anderen Leimstreifen, die überall von der Decke hingen, hatten dahingehend auch nicht viel mehr zu bieten. Die Tischplatte, die eigentlich Kohlschuetters Arbeitsplatz darstellte, war nicht mehr zu sehen. Stattdessen lagen alte Zeitungen,

Werbeprospekte und Akten kreuz und quer durcheinander. Obenauf schlängelte sich ein Kabel, das einige Male um Kohlschuetters Schreibtischlampe gewickelt war und dessen Bestimmung er so schnell nicht erkennen konnte. Über seinem Bürostuhl hing eine gelbe Wachsjacke, wie sie Fischer auf ihren Kähnen trugen. Dafür war über dem Garderobenständer, der direkt neben der Tür stand, ein Schirm aufgespannt, unter dem ein Paar ausgetretene Männersandalen am Haken baumelten. Über dem sich direkt daneben befindlichen Whiteboard, das sie normalerweise für ihre Ermittlungsarbeit benutzten, hing ein Badehandtuch mit dem Schriftzug »Seehundstation Norddeich«.

Kohlschuetter wusste nicht, ob er zuerst die Augen schließen, das Atmen einstellen oder sich die Ohren zuhalten sollte, denn Bernsen hatte den Lautstärkeregler des Radios mal wieder unangenehm weit nach rechts gedreht. Er entschied sich für die Bekämpfung des existenziellsten Problems, hielt die Luft an und eilte mit langen Schritten hinüber zur Fensterreihe, um einen Flügel nach dem anderen aufzureißen. Beim letzten hielt er einen Moment inne, tastete nach dem Schalter für den Sonnenschutz und atmete befreit durch, als die frische, klare Luft des frühen Sommermorgens in seine Nase drang. Die bei gefühlten vierzig Grad Raumtemperatur konservierte Melange aus ranzigem Fischfett, Thüringer Wurst, Schweißfüßen und einem muffig-fauligen Irgendwas verzog sich langsam.

Mit neuem Sauerstoff in den Lungenflügeln stürzte er sich auf das Verlängerungskabel, an dessen Ende eine Steckdosenleiste für den Betrieb von zwei Tischventilatoren und die rauschenden Stimmen von Ponik und Petersen von der NDR-2-Morgenshow sorgte, und legte den Schalter um. Die unrund rotierenden und dementsprechend laut klappernden Flügelräder kamen zum Stillstand, das Radio verstummte. Was blieb, war ein undefinierbares Brummen, dessen Ursprung Kohlschuetter relativ zügig ausmachen konnte. An der Stelle, an der vormals sein Rollcontainer gestanden hatte, gab es jetzt einen Kühlschrank, dessen Vorderseite von Aufklebern mit barbusigen Blondinen geziert wurde und der die einzige bis dato freie Steckdose unter seinem Schreibtisch blockierte.

»So.« Kohlschuetter klatschte in die Hände. »Den Rest räumen Sie auf, zuallererst meinen Schreibtisch«, sagte er freundlich, aber bestimmt. »Ich hole mir Kaffee.«

Bernsen blinzelte hinter seinem Computer hervor. »Ich weiß nicht, was Sie meinen, aber einen Kaffee nehme ich auch gern.« Umgehend verschwand sein blonder Lockenkopf wieder hinter dem Rechner. »Ich trinke ihn mit viel Milch«, rief er, ehe die Tür unsanft hinter Kohlschuetter ins Schloss fiel.

Draußen steuerte Kohlschuetter auf direktem Weg das Büro des Chefs an. Wenn es in dieser Abteilung jemanden gab, der immer frischen Kaffee hatte, dann war es Claudi, die Sekretärin des Alten. Mit etwas Geschick würde er ihr eine Tasse abluchsen können, vor allem, wenn sie annahm, er wolle Bernsen damit beglücken. Claudi, die eigentlich Claudia Muschke hieß, und Bernsen waren nicht nur in einer innigen, ihnen eigenen Weise befreundet, was bedeutete, sie duzten sich, sondern auch so etwas wie die unbeliebtesten Mitarbeiter der Dienststelle. Das lag an ihrer bisweilen äußerst schroffen Art, aber auch daran, dass sie gegenüber anderen Menschen von vornherein eine eher distanzierte, wenig empathische Haltung einnahmen. Bei den Kollegen hießen die beiden deswegen schlichtweg »die Psychopathen«. Dass ihnen das jemals jemand gesteckt hatte, wagte Kohlschuetter zu bezweifeln. Er würde es mit Sicherheit nicht tun, insbesondere nicht bei Claudi, deren Sinn für Rache berüchtigt war.

Der Patchouli-Duft, den Claudi jeden Morgen reichlich über sich versprühte, nahm zu. Sie musste also in ihrem Büro sein. Kohlschuetter stand noch nicht richtig im Türrahmen, da kam sie mit einem leeren blauen Müllsack in der Hand auf den Flur geschossen und blieb abrupt stehen, als sie ihn bemerkte. Wie immer, wenn sie Kohlschuetter begegnete, verwandelte sich ihr Gesicht bei seinem Anblick in einen flammend rot leuchtenden Mond. Er ignorierte das gekonnt, grüßte freundlich und fragte sich, ob die pummelige junge Frau während der Ferien noch runder geworden war oder ob das an der neongrünen Bermudahose lag, die sie heute trug.

Als könnte sie seine Gedanken lesen, sparte sie sich den Morgengruß und fauchte: »Der Chef erwartet Sie bereits. Nehmen Sie sich einen Kaffee. Sie werden ihn brauchen.« Dann eilte sie, so schnell es auf ihren kurzen Dackelbeinen möglich war, davon.

Zwei Minuten später saß Kohlschuetter mit einem dampfenden Kaffeepott in seiner Hand vor dem Schreibtisch des Alten, der ihn mit seinen kleinen wachen Augen ungewohnt übelgelaunt musterte, und berichtete von den Vorkommnissen in Bad Langensalza. Der Atem und die Klamotten des Chefs verströmten das Aroma der indonesischen Djarum-Super-Nelkenzigaretten, die er in einem fort rauchte und die bei Kohlschuetter in hoher Konzentration einen Würgereiz auslösten.

»Haben Sie mit Ihren alten Nordhäuser Kollegen noch eine Rechnung offen, oder wieso stehlen Sie ihnen einen Fall?«, fragte der Chef, während er eine leere Schachtel Kippen gekonnt in ihre Einzelteile zerlegte. Die herausrieselnden Tabakkrümel nahm er mit seinem angeleckten Zeigefinger auf und ließ sie in seinem Mund verschwinden, wie man es mit den Krümeln von besonders leckeren Keksresten tat.

Kohlschuetter zwang sich, nicht hinzusehen. Er atmete ruhig und sortierte innerlich seine Ausreden. Um Zeit zu schinden, nahm er einen Schluck von dem Kaffee. »Ich war quasi in die Sache involviert, Chef«, sagte er und versuchte, so überzeugend wie möglich zu klingen.

Der Chef hatte ihn damals nach Erfurt geholt und ihn mit einer großen Portion Vorschusslorbeeren bei den Kollegen vorgestellt. Die hatte er sich hier in der Landeshauptstadt aber erst einmal verdienen müssen – unter erschwerten Bedingungen namens Friedhelm Bernsen, wie sich gezeigt hatte und wie jeden Tag aufs Neue festzustellen war.

»Bin im Bilde.« Der Alte hob energisch den Zeigefinger. »Sie haben verdammt Schwein, dass die Kollegen dahinten …«, jetzt winkte er mit schlaffer Hand irgendwo in die Ferne, was bei ihm so viel bedeutete wie »da draußen in der Pampa jenseits des überaus wichtigen Zentrums Erfurt«, »gerade wegen Urlaub unterbesetzt sind und schon irgend so eine Kacke mit einer Messerstecherei im Werksverkauf von Nordbrand am Laufen haben. Mehrere Schwerverletzte. Ein Toter. Angeblich soll es um die letzte Flasche Korn aus der Gold-Edition gegangen sein. Dabei haben die doch die ganzen Tanks voll von dem Zeug. Die Leute werden immer blöder. Amerikanische Verhältnisse sind das dahinten.« Wieder die Handbewegung. »Sie bringen das in Bad Langensalza jedenfalls zu Ende und halten die im Outback eng angebunden, klar? Ein Kompetenzgerangel mit den Hinterwäldlern kann ich nicht auch noch gebrauchen.«

Er hielt inne und schaute Kohlschuetter mit durchdringendem Blick an. »Sie protokollieren, dass wir uns verstanden haben. Ich habe erst einmal die Nase voll von dem Matjesgeruch, den das Papier, das in den Händen Ihres Kollegen war, verströmt. Und passen Sie mir bloß auf Ihren Psychopathen auf. Er hat mich letzte Woche angelächelt, falls das überhaupt möglich ist. Ich hätte mich fast erschrocken.« Auf seiner Zunge waren kleine braune Punkte zu erkennen. Er schluckte mehrfach, räusperte sich. »Ein guter Polizist ist er ja wenigstens, das heißt, halbwegs, so man das ohne soziale Kompetenzen sein kann. Aber total bekloppt, wenn Sie mich fragen. Sie übrigens auch, schließlich scheinen Sie ja mit ihm auszukommen. Das hat vorher noch keiner geschafft. Gute Arbeit. Beeilen Sie sich.«

Kohlschuetter unterdrückte ein Nicken. Der letzte Satz vermittelte deutlich, dass das Gespräch hiermit beendet und seine Meinung dazu nicht gefragt war.

Normalerweise schätzte er die unverblümte Art des Chefs, und es war wirklich anständig von dem Alten, ihnen den Fall zu übertragen. Einmischungen aus Erfurt waren in der Polizeiinspektion Nordhausen garantiert nicht gern gesehen, zumal die Behörden absolut gleichrangig gestellt waren. Wie auch immer, Bernsen und er waren am Zug. Und er würde alles daransetzen, das Verbrechen so schnell wie möglich aufzuklären. Er redete sich ein, dass er das Lea und ihrer schönen Heimatstadt, dem Mittelalterstadtfest und den dort engagierten Menschen, ihren Ideen und ihrem Lebensgefühl schuldig war, obwohl er das alles gestern erstmals erlebt hatte. In seinem tiefsten Innersten ging es Kohlschuetter jedoch um die ehemaligen Kollegen in Nordhausen. Ihnen wollte er beweisen, dass er es geschafft hatte, hier in der Landeshauptstadt, bei den dicken Fischen. Das hätte er allerdings nicht einmal sich selbst gegenüber zugegeben.

Als er gegangen und wieder in Bernsens und seinem Büro angekommen war, kniete Claudi unter seinem Schreibtisch vor dem Kühlschrank und kratzte mit ihren langen qietschbunten Fingernägeln die Aktbilder ab. Eine prall gefüllte Mülltüte lehnte an der Wand. Bernsen saß regungslos an seinem Platz und starrte auf den Computerbildschirm.

Kohlschuetter trat vor seinen Schreibtisch, der nun wieder in einem geordneten Zustand war, und stellte den Kaffee ab. Dabei fiel ihm ein roter Umschlag auf, den jemand auf seine Tastatur gelegt hatte. War das nicht Susis Schrift? Die Dienstpost kam nur in Umlaufmappen, es musste also etwas Privates sein. Er zögerte. Claudis Schaben wurde lauter. Behutsam griff er nach dem Kuvert und öffnete es. Eine beige Klappkarte aus besonders edlem Papier kam zum Vorschein.

Kohlschuetter überflog die verschnörkelten Zeilen, knüllte alles zusammen und warf es in den Papierkorb. »Bernsen, auf. Wir müssen. In Bad Langensalza gibt es einen Mord aufzuklären«, erklärte er mit fester Stimme. Gleich darauf war er auch schon verschwunden.

Bernsen knurrte noch irgendetwas von »Da kommen Sie doch gerade her« und schloss die Onlineausgabe des »Weser Kuriers«, den er jeden Morgen ausführlich studierte. »Was der sich immer wichtig hat«, maulte er.

Claudi schaute vom Kühlschrank auf. »Du hättest es ihm ja auch sagen können. Das wäre vielleicht nett gewesen«, entgegnete sie vorwurfsvoll.

»Nett ist die kleine Schwester von Scheiße«, erwiderte Bernsen ungerührt und folgte Kohlschuetter zum Wagen.

***

»Die von der Polizeistation Bad Langensalza haben vorhin angerufen«, sagte Bernsen, nachdem er in den Dienstwagen eingestiegen war, in dem Kohlschuetter mit eingefrorener Miene saß und so sehr mit seinen Zähnen malmte, dass die Kiefergelenke knackten. »Der Feuerspucker hat gestern in der ›Ratswaage‹, das ist ein Restaurant in der Bad Langensalzaer Altstadt, einen Ausraster gehabt und randaliert. Da er sich nicht beruhigen ließ, haben sie ihn einkassiert. Äußerst praktisch, wenn man bedenkt, dass er sich ohnehin zu unserer Verfügung halten sollte. Leider müssen sie ihn heute wieder rauslassen.«

»Ich weiß, was die ›Ratswaage‹ ist«, raunzte Kohlschuetter ungehalten und dachte an den gestrigen Abend. Lea hatte auf dem Kornmarkt in der Sonne gesessen und auf ihn gewartet. Bei der Gelegenheit erhielt sie das zweifelhafte Vergnügen, Friedhelm Bernsen kennenlernen zu dürfen, der merklich erfreut darüber gewesen war, endlich mal »eine von Kohlschuetters Deerns«, wie er sich ausdrückte, zu treffen. Lea hatte das so hingenommen. Sie war noch damit beschäftigt, die Ereignisse des Tages zu verdauen. Dass das Mordopfer kastriert worden war, wovon Kohlschuetter ihr ohne Zweifel nichts hätte erzählen dürfen, hatte sie dann noch mehr aufgewühlt. Verständlich, nach der Geschichte aus ihrem Nachtdienst. Zumal sich herausgestellt hatte, dass sie René Bärt flüchtig von ein paar Handballspielen in der Salzahalle her kannte. Sie hatten nebeneinanderliegende Plätze im Fanbereich des Thüringer HC gehabt, über das Spiel gefachsimpelt und zusammen ein Eis gegessen.

Die halbe Nacht hatte ihn das schlechte Gewissen geplagt, sie unnötig aufgeregt zu haben. Außerdem hatte er entgegen den Vorschriften gehandelt und sie in den Fall eingeweiht. Was war nur in ihn gefahren? Immerhin kannte er sie kaum. Normalerweise erzählte er den Frauen, mit denen er etwas hatte, nichts über seine Arbeit. Aber es war ihm auch noch nie in Anwesenheit einer der Damen ein Mordopfer quasi vor die Füße gefallen. Trotzdem, nur ein Dilettant kam auf die Idee, polizeiliches Insiderwissen auszuquatschen. Und nur der größte Trottel ließ sich bei seiner Traumfrau von einem Zuckerbäcker namens Lary ausstechen. »Susi und Lary«, wie das schon klang.

Unzufrieden mit sich und der Welt startete er den Motor des Dienstwagens.

»Hat sie Sie verlassen, die Bad Langensalzaer Schönheit?«, fragte Bernsen unverblümt.

Kohlschuetter erwiderte nichts und schaute Bernsen nur verkniffen von der Seite an.

Der grinste. »Ich meine ja nur. Nachdem Sie einen Friedhelm Bernsen getroffen hat … Für gewöhnlich halten das die Frauen kaum aus.« Er brummte genüsslich.

»Das kann man so oder so sehen«, entgegnete Kohlschuetter kurz angebunden.

Minutenlang herrschte Schweigen.

Bernsen klatschte in die Hände. »Gut, nachdem Sie heute früh nicht mit mir reden wollen, bitte schön. Also zum Fall. Pier Carderra hat keine Vorstrafen, was mich wundert – bei seinem Gemüt. Aber jetzt kommt das Allerschärfste: Wir haben dreiundvierzig Zeugenaussagen, dass der kleine Drache Grisu seinen Wohnwagen am Samstag erst direkt vor seiner Show verlassen hat. Dreimal dürfen Sie raten, wie viele Leute ihn nach dem Auftritt an der Methütte gesehen haben: Genau, ebenfalls dreiundvierzig. Ich wusste, dass Sie es merken. Angeblich soll der Kerl mächtig abgefüllt gewesen und gegen eins von seinen drei Mädchen mit den Schwefelhölzern nach Hause gebracht worden sein. Ist Ihnen mal aufgefallen, wie dürr die sind? Wie Streichhölzer!«

Bernsen konnte sich vor Lachen über seinen eigenen Kalauer kaum auf dem Sitz halten. Als Kohlschuetter nicht reagierte, hielt er inne und schaute ihn prüfend an. Kohlschuetter starrte weiter konzentriert auf die Straße.

»Claudi hat diese ganzen schrägen Vögel durch unseren Computer gejagt. Nichts. Erstaunlich. Aber was hätte es auch groß gebracht, wo die sich doch alle gegenseitig Alibis geben«, fuhr Bernsen fort, der seinen Witz wohl so gut gefunden hatte, dass er zwischendurch immer wieder kurz aufjuchzte. »Diesem Carderra traue ich jedenfalls zu, dass er jemanden foltert. Und am Ende werden ihn die Falschaussagen auch nicht retten. Dass die Leute immer meinen, sie könnten die Polizei anlügen. Wir kriegen doch ohnehin alles raus.« Er schnalzte mit der Zunge. »Als die Kollegen den Carderra gestern in Gewahrsam genommen haben, soll er wohl immer wieder nach dieser Michelle geschrien haben. Auch wollte er jeden anzünden, der irgendetwas mit ihrem Tod zu tun hat. Na ja, sie wissen ja, wie die Verrückten so sind.«

Bernsen machte eine kurze Pause. Obwohl Kohlschuetter ihn auch weiterhin ignorierte, fuhr er, ohne sich daran zu stören, fort: »Die Granitz, das ist die Alki-Tante vom Ordnungsamt, Sie wissen schon, hat ausgesagt, dass sie René Bärt nicht sonderlich mochte, aber seit der Neuaufteilung der Zuständigkeiten kaum noch etwas mit ihm zu tun hatte. Die Antipathie wäre zwar ein schöner Ansatz gewesen, aber es mangelte nicht nur an Gelegenheiten für Konflikte, sie gab auch an, ein Alibi zu haben. Das stimmt übrigens, astrein. Haben die Kollegen alles schon überprüft. Ihre ganze Familie reist jedes Jahr extra für das Mittelalterstadtfest an. Sie ist quasi seit Freitagnachmittag keine Minute allein gewesen. Abgesehen davon traue ich ihr nicht zu, jemanden zu foltern. Der Pitbull an ihrer Seite, dieser Werner Blarns, macht mir da schon eher Kopfzerbrechen. Er will am Samstag bis in die Nacht auf dem Fest gewesen sein. Zeugen konnte er nicht benennen, aber das schien ihm auch egal zu sein. Vollkommene Gleichgültigkeit, was das Opfer angeht, und gegenüber allem und jedem. Seine Aussage taugt nichts. Die grenzenlose Fürsorge gegenüber der Granitz war dagegen wirklich rührend, als wäre sie seine klapprige Mutter. Nicht dass der gute Junge seine Rosi rächen wollte? Da würde ich gern noch mal nachhaken.«

Als eine Erwiderung ausblieb, drehte Bernsen sich zur Fahrerseite, beugte sich nach vorn und tippte Kohlschuetter an. Der ließ ihn unbeachtet gewähren.

»Sie müssen sich auf die Straße konzentrieren, schon klar«, meinte Bernsen und redete weiter. »Weil ich ein netter Mensch bin, habe ich heute Morgen schon mal bei Bärts Hausarzt angerufen. Der Typ schien gerade erst aufgestanden zu sein, ist das zu glauben, um halb acht? Na ja, die Thüringer Polizei schläft eben nie. Der Mann betreute René Bärt jedenfalls seit dessen Jugend und hat mir quasi die gesamte Krankenakte vorgelesen.« Bernsen winkte ab. »Nichts Wildes. Im Frühjahr war Bärt das letzte Mal mit einer Erkältung bei ihm. Als ich die Kastration angesprochen habe, ist der Mann aus allen Wolken gefallen. Zwar war er letzte Woche in den Dolomiten im Wanderurlaub, Bärt könnte also möglicherweise die Vertretung aufgesucht haben, er hat mir jedoch versichert, dass ein so gravierender Eingriff nicht über Nacht auf einen zukommt. Wenn der gute Mann den Schock verdaut hat, ruft er uns noch mal an. Die Kontaktdaten seiner Vertretung habe ich vorsorglich aber schon.«

Bernsen schwieg einen Moment, schaute aus dem Fenster auf die vorbeiziehenden Felder und überlegte. »Wissen Sie, was ich nicht verstehe? Da macht einer seine Ausbildung bei der Stadtverwaltung, öffentlicher Dienst. Zack.

Schließt mit Bravour ab, was vermuten lässt, dass er sich reingehangen hat. Zack. Dass der Bürgermeister ihn nach der Ausbildung übernimmt und ihm auch noch direkt eine relativ große Verantwortung überträgt, kann man als Bescheinigung auffassen, dass er wirklich gut gearbeitet hat. Zack. So weit, so gut. Der Junge hätte es in der Verwaltung weit bringen können. Aber wieso in aller Welt hatte er kraft seiner neuen Stellung nichts Eiligeres zu tun, als die Hand aufzuhalten? So etwas kommt immer irgendwann raus, und es kostet ihn alles. Mensch, wegen läppischer viertausend Euro setzt doch keiner seine lebenslange Garantie aufs Spiel. Was ist das? Jugendlicher Leichtsinn? Maßlose Gier? Oder einfach nur grenzenlose Blödheit?« Er schüttelte verständnislos den Kopf. »Ich bin mal gespannt, wie Sie das den stolzen Eltern verklickern. Die schämen sich dafür bis an ihr Lebensende.«

»Wer hat dem Carderra kein Alibi gegeben?«

Der unvermittelte Themenwechsel ließ Bernsens rechte Augenbraue nach oben schnellen. »Ach, dem Thüringer Landgrafen steht der Sinn nun wieder nach Konversation«, entgegnete er mit übertriebener Betonung seiner Worte. »Und der norddeutsche Unfreie soll parat stehen.«

»Wer?«, herrschte Kohlschuetter ihn ungeduldig an.

»Wie, wer?«

»Sie haben gesagt, dreiundvierzig Leute haben dem Carderra ein Alibi gegeben. Wir hatten fünfundvierzig von den Mittelalterleuten auf unserer Liste. Einer davon ist Carderra selbst. Vierundvierzig. Wer also?«, blaffte Kohlschuetter.

»Der Bettler Hans«, entgegnete Bernsen. »Wo Sie es sagen.« Er gluckste. »Der Herr Doktor ist übrigens im Hotel an der Kurpromenade abgestiegen. Ich hätte ihn auf irgendeiner Parkbank gesucht.«

»Das müssen Sie ja nun glücklicherweise nicht mehr. Sie befragen ihn und Werner Blarns, während ich dem Herrn Bürgermeister einen Besuch abstatte«, entschied Kohlschuetter. »Danach sehen wir weiter.«

Bernsen zog angesichts des ungewohnten Kommandotons die Stirn kraus. »Ach, jetzt kommen Sie aus der Ecke, was? Sie machen die fetten Fische und ich das Fußvolk? Das habe ich gern. Erst schöntun, Vertrauen erschleichen und anschließend den guten alten Friedhelm ausbooten wollen. Vergessen Sie es. Wir machen die Befragungen zusammen«, giftete er. »Und nur, dass Sie es wissen, *ich* schreibe die Protokolle für den Chef. Die Zeiten, in denen Sie die Lorbeeren einheimsen konnten, sind vorbei. Ich bin gewarnt. Das war's mit der Ära des verständnisvollen, hilfsbereiten Wessis.«

»Vertrauen? Sie reden über Vertrauen?«, brüllte Kohlschuetter empört und in einem, wie er wusste, absolut unangemessenen Ton. »Von verständnisvoll und hilfsbereit sind Sie doch so weit entfernt wie … wie …«, ihm fiel in seiner Rage nichts Passendes ein, und er stockte, »wie Ihre stinkenden Fischbrötchen von einer anständigen Mahlzeit.«

»Lassen Sie meine Fischbrötchen aus dem Spiel!«, keifte Bernsen, dem man sein Erstaunen über Kohlschuetters übertriebene Reaktion deutlich ansehen konnte, beleidigt.

»Ich sage Ihnen was, Ihre Fischbrötchen sind mir scheißegal. Ich habe genug von Ihren blöden Sprüchen, den antiquierten Vorurteilen gegenüber allem Ostdeutschen, der beißenden Arroganz, die auf nichts weiter als auf Unwissenheit beruht, und dem Haufen Dreck, den Sie in meinem Büro hinterlassen. Meinetwegen können Sie jedes gottverdammte Protokoll dieser Erde verfassen, eine niedere Tätigkeit, zu der Sie sich bisher ja nur unter Zwang haben hinreißen lassen. Wenn Sie dadurch zum Polizeipräsidenten aufsteigen, kratzt mich das auch nicht, aber dazu müssten Sie sich erst mal auf dieses Land einlassen und nicht jeden Freitag fluchtartig das Weite suchen.« Kohlschuetter schnaufte und wollte gerade zu einer neuen Tirade ansetzen, als Bernsen behutsam seinen rechten Unterarm berührte.

»Ginge es Ihnen besser, wenn ich Sie im Urlaub angerufen hätte, um Ihnen zu sagen, dass Ihre Susi sich verlobt hat?«, fragte er mit erstaunlicher Sanftmütigkeit.

Kohlschuetter hielt inne. »Mit Lary, dem Thementortenbäcker aus Neudietendorf, der kleine weiße Marzipaneinhörner auf rosa Zuckerguss drapiert«, entgegnete er ruhig, aber in einer Art und Weise, die seine gekränkte Eitelkeit erkennen ließ.

»Auf meinem Stück war eine Blume, oder war es ein Regenbogen? Fische waren es jedenfalls nicht. Seehunde vielleicht? Ach, egal. Backen kann er«, antwortete Bernsen. »Die Torte, die Susi mit den Einladungen zur Verlobungsfeier mitgeschickt hat, war ausgezeichnet. Die Kollegen sind alle ganz begeistert. Sogar der Chef hat probiert«, plapperte er arglos vor sich hin. Gleich darauf schien er seinen Fauxpas zu bemerken und ruderte zurück. »So hübsch ist die Summer nun aber auch nicht. Die Kleine von gestern Abend macht doch viel mehr her. Außerdem leiden Sie meines Wissens nicht unter einem mangelnden Angebot.«

»Sie hätte es mir wenigstens vorher sagen können«, murmelte Kohlschuetter.

»Den Grund dafür erkenne ich nicht. Sie ist Ihre Kollegin, nicht Ihre Freundin. Außerdem hat sie Sie zur Verlobungsfeier eingeladen. Das reicht doch wohl. Mich übrigens auch.«

»Sie?«, fragte Kohlschuetter verwundert.

»Warum nicht? Ebenso wie die halbe Polizeiinspektion, sämtliche Techniker vom Landeskriminalamt und Gott weiß wen. Ist doch was Schönes, eine Verlobung.« Bernsen stockte. »Was bitte ist so erstaunlich daran, dass ich eingeladen bin?«

»Nichts. Überhaupt nichts. Habe ich irgendetwas gesagt?« Kohlschuetter stöhnte. »Wir sollten übrigens mal mit unserem Tagwerk beginnen. Also, wen nehmen *wir* uns zuerst vor, Blarns, den Bürgermeister oder Hans, den Bettler?«

Bernsen hob abwehrend die rechte Hand. »Erst wenn Sie das mit den stinkenden Fischbrötchen zurücknehmen«, forderte er.

»Ich nehme nichts zurück.«

»Gut. Dann eben nicht, aber ich gehe ins Rathaus.«

***

»Der große Stadtbrand von 1711 hat den Vorgängerbau unseres Rathauses fast komplett vernichtet. So, wie Sie es heute sehen, stammt es aus dem Jahr 1751. Es ist aus heimischem Travertin gebaut.« Die Stadtführerin, eine hagere alte Dame mit rot geschminkten Lippen und breitem Sonnenhut, lächelte freundlich in die Gesichter von Dutzenden Japanern. Eine Dolmetscherin wiederholte ihre Worte in der Fremdsprache.

»Sie wollten ins Rathaus, also kommen Sie. Wir haben nicht den ganzen Tag Zeit«, sagte Kohlschuetter, während er sich durch die Besuchergruppe drängelte.

Bernsen blieb stehen, legte den Kopf nach hinten und betrachtete die zahlreichen Glocken an der Ostfassade des imposanten Gebäudes. »Es ist erst Vormittag. Wir haben Zeit. Außerdem kann ein bisschen Kultur während der Arbeit nicht schaden«, entgegnete er. »*Sie* sind doch sonst der Heimatkundefreak. Oder sind Sie schon so lange mit der süßen Lea zusammen, dass Sie bereits alles über dieses nette Städtchen wissen?«

Kohlschuetter tippte sich mit dem Zeigefinger an die Stirn und verschwand hinter der schweren Eingangstür des Rathauses.

»Das ist eine sehr gute Einstellung, junger Mann«, bemerkte die Stadtführerin sichtlich erfreut über Bernsens Interesse. »Sie dürfen gern zuhören.«

»Na, dann man los.« Bernsen rieb sich erwartungsfroh die Hände. »Sie haben sich ja so einiges vorgenommen mit der Horde Japsen im Schlepptau. Sieht aus wie der Angriff auf Pearl Harbor.« Er lachte sich eins.

Die Mundwinkel der Stadtführerin zuckten nervös, und sie begann etwas unsicher zu reden: »Bad Langensalza hat, wie ich bereits erwähnte, die drittgrößte Altstadt Thüringens, nur die von Erfurt und der Nachbarstadt Mühlhausen sind größer.«

Bernsen breitete illustrierend seine Arme aus, stellte sich auf die Fußspitzen und blies die Wangen auf. Eine leichte Windböe fuhr unter das viel zu große blau-weiß gestreifte Fischerhemd, das er trug.

Einige Japaner kicherten leise.

»Bad Langensalza ist im Mittelalter durch den Waidanbau sehr wohlhabend geworden. Im Jahr 1455 verfügte die Stadt allein über sechs Waidmühlen«, fuhr die Dame zögerlich fort.

Bernsen hob das rechte Knie, griff demonstrativ in den Stoff seiner Bluejeans und zerrte wie wild daran.

Eine junge Japanerin kreischte amüsiert auf, schlug sich aber sogleich die Hand vor den Mund und schaute verlegen in die Runde.

»Im Jahr 1680 wurde das Waid vom Indigo abgelöst. Ich vermute mal, Ihre Hose ist jünger«, bemerkte die Stadtführerin mit säuerlicher Miene. »Wobei ich mich, so wie Ihr Beinkleid aussieht, auch täuschen kann.«

Bernsen bemühte sich um eine unschuldige Miene.

»Heute ist Bad Langensalza vor allem durch seine Naturräume bekannt. Elf Gärten und Parks hat unsere schöne Stadt vorzuweisen. Damit wurden wir 2011 zur ›Blühendsten Stadt Europas‹ gewählt. Der Japanische Garten beispielsweise liegt heute auf unserer Route. Ein traumhafter Ort.«

Bernsen stieß mit dem Handrücken gegen einen Rosenzweig, was die üppig gewachsene Pflanze, die in einem Kübel vor dem Rathaus stand, zum Schwingen brachte. Sie sah insgesamt ziemlich lädiert aus, und Bernsen musste aus Sorge, dass sein Schlag dies angerichtet haben könnte, an die Lobelien in den Blumenkästen der Rotfeder denken. Er beschloss, wenn es hart auf hart käme, alles abzustreiten. Mit seinen Zeigefingern zog er seine Augenwinkel in Richtung der Schläfen, um den Augen eine mandelförmige Form zu geben. Dabei tippelte er auf der Stelle wie eine japanische Geisha.

Die Mienen der Japaner froren ein.

»Aber auch unsere Schwefelquellen, das Heilwasser und die Solen sind bekannt. Seit dem 19. Jahrhundert verfügt die Stadt über einen florierenden Kurbetrieb.«

Bernsen verzog den Mund und hielt sich die Nase zu.

Die Japaner rührten sich nicht.

In diesem Moment schlugen die Glocken des Rathausturmes zur Mittagsstunde. Gleich darauf ertönte eine Melodie.

Die Stadtführerin deutete mit glückseliger Miene nach oben, Bernsen schien vergessen. »Auch dafür ist die Stadt bekannt: Zweiunddreißig Glocken spielen zweimal am Tag eine deutsche Volksweise. Und schauen Sie nur, da oben.« Sie zeigte auf den Dreiecksgiebel über ihren Köpfen, in dem sich zwei Fensterläden öffneten, aus denen eine Reihe von etwa achtzig Zentimeter großen Figuren langsam herausgefahren kam. »Sehen Sie den Trompeter? Er kündigt den Stadtgründer Hermann von Salza an. Es folgen Christoph Wilhelm Hufeland, ein bedeutender Arzt und Sohn unserer Stadt, und der Spender des Glockenspiels, der als Hufelands Patient dargestellt wird. Bei dem Herrn danach handelt es sich um Friedrich Gottlieb Klopstock, einen bekannten Schriftsteller und Lehrer. Ist das Glockenspiel nicht allerliebst?«

Die Japaner schauten abwechselnd zwischen dem Glockenspiel und Bernsen hin und her. Letzterer hatte eine ungefähre Vorstellung davon, wie er den Asiaten den Begriff »Glockenspiel« begreiflich machen könnte, verkniff sich das aber, stattdessen wiegte er sich im Takt zur Musik und sang leise mit. »Kein schöner Land in dieser Zeit, als hier das unsre weit und breit …«

Allen interkulturellen Hürden zum Trotz begannen die Gäste einer nach dem anderen, sich ebenfalls zu den Klängen zu bewegen. Die Stadtführerin wirkte sichtlich gelöst angesichts dieser Entwicklung, nickte Bernsen zu und schob die Besucher in Richtung Marktbrunnen davon.

»Schön, dass Sie auf mich gewartet haben«, meinte Kohlschuetter, der das Rathaus wieder verlassen hatte, höhnisch, als er Bernsen tänzelnd in der Marktstraße vorfand. »Der Bürgermeister ist außer Haus und erst in einer Stunde wieder zurück. Werner Blarns hat sich heute Morgen krankgemeldet. Rosi Granitz übrigens auch.«

»Ich habe Hunger«, nörgelte Bernsen. »Es ist Mittagszeit. Hufeland hat gerade seinen nackten Patienten rausgetrieben.«

Kohlschuetter schaute einen Moment verwundert, dann frotzelte er: »Hungrig vom Seniorensport? Tja, das muss warten. Erst fahren wir zu diesem Blarns nach Hause. Los, Tanzmariechen.«

SECHS

Eckardtsleben, einer der kleineren Ortsteile von Bad Langensalza, war nur wenige Kilometer von der Stadt entfernt. Die beschauliche Gemeinde lag inmitten einer lieblichen, sanft hügeligen Landschaft aus riesigen gelben Getreidefeldern, die, von Wäldern und Wiesen unterbrochen, linker Hand erst am Horizont bei den Fahnerschen Höhen und rechter Hand am Hainich ihr Ende fanden. Die schmale Straße, die ins Dorf hineinführte, war etwas abschüssig, sodass Kohlschuetter mit leicht überhöhter Geschwindigkeit das Ortsschild passierte. Wenig später standen sie vor einem kleinen, nett zurechtgemachten Fachwerkhaus am Ende des Ortes, in dessen Vorgarten ein dicker Travertinbrocken den eingemeißelten Namenszug »Blarns« trug. Darauf lag ein handlicher Findling, der einen zusammengefalteten Zettel beschwerte. Kohlschuetter war achtlos daran vorbeigegangen und hatte sich mit einer über der Haustür hängenden Glocke bemerkbar gemacht. Bernsen, der wie üblich gemütlich hinter ihm hergeschlendert war, war stehen geblieben. Er zog das Blatt Papier hervor und las die darauf verfassten Zeilen.

»Das ist quasi mein Briefkasten, nur dass die Postboten dafür eine Bedienungsanleitung brauchen«, sagte Blarns in seinem ihm eigenen monotonen, ständig gelangweilt klingenden Tonfall, kaum dass er die Tür geöffnet und Kohlschuetter und Bernsen in seinem Vorgarten stehen gesehen hatte.

»Clevere Idee, vor allem bei Sturm, Regen und Schnee«, meinte Bernsen mit einem Gesichtsausdruck, in dem jeder unmissverständlich lesen konnte, was er von dieser Einrichtung hielt.

»Das Wetter wird grundsätzlich überwertet«, entgegnete Blarns lapidar und gab sich keine Mühe, seine Gleichgültigkeit zu verstecken.

»Sie sollten sich ein Patent darauf geben lassen. So etwas findet bestimmt viele Nachahmer«, ätzte Bernsen und platzierte die »Bedienungsanleitung«, auf die Blarns gerade verwiesen hatte, wieder unter dem Stein. »Vielleicht wäre das sogar etwas für unsere Dienststelle. Mal ehrlich, wer braucht schon eine Poststelle?«

»Möglich. Soll ich Ihnen eine Zeichnung machen?«, erwiderte Blarns, ohne seine Tonlage zu verändern. »Es ist kompliziert nachzubauen.«

Kohlschuetter, der sich an dieser für ihn ziemlich befremdlichen Unterhaltung nicht beteiligte, stand auf der obersten Stufe der Eingangstreppe und musterte Blarns von der Seite. Ohne Kostüm und aus der Nähe schätzte er ihn auf Mitte dreißig, wobei er deutlich älter wirkte. Dabei sah er in der schlammgrünen Chinohose und dem ausgeleierten T-Shirt, das er heute trug, noch unförmiger aus als gestern in dem mittelalterlichen Gewand. Sein Brillengestell, das fast sein halbes Gesicht einnahm, hing leicht schief auf seiner Nase, und ihn umgab ein stechender Geruch, von dem Kohlschuetter nicht sagen konnte, ob er von Blarns' Körper ausging oder aus seinem Haus strömte.

»Wenn ich Sie beide einmal unterbrechen dürfte«, hob Kohlschuetter an. »Herr Blarns, wir müssen mit Ihnen reden.«

Werner Blarns zuckte mit den Schultern, machte einen Schritt zur Seite, sodass der Eingang frei wurde, und wartete, bis die Kommissare eingetreten waren. Er ließ die Tür achtlos hinter ihnen ins Schloss fallen, quetschte sich in dem schmalen, dunklen Flur an ihnen vorbei und vergewisserte sich, dass Bernsen und Kohlschuetter ihm folgten. Am Ende des unbeleuchteten Ganges war sich Kohlschuetter sicher, dass die Quelle des unangenehmen Duftes irgendwo hier im Haus sein musste. Er atmete flach und blinzelte, um seine Augen an die düstere Umgebung zu gewöhnen.

»Halleluja, ist das ein Mief in der Hütte«, murmelte Bernsen.

Im nächsten Moment stieß er einen gotteslästerlichen Fluch aus, blieb wie angewurzelt stehen und schaute zur Zimmerdecke hinauf. Kohlschuetter tat es ihm nach und riss erstaunt die Augen auf. Knapp unterhalb der Decke war ein sich nahezu über die gesamte Länge des Flurs erstreckendes Regalbrett an der Wand angebracht, auf dem ein gutes Dutzend Katzen saß. Bernsen trat einen Schritt vor, einen zurück, klatschte in die Hände und schnippte mit den Fingern. Die Tiere rührten sich nicht.

»Sparen Sie sich die Mühe. Es sind Dermoplastiken«, sagte Werner Blarns, als sei es das Normalste auf der Welt.

»Hä?«, fragte Bernsen.

»Ausgestopft«, brummelte Kohlschuetter, ohne den Blick von der ungewöhnlichen Wandgestaltung zu lassen.

»Wir Profis sagen nicht ›ausgestopft‹. Niemand, der Tiere präpariert, stopft sie mit irgendwas aus«, erwiderte Blarns mit gerümpfter Nase. »Man zieht das Fell ab, gerbt es und bringt es im Anschluss auf einem Körpernachbau aus Holz oder Kunststoff wieder an. Nur mal ganz einfach beschrieben. Die Arbeit ist im Einzelnen natürlich viel anspruchsvoller und schwieriger.« Er verschwand in einem angrenzenden Zimmer.

Bernsen schaute Kohlschuetter an, pfiff ein hochtönendes »Kuckuck, Kuckuck«, während er im Takt dazu die Hand vor seinem Gesicht hin- und herbewegte, und folgte Blarns. Kohlschuetter blieb noch einen Moment stehen und betrachtete die für sein Empfinden makabre Dekoration. Wenn er sich nicht irrte, waren das allesamt Wildkatzen, wie sie im Hainich seit einigen Jahren wieder frei lebten. Nur bekam man die scheuen Tiere dort nie zu sehen. Deswegen hatte Lea ihn in der Woche vor ihrem Urlaub in das Wildkatzendorf Hütscheroda geschleppt, wo sie das dortige Schaugehege besichtigten. Kohlschuetter, der mehr auf Hunde stand, hatte ihr den Gefallen getan und war stundenlang am Gehege auf- und abmarschiert, um die lieben Kätzchen zu beobachten. »Sind das Glasaugen?«, rief er laut, während er Blarns und Bernsen in das Zimmer folgte.

»Ja, natürlich«, antwortete Blarns, als Kohlschuetter bereits in der Tür stand. »Die echten halten nicht so lange.«

»Komisch, hier riecht es so, als hätten Sie die Originale noch dringelassen«, murrte Bernsen. Er stand mit verschränkten Armen hinter Blarns und sah zu, wie der sich an einem Fuchs zu schaffen machte.

»Der hier ist etwas drüber. Durch die Vorbereitungen zum Mittelalterstadtfest hatte ich kaum Zeit, und dann ist mir auch noch die Kühltruhe ausgefallen«, erwiderte Blarns, ehe er damit begann, dem leicht angegammelten Tier das Fell abzuziehen. Dabei spreizte er seinen mit einem Pflaster umwickelten Zeigefinger unbeholfen ab.

Kohlschuetter schaute sich um. Der Raum war nicht besonders groß und lag ebenfalls im Halbdunkeln, was an den heruntergelassenen Holzjalousien vor beiden Fenstern lag. Die Wände waren bis auf Brusthöhe gefliest und abgesehen von einem deckenhohen Regal, in dem eine Vielzahl hölzerner Tiermodelle stand, weitestgehend kahl. In einer Ecke hing ein überdimensioniertes Waschbecken, auf dessen Sims allerlei bunte Plastikflaschen aufgereiht waren. Der Mittelpunkt und Blickfang des Zimmers war aber ein etwa vier Meter langer Werktisch, über dem eine schmale Neonröhre ihr spärliches Licht verbreitete. Direkt darunter, an der einzigen freien Fläche, saß Werner Blarns auf einem Stuhl und häutete den Rotfuchs, während um ihn herum ein Chaos aus Scheren, Skalpellen, Arterienklemmen, Hautklammern und Drähten in allen Stärken die restliche Arbeitsplatte bedeckte. Darüber hinaus gab es hier so gut wie alles, was die heimische Fauna zu bieten hatte: Waschbären, Dachse, Hasen, Fledermäuse, Igel und anderes Getier saß dicht an dicht und wirkte dabei in einer so erschreckenden Weise lebensecht, dass man es kaum für möglich hielt. Einzig und allein ihre Regungslosigkeit und ihr starrer Blick verrieten, dass das Lebenslicht dieser Kreaturen seit Langem erloschen war.

»Und diese Eule hier wird auf ihr zweites Leben durch Akupunktur vorbereitet, nehme ich an?«, fragte Bernsen flapsig, aber mit offensichtlichem Interesse, während er an den langen gelben Nadeln, die im Gefieder des Tieres steckten, herumfingerte.

»Lassen Sie das«, fuhr Blarns ihn an. »Der Uhu ist noch nicht fertig. Ich will nicht, dass die Federn verrutschen und ich von Neuem anfangen muss. Das ist ein Geschenk für Rosi, also Frau Granitz. Ich mache normalerweise keine Vögel, aber für sie mache ich eine Ausnahme.«

»Keine Vögel, soso«, kommentierte Bernsen. »Wie ist eigentlich Ihr Verhältnis zu Rosi Granitz? Was ist sie für Sie?«

»Vorgesetzte und Freundin«, antwortete Blarns knapp. Man merkte ihm an, dass er darüber nicht reden wollte.

»Enge Freundin?«, bohrte Bernsen nach.

»Ich hab sie gern. Sie war immer nett zu mir, kocht mir Marmeladen und lädt mich zu ihrem Geburtstag ein. Manchmal geht sie mit mir auch einkaufen, mit Klamotten hab ich's nämlich nicht so.«

»Verkaufen Sie die Tiere?«, wollte Kohlschuetter wissen, während er sich ausmalte, wie Rosi Granitz in irgendeinem angestaubten Klamottenladen stand und diesen Altherrenlook für Blarns aussuchte.

»Nein, ganz sicher nicht«, entgegnete Blarns aufgebracht. »Ich erhalte die Tiere für die Nachwelt. Wenn die Menschen unsere gesamte Natur zerstört haben und wir dann alle in betonierten Bettenburgen leben und Tubennahrung zu uns nehmen, sollen die Kinder wenigstens wissen, was unser schöner Hainich einmal für wunderbare Lebewesen hervorgebracht hat.«

»Außer Vögel«, bemerkte Bernsen amüsiert.

»Vögel kann ich nicht so gut«, entgegnete Blarns beleidigt, um dann nahezu euphorisch fortzufahren: »Wussten Sie, dass im Großteil unseres schönen Hainichs Wildnis herrscht? Dort greifen die Menschen nicht ein. Das ist auch besser so. Im Hainich gibt es rund fünfzig verschiedene Baumarten, über achthundert blühende Pflanzen und zweitausend Käferarten. Und erst die anderen Tiere. Kommen Sie mit!« Mit lauten Kratzgeräuschen rückte er seinen Stuhl zurück, stand auf und verließ den Raum. Bernsen und Kohlschuetter nickten sich zu und folgten ihm.

Blarns wartete neben der geöffneten Tür zum Nachbarzimmer auf sie. Darin gab es keine einzige Ecke, aus der einen nicht zwei Glasaugen ansahen.

»Waldspitzmaus, Zwergspitzmaus, Schabrackenspitzmaus, Gelbhalsmaus …«, zählte Blarns auf und zeigte auf einen Tisch, auf dem eine ganze Armee dieser Nager aufgereiht war. Dabei leuchteten seine Augen, als hätte er gerade das schönste Mädchen der Welt erblickt. »Wussten Sie, dass es im Hainich allein fünfzehn unterschiedliche Fledermausarten gibt?« Er wollte gerade die an einer Wand angebrachten Exemplare durchgehen, als Bernsen ihm ins Wort fiel.

»Der Bus mit den Menschen, die das interessiert, wird vielleicht irgendwann kommen. Ich würde jetzt aber gern mal wissen, ob Sie allein hier wohnen?«

Werner Blarns presste die Lippen aufeinander. »Meine Großeltern sind vor zwei Jahren gestorben«, quetschte er widerwillig heraus. »Sie haben mir dieses Haus vermacht.«

»Der Platz wird nicht mehr lange reichen. Auf der Arche Noah sollen sie sich aber ja auch gestapelt haben.« Bernsen tippte einem neben dem Türrahmen hängenden Waschbären an die Nase.

»Nicht anfassen!«, brüllte Blarns erregt und wandte sich wieder Kohlschuetter zu. »Die Fledermäuse …«

»Sehr schön, Herr Blarns, aber dafür haben wir leider keine Zeit. Wir sind gekommen, um uns mit Ihnen über René Bärt zu unterhalten.« Auch Kohlschuetter hatte wenig Nerven für die Schwärmereien dieses jungen Mannes. Dafür war der Grund ihres Besuches einfach zu ernst.

»Er war ein Arschloch«, meinte Blarns, knallte die Tür zu seinem Mausoleum zu und marschierte wieder in die Werkstatt zurück. »Ich bedauere seinen Tod jedenfalls nicht und die Rosi auch nicht«, fügte er trotzig hinzu.

»Es geht doch nichts über eine klare Ansage«, stellte Bernsen zufrieden fest. »Und warum nicht, wenn ich fragen darf?«

»Sie haben es selbst gehört. Er hat unsere Mittelalterleutchen abgezockt und gegängelt. Ausgerechnet.« Blarns' Stimme klang hart. »Das Mittelalterstadtfest ist eines der wichtigsten Ereignisse in dieser Stadt. Es lockt jedes Jahr zwanzigtausend Gäste an. Das Arschloch hat mit seiner Gier alles gefährdet. So was macht man nicht.«

»Aber Sie konnten ihn doch schon nicht leiden, bevor Sie davon erfuhren, oder nicht?«, fragte Kohlschuetter nach.

Blarns ließ gleichgültig die Schulterblätter kreisen. »Er war eben ein unsympathischer Kotzbrocken. Ein richtiger Menschenfeind, nur auf sich bedacht, karrieregeil und gehässig.«

»Und er hat die Aufgaben zugeteilt bekommen, die eigentlich Ihnen zugestanden hätten, so als rechte Hand und enger Vertrauter von Rosi Granitz«, sagte Bernsen provozierend. »Ihre *Freundin* schien darüber ja nicht gerade erfreut gewesen zu sein. Erst nimmt man ihr einen Teil ihrer Kompetenzen weg und gibt sie dann auch noch ausgerechnet diesem Bärt.«

»Rosi hätte nicht zurückstecken müssen, wenn er sie nicht beim Bürgermeister angeschwärzt hätte«, platzte es unkontrolliert aus Blarns heraus. Er biss sich auf die Zunge.

»Na, sieh mal einer an. Was hat denn die gute Rosi verbrochen?«, fragte Kohlschuetter, obwohl er es sich schon denken konnte. Die Alkoholfahne, die die Granitz verströmte, musste jedem auffallen.

Bernsen führte eine imaginäre Flasche zum Mund und machte Schluckgeräusche.

»Rosi ist krank«, fuhr Blarns entrüstet auf und beeilte sich, ein »Gar nicht schlimm« anzufügen. »Sie macht keine Fehler oder so. Aber sie hat eben immer ihren Rosenlikör in der Schreibtischschublade.«

»Rosenlikör?« Bernsen zog angeekelt die Oberlippe hoch.

»Sie wussten also davon?«, hakte Kohlschuetter nach.

Blarns nickte. »Wir kennen uns nun bald zehn Jahre. Wenn Rosi nicht gewesen wäre …« Er atmete tief aus. »Egal. Rosi ist ein echter Kumpel. Ohne sie will ich da auch nicht mehr sein. Eine echte Sauerei.«

»René Bärt hat Frau Granitz wegen ihres Alkoholismus beim Bürgermeister gemeldet, und dann?«, wollte Kohlschuetter wissen.

Blarns nickte. »Entzugsklinik. Der Bürgermeister war sehr fair mit ihr.« Er zog die Nase hoch. »Aber sie wird mindestens für ein halbes Jahr nicht da sein. Und wer weiß, wo man sie nach ihrer Rückkehr einsetzt. Wenn der Bärt erst mal auf ihrer Stelle gesessen hätte …«

»Ach, Bärt sollte Rosis Stelle bekommen? Dann wäre er quasi Ihr Vorgesetzter geworden? Und das hat Ihnen nichts ausgemacht, wenn der so an Ihnen vorbeigezogen wäre? Immerhin sind Sie doch schon viel länger dabei und demnach erfahrener. Davon abgesehen wollten Sie doch bestimmt nicht so eng mit ihm zusammenarbeiten?«, fragte Bernsen. »Also ich wäre ausgeflippt, wenn mir bei meiner Beförderung jemand so in die Quere gekommen wäre.« Er warf Kohlschuetter einen Blick zu, den dieser nicht einzuordnen wusste. »Abgesehen davon ist das unter Kollegen ja ein absolutes Unding.«

Blarns prustete. »Beförderung? Das macht bei meiner Besoldungsstufe fünfundsechzig Euro dreißig netto im Monat aus. So nötig habe ich es auch nicht«, bemerkte er mit seinem üblichen arroganten Unterton. »Ich habe alles, was ich brauche.«

»Das Geld ist das eine, die gekränkte Eitelkeit das andere.« Kohlschuetter beobachtete, wie Bernsen dem Uhu eine Nadel aus dem rechten Federohr zog, welches prompt nach unten klappte. »Außerdem sind Rosi Granitz und Sie doch befreundet, und sie will ihre Arbeit sicherlich in guten Händen wissen. So dicke, wie sie mit den Mittelalterleuten war, ist es ihr doch bestimmt wichtig, dass alles in ihrem

Interesse weiterläuft? Außerdem tut Rosi Granitz Ihnen leid, oder etwa nicht?«

Blarns ließ von dem Fuchs ab und drehte sich schwerfällig zu Kohlschuetter um. »Ich hätte schon auf Rosis Vermächtnis aufgepasst, egal, in welcher Position. Und wenn sie etwas braucht, bin ich auch so immer für sie da.« Er schnalzte mit der Zunge. »Halten Sie es wirklich für so erheblich, ob man im Organigramm einer Verwaltung eine Reihe nach oben rutscht und zwei Aufgaben mehr machen darf, oder nicht? Also für mich gibt es wichtigere Dinge. Wie zum Beispiel die Natur.« Ohne weiter auf Kohlschuetter zu achten, wandte er ihm wieder den Rücken zu und löste vorsichtig weiter die Haut des Fuchses von dessen Körper.

»Sagen Sie«, sagte Bernsen, »braucht man für dieses Hobby eigentlich chirurgisches Geschick? Ich würde diese Frage, wenn ich Sie so beobachte, mit Ja beantworten.« Der Uhu verlor nun auch das zweite Ohr.

»Selbstverständlich. Und das ist nicht mein Hobby, sondern meine Berufung«, antwortete Blarns ruhig.

»Wo waren Sie am Samstag, Herr Blarns?«, fragte Kohlschuetter, während er Bernsen per Handzeichen zu verstehen gab, dass der endlich von dem Tier ablassen sollte.

»Das habe ich doch gestern bereits alles zu Protokoll gegeben. Hört ihr nicht zu, oder was?« Blarns schnaufte wütend. »Mittags beim Rassegeflügelzüchtertreffen, da bin ich immer«, leierte er unmotiviert herunter.

»Sie sind Geflügelzüchter?«, fragte Kohlschuetter überrascht. »Die Bad Langensalzaer sollen ja bekannt dafür sein, wie ich höre, haben sie schon etliche Preise für ihre Tiere bekommen.«

»Nee, ich kriege die Viecher, die keiner essen will.« Blarns grinste frech und fügte ernster an: »Mein Großvater war dort Mitglied, und er wollte gern, dass ich in seine Fußstapfen trete. Ich züchte aber nicht.«

»Auch Vögel«, bemerkte Bernsen.

Kohlschuetter wollte vermeiden, dass Blarns sich zu

ihm und dem Uhu umdrehte, und fragte hastig: »Und danach?«

»Arbeiten. Marktdienst von der Eröffnung bis weit nach Mitternacht. Wir von der Stadtverwaltung müssen auf alles ein Auge haben, aber das habe ich Ihnen ja gestern schon erzählt. Ob mich da einer gesehen hat? Anzunehmen, aber wen juckt es?«

»Hatte Bärt auch Marktdienst?«

Blarns nickte. »Pah. Wenn der nur wichtig sein konnte. Wie der um den Bürgermeister herumgeschwänzelt ist. Pfui Teufel! Zum Marktdienst ist er gekommen. Aber als die letzten Vorbereitungen erledigt werden mussten, da hat er sich krankgemeldet.«

»Wann war das?«, wollte Bernsen von ihm wissen.

Blarns stutzte. »Freitag. Karenztag. Ausgerechnet vor dem wichtigsten Wochenende des Jahres.«

Die Aussage bestätigte die Angaben von Bärts Eltern.

»Wann haben Sie ihn zuletzt gesehen?«

»Bei der Eröffnung am Samstagnachmittag stand er neben der Bühne. Mister Wichtig mit Klemmbrett und Stift. Widerlich.«

»Und danach ist er Ihnen den ganzen Tag nicht mehr über den Weg gelaufen?«, wollte Bernsen ungläubig wissen. »Ich meine, so groß ist Bad Langensalza ja nun auch nicht.«

Blarns knurrte mürrisch. »Kann sein, dass er bei der Feuershow war.«

»Was heißt das, kann sein? Haben Sie ihn gesehen oder nicht?«, fragte Bernsen ungeduldig.

»Ja«, entgegnete Blarns kleinlaut. »Rosi hat gesagt, ich soll gucken, dass der mit Pieri keinen Ärger macht, also bin ich um neun hin und habe gewartet, was passiert. Es war aber alles ruhig. Gegen kurz nach zehn ist das Arschloch dann abgehauen.«

Bernsen und Kohlschuetter tauschten einen Blick. René Bärt hatte am Samstag gegen zweiundzwanzig Uhr also noch gelebt.

»Kannten Sie Michelle Silbermann?«, fragte Bernsen weiter, während er versuchte, die beiden zuvor gelösten Nadeln durch das rechte Ohr des Uhus zu stechen, und dabei immer wieder im Nichts landete.

»Ja«, hauchte Blarns.

»Waren Sie befreundet?«

»Ja, ich mochte sie, sehr sogar. Sie war nett, hat mir immer Kaffee mitgebracht. Ich werde sie vermissen, auch wenn sie meine Tiere nicht mochte.« Blarns Stimme klang auf einmal weich und fast schon ein bisschen rührselig. Nach einer kurzen Pause fuhr er ohne Vorankündigung herum und sah Bernsen an. Der ließ erschrocken von dem Uhu ab, woraufhin die gesamten Kopffedern auf die Arbeitsplatte hinuntersegelten. »Arschloch!«

»Na, na, na, Freundchen«, echauffierte sich Bernsen.

Kohlschuetter stellte sich dazwischen. »Hatte Michelle am Wochenende keinen Dienst auf dem Mittelalterstadtfest?«, wollte er wissen.

Blarns hielt einen Moment inne und verneinte schließlich schwerfällig. »Ich habe das übernommen.«

»Warum?«

»Sie musste schließlich auch mal freihaben«, nuschelte Blarns.

»Ausgerechnet an so einem Wochenende. Werden da nicht alle gebraucht? Die Stadt ist voll. Das haben Sie selbst gesagt«, erkundigte sich Bernsen nachdenklich.

»War schon okay. Ich kann für zwei arbeiten.« Das Fell des Fuchses lag längst neben dessen Körper, und Blarns widmete sich dem ramponierten Uhu. Kohlschuetter staunte über seine Fingerfertigkeit. »Außerdem war doch alles friedlich.«

»Wie man es nimmt«, meinte Bernsen. »Wieso wollte Michelle freihaben?«

»Mädchen eben. Ihr ging es nicht gut. Dafür wollte sie am Sonntag den ganzen Tag da sein. Na ja, das Versprechen hat sie nicht gehalten. Das erste, seitdem ich sie kenne.«

Blarns' Stimme zitterte leicht. Seine Mundwinkel hingen nach unten, und er sah aus, als ob er gleich losheulen würde. Unübersehbar nahm ihn der Tod von Michelle Silbermann mehr mit, als er zugab.

»Werner, kennen Sie einen Herrn Blarns aus Weberstedt?«, wollte Kohlschuetter unvermittelt wissen.

Bernsen zog irritiert die rechte Augenbraue nach oben.

***

»Was war das denn für ein Alleingang?« Bernsen war außer sich. »Ist das neuerdings Ihre Strategie? Herrschaftswissen, mit dem man an dem dummen Kollegen vorbeiziehen kann? So weit sind wir den achtundzwanzig Jahren seit der Wende also gekommen. Von wegen, ein Volk. Ihr Ossis wollt uns fertigmachen, euch für die Wiedervereinigung rächen, weil ihr der Meinung seid, man hätte euch ungerecht behandelt. Dabei kriegt ihr doch sogar Westrente, Mensch!«

Bernsen tobte, seit sie die über der ehemaligen Praxis befindliche Einliegerwohnung des langjährigen Hausarztes der Familie Blarns verlassen und er wieder auf dem Beifahrersitz des Dienstwagens Platz genommen hatte. Jetzt, sie waren bereits einige Minuten unterwegs, holte er erstmals wieder tief Luft und gab Kohlschuetter Gelegenheit zur Antwort.

»Wie oft soll ich es Ihnen denn noch sagen? Als mir Lea von dem kastrierten Blarns erzählte, gab es unseren Fall noch nicht einmal. Die Frage war nur dem Umstand geschuldet, dass ich wissen wollte, wie Werner Blarns tickt. Immerhin hätte er ja in Trauer sein können. Kontrollverlust durch psychisch extrem belastende Situationen. Schon mal gehört? Und wieso sollte ich eigentlich den Unfall eines vor vielen Jahren kastrierten Mannes mit unserem Mordfall zusammenbringen? Wissen Sie, wie viele Männer eine solche OP über sich ergehen lassen müssen? Wollen Sie jetzt etwa einen Aufruf starten und jeden befragen? Sie überziehen, Kollege. Für mich sind das zwei Geschichten, die im Grunde keine Gemeinsamkeiten aufweisen. Und verheimlichen wollte ich Ihnen schon gar nichts«, antwortete Kohlschuetter genervt.

»Keine Gemeinsamkeiten? Pah!« Bernsen streckte Zeige- und Mittelfinger seiner rechten Hand aus und ahmte damit die Schneidbewegung zweier Scherenblätter nach. »Schnipp, schnapp, schon vergessen?« Es kostete ihn Mühe, sich zusammenzureißen.

Auf Kohlschuetters Frage hin hatte Werner Blarns ohne jegliche emotionale Regung berichtet, dass es sich bei besagtem Blarns um seinen Stiefvater Silvio handelte, der in der Nacht von Samstag auf Sonntag mit dem Auto verunglückt war. Bernsen hatte diese Abgestumpftheit nicht im Geringsten irritiert, und er hätte auch nicht weiter nachgefragt, wenn Kohlschuetter nicht von der Kastration des Mannes angefangen hätte. Eine Information, die der Kollege ihm glatt vorenthalten hatte. Dabei konnte auch die kleinste, noch so unwichtig erscheinende Kleinigkeit für eine erfolgreiche Ermittlungsarbeit von Bedeutung sein. Jedem potenziellen Zeugen wurde das gebetsmühlenartig aufgesagt. Nur Herr Kriminalhauptkommissar Timo Kohlschuetter war der Meinung, er könne allein beurteilen, welche Fakten sie in ihrem Fall weiterbringen würden.

Was hatte die Wahrsagerin gesagt? Jemand wollte ihm etwas streitig machen. Das konnte nur seine nächste Besoldungsstufe sein. Dafür war es höchste Zeit. Aber wenn Kohlschuetter ihn wie den letzten Depp dastehen ließ, würde der Chef niemals auf die Idee kommen, das zu forcieren. Der Jungspund wollte sich selbst in ein besseres Licht rücken. Und wie bewerkstelligt man das in einem Team am besten? Man macht Alleingänge, um der Welt zu zeigen, dass man der bessere Ermittler ist. Aber da müsste der Kollege sich schon geschickter anstellen. Dass Kohlschuetter ihm die Kiste mit Silvio Blarns verschwiegen hatte, würde ein Nachspiel haben. Denn die Story, die der ehemalige Hausarzt der Familie Blarns soeben vom Stapel gelassen hatte, war schon etwas fett gewesen.

Bernsen schnaufte zufrieden. Dass er, nachdem sie bei Werner Blarns fertig gewesen waren, darauf bestanden hatte, den Mann aufzusuchen, war sein Coup der Woche. Keinen Spaltbreit Luft hatte er an seine Forderung gelassen, obwohl Kohlschuetter die ganze Zeit versuchte, das alles herunterzuspielen. Bernsen war hart geblieben. Damit hatte er dem Geheimniskrämer so richtig eine mitgegeben. Fürs Erste.

Der Hausarzt a. D., Bernsen hatte den Namen bereits wieder vergessen, hatte berichtet, dass Silvio Blarns als junger Mann mit einer wenige Tage alten, vereiterten und lieblos genähten Kastrationswunde bei ihm gewesen war. Obwohl der Vorfall dreißig Jahre zurücklag, konnte der Mediziner sich noch sehr gut daran erinnern. Sogar das genaue Datum, der 6. Juli 1987, war ihm noch im Gedächtnis geblieben. Kein Wunder, immerhin hatte er so etwas nie wieder erlebt. Und seine detaillierten Beschreibungen der Wunde waren mehr als einprägsam gewesen.

Da Silvio Blarns nicht krank gewesen war und das Ganze für den Arzt nach einer gemeingefährlichen Körperverletzung ausgesehen hatte, war er damals drauf und dran gewesen, die Polizei zu verständigen. Aber Silvio Blarns war ausgeflippt, hatte dem Mann gedroht, war sogar so weit gegangen, ihn durch seine Kontakte zur SED-Kreisleitung um seine Zulassung als Arzt bringen zu wollen. Da hatte der Hausarzt klein beigegeben. Was wäre ihm auch anderes übrig geblieben? Aus seiner Entschlossenheit, diesen Gefallen von seinen einflussreichen Freunden einzufordern, hatte der arrogante Wichtigtuer, wie der Arzt Silvio Blarns nannte, keinen Hehl gemacht. Für Bernsen gab es keinen Zweifel, dass der Alte sich bis heute grämte, hier falsch gehandelt zu haben – oder, wie er gesagt hatte, zu feige gewesen zu sein.

Blarns hatte ihn seine Wunde versorgen lassen und war danach nie wieder bei ihm aufgetaucht. Nur Blarns' Frau und der kleine Werner waren weiterhin seine Patienten geblieben, bis zur Pensionierung. Sie hatten aber nie auch nur ein einziges Wort darüber verloren.

Auch über das Verhältnis zwischen Werner und seinem Stiefvater hatte der alte Hausarzt einiges berichten können. Keiner in Weberstedt hatte je verstanden, wie jemand den hasserfüllten und aggressiven Silvio Blarns heiraten, noch dazu wie man diesem Menschen seinen fünfjährigen Sohn anvertrauen konnte. Werner hatte erheblich unter seinem Stiefvater zu leiden und war, noch nicht einmal volljährig, zu seinen Großeltern nach Eckardtsleben gezogen. Einige Jahre später hatte Silvio Blarns seine Frau rausgeworfen. Angeblich lebte sie heute irgendwo in Süddeutschland und hatte keinen Kontakt mehr zu ihrem Sohn.

Kohlschuetter schien überhaupt nicht zu verstehen, warum Bernsen so sauer war. »Sie wollen sagen, dass das Ableben zweier kastrierter Männer im Unstrut-Hainich-Kreis mir hätte zu denken geben müssen?«, echauffierte er sich jetzt. »Sie machen Scherze. Zwischen den Kastrationen liegen dreißig Jahre. Bärt wurde brutal gefoltert und schließlich umgebracht. Silvio Blarns hatte einen Autounfall, weil er sich besoffen hinters Steuer gesetzt hat. Ich weiß nicht, worüber Sie sich so aufregen. Für mich gibt es da keinen Zusammenhang.«

»Wer sagt Ihnen denn, dass man Silvio Blarns nicht auch gefoltert hat? Sie haben doch gehört, dass er ein Drecksack gewesen sein soll«, ereiferte sich Bernsen. »Wir sollten ihn uns ansehen. Wenn er gefoltert wurde, hat er Narben, auch nach dreißig Jahren.«

Kohlschuetter bremste scharf und steuerte den Wagen an den Straßenrand. Auf dem Grünstreifen hielt er an und stellte den Motor ab. »Ob er gefoltert wurde oder nicht, ist egal. Silvio Blarns hatte einen selbst verschuldeten Verkehrsunfall. Wie oft soll ich das denn noch sagen? Er ist kein Mordopfer. Wir haben keinerlei Anhaltspunkte, und auf dieses dünne Eis werde ich mich nicht begeben. Wie wollen Sie das dem Chef verklickern und noch besser: dem Staatsanwalt?«

»Die Kastration sollte reichen«, beharrte Bernsen, wohl wissend, dass das Unsinn war, aber er wollte recht behalten. »Und dass Werner Blarns, der immerhin der Sohn des Unfall-Kastraten ist, irgendwie in die Mordsache René Bärt verwickelt sein könnte, das sehen Sie wohl auch nicht, was?«

»Ich sehe nur, dass die beiden Kollegen waren. Er ist seltsam, ja. Ein tragfähiges Mordmotiv konnte ich aber noch nicht finden. Die vereitelte Beförderung reicht da kaum aus, er hat glaubhaft dargelegt, dass ihm das nicht wichtig ist. Für mich gibt es zwischen den beiden Kastrationen keinen Zusammenhang. Sorry, aber ich denke, Sie sehen Gespenster.«

»Sie würden es ja nicht einmal bemerken, wenn sämtlichen Männern des Unstrut-Hainich-Kreises die Keimdrüsen abhandenkämen.« Bernsen kochte innerlich vor Wut. Selbst wenn seine Theorie dünnes Eis war, da musste er dem Schlauberger leider zustimmen, war das ein ziemlich ungewöhnlicher Zufall. Nur hatte er darüber hinaus keine Argumente, die den Chef überzeugen könnten. Er müsste etwas finden, eine direkte Verbindung zwischen den Männern oder, besser noch, ein weiteres Kastrationsopfer.

***

»Was haben Sie eigentlich so lange bei diesem Bettler gemacht? Es ist ja nicht so, als hätte ich es eilig, aber wenn man eine Weile am Marktbrunnen sitzt, werfen einem die Leute Kleingeld zu«, sagte Bernsen etwas irritiert, als er zwei Stunden später wieder in den Dienstwagen einstieg.

Kohlschuetter lachte auf. »Nur wenn man so gekleidet ist wie Sie«, entgegnete er stichelnd.

»Also jetzt bitte ich Sie aber. Sauber und ordentlich geht man aus dem Haus, hat meine Mutter immer gesagt …«

Kohlschuetter ließ ihn nicht ausreden. »Eben.« Er feixte.

Bernsen schaute an sich herab, wischte einmal über die Vorderseite seines ergrauten Fischerhemdes, richtete den Kragen und konnte nichts Sonderbares feststellen.

Als sie nach der Befragung des Weberstedter Hausarztes wieder in Bad Langensalza angekommen waren, hatte Kohlschuetter Bernsen beim Rathaus abgesetzt und war zum Hotel an der Kurpromenade gefahren, da sie hofften, Professor Dr. Hans Bettler würde sich etwas redseliger geben als die übrigen dreiundvierzig Schausteller des Mittelalterstadtfestes, die Carderra ein Alibi gegeben hatten. Bernsen war in die nachmittägliche Fachbereichsleiterberatung des Bürgermeisters hineingeplatzt und hatte, ganz wie es seine Art war, unaufgefordert in der Runde Platz genommen, um die Herrschaften zu René Bärt zu befragen.

Der Schock bei den Mitarbeitern des Rathauses saß tief, war aber, als Bernsen mit der Bestechungsnummer herausrückte, in helle Aufregung umgeschlagen. Er war bei der Befragung nicht gerade behutsam vorgegangen, da er davon ausgegangen war, dass Rosi Granitz und Werner Blarns den Anwesenden bereits von dem Korruptionsfall berichtet hatten. Allerdings stimmte das erstaunlicherweise nicht, die krummen Geschäfte von René Bärt hatten sich noch nicht herumgesprochen. Und niemand wollte Bärt das zutrauen. Ein tadelloser Mitarbeiter der Stadtverwaltung sei er gewesen, einer, der über kurz oder lang Rosi Granitz vollumfänglich ersetzt hätte, die höhere Besoldungsstufe eingeschlossen. Auch wenn es noch nicht offiziell war, schien jeder der Anwesenden zu wissen, dass die Granitz aufgrund ihres Alkoholproblems bald pausieren musste. Wie in einer Behörde üblich, hatte die Gerüchteküche in den letzten Wochen und Monaten gebrodelt. Zumal es mit Werner Blarns natürlich einen zweiten Anwärter auf die Stelle der Granitz gab, einen, dem diese Beförderung wegen seiner Dienstzeiten wohl eher zustünde, dessen Qualitäten aber auf anderen Gebieten lagen. Beide, Bärt und Blarns, zählten zum vielversprechenden Nachwuchs.

Vor allem den Bauamtsleiter, der mit seinen Leuten für die Aufbauten, also den Schwebebalken und, was für die Polizei von besonderem Interesse war, die gefüllten Mehlsäcke des Teufelswerkes, zuständig gewesen war, hatte die ganze Sache ziemlich mitgenommen. Wie Bernsen bereits gestern erfahren hatte, war der Schwebebalken bereits eine Woche vor dem Fest sicherheitstechnisch überprüft und die Säcke mit Lumpen gefüllt worden. Alles hatte, sicher verwahrt, in einem Schuppen des Bauhofes gelegen, zu dem nur die Mitarbeiter des Bauamts einen Schlüssel hatten, und dort auf seinen Einsatz gewartet. Nachdem die Bühne am Töpfermarkt fertiggestellt worden war, hatten am Freitagabend zwei seiner Mitarbeiter die Einzelteile nebst Säcken geholt und sie darunter verstaut, um das Spiel am nächsten Tag nur noch aufbauen zu müssen. Spätestens ab dieser Nacht war also eine Manipulation möglich gewesen. Auch wenn ein Sicherheitsdienst das ganze Wochenende durch die Innenstadt flaniert war, hätte irgendwer ungesehen unter die Bühne kriechen und einen Sack beziehungsweise dessen Inhalt austauschen können.

Die Kollegen von der Kriminaltechnik hatten gestern bis weit nach Mitternacht erst das Teufelswerk und die Bühne auf dem Töpfermarkt sowie anschließend den gesamten Bauhof auseinandergenommen. Bernsen hatte dem Bauamtsleiter ansehen können, dass der deswegen kein Auge zugemacht hatte. Der Bericht von der KTU und damit die Antwort auf die Frage, ob René Bärts Leiche bereits im Bauhof oder erst auf dem Töpfermarkt in einen der Säcke gelegt worden war, stand noch aus. Sicher war, dass Bärt neben den anderen mit Lumpen gefüllten Säcken am Sonntagvormittag an das Gestänge des Teufelswerkes geknotet worden war. Das dazu verwendete Seil war intakt gewesen, sodass man davon ausgehen musste, dass der Knoten nicht fest genug gezurrt war, um das Gewicht auszuhalten. Der Mitarbeiter, der diese Arbeit ausgeführt hatte, war der Zisterziensermönch und Spielleiter des Teufelswerkes gewesen, den die Sanitäter am Sonntag wegen des erlittenen Schocks ins Krankenhaus mitgenommen hatten. Der arme Mann, so machte es seit dem Auffinden der Leiche in der Stadtverwaltung die Runde, wollte nie mehr auch nur einen einzigen Fuß auf das Mittelalterstadtfest setzen. Er fühlte sich für das, was geschehen war, verantwortlich, obwohl er, so viel hatten die Ermittlungen schon ergeben, nichts damit zu tun gehabt haben konnte.

Für Bernsen hatte das Gespräch im Rathaus insofern etwas Erhellendes gehabt, dass er sich nun fast sicher war, dass der Freitod von Michelle Silbermann und das Ableben von René Bärt in irgendeinem Zusammenhang standen. Zwei junge Mitarbeiter, ein Festwochenende, beide tot. Dass Michelle ihrem Leben freiwillig ein Ende gesetzt hatte, während Bärt auf äußerst brutale Weise ermordet worden war, machte die Sache nicht einfacher. Die junge Frau war vom Bürgermeister und seinen Fachbereichsleitern als fleißig, intelligent, hilfsbereit und voller Lebensfreude beschrieben worden, mit einem gesunden Ehrgeiz, ausgezeichnetem Abitur und einer bislang ohne Fehl und Tadel absolvierten Ausbildung. Eine sympathische Dame aus dem Sozialamt hatte Bernsen mit ihren Äußerungen über die schwärmerisch in René Bärt verliebte Michelle, die keine Möglichkeit ausgelassen hatte, in dessen Nähe zu kommen, einen Anhaltspunkt beschert, dem er nachgehen wollte. Zumal, und das wusste er aus eigener Erfahrung, Liebende zu allem fähig waren. Selbst zu einer so überaus bestialischen Selbstkasteiung, wie die eigene Schwiegermutter bei sich wohnen zu lassen.

Wieso Michelle allerdings in Bärt verliebt und dennoch mit diesem Vollidioten Carderra zusammen gewesen sein sollte, erschloss sich ihm nicht. Allerdings konnte er ebenso wenig begreifen, dass der Kollege Kohlschuetter eine hübsche Freundin in Bad Langensalza hatte, aber über Susanne Summers Verlobung mit Torten-Lary schmollte. Dank seiner überaus glücklichen Ehe mit seiner Rotfeder kümmerte ihn das wenig, zumindest was die emotionalen Verwirrungen seines Kollegen anging. Das andere, nämlich die Frage, ob sich Michelle aus unerwiderter Liebe, in der sicheren

Gewissheit des Todes ihres Angehimmelten oder aus Angst vor ihrer Entdeckung als Mörderin das Leben genommen hatte, beschäftigte ihn gerade erheblich. »Während Sie getrödelt haben, war ich übrigens nicht untätig«, sagte er mit wichtiger Miene.

»Aha, da bin ich ja mal gespannt«, entgegnete Kohlschuetter wenig überzeugend. »Wieder eine kleine Tanzeinlage?«

»Eher ein kleines Telefonat, und zwar mit den Kollegen in Nordhausen, um sie zum Fall Michelle Silbermann zu interviewen. Man kann ja nie wissen. Vor allem, wenn die Deern in den Kerl verliebt war, wie mir eben da drin«, er wies mit dem Daumen in Richtung Rathaus, »gesteckt wurde. Und mal ehrlich, was soll ich groß in die Datenbank gucken, wenn ich ebenso gut persönlich nachfragen und ein wenig mit Ihren alten Vertrauten über Sie ablästern kann?« Ein prüfender Blick. Kohlschuetter reagierte nicht. »Na ja, in deren Haut möchte ich auch nicht stecken. In der Schnapsbude hat es anscheinend ein richtiges Gemetzel gegeben. Unschöne Sache. Da bin ich man froh, dass Sie nicht mit einer Dame aus der Nordhäuser Kornabfüllanlage angebändelt haben. Mir wäre ja sonst diese wunderbare Zeitreise in das Mittelalter entgangen. In der Nordhäuser Inspektion ist man jedenfalls nicht besonders gut auf Sie zu sprechen. Von wegen Dankbarkeit. Da sind Worte wie Profilneurose gefallen, also im Zusammenhang mit Ihnen, nicht mit mir.«

Bernsen schielte zu Kohlschuetter hinüber. Der zuckte nicht einmal mit der Wimper. »Gut, dass wir drüber gesprochen haben. Also, Michelle Silbermann. Die Deern ist laut der Nordhauser Kollegen ein klarer Fall von Selbsttötung. Keine Anzeichen von Fremdeinwirkung, eindeutige Auffindesituation, Sie wissen schon. Sogar einen Abschiedsbrief hat sie hinterlassen. Nur Blabla, Liebesgesülz an die Eltern und dass sie nicht schuld seien. Ansonsten nichts Auffälliges, sagen die Kollegen, nur dass die jungen Leute sich sonst eher selten durch Erhängen aus dem Leben befördern. Aber das müssen die mir nicht erzählen. Das weiß ich selbst.

Trotzdem. Michelle Silbermann und unser kastriertes Opfer kannten sich näher, und da wird der alte Friedhelm stutzig. Kurzum: Ich will wenigstens einmal kurz mit den Eltern reden. Mag sein, dass zufällig zwei Ordnungsamtsleutchen an einem Wochenende sterben. Wenn aber nicht, liefern sie uns vielleicht einen wichtigen Puzzlestein für unsere Ermittlungen. Die Adresse des Mädchens habe ich mir geben lassen.« Er kramte in den Taschen seiner Jeans und zog schließlich einen komplett zerknüllten Zettel hervor, den er auseinanderfaltete und auf der Mittelkonsole des Wagens ablegte.

»Und da wollen Sie jetzt sofort hin, nehme ich an?«, fragte Kohlschuetter, während er nach dem Papier griff und die Adresse ins Navi eingab.

»Selbstverständlich. Und wenn Sie mir nebenbei noch von Ihrem Gespräch mit dem Bettlerprofessor erzählen könnten, fände ich das wirklich herzallerliebst«, frotzelte Bernsen.

»Da gibt es nicht viel zu berichten. Er will am Samstag erst kurz vor der Eröffnung des Mittelalterstadtfestes in Bad Langensalza eingetroffen sein. Da er gegen dreizehn Uhr in Erfurt getankt hat, was er dank einer Quittung beweisen konnte, habe ich daran keine Zweifel. Nach der feierlichen Eröffnung ist er durch die Altstadt gezogen und konnte darum nicht beschwören, dass Carderra seinen Wohnwagen nicht verlassen hat. Während der Feuershow hat er dann im Publikum gesessen, von wo er auch Bärt gesehen haben will. Im Anschluss an die Show hat er kurz mit Carderra gesprochen. Gegen Mitternacht will er in seinem Hotelbett gelegen haben. Er scheint sich, so mein Eindruck, der Bedeutung eines Alibis im Gegensatz zu seinen Mitstreitern sehr bewusst zu sein. Nichtsdestotrotz ist er überzeugt davon, dass Carderra kein Mörder ist. Professor Dr. Tehrbaum war es übrigens auch, der Carderra die Nachricht von Michelle Silbermanns Tod überbracht hat, aber erst am Ende der Feuershow, also Samstagnacht gegen dreiundzwanzig Uhr. Er war wohl klug genug, ihn das Spiel mit dem Feuer durchziehen zu lassen, bevor er ihm die Hiobsbotschaft überbrachte. Die Sache mit Michelle hatte er übrigens von der Granitz. Die wiederum wusste es von der Mutter, die beiden sind befreundet.«

»Wie, denken Sie, war eigentlich die Beziehung zwischen Michelle Silbermann und Carderra, also ich meine, wenn sie doch in René Bärt verliebt gewesen sein soll?«, wollte Bernsen wissen.

»Tja, Carderra hat gestern, während Sie mit der Seherin Händchen gehalten haben, auf mein Nachfragen nur Unverständliches gestammelt ...«

»Und der Bettler? Der scheint doch so was wie der Übervater von dem ganzen Haufen zu sein. Wusste der nichts?«, fiel ihm Bernsen ins Wort.

»Die beiden sollen sich vor zwei Jahren kennengelernt haben und seitdem ein Herz und eine Seele gewesen sein. Inwieweit da mehr war, konnte er nicht sagen. Carderra hat, was Michelle Silbermann anging, wohl immer sofort dichtgemacht.«

»Dann stellt sich die Frage, ob Carderra seiner kleinen Freundin von René Bärts Nummer mit der Erpressung erzählt hatte. Vielleicht war sie sogar involviert?« Bernsen kratzte sich die unrasierte Wange.

»In die Abzocke ihres Freundes?«, fragte Kohlschuetter skeptisch.

»Klar. Aus Liebe zu René Bärt. Da sie so einen guten Draht zu den Schaustellern und Künstlern hatte, vor allem zu dem einflussreichen Inflammator, könnte Bärt sie benutzt haben. Aber was das mit den Veilchen zu tun haben könnte, weiß ich jetzt auch nicht.«

»Hä? Welche Veilchen?«

»Ach nichts.«

***

»Die sin off der Arwet«, rief ein Mann in weißem Unterhemd und Boxershorts, der gerade damit beschäftigt war, die Post aus seinem Briefkasten zu holen, als Bernsen und Kohlschuetter kurze Zeit später vor dem Haus der Eltern von Michelle Silbermann standen und vergeblich klingelten.

»Wie meinen?«, entgegnete Bernsen, wobei er seine Stirn krauszog und die Hand hinter sein Ohr hielt, als wäre er schwerhörig.

»De Silwermanns sin arweten. Draußen bei der Thiemsburg. Bei denen wird es immer späte«, wiederholte der Mann freundlich.

»Hä?« Bernsen konnte nicht folgen.

»Das Forsthaus Thiemsburg, meinen Sie, im Nationalpark neben dem Baumkronenpfad?«, fragte Kohlschuetter nach.

»Nuo«, antwortete der Mann. »Ihr seid von der Polente, wa? Geht um das Mädchen, die kleene Michelle. So eine Scheiße aber och.« Der Mann schniefte. »Nee, nee. Das hat kener verdient, so was aber och. Da in der Garage hamse se jefungen. Mitn Abschleppseil.« Er deutete auf den großen Carport direkt neben dem Haus. »Gut, dass ich nich daheme war. Das verjisste doch nich.«

Kohlschuetter hob die Hand zum Gruß und ging zurück zum Wagen. Bernsen folgte ihm langsam.

»Dieses Idiom ist wirklich bemerkenswert. Die Laute haben so etwas Wildes, Rohes, Animalisches«, reflektierte Bernsen laut. Kohlschuetters kritische Miene ließ ihn innehalten. »… und Herzliches, Liebreizendes«, beendete er seinen Satz. Danach zog er es vor, für ein paar Minuten zu schweigen. Mit der Kampfeslust eines eifersüchtigen *und* tief gekränkten Kollegen Kohlschuetter konnte er nicht umgehen.

Etwa zwanzig Minuten später hatten sie den Hainich, einen der schönsten Thüringer Höhenzüge und das größte zusammenhängende Laubwaldgebiet in Deutschland, erreicht. Sie stellten den Wagen auf einem großen Parkplatz ab und gingen die letzten Meter bis zur Thiemsburg zu Fuß. Durch einen steinernen Torbogen gelangten sie in einen gemütlichen Biergarten, an dessen Tischen und Bänken zahlreiche Gäste bei Kaffee und Kuchen saßen. Bernsen betrachtete neugierig die Anlage. Links vom Weg befand sich ein Restaurant, dessen breite Holzterrasse ihn an eine amerikanische Farmveranda erinnerte. Schräg gegenüber war die Wanderherberge, ein grün getünchtes Haus, modern, aber mit einem nicht zu verhehlenden DDR-Charme. Am rückwärtigen Ende des Biergartens erhob sich ein lang gezogener Flachbau, in dessen Mitte eine riesige Hinweistafel über die hiesigen Wanderwege informierte.

»Ich kann nur im Schatten sitzen«, sagte Bernsen entschieden, ließ den Biergarten links liegen und steuerte auf die überdachte Terrasse des Restaurants zu. »Meine norddeutsche Haut, Sie wissen schon. Außerdem hasse ich Selbstbedienung.«

»Letzteres hätten Sie nicht extra sagen müssen«, antwortete Kohlschuetter sarkastisch.

»In den Schatten. Ich habe Hunger«, maulte Bernsen, stoppte vor einem freien Tisch und blickte zum Himmel. Er prüfte den Stand der Sonne. Der war noch nicht zufriedenstellend, und so wiederholte er die Prozedur am nächsten und übernächsten Tisch. Schließlich entschied er sich für einen Platz in der hintersten Ecke des Außenbereiches, setzte sich mit zufriedener Miene und scannte seine Umgebung nach einer Speisekarte ab. Als er feststellte, dass diese ausgerechnet an seinem Tisch fehlte, schnaufte er ungeduldig. »Kommen Sie an die Speisekarte da drüben ran?«, fragte er Kohlschuetter, wobei er auf den Tisch direkt neben ihnen deutete.

»Genauso gut wie Sie«, entgegnete Kohlschuetter, ohne sich zu bewegen.

»Also das ist doch wohl …«, murmelte Bernsen pikiert und versuchte, sich so weit wie möglich zur Seite zu lehnen, um mit seinen Fingerspitzen die Karte zu erreichen. Während er hoch konzentriert wahre akrobatische Höchstleistungen vollführte, eilte eine Dame herbei und legte, ohne ein Wort zu sagen, zwei Speisekarten auf den Tisch. Bernsen richtete sich auf. »Wenn Sie noch zwei Minuten länger gewartet hätten, wäre Ihnen meine Bandscheibe entgegengesprungen«, blaffte er ihr hinterher, als die Bedienung ihn schon nicht mehr hören konnte.

»Dann hätte ich Sie nach Bremen chauffiert und Sie neben Ihre Schwiegermutter ins Krankenbett gelegt. Die gegenseitige fürsorgliche Pflege soll Wunder wirken«, sagte Kohlschuetter grinsend.

Bernsen streckte den Rücken durch, spannte die Muskeln an und atmete tief ein. »Glücklicherweise hatte ich noch nie Probleme mit dem Kreuz.« Ohne weiter auf Kohlschuetter zu achten, studierte er das Menü. »Die haben nur zwei Fischgerichte. Mannomann, Sahelzone lässt grüßen.«

»Fisch wird hier nicht so oft nachgefragt. Wir haben aber ausgezeichnete Thüringer Fleischspezialitäten«, erwiderte die Bedienung, die zwischenzeitlich mit Besteck und Servietten an den Tisch zurückgekehrt war.

Bernsen schaute sie prüfend an, entdeckte an ihrem Revers ein Schild mit dem Namen Silbermann und lächelte höflich. »Wenn Sie einen Moment Zeit für uns hätten, Frau Silbermann? Wir sind von der Kripo Erfurt und müssten mit Ihnen reden. Es geht um Michelle.«

Von einer Sekunde auf die nächste versteinerte das schmale, recht ansehnliche Gesicht der Frau. Mit leerem Blick schaute sie durch Bernsen hindurch, wobei ihre Unterlippe zu zittern begann und sie kein Wort herausbrachte. Irgendwann nickte sie, drehte ab und verschwand in Richtung Küche.

»Ich hätte mich bei der üppigen Fischauswahl ohnehin nicht entscheiden können.« Bernsen stand auf, ließ die Speisekarte fallen, als hätte sie Feuer gefangen, und trottete hinterher.

»Ich befrage die Frau«, raunte Kohlschuetter ihm noch zu, dann betraten sie die Küche.

Frau Silbermann lehnte mit dem Rücken an einem großen

Kühlschrank und weinte in eine rosafarbene Papierserviette, die sie aus einem dicken, neben ihr auf der Arbeitsfläche liegenden Stapel herausgezogen hatte. Vor ihr stand ein Mann in schwarzer Kochjacke, der ihr behutsam über die Haare streichelte und leise auf sie einredete. Als er die Kommissare sah, ließ er von ihr ab und stellte sich als Andreas Silbermann vor. Michelles Vater, der gut und gern zwanzig Jahre älter war als seine Frau, bemühte sich nach Kräften, die Fassung zu bewahren. Nur hin und wieder stiegen ihm ein paar Tränen in die Augen, die er mit dem Küchentuch, das über seiner Schulter hing, wegwischte.

Bernsen starrte auf die Frau und den rosa Zellstoff in ihren Händen. Angestrengt versuchte er, die Worte der Wahrsagerin über rosa Papierservietten und Tränen, die ihm auf einmal wieder im Ohr klangen, wegzuschieben.

Kohlschuetter erklärte ihr Anliegen, ließ aber aufgrund des Zustandes der Silbermanns die Details des Mordes an René Bärt unerwähnt. Während er redete, hörte Frau Silbermann auf zu weinen und schaute ihn mit weit aufgerissenen Augen an. Der Tod des Arbeitskollegen ihrer Tochter hatte sich, so versicherten beide, noch nicht bis zu ihnen herumgesprochen. Angesichts ihres schrecklichen Schicksalsschlages war dies jedoch nicht verwunderlich. Übereinstimmend berichteten sie, dass es keinerlei Anzeichen gegeben habe, dass Michelle sich das Leben nehmen wollte, im Gegenteil. Sie sei ein ausgeglichener Mensch gewesen, dem es privat wie beruflich gut ging. Am Freitag vor ihrem Tod sei sie wie immer recht spät nach Hause gekommen. Als Auftakt zum Wochenende habe sie die meisten Freitagabende mit ihren Freunden im Schlosspark beim Friederikenschlösschen verbracht, dem ehemaligen Witwensitz der Herzogin von Sachsen-Weißenfels. Zur Feier des Tages, Michelle hatte das dritte Ausbildungsjahr erreicht und ein dickes Lob vom Bürgermeister für ihr gutes Zeugnis bekommen, hatte sie diesmal für alle Pizza spendiert.

»Ich hätte ihr gern eine große Pizza gemacht, dann hätte

sie ihre Freunde einmal hierher einladen können. Aber sie hat gelacht und gesagt, ich könne nur Thüringer Grillplatte vom Duroc-Schwein. Sie hat so glücklich ausgesehen. Mein Mädchen.« Andreas Silbermann griff nach dem Küchentuch und drehte sich weg.

»Mein Mann hat sie gefunden, am Balken in unserem Carport. Dort, wo früher ihre Schaukel hing. Sie war schon kalt. Er hat alles versucht …« Die Stimme der Frau brach immer wieder weg, sie rang nach Luft.

»Haben Sie Ihre Tochter am Samstag noch mal gesehen?«, wollte Kohlschuetter wissen.

Frau Silbermann nickte.

»Wir haben zusammen Mittag gegessen. Das machen wir an den Wochenenden meistens, mal hier, mal zu Hause. Wir können uns unseren Dienst einteilen. Wir haben gute Leute«, antwortete ihr Mann leise. »Gemeinsame Mahlzeiten in der Familie sind doch wichtig.«

»War irgendetwas anders? Was hat sie erzählt?«, hakte Kohlschuetter nach.

»Michelle war erst kurz vor dem Essen aufgestanden. Sie schlief gern aus. Ich musste sie sogar wecken, sonst wären die Fischstäbchen kalt geworden. Die hatte sie sich gewünscht.« Ein Lächeln huschte bei der Erinnerung über Frau Silbermanns gerötetes Gesicht, ehe sie sich wieder der Situation bewusst wurde.

Bernsen schluckte.

»So kurz nach dem Aufstehen sprach sie nie sehr viel. Nur das Nötigste.« Andreas Silbermann hob den Kopf. »Sie hat gefragt, ob sie mir nächsten Dienstag, also morgen, nach der Arbeit in der Thiemsburg helfen soll. Es haben sich mehrere Reisebusse angekündigt, müssen Sie wissen. Mal ehrlich, fragt man so etwas, wenn man sich umbringen will?« Er überlegte. »Nachmittags wollte sie sich mit ihrer Freundin Nele treffen. Die beiden hängen seit der Grundschule aneinander wie die Kletten. Hingen, meine ich.« Jetzt weinte der Vater unkontrolliert.

»Nele«, sagte die Mutter ein wenig erschrocken. »Ich sollte sie mal anrufen. Sie ist so sensibel. Wer weiß, wie es ihr geht.«

»Könnten Sie uns bitte die Kontaktdaten dieser Freundin aufschreiben?«, bat Bernsen mit milder Stimme.

Frau Silbermann nickte. »Nele ist ein nettes Ding. Und ganz stolz auf ihre Ausbildung, so wie Michelle.«

»Hatte Michelle denn keinen Dienst?«, fragte Kohlschuetter. »An so einem Festwochenende hat sie doch bestimmt arbeiten müssen?«

Frau Silbermann schüttelte den Kopf. »Werner hat das übernommen. Jedenfalls am Samstag. Sie hatte über Hals- und Kopfschmerzen geklagt. Am Sonntag wollte sie aber unbedingt wieder fit sein. Zum einen wegen der Arbeit«, sie seufzte, »und weil keiner in der Stadt das Teufelswerk verpassen will. Es gab keine Anzeichen, nichts«, wiederholte sie. »Und in dem Brief stand nur, dass sie uns lieb hat, aber nicht anders kann. Was meinte sie denn damit? Warum konnte sie nicht anders? Es gibt nichts, was man nicht klären kann. Verstehen Sie das?« Frau Silbermann wechselte die Tonlage, sie kreischte bei jedem Satz mehr, drohte hysterisch zu werden.

Ihr Mann trat auf sie zu, nahm sie in den Arm und schaute hilfesuchend zu Bernsen und Kohlschuetter. »Das haben wir Ihren Kollegen alles schon erzählt. Es macht einfach keinen Sinn. Und doch können wir hier reden und reden, davon wird mein Kind nicht wieder lebendig. Wir müssen weiter in dem Haus wohnen, unser Auto in der Garage abstellen. Immer wenn ich die Augen schließe, sehe ich sie da hängen.«

»Es tut mir sehr leid, glauben Sie mir. Das Letzte, was wir möchten, ist, Ihnen mit unseren Fragen noch weiteren Schmerz zuzufügen. Aber der Tod Ihrer Tochter könnte etwas mit dem Mord an René Bärt zu tun haben. Wir müssen dem nachgehen. Die beiden waren befreundet«, sagte Kohlschuetter leise.

»Das war der Junge, in den sie bis vor Kurzem verknallt war«, bestätigte Frau Silbermann und wischte sich mit der Hand die Tränen aus dem Gesicht. »Ansonsten hatten sie aber nicht viel miteinander zu tun.«

»Was heißt, bis vor Kurzem?«, hakte Kohlschuetter nach.

»Bis vor ein paar Wochen. In dem Alter wechselt das doch schnell. Außerdem scheinen die beiden sich wegen irgendwas gestritten zu haben. Ich weiß aber nicht, worum es ging. Sie hat irgendwann angefangen, sich über ihn lustig zu machen, und das war's. Richtig gehässig war sie. Die Jugend halt.«

»Ist sie nicht ohnehin mit diesem Pier zusammen gewesen?«, mischte sich Bernsen ein. »Pier Carderra, der Feuerschlucker vom Mittelalterstadtfest?«

Frau Silbermann entglitten die Gesichtszüge. »Nein, sie hatte keinen Freund«, entgegnete sie barsch und funkelte ihren Mann zornig an.

»Stimmt was nicht?« Bernsen hatte die Spannung zwischen den Eheleuten bemerkt und wollte Genaueres wissen.

»Sie hatte keinen Freund«, bekräftigte Michelles Vater.

»Wir kennen diesen Carderra nicht«, ergänzte sie.

Dicke Tränen kullerten über die Wangen ihres Mannes.

***

»Muss das denn sein?«, moserte Bernsen.

»Hören Sie auf. Ich muss mal etwas Normales sehen. Mir reicht das langsam. Ich bin schließlich auch nur ein Mensch.« Kohlschuetter atmete die kühle Luft des Waldes ein. »Gestern eine gefolterte, kastrierte Leiche, heute Eltern, die mit dem Freitod ihrer Tochter leben müssen. Ich habe es so satt.«

»Vergessen Sie die Verlobung von Susilein mit Torten-Lary nicht«, entgegnete Bernsen gänzlich unbekümmert, während er neben Kohlschuetter über den Waldboden in Richtung Baumkronenpfad stapfte und an der Thüringer

Bratwurst kaute, die er sich an der Selbstbedienungstheke der Thiemsburg mitgenommen hatte.

Arschloch. Kohlschuetter biss sich auf die Zunge. Natürlich wusste er, dass der Grund für seine Übellaunigkeit allein daher rührte. Es war ihm auch bewusst, dass er sich wie ein Teenager aufführte, albern und überspannt. Aber der Stachel saß tief, und er bohrte sich bei jedem Gedanken daran mehr und mehr in sein Fleisch. Ausgerechnet Susi. Wie konnte sie nur?

»Die kleine Michelle hatte etwas mit dem Carderra. Das rieche ich förmlich«, sagte Bernsen schmatzend. »Die Eltern waren dagegen. Das wäre ich auch, wenn meine kaum zwanzigjährige Tochter ein Techtelmechtel mit irgend so einem Flammen-Dschingis Khan jenseits der vierzig anfangen würde. Bei aller Toleranz gegenüber den verschlungenen Pfaden der Liebe, wenn sie auf einen Misthaufen fällt, muss man als verantwortungsbewusste Eltern den Scheiß wegschaufeln.«

»Ihre Vergleiche sind wahrlich unübertroffen. Halten Sie es also für möglich, dass sie sich aufgrund des Liebesverbotes zu Carderra umgebracht hat?«, fragte Kohlschuetter, der Mühe hatte, sich auf das Gespräch zu konzentrieren. Susi ging ihm nicht aus dem Kopf.

»Wenn er ihre große Liebe war und sie keinen anderen Ausweg wusste«, entgegnete Bernsen, der dabei theatralisch die Hände gen Himmel hob und sie sogleich wieder nach unten fallen ließ.

»Seit wann so romantisch?«

»Lassen Sie das.« Bernsen hatte sich verschluckt und hustete laut. »Sie würden Torten-Lary doch auch die Spritzpistole in den Rachen rammen.«

Mit Anlauf, dachte Kohlschuetter. »Eine Romeo-und-Julia-Geschichte ist heutzutage schwierig nachzuahmen, es gibt andere Möglichkeiten, und Michelle war volljährig. Wenn uns die rosa Wölkchen, die Sie überall sehen, auch jede weitere Arbeit in diese Richtung ersparen würden, so denke ich doch an etwas ganz anderes. Was, wenn der Tod von Michelle Silbermann irgendetwas mit der Arbeit des Ordnungsamtes zu tun hat? Vielleicht hing sie in irgendwas mit drin und hatte Angst. Immerhin wurde Bärt ermordet. Also könnte es eine Bedrohung gegeben haben, die sie ebenfalls betraf. Die müsste aber so groß gewesen sein, dass sie keinen anderen Ausweg mehr wusste.«

Bernsen blieb abrupt stehen und schaute Kohlschuetter aus zusammengekniffenen Augen an. »Wieso quatschen Sie eigentlich immer meine Theorien nach?«

»Seien Sie froh, dass ich Ihnen überhaupt zuhöre«, entgegnete Kohlschuetter schnippisch. »Wenn die Nummer mit der Erpressung der Mittelalterleutchen vielleicht nur die Spitze vom Eisberg war, geht es hier womöglich um etwas richtig Großes. Sie haben selbst gesagt, dass viertausend Euro nur Peanuts sind. Beim Ordnungsamt bietet sich das aber doch quasi an. Die ganzen Genehmigungen und so. Die beiden könnten nicht nur hier, sondern auch da und dort die Hand aufgehalten haben.«

»Bonnie und Clyde von Bad Langensalza, meinen Sie?« Bernsen wischte sich mit seinem rechten Hemdärmel über den Mund. »So wie die Fachbereichsleiter vom ›Bürgerservice‹, wie das heute so schön heißt, es vorhin dargelegt haben, ist das kaum möglich, denn die Zuständigkeiten sind klar geregelt. In so einer Behörde kann nicht einer alles machen, es sei denn, im Vertretungsfall. Und die Auszubildenden durchlaufen noch dazu unterschiedliche Fachbereiche, damit sie alles mal gesehen haben, arbeiten also überall nur wenige Monate lang intensiv mit.«

»Bärt war aber kein Auszubildender mehr. Er war im Ordnungsamt hauptsächlich für die Märkte zuständig. Das sind übers Jahr die Wochenmärkte mittwochs und samstags, der Pflanzen- und Blumenmarkt beim ›Grünen Innenstadtfest‹, der Pfefferkuchenmarkt und der Weihnachtsmarkt. Und es kommt bestimmt noch der eine oder andere dazu. Die Händler müssen sich bei all diesen Märkten bewerben und eine Gebühr zahlen. Ich könnte mir vorstellen, dass ein Standplatz in Bad Langensalza begehrt ist.«

Bernsen wiegte unschlüssig den Kopf. »Trotzdem. Das sind hier und da ein paar Scheine. Kleinvieh bei viel zu vielen Mitwissern.«

»Aber bei den Mittelalterleutchen hat es durch die Bank funktioniert«, widersprach Kohlschuetter. »Und das war nur seine Zusatzaufgabe, die er der Granitz abspenstig machen konnte, quasi wegen seiner vorbildlichen Leistungen.«

»… für das Kollektiv«, ergänzte Bernsen grinsend.

Kohlschuetter ignorierte das. »Bei all den Märkten in der Stadt kann auf diese Weise locker eine fünfstellige Summe zusammenkommen. Das ist viel Geld. Einfach mal so, direkt in die Tasche. Und wenn Bärt die Stelle von Rosi Granitz angetreten hätte, wäre es sicherlich noch einfacher geworden. Schließlich hätte er dann den Hut aufgehabt. Dafür hätte es sich schon gelohnt, die Granitz abzuservieren. Michelle Silbermann könnte was von Bärts Spielchen mitbekommen haben. Nehmen wir an, Carderra hat ihr davon erzählt. Sie hat Bärt darauf angesprochen. Frau Silbermann sagte etwas von einem Streit zwischen den beiden, und dann war die Verliebtheit auf einmal verflogen. Bärt könnte sie eingeschüchtert haben, möglicherweise hat er sie sogar ebenfalls erpresst. Ein junges, naives Ding, das ahnungslos in einen Korruptionsskandal verwickelt wird, während der Bürgermeister sie für ihre guten Leistungen belobigt. Sie wird Angst bekommen haben und hat keinen Ausweg mehr gewusst.«

»Aber deswegen bringt man sich doch nicht um«, widersprach Bernsen.

»Wissen Sie, was sie sich in ihrer Verzweiflung vielleicht alles ausgemalt und eingeredet hat?«, erwiderte Kohlschuetter.

»Bleibt aber immer noch der gefolterte Bärt«, bemerkte Bernsen stur. »Der passt nicht in Ihre Theorie. Außerdem, je länger ich darüber nachdenke, den hat die Kleine bestimmt nicht auf dem Gewissen. Nach allem, was ich über sie gehört habe, traue ich ihr das nicht zu.«

»Mhm. Das Motiv der Granitz ist auch nicht ohne. Schließlich hat Bärt sie beim Bürgermeister wegen ihrer Trinkerei angezinkt, und ob sie nach dem Entzug wieder zu ihren geliebten Schaustellern und Künstlern ins Marktwesen zurückkehren kann, steht in den Sternen.« Kohlschuetter steuerte auf das kleine Holzhäuschen zu, in dem die Eintrittskarten für den Baumkronenpfad verkauft wurden. »Aber dafür ist ihr Alibi einfach zu wasserdicht. Verdammt noch mal.«

Bernsen blieb abrupt stehen und stemmte die Hände in die Hüften. »Das ist jetzt nicht Ihr Ernst!«, rief er entsetzt aus.

»Ich bezahle Ihre Karte, bleiben Sie ruhig«, meinte Kohlschuetter, ohne sich zu ihm umzudrehen, trat an den Schalter und kaufte die Tickets.

Bernsen schaute mürrisch nach oben. »Wäre ja auch noch schöner, wenn ich für diesen Quatsch einen Euro meines sauer verdienten Geldes ausgeben müsste. Außerdem habe ich Höhenangst.«

»Ja, ja, ja, kommen Sie. In vierundzwanzig Meter Höhe durch Baumwipfel laufen, das kriegen Sie in Bremen nicht geboten.« Er ging auf den Turm mit der Wendeltreppe zu.

»Jo.« Bernsen stoppte erneut und betrachtete die Hundeboxen neben dem Eingang. »So was müsste es überall geben. Mal schnell bei McDonald's einen Fischmac holen, zack, Köter rein, das Vieh vergessen und ab durch die Mitte. Kneipen, Restaurants, Geschäfte … Das kriegen die zu Hause in der Tat nicht hin.«

Kohlschuetter, der schon halb auf der Treppe war, hatte keine Lust auf Bernsens Pudel-Gejammer und drängte: »Jetzt kommen Sie schon.«

»Ich habe inzwischen Feierabend und verbringe selbigen gerade mit Ihnen. Da müssen Sie mich nicht noch durch die Gegend hetzen«, rief Bernsen zurück. »Seien Sie froh, dass ich Sie bei Ihrem Psychotrip begleite.« Mürrisch machte er sich daran, die erste Plattform des über fünfhundert Meter langen Pfades zu erklimmen.

Kohlschuetter lief voraus und erwartete ihn oben. »Schauen Sie sich das an«, sagte er begeistert. »Diese Perspektive haben sonst nur Baumkronenforscher. »Sehen Sie, wie der Wind die Kronen bewegt? Wenn man unten steht, denkt man, es ist windstill.«

»Wenn's Ihnen hilft«, meinte Bernsen missmutig.

»Es entspannt, zumal heute wirklich wenig los ist«, ergänzte Kohlschuetter.

»Ach, kommen hier sonst Leute her?«, fragte Bernsen, während er mit wippenden Schritten über den breiten hölzernen Weg marschierte, ganz so, als ob er dessen Stabilität testen müsste.

»Ein paar. Etwa zweihunderttausend jährlich. Es gibt nun mal durchaus Menschen, die sich für mehr als Fisch begeistern können.«

»Randgruppe«, entgegnete Bernsen. Er blieb unter einem Tor aus schmalen Baumstämmen stehen, von dem kopfüber eine riesige Fledermausnachbildung herabbaumelte. »Eine von fünfzehn Arten im Hainich«, las er. »Sehen Sie, ich bin lernfähig«, fügte er grinsend hinzu.

»Äußerst eingeschränkt«, frotzelte Kohlschuetter, während er versuchte, sein vibrierendes Handy aus der Hosentasche zu ziehen.

SIEBEN

»Ach, Sie machen einen Betriebsausflug zum Hainich, wie nett, und Bernsen hängt gerade an einem Kletterseil und spielt Tarzan, oder sollte ich bei seinen ausgeprägten sozialen Kompetenzen eher von Cheeta sprechen? Aber das wäre ja eine Beleidigung für jeden halbwegs gut erzogenen Schimpansen!«

Die Worte des Chefs dröhnten polternd und so gut verständlich aus dem Smartphone, dass Kohlschuetter hektisch den kleinen Knopf an der Seite drückte, um die Lautstärke zu drosseln. Offenkundig wollte er sicherstellen, dass die in fünf Metern Entfernung stehende Besuchergruppe nicht Zeuge dieser unangenehmen Unterhaltung wurde.

»Melden Sie sich sofort bei dem Kalder«, nölte der Chef nicht wesentlich leiser. »Der senile Quacksalber ruft hier seit einer Stunde immer wieder an und kaut mir ein Ohr ab. Frau Muschke ist schon im Feierabend, und ich habe Besseres zu tun, als für Sie das Fräulein vom Amt zu mimen. Erst recht, wenn Sie sich außerhalb unseres Zuständigkeitsbereiches wichtigmachen. Also beeilen Sie sich!« Er legte auf.

»Wenn wir endlich eine eigene Mitarbeiterin bekämen, müsste Claudi nicht immer Überstunden schieben, die sie zu der Zeit abbaut, wenn wir nicht erreichbar sind«, kommentierte Bernsen ungerührt. Er dachte nicht einmal im Traum daran, sich über den Vergleich seiner Wenigkeit mit einem Schimpansen aufzuregen. Cheeta hatte in den Tarzanfilmen nach seinem Geschmack die beste Rolle, und auch Affen waren nur Menschen.

Kohlschuetter nickte angesäuert, wählte Professor Kalders Nummer in der Rechtsmedizin in Jena und reichte das Handy lustlos an Bernsen weiter.

Mann, ist der Jungspund heute mies drauf, dachte Bernsen und lehnte sich entspannt gegen die Brüstung. Sonst ließ sich der Kollege die Fachsimpelei mit dem Fossil nie nehmen.

Kalder war sofort dran. »Endlich, also wirklich, Herr Kohlschuetter, wo sind Sie denn heute nur?« Der weit über Achtzigjährige klang aufgeregt und noch mehr durch den Wind als sonst.

»Bernsen hier«, murmelte Bernsen, der es sich, seit der Professor ein Hörgerät trug, zur Aufgabe gemacht hatte, die von dem Rechtsmediziner eben noch wahrnehmbare untere Dezibelschwelle zu identifizieren.

»Ach, nun ja, der Nordmann, auch gut. Ich muss dringend mit Ihnen reden.« Es schepperte, als ob eine Schale mit chirurgischen Instrumenten zu Boden gefallen wäre. »Also wirklich. Fräulein Melanie. Heute geht es bei uns zu wie im Irrenhaus. Gut, dass ich da bin. Die jungen Frauen sind ohne mich immer ganz durcheinander.« Er kicherte, und Bernsen konnte hören, wie Melanie Anders, die Assistentin und eigentlich längst berufene Nachfolgerin des Professors, genervt aufstöhnte.

»Freilich, Herr Professor, wenn einer bei den Frauen einen Schlag hat, dann Sie«, entgegnete er grinsend.

»Nun ja.« Kalder klang etwas verlegen. »Sie nun wieder, Bernsen. Bis vor zwei, drei Jahren, ja. Da hatte ich, da konnte ich, da ging die Post ab. Aber so langsam … Es war eben alles mal besser.« Er räusperte sich. »Nun aber zur Sache. Also was Sie mir immer für Untersuchungsobjekte verschaffen, ist wirklich bemerkenswert. Ich hatte ja heute auch noch ein Opfer einer Messerstecherei, also ehrlich, ein Schlachthaus ist nichts dagegen. Fräulein Melanie und ich hatten wirklich gut zu tun. Aber dieser junge Freund hier – alle Wetter.«

»Professor, auf den Punkt. Ich schwebe gerade zwischen Baumwipfeln und habe keine Lust, die Nacht hier oben zu verbringen«, sagte Bernsen bestimmt. »Zumal Kohlschuetter schnarcht und die fünfzehn Fledermausarten einen bestimmt auch ganz schön in Schach halten können.« Und weil mich das Sexualleben eines fast neunzigjährigen Greises nicht die Bohne kratzt, ergänzte er in Gedanken.

Kalder lachte herzerfrischend. »Ihren Humor möchte ich haben. Nun ja, der junge Mann war kerngesund. Es ist also nicht anzunehmen, dass ihm aus medizinischen Gründen die Hoden entfernt wurden. Bei einem Prostatakarzinom ist so etwas, je nach Schwere der Erkrankung, durchaus üblich. Ich habe dafür aber organisch keinerlei Hinweise gefunden. Allerdings warten wir noch auf die Ergebnisse der Blutuntersuchung.«

»Können Sie sagen, wann man ihn kastriert hat?«, fragte Bernsen.

»Nun ja.« Der Professor seufzte. »Das ist die Schwierigkeit bei frischen Operationen. Die Wunde ist leicht gerötet und erhaben. Sie wurde intrakutan, also in der Haut, genäht. Die Fäden haben nicht einmal begonnen, sich aufzulösen. Ich würde sagen, der Eingriff wurde schon vor ein paar Tagen vorgenommen, ist aber allerhöchstens eine Woche alt. Alles in allem eine sehr gute Arbeit. Sauber geschnitten. Auch der Samen- und der Gefäßstrang, sehr schön abgetrennt.«

Bernsen kniff die Beine zusammen. »Soll das heißen, da ist ein Profi am Werk gewesen?«, fragte er zur Sicherheit nach und schaute Kohlschuetter vielsagend an.

»Sehr wohl, Herr Bernsen. Sehr wohl«, antwortete der Professor. »Eine wirklich anständige Leistung eines Kollegen.«

»Herr Professor, nichts für ungut, aber wie ist das eigentlich nach so einer Kastration? Also wenn man jemandem ein Auge aussticht, kann ich es mir vorstellen, aber in diesem Fall?« Bernsen räusperte sich leicht verlegen. »Bleibt da alles beim Alten, Sie wissen schon?«

»Nun ja, guter Freund. Wie man es nimmt. Männer sind nach einer Kastration ganz normal lebens- und sogar liebesfähig, falls Sie das meinen. Man hat ihn ja nicht zum Eunuchen gemacht, also den Penis auch noch entfernt, wie es in früheren Kulturen, besonders in Byzanz oder im Kaiserreich China, gern praktiziert wurde. Wussten Sie eigentlich, dass diese Männer zumeist hohe gesellschaftliche und politische Ämter innehatten? Der Verlust des Penis befähigte sie erst dazu. Ein interessanter Gedanke, finden Sie nicht?«

Bernsen dachte an seine Beförderung.

»Im Barock liebte man die Gesangsstimme der Entmannten, aber das ist eine andere Geschichte«, dozierte der Professor weiter.

»Allerdings. Unser Bursche sollte wohl kaum im Bad Langensalzaer Chor mitsingen«, murmelte Bernsen.

Der Professor lachte keck. »Nein, sicher nicht. Also gut. Entscheidend ist, wann die Kastration stattgefunden hat, also vor oder nach der Pubertät. Unser Opfer war ein voll entwickelter Erwachsener. Für ihn hätte dieser Eingriff, so er denn noch leben würde«, Kalder hüstelte, »zu einer stark verminderten Libido geführt. Was die Erektionsfähigkeit angeht, auch die wäre vermindert gewesen. Völlige Impotenz hingegen ist möglich, muss aber nicht zwangsweise eintreten. Er wäre jedoch insgesamt etwas weiblicher geworden, also auch, was die Krankheiten angeht.«

»Eierstockentzündung, oder was?«, platzte Bernsen heraus. Er freute sich über seine Schlagfertigkeit.

»Sie nun wieder.« Kalder grunzte. »Osteoporose, aber auch Stoffwechselstörungen und Diabetes. Die Hormone, Sie verstehen schon. Das Testosteron wird in den Hoden gebildet, und wenn die nicht mehr da sind ... Ach so, und es kann natürlich zu Wesensveränderungen kommen. Viele Männer werden aggressiv und antriebslos.«

Es raschelte in der Leitung. Bernsen schloss daraus, dass der Professor sich leicht vom Telefonhörer weggedreht hatte. Dennoch konnte er jedes Wort verstehen. »Also wirklich, Fräulein Melanie, lassen Sie den Knaben bitte so lange hier, wie ich mit dem Kollegen Bernsen rede. Sie wissen doch, dass ich die Objekte bei der Auswertung gern griffbereit habe.« Es raschelte erneut. »Diese Frauen, immer müssen sie aufräumen.« Er kicherte schelmisch.

»Woran und wann ist Bärt gestorben?« Auch wenn Bernsen nicht die geringste Eile verspürte, diesen Fall zu lösen, wollte er bestimmt nicht seinen gesamten Feierabend mit dem Leichenopa am Telefon verbringen. »An der Kastration ja anscheinend nicht.«

»Nein, der Junge wurde schlichtweg zu Tode gefoltert. Der Tod ist zwischen ein und drei Uhr am Sonntagmorgen eingetreten. Aber diese Misshandlungen … Bernsen, das meinte ich vorhin. So etwas habe ich in meiner über fünfzigjährigen Dienstzeit noch nicht erlebt. Sie erfüllen die Träume eines jeden Rechtsmediziners.« Der Professor schien nun vor Begeisterung förmlich überzuschäumen. »Heutzutage ist ja vieles möglich. Aber dass ich so etwas einmal live sehen darf. Ich danke Ihnen, Bernsen. Ich danke Ihnen von ganzem Herzen.«

»Gern geschehen, Herr Professor«, erwiderte Bernsen großzügig. »Jederzeit wieder.«

Kohlschuetter schaute ihn verwundert an.

»Wollen Sie mir auch noch erzählen, was Sie so fasziniert?«, hakte Bernsen nach.

»Das Verletzungsbild unseres Opfers entspricht dem, was mittelalterliche Folterwerkzeuge hinterlassen, die man heute nur noch in Museen findet. Ich habe etwas gebraucht, um das herauszufinden, aber, mein guter Bernsen, Sie kennen mich ja. Nichts ist mir zu kniffig.« Er lachte voller Stolz. »Und jetzt kommt es …«

»Ach, doch schon«, knurrte Bernsen.

»Die Leiche wurde mit einem Gespickten Hasen und einer Spanischen Spinne malträtiert.« Kalder machte eine Pause, er schien auf eine Reaktion von Bernsen zu warten.

Der jedoch schwieg und harrte der Dinge, die da kommen sollten.

»Um es etwas bildhafter für Sie zu machen: Der Gespickte Hase ist eine Rolle oder auch Walze aus Holz, die mit Eisenspießen oder Zacken besetzt ist. Wie ein Nudelholz hat man dieses Gerät über die nackte Haut des zu

Folternden gerollt. Stundenlang, wenn es sein musste. Bei den Hexenprozessen war der Gespickte Hase ein beliebtes Werkzeug, um Geständnisse aus den der Teufelsanbetung bezichtigten Personen herauszupressen, vor allem, wenn die bedauernswerten Geschöpfe auf der Streckbank lagen. Bis 1740 hat man dieses Werkzeug des Martyriums in Preußen noch angewendet. Seit dieser Zeit habe ich es nicht mehr gesehen ...« Kalder wieherte aus vollem Hals. »Der Witz war gut, Bernsen, was? In meinem Alter.«

»Herr Professor, bei Ihnen bleibt kein Auge trocken«, entgegnete Bernsen gönnerhaft. »Kann man nun daran sterben oder nicht?«

»An meinem Humor?« Kalder kriegte sich kaum ein. »Nun ja, ich weiß schon. Die Wunden sind erheblich, und bei nichtsachgemäßer Behandlung kann es zu Infektionen kommen. Aber darauf hat man bei René Bärt nicht gewartet. Dennoch, es muss schrecklich qualvoll gewesen sein. Noch dazu in Verbindung mit der Spanischen Spinne. Dieses Gerät, mein lieber Bernsen, müssen Sie sich wie eine große Haarspange aus Eisen vorstellen. Sie wissen schon, diese Art, die aussieht wie ein Greifarm. Bei unserem Opfer hat das Ding die unschönen ausgefransten Fleischwunden hinterlassen, die Sie sicherlich an der Leiche bemerkt haben. Das funktioniert so: aufsetzen, zusammendrücken und herausziehen. Brutal. Früher hat man Seile daran befestigt und die Leute über eine Seilwinde an diesen Klammern nach oben gezogen. Das Fleisch muss stückeweise aus ihnen herausgerissen worden sein. Das ist unserer Leiche erspart geblieben. Auch hat man seine Genitalien verschont. Im Mittelalter waren die männlichen Geschlechtsteile und die Brustwarzen der Frauen die beliebtesten Körperteile für dieses makabre Spiel.«

»Viel war von seinen Genitalien ja nicht mehr übrig, würde ich meinen«, sagte Bernsen.

»Seltsamerweise wurde diese Gegend komplett ausgespart, also zumindest mit den Instrumenten. Wenn dieselbe Person ihn zuvor auch kastriert hatte, reichte das ja wohl auch, oder? Allerdings muss ich Ihnen sagen, foltertechnisch bringt es nicht viel, ihn zuerst zu kastrieren. Bei diesen Schmerzen fällt man in Ohnmacht. Da kann man sich die Mühe mit dem Rest also gleich sparen. Bei unserem Schlächter, entschuldigen Sie bitte die Formulierung, aber ein so zugerichteter Körper, nein, wirklich, ich würde mich sehr wundern, wenn der eine so zauberhafte Naht an der Verwachsungslinie des Hodensackes hinbekäme. Noch dazu mit einem anständigen Faden und nicht einem einfachen Nähzwirn.«

»Das würde bedeuten, wir haben es mit zwei Tätern zu tun? Einer kastriert, und der andere foltert?«

»Naheliegend, mein Lieber. Aus meiner Sicht absolut naheliegend«, entgegnete der Professor.

»Mhm. Dann haben die aber vermutlich unabhängig voneinander gearbeitet«, murmelte Bernsen vor sich hin.

»Wie meinen?«, fragte der Professor nach.

»Ich habe nur laut gedacht, Professor«, entgegnete Bernsen. »Aber an der Spanischen Spinne ist er auch nicht gestorben, oder?«

»Dass die jungen Menschen immer so ungeduldig sein müssen. Warten Sie ab. Zu den … ich nenne es mal ›historischen Verletzungen‹ kommen Verbrennungen an den Fußsohlen und Handflächen. Ich würde sagen, mit einem handelsüblichen Feuerzeug und Zigaretten zugefügt. Pechfackeln wären in diesem Rahmen vielleicht passender gewesen, aber gut, wer achtet schon auf Feinheiten.«

Das Fossil, dachte Bernsen.

»Im Endeffekt, und das klingt nach dem ganzen Aufwand vielleicht etwas profan, ist er an Herzstillstand gestorben. Der Stress, den eine Folter auslösen kann, ist schon enorm. Von der Angst wollen wir gar nicht reden.« Der Professor seufzte. »Sehr viel Aufwand, wenn man jemanden töten will, und enorm viel Risiko, dabei entdeckt zu werden. Da muss jemand richtig Spaß am Mittelalter haben. Und Ausdauer, ein Folterknecht braucht Ausdauer.«

»Bei den Schmerzen muss Bärt aber doch wie ein Ochse gebrüllt haben?«, wandte Bernsen ein.

»Sehr gut kombiniert, Bernsen. Mit einem Knebel im Mund wird das erheblich gedämpft. Ich habe Stoffreste aus Baumwolle zwischen seinen Zähnen gefunden. Dunkelblaue.«

»Da hat sich aber jemand wirklich Mühe gemacht. Das muss man schon sagen.« Bernsen beobachtete Kohlschuetter, der in die Wipfel schaute und nicht den Eindruck machte, als würde er das Gespräch verfolgen. »Liefert uns der Stoff vielleicht einen Anhaltspunkt?«

»Nun ja, es handelt sich um Bärts linke Socke. Sie steckte in seiner Hosentasche. Die Fasern stimmen überein. Ich bedauere. Interessant sind allerdings die Reste der ›Rosenstadt Bad Langensalza‹ unter seinen Fingernägeln.«

»Hä?« Jetzt redet er wirres Zeug, dachte Bernsen, wurde ja auch mal Zeit in dem Alter.

»Also Nordmann, nun wirklich. Die ›Rosenstadt Bad Langensalza‹ ist eine Rose, eine neue Züchtung. Endlich, nach so vielen Jahren.« Kalder jubilierte regelrecht. »Orange, rosa, gelb und pink, eine Farbexplosion, eine Offenbarung. Und die erste Rose, die seit der Wende gezüchtet wurde, also die zweiundneunzigste insgesamt, seit 1867 Johannes Wesselhöft mit der Rosenzucht in der Stadt begann.«

Bernsen gähnte laut. »Dann kann man den Burschen also in jedem x-beliebigen Rosenbeet malträtiert haben. Na prima, damit suchen wir bis zum Sankt-Nimmerleins-Tag«, meckerte er.

»Weit gefehlt, mein Lieber«, entgegnete Professor Kalder. »So viele gibt es davon noch nicht. Nach nur einem Jahr, noch dazu, da sie sofort nach Verkaufsstart vergriffen war. Ich würde es an Ihrer Stelle auf den öffentlichen Grünflächen der Stadt Bad Langensalza versuchen. Dort sollten die Königinnen aller Blumen am ehesten zu finden sein, bei diesem Namen. Und falls Sie ein Exemplar ergattern, ich hätte Bedarf, das heißt, einer meiner Harleyfreunde, um genau zu sein. Dafür kann ich ihm seine Fransenweste abluchsen, auf die bin ich schon lange scharf.«

Bernsen verdrehte die Augen. Städtische Grünanlagen in einer Stadt voller Gärten und Parks? Das grenzte die Auswahl nur ansatzweise ein, so viel hatte er von seiner Kurztour mit den Japanern behalten.

Wieder hörte er ein Hintergrundgeräusch. »Herr Professor?«

Pause.

»Hallo?«

»Ach, also wirklich, Entschuldigung, Bernsen«, sagte Kalder mit gestresster Stimme. »Fräulein Melanie hat mir gerade die Ergebnisse der Blutuntersuchung gereicht. Ich musste erst einmal nachschauen, ob sie auch nichts vergessen hat. – Wo sind denn die Testosteronwerte? Also bitte, meine Liebe, auch meine Geduld ist endlich.« Papier raschelte. »Nun ja, wie zu erwarten war, gibt es keine Anzeichen auf einen Tumor. Dafür haben wir große Mengen Analgetikum, sieh an, sieh an. Bei dieser Konzentration muss er das zuletzt zwei bis drei Stunden vor seinem Tod eingenommen haben.«

»Der Folterer wird es ihm ja wohl kaum verabreicht haben«, bemerkte Bernsen.

»Nun ja, das ist auszuschließen«, bestätigte der Professor.

»Das heißt, er hatte den Kram bereits im Blut, als er gefoltert wurde?« Bernsen kratzte sich am Hals.

»Da bin ich mir sicher.«

»Starke Schmerzmittel, sagen Sie? Verschreibungspflichtig?«

»Ja, absolut.«

»Er wurde zuletzt am Samstag gegen zweiundzwanzig Uhr auf dem Mittelalterstadtfest gesehen und starb, wie Sie sagen, etwa zwischen eins und drei am Sonntagmorgen. Dazwischen ist alles möglich. Die Eier müssen ihm aber schon davor abgeschnitten worden sein. Er wurde also kastriert, nahm starke Schmerzmittel ein, schob weiter

Dienst und wurde erst danach übel gefoltert und schließlich umgebracht.«

»Also mit einer derartigen Wunde Dienst schieben ... Das ist etwas gewagt. Das Laufen ist damit beschwerlich, das Bücken, alles. Die Medikamente können einiges dämpfen, aber ordentlich dosiert, unter ärztlicher Kontrolle. Kein anständiger Kollege lässt einen frisch Operierten auf ein Fest gehen.«

»Nein, lässt er nicht. Bärt könnte aber ja bereits Tage vor seiner Ermordung kastriert worden sein.« Bernsen überlegte laut. »Sie sagten, die Wunde sei einige Tage bis eine Woche alt. Die Eltern haben ausgesagt, dass er fast den gesamten Freitag und den Samstagvormittag im Bett verbracht hat. Damit hätte er sich einen Tag Ruhe gegönnt, denn am Samstagnachmittag war er auf dem Mittelalterfest. Dafür haben wir Zeugen. Ich würde mal annehmen, die Kastration erfolgte am Donnerstagabend.«

»Das wäre möglich. Sie dürfen allerdings nicht übersehen, dass er die Schmerzmittel auch gegen alles Mögliche andere eingenommen haben kann. Zum Beispiel starke Rückenschmerzen. Das kriege ich nicht mehr raus.« Kalders Stimme klang nun wieder, als würde er den Hörer von sich weghalten. »Na bitte, das Testosteron. Wer sagt es denn«, murmelte er.

»Dann ist wieder alles offen«, fluchte Bernsen. »Kastration als Teil der Misshandlung oder bereits Tage davor. Nur in dem Punkt, dass es keinen medizinischen Grund dafür gab, sind wir uns sicher. Schöne Scheiße. Im schlimmsten Fall haben dem Typ seine Eier nicht gefallen, und er war freiwillig beim Schönheitschirurgen. Heutzutage ist alles möglich.«

»Also Bernsen, wirklich.« Kalder hüstelte verlegen. »Ich kann Ihren Ärger verstehen. Wenn ich mir die Testosteronwerte ansehe, muss ich mich bezüglich der Schmerzmittel allerdings korrigieren. Warum können die Frauen aber auch nie pünktlich sein.«

»Was denn nun?«, fragte Bernsen ungeduldig.

»Nun ja, guter Bernsen, es ist nicht mehr nachweisbar. Die Kastration war demnach nicht Teil des Martyriums. Nach Entfernung der Keimdrüsen fällt das Hormon nach nur wenigen Stunden auf einen nicht mehr messbaren Wert.«

»Wie viele Stunden?«

»Sechs bis acht, sagt man. Aber das ist bei jedem Menschen unterschiedlich.«

***

»Ein paar Folterinstrumente standen während des Festes neben dem Haupteingang zum Rathaus. Ein Henker hat ihre Anwendung erklärt«, sagte Kohlschuetter, nachdem Bernsen ihm die Ergebnisse der rechtsmedizinischen Untersuchung mitgeteilt hatte. »Da war so einiges Gruseliges dabei. Ich meine, im Foyer des Rathauses außerdem ein Plakat für eine kleine Sonderausstellung im Keller gesehen zu haben. Das wäre schon einmal ein Ansatzpunkt.« Er ärgerte sich immer noch über das Telefonat mit dem Chef. Sonst war er Tag und Nacht erreichbar, doch ausgerechnet wenn der Alte ihn suchte, steckte er in einem Funkloch auf dem Baumkronenpfad.

»Wollen Sie Susilein anrufen, oder soll ich das tun?«, fragte Bernsen mit unschuldiger Miene. »Sie müsste nach ihrem Liebesurlaub mit Torten-Lary seit heute wieder im Dienst sein.«

Kohlschuetter knirschte nur mit den Zähnen.

»Schon gut. Cheeta hat Tarzan auch ständig aus der Patsche geholfen.« Bernsen zückte sein Telefon und beorderte die Kriminaltechniker ins Bad Langensalzaer Rathaus. Natürlich nicht, ohne sich bei Susanne Summer zuvor überschwänglich für ihre herzliche Einladung zur Verlobung zu bedanken. Dann machten sie sich auf den Rückweg zum Parkplatz.

Nach ein paar schweigsamen Minuten, während denen beide mit stur auf die Straße gerichteten Blicken nebeneinander im Wagen saßen, legte Kohlschuetter los: »Im Klartext heißt das doch, wir wissen nun zwar, wann und wie René Bärt umgebracht wurde, aber nicht, was es mit der Kastration auf sich hat.«

»Ach, denken Sie auch noch mit?«, entgegnete Bernsen bissig. »Die Kastration war nicht Teil der Folter, das geht zeitlich nicht zusammen. Wenn er gegen zehn noch bei der Feuershow rumgelaufen ist und sich drei Stunden vor seiner Ermordung ein paar Schmerzmittel reingepfiffen hat, passt das definitiv nicht. Das wiederum gibt mir das größte Rätsel auf.« Er rieb sich mit kreisenden Bewegungen über den Bauch. »Soweit meine Synapsen diese Informationen bei meiner derzeitigen Unterzuckerung überhaupt noch verarbeiten können.«

»Es kann doch sein, dass er richtig fertiggemacht werden sollte. Es könnte ein Psychospielchen mit seiner Angst gewesen sein. Wann holt er mich wieder, oder so etwas. Da könnten doch durchaus Tage dazwischenliegen. Aber mal echt, wenn ich jemanden so übel zurichte und quasi vor nichts zurückschrecke, spare ich bei der Marter die empfindlichsten Körperteile nicht aus. Die bieten sich vor allem bei der Spanischen Spinne geradezu an.«

»Es sei denn, zwei davon sind bereits abhandengekommen«, ergänzte Bernsen. »Und als derjenige, der kastriert hat, weiß ich das.«

»Eben. Für mich hat das etwas von Mafiamethoden. Zuerst der kleine Finger, dann … na ja, Sie wissen schon«, pflichtete Kohlschuetter ihm bei. »Möglich wären aber auch zwei Täter. Ein echter Schlächter und ein Feingeist, der mit Nadel und Faden umgehen kann. Das passt auch zu Kalders Erkenntnissen.«

»Na, Sie machen mir Spaß. Einer, der ihn von der Straße einfängt und ihn kastriert, und ein anderer, der ihn Tage später zu Tode quält. Demnach gibt es ja noch mehr Verrückte auf der Welt, als ich bislang für möglich gehalten habe. Abgesehen davon, dass uns für das eine wie das andere die Beweise fehlen.«

»Vielleicht wollte man ihm keine Angst machen, sondern ihn für etwas bestrafen?«, fragte Kohlschuetter ins Blaue hinein. »Wieso man Bärt aber doppelt bestraft, leuchtet mir nicht ein. Einmal sollte ausreichen.«

»Nicht, wenn es zwei unterschiedliche Täter waren und der eine vom anderen nichts wusste oder Bärt so viel Scheiße gebaut hatte, dass es genug Gründe gab, ihn doppelt leiden zu lassen«, murmelte Bernsen gedankenversunken. »Dass die sich bei etwaigen Rachegelüsten abgesprochen haben, ist eher unwahrscheinlich.«

Kohlschuetter brummte zustimmend, dann sagte er: »Trotzdem. Kastrieren und Foltern ist wirklich abgefahren. Also ich meine, in unserer heutigen Zeit. Ich habe ja schon einiges erlebt, aber so etwas ... Das ist krank.«

Bernsen wandte sich Kohlschuetter zu. »Jetzt bitte ich Sie aber. Sie haben die Typen gestern gesehen. Die tragen Klamotten, die nicht einmal meine Urgroßmutter angezogen hätte, und die lebte hinterm Deich und bekam mehr Schafshintern als Menschen zu sehen. Dazu geben die sich diese Phantasienamen, pah, da hießen ja die auf dem Raumschiff Enterprise anständiger. Mensch, Kohlschuetter, die sind alle gaga.« Er wischte mit der rechten Hand vor seinem Gesicht hin und her. »Meschugge. Bekloppt. Irgendetwas hat bei denen in der Kinderstube nicht hingehauen. Wer zelebriert denn schon eine andere Zeit? Und dann auch noch so eine.« Bernsens ganze Körpersprache zeigte Ablehnung. »Allerdings scheinen die Idioten konsequent zu sein. Kastration und Folter passen ausgezeichnet ins Mittelalter.«

»Da könnten Sie richtigliegen. Also zumindest was Ihre letzte Überlegung angeht. Wenn einer von denen der Täter ist, setzt er sein Mittelalter-Faible konsequent in die Tat um. Ansonsten sind das für mich total normale Menschen mit einem wirklich interessanten Hobby. Nehmen Sie allein den Bettler Hans, als Internist ...«

»... kann er mit einem Skalpell umgehen.« Bernsen kratzte sich ungerührt das Kinn.

Kohlschuetter schaute ihn ungläubig an. »Wegen hundert abgepressten Euro? Ich glaube nicht, dass die ihn jucken. Außerdem schien er mir ein äußerst seriöser Mensch zu sein.«

»Was hat der Professor gesagt?«, regte sich Bernsen auf. »Die Kastration wurde von einem Profi vorgenommen. Schon vergessen? Ha! Ich glaube, mein Lieber, wir sollten uns den guten Mann noch einmal vornehmen. Das Gleiche gilt für Carderra. Auch Fleischer können mit einem Messer umgehen.«

»Mhm. Mit einem chirurgischen?«, fragte Kohlschuetter zweifelnd.

»Die beiden stecken unter einer Decke. Da können Sie sicher sein. Dass die befreundet sind, war nicht zu übersehen. Und Hans wusste von Michelles Tod. Das haben Sie ja wohl mitbekommen?«

»Oh Mann.« Kohlschuetter überlegte. »So abwegig ist das möglicherweise gar nicht. Was halten Sie von was Sexuellem?« Er dachte nach.

»Ich fange nichts mit Kollegen an«, entgegnete Bernsen mit ernster Miene.

Kohlschuetter schüttelte den Kopf und verdrehte die Augen. »Jetzt seien Sie doch nicht so begriffsstutzig. Was verbinden Sie mit Genitalien?«

Bernsen schaute ihn verdattert an. »Das werde ich bestimmt nicht mit Ihnen erörtern.«

»Prüde sind Sie also auch noch«, bemerkte Kohlschuetter. »Wenn Bärt ganz gezielt kastriert wurde, wenn es also nicht zur Folter gehörte, dann gibt es einen Grund dafür. Warum schneidet man jemandem die Eier ab?«

»Weil sie scheiße aussehen?«, fragte Bernsen.

Kohlschuetter schnaufte. »Man nimmt ihm ein Körperteil ab, das mit seiner Männlichkeit in Verbindung steht. Jetzt denken Sie mal mit, Mensch.«

»So krank kann ich nicht denken. Einem Mann die Eier abschneiden, das macht kein normaler Mensch.«

»Das sage ich die ganze Zeit. Aber im Mittelalter hat man das vielleicht gemacht. Wenn die Männer fremdgegangen sind, zum Beispiel. Könnte doch sein. Die Rache der Ehefrau. Oder wenn man einen Nebenbuhler ausstechen wollte.«

»Bei einem Priester, der nicht keusch gelebt hat«, ergänzte Bernsen.

»Sehr passend, wirklich. René Bärt war ein zölibatbrechender katholischer Priester, und der Erfurter Bischof hat dafür gesorgt, dass er das einstellt. Traumhafte Idee. Glückwunsch zu so viel Kombinationsgabe.«

»Sie wollten Beispiele«, verteidigte sich Bernsen beleidigt. »Machen Sie einen besseren Vorschlag.«

»Bei Vergewaltigern. Das wäre …«

»Ha, ich weiß!«, fiel ihm Bernsen ins Wort. »Ein kranker Typ, der sich für seine Herrin entmannen lässt. So etwas gab es auch schon bei unseren Vorfahren.«

»Seit unserem Fall in Kindelbrück sind Sie auf den Geschmack gekommen, was?« Kohlschuetter atmete tief. »Blödsinn. Wissen Sie was, ich glaube …«

Wieder wurde er von Bernsen unterbrochen. »Genau. Vielleicht handelt es sich um eine aus dem Ruder gelaufene Sadomaso-Nummer? Wenn die Herrin sagt, er muss sich entmannen lassen, folgt er ihrem Befehl, wenn sie will, dass er mit einer frischen Wunde zu Arbeit geht, tut er das auch.«

Bernsens Handy meldete sich mit einem Meeresrauschen. Hastig griff er danach und drückte die Taste mit dem grünen Hörer. »Rotfeder, wie schön, von dir zu hören«, säuselte er. »Was soll ich machen? Romanhefte? – Mit der Post? Express? Aber wo? – Ja, gut, wenn du es sagst. – Natürlich hätte ich noch nach dem Gipsbein deiner Mutter gefragt.

Wie geht es dem denn? – Wie, ihr? – Aufgelegt.« Bernsen knallte das Handy in die Mittelkonsole.

Kohlschuetter unterdrückte ein Lachen. »Wenn die Herrin was sagt, muss man das auch machen.«

»Kommen Sie mir bloß nicht so blöd von der Seite«, blaffte Bernsen. »Meine Schwiegermutter will Groschenromane, aber nicht irgendwelche, sondern die Ausgaben vier, sieben, zwölf und dreißig aus dem Jahr 1996 und die eins, achtzehn und zwölf von 2004. ›Die Almwirtin‹. Und ich brauche einen Korn. Einen doppelten.«

***

»Er liegt da drin. Mausetot. Ich habe ihn gesehen. Aber der Hund!« Die adrette Frau mittleren Alters stand gänzlich aufgelöst vor dem Hintereingang der Buchhandlung »Schmökereck« in Sömmerda und zitterte am ganzen Leib. »Ich wollte nur die Kartons holen. Die stellt er mir immer hier draußen auf die Rampe. Dann ...« Sie schniefte. »Sehen Sie nur.« Sie zeigte auf das zerborstene Schloss der grünen Holztür. »Kaum, dass ich mich reingetraut hatte, entdeckte ich ihn. Der Arme. Man hat ihn umgebracht. Ich weiß es. Erdrosselt. Das musste ja irgendwann einmal so kommen. Er war zu gut für diese Welt, einfach zu gut.« Die Frau sah aus, als würde sie jeden Moment die Beherrschung verlieren. »Was soll ich nur ohne ihn machen? Wo kriege ich denn nun meine Kartons her?«

»Bitte beruhigen Sie sich. Wir sind ja da«, sagte Kohlschuetter mit weicher Stimme, während er sich routiniert zwischen den abgestellten Autos der Wohn- und Geschäftshäuser umsah.

»Aber von der Polizei sind Sie nicht? Und mit der Tiernotrettung haben Sie auch nichts zu tun. Die kenne ich. Die Sömmerdaer Polizisten sind nett, und Struppi 33, na ja«, antwortete sie etwas schnippisch. »Jedenfalls kenne ich die.« Ihr schien noch eine andere Möglichkeit einzufallen, denn sie riss erschrocken die Augen auf. »Nicht dass Sie Ganoven sind und auf die Idee kommen, sich hier am Unglück anderer gütlich zu tun. Das lasse ich nicht zu, das sage ich Ihnen gleich. An mir kommen Sie nicht vorbei, ich halte Sie auf, und wenn es das Letzte ist, was ich tue.« Sie stellte sich demonstrativ vor der aufgebrochenen Tür in Position und schaute sie grimmig an.

»Haben Sie die Kollegen schon benachrichtigt?«, erkundigte sich Kohlschuetter freundlich, ohne weiter auf ihre Vermutungen einzugehen.

Sie nickte entschieden. »Sie müssen jede Sekunde hier sein.« Ihr Blick huschte rastlos zwischen Bernsen und Kohlschuetter hin und her, als erwartete sie einen Angriff, auf den sie vorbereitet sein wollte.

»Bernsen, Kripo Erfurt. Ich bin ein Freu…«, redete Bernsen ungeduldig los. Der Tag war anstrengend genug gewesen, und er hatte keine Lust, hier ewig mit einer hysterischen Frau zu diskutieren. Schlimm genug, dass sie weit nach Ladenschluss hier angekommen waren, nur weil der zartbesaitete Kohlschuetter, dieser Schwächling, zwischen den grünen Baumwipfeln des Hainich seinen Stress auskurieren musste. Natürlich war die Buchhandlung schon lange dicht gewesen. Aber so einfach ließ sich ein Friedhelm Bernsen nicht abwimmeln. Wenn hier am Hintereingang des Geschäftes niemand gewesen wäre, hätte er ganz Sömmerda herausgeklingelt, um den Buchhändler zu finden. So groß war das Städtchen nun auch nicht. Sein Großvater väterlicherseits, das alte Schlitzohr, hatte so seine Deern gefunden. Die Inga aus Fahretoft in Nordfriesland. Mehr hatte der Alte damals nicht gewusst. Aber die Bernsens waren schon immer pfiffig. Er hatte sich auf seinen Traktor geschwungen, war eine halbe Stunde um die ehemalige Hallig getuckert und hatte dabei so lange und unter vollem Einsatz seines Organs nach Inga gerufen, bis zwei Mädels auf die Dorfstraße getreten waren. Die hübschere von beiden war Bernsens Großmutter geworden.

»Die haben schon die Kripo geschickt, weil er tot ist. Der arme Kerl, ermordet in seiner eigenen Buchhandlung«, kreischte die Frau, ehe Bernsen seinen Satz beenden konnte, schlug die Hand vor den Mund und weinte bitterlich.

Kohlschuetter fasste nach ihrem Arm. Sie riss sich los. »Erst Ihren Ausweis«, forderte sie giftig. »Ich lasse mich nicht von jedem anfassen.«

»Was ist das für ein Hund?«, fragte Bernsen, während Kohlschuetter nach seinem Dienstausweis suchte und ihn ihr schlussendlich unter die Nase hielt.

Sie studierte alles genau. Schließlich sagte sie: »Der, der öfter kommt. Er passt ab und zu auf ihn auf. Er hat Angst vor Hunden, aber bei dem macht er eine Ausnahme. Verstehe einer die Männer.«

»Ich kenne mich mit Hunden aus und kläre das«, sagte Bernsen und hoffte insgeheim, dass er, wie die Sache auch ausgehen mochte, irgendwie nach den Groschenromanen für seine Schwiegermutter greifen konnte, vorausgesetzt, der Buchhändler hatte die verlangten Exemplare. War die KTU erst hier einmarschiert, sollte sie gebraucht werden, war seine einzige Chance auf die »Almwirtin« für die nächsten achtundvierzig Stunden dahin. Er stupste mit der Fußspitze die leicht angelehnte Tür nach innen auf und trat ein.

Der schmale Flur lag vollständig im Dunkeln. Nur ab und zu flackerte eine kaputte Neonröhre an der Decke auf. Rechts und links verdeckten dicht gefüllte Bücherregale die Wände. Überall davor standen übereinandergestapelte Pappkartons. Es herrschte absolute Ruhe.

Bernsen machte langsame und vorsichtige Schritte, fasste nach seiner Dienstwaffe, bemerkte, dass diese wie immer in seinem Schreibtisch im Büro liegen geblieben war, stoppte und äugte an der Gabelung des Korridors erst nach links und dann nach rechts. Er war noch nie hier hinten gewesen, entschied sich aber intuitiv dafür, nach rechts abzubiegen, drückte sich an eine frei stehende Regalwand, die unter seinem Gewicht langsam zu schwingen anfing, und bewegte sich unsicher in das Halbdunkel hinein. Die Luft war stickig und der Geruch nach altem Papier, längst vertrockneter Druckerschwärze und kaltem Kaffee allgegenwärtig. Auf Bernsens Stirn stand der Schweiß. Der Staub kitzelte in seiner Nase. Er versuchte krampfhaft, ein Niesen zu unterdrücken, konzentrierte sich auf seine Atmung und schwitzte noch mehr.

Dann sah er ihn. Keine zwei Meter vor ihm lag der Buchhändler regungslos in einem kaum einen Meter breiten Zwischenraum zwischen zwei riesigen Bücherwänden. Sein Gesicht wirkte erstaunlich bleich und eingefallen. Bernsen beschlich die ernsthafte Sorge, dass dieser Mann ihm niemals wieder billige Groschenromane über den Tresen schieben konnte. Neben seinem Kopf saß ein rotbrauner, recht großer und ziemlich aufgeregt wirkender Hund, der in einem fort mit einem gefährlichen Knurren die Zähne fletschte.

Bernsen drehte sich um. Was, wenn der Einbrecher sich hier irgendwo versteckt hatte? Er machte einen großen Schritt auf die gegenüberliegende, offen stehende Tür zu, presste sich an den Rahmen und huschte in den nächsten Raum. Auch dieser bestand nur aus vollen Regalen. Bernsen kontrollierte die Gänge, schlich weiter, erreichte schließlich das eigentliche Ladengeschäft und spähte hinein. Nichts. Kurz darauf stand er wieder vor dem leblosen Körper des Buchhändlers.

»Braves Hündchen, brav«, flüsterte Bernsen und trat dem Buchhändler sanft gegen die Schuhsohlen. »Sind Sie am Leben?« Wie heißt er noch gleich?, fragte er sich. So ein Mist, jetzt habe ich seinen Namen vergessen. Dabei hat er mir neulich erst diese DDR-Kriminalistik-Schwarte geschenkt. Wo habe ich die eigentlich hingetan? Schiet.

Der Buchhändler reagierte nicht. Dafür stieß der Hund einen tiefen Beller aus.

»Ich komme, du süßes Hündchen. Ich will nur sehen, ob die Leiche hier wirklich eine Leiche ist. Zu Hause habe ich auch so etwas wie dich, also nicht direkt ich, eigentlich gehört Bernd ja meiner Rotfeder, und er ist ein Pudel, demzufolge mit Locken und so, die sehen aber tausendmal besser aus als die Dauerwelle meiner Schwiegermutter, nur der Geruch ist ähnlich«, plapperte Bernsen drauflos, während er behutsam über den Buchhändler kletterte, ohne dabei das Tier aus den Augen zu lassen. »Ich mag ja Hunde«, ergänzte er, um leise murmelnd hinzuzufügen: »Hoffentlich kann der Köter keine Gedanken lesen.«

Die unbekannte Schönheit vom Sonntag fiel ihm wieder ein. Er stutzte, hielt einen Moment inne, schaute auf die Bücher, das Tier und den halb unter ihm liegenden leblosen Körper. »Viele Bücher. Jemand liegt leblos auf dem Boden, ein Hund«, das waren in etwa ihre Worte gewesen.

Der Hund wurde immer unruhiger.

Bernsen kämpfte mit seinen Gedanken, mit seiner Angst vor dem Hund, dem reglosen Buchhändler und dem Drang, die Groschenromane zu suchen. Er hatte es fast geschafft. Langsam hob er das rechte Bein, um über den Mann hinweg auf dessen andere, hundefreie Seite zu steigen, da stand das Tier ruckartig auf, das Nackenfell aufgerichtet, machte einen Satz auf ihn zu und knurrte noch böser. Bernsen wollte gerade den Rückzug antreten, als er spürte, wie jemand mit einem festen Handgriff seinen linken Unterschenkel umfasste und zudrückte. Im nächsten Moment schwanden ihm die Sinne.

Als Kohlschuetter kaum eine halbe Minute später mit einem Streifenbeamten und ihrem alten Bekannten aus dem Kindelbrück-Fall, dem hiesigen Tiernotretter Struppi 33, um die Ecke kam, lag Bernsen schräg über dem Brustkorb des Buchhändlers. Der Hund saß entspannt daneben, leckte hin und wieder über dessen linkes Ohr und beäugte ansonsten interessiert die Hereinkommenden.

Der Buchhändler winkte unsicher. »Würden Sie bitte Friedhelm Bernsen von mir herunternehmen?«

»Das glaube ich jetzt nicht«, kommentierte Kohlschuetter genüsslich die Situation, zog sein Handy heraus und machte ein paar Schnappschüsse für die lieben Kollegen.

»Ist das geil«, jauchzte der Tiernotretter. »Hatten Sie nicht gesagt, Ihr Kollege kennt sich mit Hunden aus? Nur mit Rottweilern, was? Bei Harzer Füchsen fällt er in Ohnmacht. Und der liebe Holk anscheinend auch. Ich klatsch mich weg.« An den Hund gewandt, sagte er: »Na komm, Prinzessin, wir kennen uns doch. Ich bringe dich erst einmal ins Auto.«

Der Hund sprang mit einem Satz über die Männer hinweg und rannte schwanzwedelnd auf ihn zu.

»Könnte … bitte jemand … Bernsen von mir nehmen«, meldete sich der Buchhändler erneut und ächzte.

Kohlschuetter machte einen Ausfallschritt nach vorn, beugte sich zu den Männern hinunter, fasste nach Bernsens Schulter und rüttelte an ihm. »Na los, Kollege. Die ›Almwirtin‹ wartet, aber so kann der arme Mann sie Ihnen nicht verkaufen.«

Bernsen kam langsam wieder zu sich. »Die Leiche hat nach mir gefasst. Meine Güte, habe ich einen Herzinfarkt?«, nuschelte er, wobei ihm Kohlschuetter beim Aufstehen behilflich war. »Jetzt guckt die Leiche mich auch noch an«, brabbelte er noch leicht benommen.

»Die Leiche lebt und würde jetzt gern eine Anzeige machen«, sagte der Buchhändler und richtete sich schwerfällig auf. »Bei mir wurde eingebrochen.«

Kohlschuetter setzte Bernsen auf einen der Bücherkartons und half dem Buchhändler auf die Beine. »Was ist passiert?«

»Ich habe vorn im Laden noch etwas gearbeitet, außerdem musste ich auf die Abholung des Hundes warten. Er gehört mir nicht, und das Frauchen verspätet sich gern. Ich höre dabei immer Musik, meistens Prokofjew oder Strawinsky, laut, versteht sich. Irgendwann war ich auf Toilette. Auch wir Buchhändler sind davon leider nicht ausgenommen.« Er wischte sich über die Stirn, strich mit beiden Händen über sein kariertes Baumwollhemd, schlackerte mit Armen und Beinen und schaute Kohlschuetter ernst an. »Als ich zurückkam und weiter meine Internetbestellungen bearbeiten wollte, ich bin auch Versandbuchhändler, müssen Sie wissen …«

»Komm auf den Punkt, Holk.« Struppi 33 war zurückgekehrt. »Wir haben nicht den ganzen Tag Zeit.«

Der Buchhändler sah ihn kurz verdattert an und fuhr dann unbeirrt im gleichen energischen Tonfall fort: »Mein Notebook, einfach so weg.« Er breitete die Arme aus und warf die Hände nach oben. »Ich bin zur Ladentür gerannt, aber die war intakt und abgeschlossen. Schließlich fiel mir der Hintereingang ein. Den Schaden haben Sie ja vermutlich gesehen.«

»Fehlt noch etwas?«, fragte Kohlschuetter routiniert.

Der Buchhändler nickte gewichtig. »Alle Bücher, die ich über Nicolaus von Dreyse führe.«

»Jetzt hör aber auf. Wer klaut denn so eine Scheiße?«, echauffierte sich der Tiernotretter. »Abgesehen davon stammt dein Computer doch auch von kurz nach dem Krieg.«

»Ich bitte dich. Nicolaus von Dreyse, du als alter Sömmerdaer solltest um die Bedeutung dieses Mannes wissen«, sagte der Buchhändler mit bedeutungsschwerer Stimme. »Was die mit dem ollen Elektroschrott wollen, weiß ich aber auch nicht.«

»Haben Sie jemanden gesehen, den Täter vielleicht auf frischer Tat ertappt?«, wollte Kohlschuetter wissen.

Bernsen fasste sich an den linken Arm und jammerte.

Der Buchhändler verneinte. »Ich habe mich so schon genug erschrocken. Der Hund – er passt eigentlich auf mich auf, etwas zu viel für meine Begriffe –, er war ganz aufgeregt. Ich bin über ihn gestolpert und etwas unglücklich gefallen.«

»Verstehe«, antwortete Kohlschuetter.

»Weichei«, stichelte der Tiernotretter.

»Ich habe einen Herzinfarkt«, vermeldete Bernsen weinerlich, wobei er sich unentwegt die Brust rieb.

»Mädchen«, sagte der Tiernotretter und wandte sich wieder an den Buchhändler. »Bist du sicher, Holk, dass du den Dreyse nicht schon verkauft hast?« Er lachte schallend. »So ein Sturz auf den Kopf kann einem schon mal die Erinnerung trüben. Und die von der Versicherung, denen du den Schaden melden musst, sind ja auch nicht blöd.« Er zwinkerte ihm zu.

Ihn traf ein strafender Blick. »Verschwinde.«

»Die Kollegen von der Streife werden gleich da sein. Die nehmen die Anzeige auf. Ich kann Ihnen aber schon jetzt nicht viel Hoffnung machen. Waren die Bücher denn wertvoll?«, fragte Kohlschuetter teilnahmsvoll.

»Materiell?« Der Buchhändler zuckte mit den Schultern. »Zweihundert Euro, wenn überhaupt. Für mich unbezahlbar«, antwortete er betrübt.

»Altpapier«, bemerkte Struppi 33 ungerührt.

»Klappe«, entgegnete der Buchhändler nun sichtlich sauer. »Wer bricht denn in eine Buchhandlung ein und klaut Nicolaus-von-Dreyse-Bücher? Was ist denn das für eine Welt geworden? Der Computer interessiert mich nicht, aber meine Bücher«, barmte er.

»Viel schärfer finde ich es, Holk, dass du die ganze Zeit im Laden warst und der Hund auch.« Der Tiernotretter feixte.

Der Buchhändler schaute Kohlschuetter an. »Der Hund ist unruhig gewesen, aber ich habe mir nichts dabei gedacht. Ich kann ihn ohnehin nicht bändigen. Vielleicht hätte er mir aber meine Bücher retten können?« Er seufzte.

»Flenne nicht! Das nächste Mal nimmst du den Köter einfach nicht mit aufs Klo«, herrschte ihn der Tiernotretter an. »Sei froh, dass dir nichts passiert ist. Oder noch viel schlimmer, dem Hund. Stell dir mal vor, du hättest das dem Frauchen beibringen müssen.« Er lachte. »Und nerve die Kollegen von der Polente nicht. Die haben genug mit dem Mord auf dem Bad Langensalzaer Mittelalterstadtfest zu tun. Das ist wichtiger als deine blödsinnigen alten Schwarten.«

»Verzieh dich, du Unsympath«, erwiderte der Buchhändler unwirsch.

»Was wissen Sie über die Sache in Bad Langensalza?«, fragte Kohlschuetter neugierig. Dass sich hier in Sömmerda jemand um einen Toten in Bad Langensalza kümmerte, verwunderte ihn. Schließlich war das ja nicht gerade um die Ecke.

»Graf Georg von der Weißenburg«, sagte der Tiernotretter und verbeugte sich leicht. »Mein Künstlername. Unter diesem bin ich auf diversen mittelalterlichen Märkten dieses Landes gut bekannt. Die Gräfin, also meine Frau, und ich, wir lieben diese Spektakel, vor allem das in Bad Langensalza. Aber das haben die ja in diesem Jahr mit diesem beschissenen Mord plattgemacht. Ausgerechnet an einem vom Ordnungsamt«, ergänzte er vorwurfsvoll. »Na ja, wenigstens habt ihr die Leiche erst kurz vor Schluss gefunden. Sonntagnachmittag um fünf wäre sowieso Feierabend gewesen. Da haben wir nicht so viel verpasst.«

Kohlschuetter schaute den Mann unverwandt an. »Sie waren dort?«

Struppi 33 nickte eifrig. »Das sechsundzwanzigste Jahr in Folge. So lange bin ich nicht einmal verheiratet, Mensch.« Er feixte.

»Es ist wie eine Seuche«, jammerte Bernsen. »Dieses Mittelalter ist wie eine Seuche. Und ich habe einen Herzinfarkt oder mindestens einen schweren Schock. Aber dafür gibt es keine Frühverrentung. Ein Elend ist das.«

»Diesmal haben wir sogar dort übernachtet. In einer kleinen Pension direkt gegenüber vom Rathaus, kann ich nur empfehlen. Trotzdem, schade ums Geld. Erst dieses elende Theater die halbe Nacht, bei dem ich kein Auge zugemacht habe, und dann noch das jähe Ende. War anders geplant, Jungs, das kann ich euch sagen. Scheiße ist das.«

»Was für ein Theater?«, fragte Kohlschuetter interessiert.

»Na, was schon?«, mischte sich Bernsen ein. »Da wird einem 'ne Bohne in der Zahnlücke stecken geblieben sein.«

Der Tiernotretter zuckte mit den Schultern. »Eine Schlägerei, nehme ich an. Ich war zu faul, aufzustehen. Als ich einen Brüller getan habe, sind die aber ganz schnell abgezogen. Es war ja schon nach Mitternacht. Da herrscht Ruhe, sonst knallt's.« Er grinste. »Mich hört man auch vom Bett aus.«

»Wenn das Fenster offen ist«, bemerkte der Buchhändler spöttisch.

Struppi 33 zog eine Grimasse. »Wie ist der Typ eigentlich umgekommen? Schüsse habe ich keine gehört.«

»Darüber dürfen wir aus ermittlungstaktischen Gründen keine Auskunft geben. Das verstehen Sie sicherlich«, antwortete Kohlschuetter.

Struppi 33 maulte etwas Unverständliches. Sein Handy klingelte. Knurrend ging er ran, murmelte ein »Gut, verstanden« und steckte es zurück in seine Hosentasche. »Also wenn mich keiner mehr braucht … Auf der Straße nach Kölleda läuft ein Mischling herum. Ich muss dann wohl.«

Er drehte ab, hielt dann aber noch mal kurz inne und wandte sich dem Buchhändler zu. »Falls der bekloppte Dieb gemerkt hat, was er da für einen Scheiß zusammengeklaut hat, und dir das Zeug gleich wieder vor die Tür legt, ruf mich an. Ich bringe es gern mit dir zur Altpapierannahme. Dort kriegst du wenigstens noch drei Euro dafür und kannst mich in den Thüringer Hof auf ein Bier einladen.«

Sein Gelächter war noch zu hören, als er die Buchhandlung schon verlassen hatte.

»Das ist ein Angriff auf die Sömmerdaer Stadtgeschichte«, verkündete der Buchhändler salomonisch. »Johann Nicolaus von Dreyse ist der berühmteste Sömmerdaer, bis jetzt.« Er wollte gerade weiterreden, als Bernsen ihm ins Wort fiel.

»Dreyse hat 1827 das Zündnadelgewehr erfunden. Seinen ersten richtigen Einsatz hatte die Waffe, ein Hinterlader wohlgemerkt, im Deutsch-Dänischen Krieg von 1864. Das Dreyse-Gewehr war damals eine Revolution auf dem Gebiet der Kriegsführung«, dozierte er.

Der Buchhändler nickte begeistert.

Kohlschuetter schaute die beiden fragend an.

»Na, da staunen Sie, Kollege. Aber so etwas weiß ›Mann‹ einfach. Machen Sie sich nichts draus. Wenn Sie schon mal eine Freundin in Sömmerda gehabt hätten, wären Sie auf diesem Gebiet auch bewanderter. Aber was nicht ist, kann ja noch werden. *Meine* umfassende Bildung basiert auf Büchern – und natürlich auf meiner traditionsreichen Familiengeschichte, die besagt, dass Friedhelm Hinz Bernsen, mein seliger Vorfahre väterlicherseits, in diesem Krieg einen glorreichen Einsatz hatte. Sein Wissen allein aus Bettgeflüster zu beziehen kann einen mächtig einschränken. Aber das lernen Sie auch noch.« Bernsen griente.

Kohlschuetter verzog den Mund. »War wohl nix mit Herzinfarkt, was? Wär ja auch zu schön gewesen.«

»Ich habe über Dreyse ein Buch geschrieben, er war eine wirklich interessante Persönlichkeit und maßgeblich an Sömmerdas industrieller Entwicklung beteiligt.« Auch der Buchhändler schien sich gänzlich von seinem Sturz erholt zu haben. »Aber warten Sie mal.« Er schaute sich erschrocken um. »Wenn die Bücher alle entwendet wurden, dann gibt es nur noch das Manuskript auf meinem Computer.« Er wurde leichenblass. »Der ist aber, der …«, haspelte er.

»Geklaut«, ergänzte Bernsen.

»Mein Lebenswerk, alles weg.« Der Buchhändler fasste sich bestürzt an die Stirn, setzte sich wackelig auf einen der herumstehenden, randvoll mit Büchern gefüllten Pappkartons und schaute ins Leere.

Just in diesem Moment kam einer der Streifenbeamten herein. »Im Dreyse-Haus ist ebenfalls eingebrochen worden. Der gesamte Dreyse-Nachlass und die Sammlung historischer Zündnadelgewehre sind weg. Wir würden jetzt erst einmal dorthin fahren. Das Protokoll können wir hier auch noch später aufnehmen. Jörg, also Struppi 33, sprach nur von geklautem Altpapier?«

Kohlschuetter nickte. »Nicht ganz korrekt, das mit dem Altpapier, aber machen Sie ruhig. Die Einbrüche sehen verdammt nach System aus. Darüber hinaus ist das Erbe sicherlich wertvoll?«

Der Buchhändler stimmte zu. »Vor allem meine Bücher.«

»Geht es darin auch um eine Almwirtin?«, fragte Bernsen ungerührt.

Der Buchhändler, den Tränen nahe, widersprach dem entschieden und antwortete dienstbeflissen: »Von diesen Groschenromanen habe ich aber nur noch die Ausgaben vier, sieben, zwölf und dreißig aus dem Jahr 1996 und die eins, achtzehn und zwölf von 2004. So was ist schnell vergriffen.«

Bernsen atmete tief durch. »Einpacken und nach Bremen schicken. Sofort.«

ACHT

»Kommen Sie rein«, erklang eine Frauenstimme. »Die Etage, in der es am meisten nach Pizza riecht.«

Kohlschuetter starrte verblüfft auf den silbernen Lautsprecher der Gegensprechanlage an Bernsens Haustür. »F. Bernsen«, murmelte er leise vor sich hin und überprüfte noch einmal den Namen neben dem Klingelknopf. »Äh, guten Morgen, ich wollte zu Bernsen«, sagte er laut.

»Ja, ja, immer der Pizza nach«, bekräftigte die Frau. Kurz darauf ertönte der Türsummer.

Kohlschuetter, der Bernsen zwar schon einige Male von zu Hause abgeholt hatte, aber niemals auch nur in den Hausflur des Mietshauses gelangt war, da, wie Bernsen es ausdrückte, niemand etwas in dessen Privatsphäre zu suchen hatte, drückte gegen die Tür und trat ein. Nicht einmal ein Hauch von Pizza lag in der Luft. Das änderte sich eine Etage höher unversehens. Kohlschuetter hatte das Gefühl, er stünde direkt in der Küche des Restaurants »Andras« im Erdgeschoss, das eine erstaunliche Pizzakarte vorzuweisen hatte. Die entsprechenden Werbeprospekte vor der Haustür und im Flur waren nicht zu übersehen gewesen. Kohlschuetter checkte die beiden Wohnungstüren im ersten Obergeschoss, fand die von Bernsen und betätigte erneut den Klingelknopf. Nichts passierte. Gerade als er sich durch Klopfen bemerkbar machen wollte, wurde die Tür mit einem Ruck geöffnet.

Kohlschuetter zuckte unwillkürlich zusammen. Vor ihm stand eine Frau, klein und von schmaler Statur. Ihr Äußeres hätte er, höflich ausgedrückt, als verlebt bezeichnet. Ihre Wangen waren eingefallen, die Haut hatte jegliche Spannkraft eingebüßt und zeigte tiefe Falten. Dass dies nicht nur eine Frage von fehlendem Make-up war, davon konnte man sich an den meisten anderen Stellen ihres Körpers überzeugen, denn die Dame trug nichts als ihre Unterwäsche. Das Modell allerdings hatte er das letzte Mal gesehen, als seine Mutter ihn mit in das Geschäft der BHG Leimbach genommen hatte, um sich dort ein paar Gartengeräte zu kaufen. Das musste so Mitte der 1980er Jahre gewesen sein. VEB Trikotagenwerk Oberlungwitz, Baumwollmischgarn kochfest, er erinnerte sich wie gestern daran. Die fein gerippten Damenschlüpfer hatten dort in all ihrer Unansehnlichkeit auf dem Tresen gelegen, und er hatte sich geschworen, dass er niemals eine Freundin haben wollte, die so etwas anzog. Die Dame vor ihm hatte, zumindest was das Hemd anging, die etwas ansprechendere Variante gewählt, denn am Dekolleté blitzte ein schmaler Spitzenbesatz. Dieses neckische Detail konnte jedoch nicht über den fehlenden BH hinwegtäuschen.

Kohlschuetter, der, was Frauen anging, ansonsten mit allen Wassern gewaschen war, starrte die Dame an, als hätte er einen Geist gesehen. Das konnte nur die Rotfeder sein. Aber selbst bei wohlwollender Schätzung war diese Frau weit über siebzig Jahre alt. Bernsen hatte nie erwähnt, dass zwischen ihm und seiner Frau ein so immenser Altersunterschied bestand. Und dass sie zurzeit zu Besuch war, auch nicht. Dann müsste ja auch seine Schwiegermutter irgendwo sein. Vielleicht war sie das? Und Bernd? Für den Bruchteil einer Sekunde richtete Kohlschuetter den Blick nach unten auf die Beine der Frau. Kein Gips. Kein Pudel. Er hob das Kinn, bemühte sich, seinen Blick keinen Zentimeter unter den Hals der Dame sinken zu lassen, und stellte sich freundlich vor.

»Marwitz, Ingelore, Morgen. Er«, sie dehnte das Wort nahezu endlos, »sitzt in der Küche«, entgegnete sie in breitem Erfurter Dialekt, drehte ab und steuerte auf die geöffnete der beiden Zimmertüren zu, die im Wohnungsflur zu sehen waren. Offenbar störte sie sich nicht an Kohlschuetters Anwesenheit. An ihrem auf einen Fremden möglicherweise obszön wirkendem Outfit auch nicht.

Kohlschuetter wurde ganz anders zumute. Ingelore Marwitz war nicht die Rotfeder, mit an Sicherheit grenzender Wahrscheinlichkeit nicht. Auch die Schwiegermutter konnte sie nicht sein. Und Feinrippschlüpfer gab es auch im Baggy-Pants-Look.

»Die Liebe ist ein seltsames Spiel. Sie kommt und geht von einem zum andern«, sang Ingelore Marwitz leise vor sich hin, während sie vor Kohlschuetter herwackelte. Im Türrahmen blieb sie stehen und bedeutete ihm, er solle vorgehen.

Kohlschuetter betrat ein großes Zimmer, das augenscheinlich einzige in dieser Wohnung. Ein breites Futonbett, ungemacht und von Zeitungsstapeln umringt, daneben eine kleine Couch, ein Mini-Fernsehgerät, eine schmale Küchenzeile und diverser Nippes, den das Werder-Bremen-Logo zierte. Das Ganze wirkte auf Kohlschuetter wie ein Zimmer in einem Seniorenheim, in dem die Verwandten versucht hatten, sämtliche in einem langen Leben gesammelten Relikte des Großvaters auf fünfundzwanzig Quadratmetern unterzubringen, nur dass es in diesen Einrichtungen deutlich sauberer war. Wenn die Enkel ab und zu den Opa besuchen kamen, saß der in einem dicken Lehnstuhl und schaute aus dem Fenster oder hockte an einem mit Wachstuch überzogenen Tischchen und machte Kreuzworträtsel. Der Tisch, an dem Bernsen saß, war bis auf eine Kaffeetasse und ein Transistorradio blank. Ohne Kohlschuetter zu beachten, fingerte er am Lautstärkeknopf des Radios. Der Senderjingle von MDR Thüringen ertönte. Eine freundliche Damenstimme kündigte die Acht-Uhr-Nachrichten an.

»Sie müssen warten, bis die Nachrichten vorbei sind. So lange darf niemand sprechen«, flüsterte Ingelore Marwitz Kohlschuetter ins Ohr, fügte ein »Ich bin dann mal im Bad« hinzu und verschwand mit einem Kichern im Raum hinter der gegenüberliegenden Tür.

»Mhm.« Kohlschuetter wollte sich nicht ausmalen, wie lange Bernsens heimliche Liaison bereits ging. Unverkennbar kannte Frau Marwitz den Kollegen ziemlich gut. Er hörte die Toilettenspülung rauschen. Dass die beiden auf so engem Raum miteinander klarkamen, überraschte ihn. Er hielt es mit Bernsen im Büro kaum ein paar Stunden aus, aber wenn man sich liebte …

»Nichts von unserem Fall«, brummte Bernsen, als die ersten Meldungen verklungen waren.

»Sie haben doch nicht etwa erwartet, dass man im Radio von den gefährlichen Einsätzen des Polizeibeamten Friedhelm Bernsen in Bad Langensalza berichtet?« Kohlschuetter zog die rechte Braue nach oben. »Von dessen selbstlosem Einsatz für den Freistaat Thüringen?«

»Klappe!« Bernsen fuchtelte mit seiner linken Hand in der Luft herum, was Kohlschuetter zu verstehen geben sollte, dass er zu schweigen hatte. Aufmerksam lauschte er der nächsten Nachricht. Als diese beendet war, schaute er Kohlschuetter mit weit aufgerissenen Augen an. »Haben Sie das gehört?«

»So groß ist Ihr Apartment nicht, und es war ja laut genug«, entgegnete Kohlschuetter ruhig.

»Das gesamte Dreyse-Andenken an nur einem Tag aus Sömmerda verschwunden. Mehrere Einbrüche. Wer klaut denn so etwas?« Bernsen nahm ein paar Schlucke von seinem Kaffee, drehte das Radio ab und stand auf.

»Ein Sammler, ein Antiquitätenhändler vielleicht?«, fragte Kohlschuetter. »Oder jemand, der der Stadt schaden will. Immerhin ist in diesem Jahr Dreyses zweihundertfünfzigster Todestag, da wird die Stadt so einiges für ihren großen Sohn geplant haben.«

Bernsen merkte auf. »Über Nacht bei Wikipedia schlaugemacht oder noch schnell eine Braut aufgerissen?«, lästerte er. »Wie dem auch sei, um den Diebstahl kümmern sich die Kollegen.«

»Ach, ich dachte, der Buchhändler sei Ihr Freund?« Dass Bernsen gestern so mutig vorgeprescht war, um den Buchhändler zu retten, hatte Kohlschuetter unumwunden auf die verzweifelte Suche nach der »Almwirtin« zurückgeführt, und jetzt sah er sich in seiner Annahme bestätigt. Die Angst vor der Rotfeder wog mehr als die um Leib und Leben. Aber dass der gute Friedhelm seine arme Frau so schamlos betrog, hätte er ihm nicht zugetraut.

»Mhm.« Bernsen überlegte. »Meinen Sie, wir sollten in der Sache aktiv werden? Zur Abwechslung liegt Sömmerda ja sogar mal in unserem Beritt. Und so wichtige Stücke wie ein Original-Zündnadelgewehr …« Bernsen stellte seine leere Tasse zurück auf den Tisch und machte Anstalten, die Wohnung zu verlassen. »Das ist ja jetzt nicht gerade eine kleine Sache. Da müssen schon zwei erfahrene Kripobeamte, also ein erfahrener und sein junger Mitstreiter, ran. Das könnten wir machen.« Er kratzte sich die frisch rasierte Wange.

»Das bringt locker einen Wochenenddienst. Ich weiß«, entgegnete Kohlschuetter sarkastisch, wobei er einen Moment zu lange auf die zerwühlten Laken stierte.

Bernsen reagierte nicht.

»Bei so viel Engagement werden Sie noch Mitarbeiter des Monats. Da wird die Suspendierung verschoben«, versuchte Kohlschuetter, ihn hochzunehmen.

Bernsen horchte auf. »Wieso Suspendierung?«, erkundigte er sich misstrauisch.

Kohlschuetter grinste. »Meine Güte, das war ein Scherz.«

»Ich habe es Ihnen schon mal gesagt, wenn Sie anfangen wollen, mich auszuknocken, lernen Sie den alten Friedhelm bald von einer anderen Seite kennen.« Voller Argwohn wackelte er mit seinem erhobenen Zeigefinger vor Kohlschuetters Nase herum. »Ich lasse mir nichts streitig machen, Veilchen hin oder her, darauf können Sie Gift nehmen.« Bernsen schnaufte und hielt inne. Seine Gesichtsfarbe veränderte sich. Versunken starrte er vor sich hin.

»Alles klar?«, wollte Kohlschuetter wissen. Im Badezimmer schmetterte Frau Marwitz unterdessen einen alten Schlager von Hans Albers.

Bernsen bewegte sich nicht. Nach einer Weile fing er an, vor sich hin zu grummeln: »Bücher. Hund. Es liegt jemand auf dem Boden.«

»Hat Ihnen Ihr Psychologe geraten, stressige Situationen häppchenweise noch einmal Revue passieren zu lassen, oder ist das eine Entspannungsübung?« Kohlschuetter konnte Bernsen beim besten Willen nicht folgen.

Bernsen schaute Kohlschuetter mit weit aufgerissenen Augen an. »Sie hatte recht. Die süße Hellseherin, sie hatte recht. Genau so ist es eingetreten. Und ich dachte, es geht um meine Schwiegermutter. Schade.« Er zeigte einen Anflug von Bedauern.

»Hä?«

»Pier Carderra ist nicht unser Mörder und der Bettler Hans kein Schweineschneider, wenn Sie wissen, was das ist«, entgegnete Bernsen mit fester Stimme. »Wir sind auf der falschen Fährte.«

»Wenn Sie das sagen«, antwortete Kohlschuetter in nöligem Ton. Er wurde langsam ungeduldig. »Dann schauen Sie jetzt bitte noch mal in Ihren Kaffeesatz, wir verhaften den Mörder und machen Feierabend. Umso eher können Sie sich der liebevollen Betreuung Ihrer Schwiegermutter widmen.« Er drehte ab und ging zur Wohnungstür.

»Wie man es macht, ist es falsch«, maulte Bernsen, lief zur Badezimmertür, hämmerte mit seiner Faust mehrfach dagegen und schrie: »Marwitz, in einer Stunde ist Zapfenstreich. Das ist hier ja schließlich nicht der Buckingham Palast. Und wehe, einer der leeren Pizzakartons fehlt nachher. Die sind abgezählt.« Ohne eine Antwort abzuwarten, verließ er mit Kohlschuetter die Wohnung und raunte ihm dabei zu: »Die will mir nämlich immer mein Karton-Pfand abspenstig machen. Dabei habe ich Jahre gebraucht, den guten Andras da unten davon zu überzeugen, dass man Pizzaverpackungen mehrfach nehmen kann. Weiber!«

Zu Hause kriecht er ins Mausloch, und hier lässt er die Sau raus, dachte Kohlschuetter. Das volle Kontrastprogramm. Vielleicht sollte er ein Buch darüber schreiben: »Das Doppelleben des Friedhelm B.«.

Er grinste in sich hinein.

***

»Ich habe heute früh noch mal mit dem Hausarzt von René Bärt telefoniert und mit seiner Vertretung«, sagte Kohlschuetter, als sie gemeinsam im Dienstwagen saßen. »Dem Arzt hat das keine Ruhe gelassen, er hat gestern sogar noch ein paar Kollegen angerufen, auch im Hufeland Klinikum ...«

»Das hat die gute Claudi auch schon gemacht«, warf Bernsen ein, ehe Kohlschuetter den Satz zu Ende bringen konnte. »Ich nehme mal an, René Bärt tut uns immer noch nicht den Gefallen und hat sich krankheitsbedingt kastrieren lassen. Wieso auch, das Fossil irrt sich nie.«

»Ich wollte das nur von allen Seiten abklopfen.« Kohlschuetter wandte ihm das Gesicht zu. »Claudi?« Als Bernsen nicht darauf einging, erklärte er: »Sie könnten auf den Mittelalterstadtfesten als Wahrsager gehen. Als Schonungsloser Friedhelm, der Mann, der die Wahrheit nicht fürchtet.«

Bernsen nickte großmütig. »Ich hätte damals den Beruf des Henkers ausgeführt. Ein ordentliches, ehrliches Handwerk. Keine Kompromisse, klare Zielvorgaben, hundertprozentige Erfolgsquote.«

»Ist vielleicht besser so. Dass der Stellvertreter des Hausarztes unserem Opfer am Freitagmittag starke Schmerzmittel verschrieben hat, haben Sie in Ihrer Glaskugel nämlich nicht gesehen«, ergänzte Kohlschuetter selbstzufrieden. »Angeblich hatte René Bärt Rückenschmerzen. Der Arzt sagte, er sei etwas blass gewesen, habe aber ansonsten einen rundherum normalen Eindruck auf ihn gemacht, bis auf den Umstand, dass er sich nur sehr langsam bewegte, aber das ist ja bei Rückenkranken nichts Absonderliches.«

»Das passt zu der Aussage von Bärts Eltern, nach der er Freitagmittag kurz das Haus verlassen hat.«

»Man hat ihn am Donnerstag kastriert. So wird ein Schuh daraus. Nur dass unsere Mittelalterleutchen erst am Samstagvormittag angereist sind«, sagte Kohlschuetter. »Damit wird diese Spur wohl nicht zu halten sein.«

»Ich bin mir sicher, dass ich gestern schon auf diesem Stand war«, antwortete Bernsen.

Sie hatte recht behalten, die schöne Deern mit dem Veilchenduft. Tatsächlich, er war auf der falschen Fährte gewesen. Erst die Sache mit dem Hund und jetzt das. Trotz der Indizien, die gegen Carderra und seine Freunde sprachen, konnten sie zumindest für die Kastration des Opfers nicht verantwortlich sein. Das passte zeitlich nicht zusammen. Es sei denn, der eine oder andere hätte gelogen und wäre schon am Donnerstag angereist. Er würde Claudi bitten, die Angaben der Leute zu prüfen, obwohl er es jetzt schon unwahrscheinlich fand. Claudi war echt ein super Weib. Wie die sich in den Fall reinkniete, Respekt. Da konnte der Jungspund noch so sehr an seinem Stuhl sägen, keine Chance. Ein Friedhelm Bernsen war achtsam und schnell und mit Claudi erfolgreicher als das A-Team in seinen kniffligsten Fällen. Und dann war da ja auch noch diese andere Deern. Die Hellseherin. Niemals hätte er geglaubt, dass so etwas möglich sein könnte.

Und wenn es ein Trick war und sie den Mörder kannte? Bei dem Veilchenparfüm könnte sie geraten haben. Mit etwas Menschenkenntnis war so etwas machbar. Aber das mit dem Buchladen hatte sie nicht wissen können. Unmöglich. Bernsens Kehle wurde trocken. Sie war eine echte Wahrsagerin. Sie wusste alles. Alles. Und sie hatte eine alte, verhärmte Frau, vermutlich seine Schwiegermutter, und einen Weihnachtsengel gesehen. Ihm wurde schwindelig.

»Wir sollten von zwei Tätern ausgehen, was auch immer das jeweilige Motiv gewesen sein könnte«, murmelte Kohlschuetter. »Oder von einem mit unschlüssigem Charakter. Scheiße.«

»Mhm.« Bernsen war ganz woanders. Spökenkiekerinnen gibt es doch nur im Fernsehen, überlegte er. Aber wenn nicht, könnte die ja noch mehr wissen, eigentlich alles. Ich könnte sie fragen. Oder lieber nicht?

»Das mit der Kastration hat so schön gepasst. Zu dem Rest, also der Folter, meine ich.« Kohlschuetter kratzte sich am Hinterkopf.

»Mhm. So schön gepasst, genau.« Bernsen war noch immer in Gedanken.

»Also gut. Lassen Sie uns das einmal rekapitulieren. Er wird am Donnerstag wo auch immer gegen seinen Willen festgehalten, betäubt, seien wir mal so großzügig, und der Eingriff wird vorgenommen. Er wird wach und ...«

Bernsen, der diese Steilvorlage unmöglich an sich vorbeiziehen lassen konnte, breitete seine Arme aus, schaute an sich hinab und deklamierte: »Wer hat meine Eier geklaut?«

Kohlschuetter rümpfte die Nase. »Er wird wach und bemerkt, was geschehen ist. Die Schmerzen bringen ihn fast um. Er geht nach Hause, meldet sich für Freitag ab, geht zum Arzt wegen der Schmerzmittel und Samstagnachmittag ganz normal zur Arbeit. Warum? Müsste er nicht weiterhin zu Hause bleiben oder wenigstens zur Polizei gehen?«

Bernsen wiegte andächtig den Kopf. »Wenn es ein Verbrechen war, sollte man das meinen. Es sei denn, er hatte Angst. Angst vor dem, der es getan hat. Natürlich nur, wenn er ihn kennt. Angst, dass die Polizei durch sein Erscheinen von einer viel größeren Kiste Wind bekommt. Vielleicht schämt er sich auch. Es gehört schon einiges dazu, zur Polizei zu gehen und den Verlust seiner ...«

»Es ist gut. Ich weiß«, fiel ihm Kohlschuetter ins Wort.

»Also, ein geklautes Portemonnaie zu melden ist da schon einfacher. Finden Sie nicht?« Bernsen amüsierte sich köstlich.

»Ja«, entgegnete Kohlschuetter gedehnt. »Silvio Blarns hatte seine Kastration damals auch nicht gemeldet, das zumindest hat uns sein Hausarzt erzählt. Vielleicht sollten wir doch mal die alten Akten aus der Zeit heraussuchen lassen?«, setzte er zögerlich nach.

»Ach, ach«, echauffierte sich Bernsen. »Erst all meine Vorschläge ausbremsen und danach so tun, als sei alles auf Ihrem Mist gewachsen.« Er schnaufte verdrießlich.

»Ich weiß es doch auch nicht. Aber so, wie wir hier im Dunkeln tappen … Wir haben zwei Verbrechen an ein und derselben Person, zwischen denen gut achtundvierzig Stunden liegen. Schwere Körperverletzung und Mord. Mensch, Bernsen.« Kohlschuetter fuhr sich nervös durch die Haare.

»Na ja, von der Kastration dürfte außer dem Täter und später dem Mörder eigentlich niemand etwas gewusst haben«, entgegnete Bernsen abgeklärt. »Claudi wird sich darum kümmern, soweit es dazu überhaupt etwas gibt. Das Staatsarchiv in Weimar ist wohl ihre einzige Chance. Das hätte lange erledigt sein können.« Bernsen hämmerte wütend auf die Tastatur seines Smartphones ein. Wenn Sie Greenhorn nur nicht immer alles besser wüssten. »1987, im Juli war das?«

Kohlschuetter bestätigte die Angabe. »Anfang des Monats. Am 6. kam er in die Praxis, da war die Wunde aber schon ein paar Tage alt und entzündet.« Er atmete laut. »Ich habe die ganze Nacht darüber nachgedacht. Die Kastration, das Verschweigen. Wenn Sie mich fragen, war René Bärt ein Vergewaltiger«, fuhr er fort. »Und wenn ich eins und eins zusammenzähle, dann hieß sein Opfer Michelle Silbermann.« Er hob abwehrend die Hand, als Bernsen etwas sagen wollte. »Ja, ich weiß, eine gewagte Theorie, für die wir keinerlei Anhaltspunkte haben.«

»Ihre Theorie«, maulte Bernsen. Sie war einleuchtender als die aus dem Ruder gelaufenen SM-Praktiken und die Priesterkiste, die er gestern Abend auf dem Nachhauseweg vorgebracht hatte, das musste er zugeben. Aber auch dafür müssten sie Beweise finden. »Die Deern wurde nicht obduziert. Dafür gab es keine Anhaltspunkte«, murmelte Bernsen. »Wir brauchen eine gerichtliche Anordnung.«

Kohlschuetter stimmte zu.

Bernsen wählte Claudis Nummer. Nach Beendigung des Telefonats mutmaßte er: »René Bärt hatte Dreck am Stecken. So viel ist gewiss. Nehmen wir mal an, Ihre Theorie stimmt. Er vergewaltigt Michelle. Sie erzählt es weiter. Jemand rächt das Mädchen, indem er Bärt verstümmelt. Michelle bringt sich um. Ein paar Stunden später stirbt Bärt.« Bernsen unterdrückte einen Rülpser. »Wieso hat der Schweineschneider den Kerl nicht gleich in einem Ritt umgebracht? Wäre ein Aufwasch gewesen.«

Kohlschuetter zuckte mit den Schultern. »Die Kastration hat ihm als Strafe zunächst ausgereicht. Das allein ist ja auch irre genug.«

Bernsen rutschte nervös auf seinem Sitz hin und her. »Die Mordabsicht entstand vielleicht erst, als Bärt, der weiß, wer ihn kastriert hat, wider Erwarten auspacken will. Deswegen musste er sterben.«

»Oder der Täter erfuhr von dem Selbstmord des Mädchens und drehte voll durch? Das würde zur Folter passen und auch die zeitliche Abfolge erklären.«

»Und wenn es doch zwei unterschiedliche Täter waren?«, fragte Bernsen. »Bei so einem komplizierten Fall zieht sich unsere Ermittlungsarbeit unweigerlich über das Wochenende hin.« Er schlug sich mit den Handflächen auf die Oberschenkel. »Mal sehen, ob Susileins Leute in Bärts Hütte etwas gefunden haben. Die Eltern wissen nichts, so viel ist klar, und die Kollegen im Rathaus waren auch nicht besonders hilfreich. Hatte der eigentlich keine Freunde?«

»Bis jetzt Fehlanzeige. Wie kann man mit Anfang zwanzig keine Freunde haben? Da geht man aus, amüsiert sich, ist auf der Piste. Das ist doch sonst kein Leben«, antwortete Kohlschuetter.

»Hat sich ja ohnehin erledigt, das mit dem Leben.« Bernsen kniff seine Augen zusammen und rieb sich mit Daumen und Zeigefinger die Augenwinkel. »Unnormal würde ich das jetzt nicht nennen. Ich hatte auch keine Freunde.«

»Wenn wundert's«, murmelte Kohlschuetter in einer Lautstärke, von der er wohl glaubte, dass sie von Bernsen überhört werden würde. Etwas lauter ergänzte er: »Sie sehen etwas ungesund aus. Ist Ihnen nicht wohl? Haben Sie schlecht geschlafen – oder vielleicht gar nicht?« Er zwinkerte verschwörerisch.

»Sind Sie jetzt schwul geworden, oder warum blinzeln Sie mich so dämlich an?« Bernsen ärgerte sich über Kohlschuetters blödes Getue, das er nicht einordnen konnte. Womöglich wollte er ihn verunsichern oder ihn aufgrund seines nicht mehr ganz so frischen Alters schlechtmachen. Dabei war er ein Mann in den besten Jahren mit einer ausgezeichneten Konstitution, echten Zähnen und einer Sehschärfe, mit der er so manchen Zwanzigjährigen in den Schatten stellte. Er konnte jedem Gespräch ohne Mühe folgen, wobei ihm vor allem das Gelaber des Chefs einiges an Selbstdisziplin abverlangte, fand den Weg zur Toilette selbstständig und behielt sein Essen bei sich, mit Ausnahme von dem, was die Marwitz ihm hin und wieder mitbrachte. Und dass er ab und zu Magenprobleme hatte, das machte ihn ja nicht automatisch zu einem Tattergreis. Abgesehen von diesen aus seiner Sicht wesentlichen Kriterien waren die dienstlich vorgeschriebenen regelmäßigen Gesundheitstests auch alle in Ordnung. Heutzutage waren die Ü-60er die absoluten Bringer, und wenn der Jungspund meinte, er könne ihm mit Seniorenmobbing kommen, bekam er mächtig eins auf die Mütze.

»Ich dachte ja nur«, entgegnete Kohlschuetter beschwichtigend und ging nahtlos wieder zu ihrem Fall über. »Bei Nele, der Freundin von Michelle Silbermann, habe ich heute übrigens auch schon angeklingelt. Wir finden sie an ihrem Ausbildungsplatz.«

Kohlschuetters Smartphone in der Freisprechanlage klingelte. Susanne Summer versuchte, sie zu erreichen.

Kohlschuetter rührte sich nicht.

»Susilein ruft an. Die will bestimmt die Geschenkeliste für den Hochzeitstisch durchgeben. Die Kollegen sammeln schon«, flötete Bernsen spitz, wobei er Kohlschuetter frech von der Seite musterte. »Ich hoffe ja nur, es bleibt beim Datum der Feier. Das würde mir gut passen. Freitag nächste Woche hatte ich ohnehin noch nichts vor.« Er lächelte selig.

Kohlschuetter zeigte noch immer keine Regung.

»Ja, soll ich jetzt auch noch für Sie rangehen?«, fragte Bernsen mit gespielter Empörung. »Hallo, Susilein hat Redebedarf. Ist da jemand?« Er fuchtelte mit der linken Hand vor Kohlschuetters Nase herum.

Der starrte angestrengt auf die Straße und sagte kein Wort.

»Ist das ein Kindergarten. Und so was darf Auto fahren«, maulte Bernsen und nahm das Gespräch an. »Schönste aller Blumen, was kann ich für Sie tun?«

»Herr Kollege Bernsen«, tönte Susis Stimme durch den Wagen. »Ich habe etwas für euch. Ist Timo auch da?«

»Er hört mit, aber er kann gerade nicht sprechen, da er den Mund voller Torte hat«, entgegnete Bernsen mit sichtlicher Schadenfreude. »Oder sollte ich besser sagen, die Schnauze voll von Lary?«

Kohlschuetter warf ihm einen hasserfüllten Blick zu.

»Hi, Timo. Alles klar?«, fragte Susi irritiert.

»Hi«, entgegnete Kohlschuetter deutlich unterkühlt.

Susanne Summer, die sicherlich ob des ungewohnten Tons einen Moment lang schwieg, räusperte sich und begann hörbar verstimmt mit ihren Ausführungen. »Wir sind in Bad Langensalza im Rathaus. Es wäre bestimmt besser, ihr seht euch das mal an. So wie ich euch kenne, seid ihr doch ohnehin auf dem Weg hierher.«

Bernsen schaute auf Kohlschuetter. Langsam ging ihm dieses Eingeschnappte-Leberwurst-Gehabe auf die Kette. Da war ja jeder Pubertierende pflegeleichter. »Unser Mimöschen gibt schon Gas.«

Susi hatte bereits aufgelegt.

Etwa eine Dreiviertelstunde später standen Bernsen und Kohlschuetter in einem Kellerraum des Bad Langensalzaer

Rathauses. An dessen aufwendig restaurierten Gewölbe aus hellem Sandstein hingen schwarz-weiß gehaltene Hinweistafeln, die Folter- und Exekutionsszenen aus dem Mittelalter zeigten. Der große Raum, der normalerweise angenehm durch ein paar Halogendeckenspots, die exakt auf die zahlreichen Ausstellungsstücke und Glasregale ausgerichtet waren, beleuchtet wurde, wurde vom gleißenden Licht der KTU-Beleuchtung erfüllt. Ansonsten hätte man denken können, ein Henker habe sein Gruselkabinett geöffnet. Streckbank, Halseisen, Daumenschrauben, Brustklammern, diverse Zangen, Äxte, Geißelungsgürtel – vieles, was das Mittelalter an Folter- und Mordwerkzeugen zu bieten hatte, war hier ausgestellt.

»Das ist nur ein Teil einer größeren Sammlung, die auf Schloss Wolkenstein in Sachsen gezeigt wird. René, also Herr Bärt, hatte die Idee dazu. Er war es auch, der die Exponate zu unserem Mittelalterstadtfest hierhergeholt hat. Der Raum ist ja extra für Ausstellungen, also kurzfristige«, erklärte ein Mitarbeiter der Stadtverwaltung, der die Kommissare sichtlich aufgeregt am Eingang zum Ausstellungsraum in Empfang genommen hatte.

»Na, das nenne ich Ironie des Schicksals«, witzelte Bernsen trocken. »Hätte der Recke sich besser um eine Puppenausstellung bemüht. Wäre gesünder gewesen.«

»Das ist ja alles offen hier. Konnte da jeder ran?«, erkundigte sich Kohlschuetter verwundert.

Der Mann verneinte. »Während der Öffnungszeiten war immer einer von uns Mitarbeitern anwesend. Wir haben aufgepasst, dass hier keiner etwas anfasst oder mitnimmt. Die Exponate in Vitrinen zu packen wäre schlichtweg zu aufwendig gewesen, zumal für die paar Tage«, erklärte er.

»Sauber«, kommentierte Bernsen. »Jetzt können Sie wenigstens sicher sein, dass die Teile noch funktionieren.« Er drückte seinen Finger auf das abgenutzte Holz einer Streckbank, so als prüfte er im Möbelhaus die Elastizität eines Boxspringbettes.

Der Mann wirkte verunsichert.

Susi, die an der gegenüberliegenden Seite des Raumes stand und eines der Geräte für den Transport in die KTU vorbereitete, bemerkte sie, gab das Exponat an einen Kollegen weiter und kam herüber. Sie hatte ihre braunen Haare locker nach oben gesteckt, und man sah ihr an, dass sie die letzten beiden Wochen in einem Liegestuhl am Strand verbracht hatte. Um ihren Mund lagen jedoch zwei tiefe Falten, die ihre Angespanntheit verrieten. »Guten Tag, die Herren«, sagte sie frostig.

Bernsen grüßte überschwänglich, während Kohlschuetter nur ein lasches »Hallo« herauspresste.

»Was zuerst?«, fragte sie knapp.

»Der Reihe nach«, entgegnete Bernsen, da Kohlschuetter den Mund nicht aufbekam.

»Na dann«, hob Susi ungerührt an. »Da ich, wie ihr ja wisst, gestern frisch aus dem Urlaub gekommen bin, waren meine Leute am Sonntag allein unterwegs. Töpfermarkt, Bauhof, René Bärts Zimmer in der Wohnung der Eltern, das ganze Programm.« Sie warf Kohlschuetter einen derb unterkühlten Blick zu. »Ich habe mich gerade telefonisch über die Ergebnisse in Kenntnis setzen lassen. Was die Wohnung angeht, außer seinen eigenen Fingerabdrücken und denen seiner Eltern war da nichts. Entweder wurde extrem gründlich geputzt, oder er hatte nie Besuch. In einer seiner Socken hat ein Kollege viertausend Euro in kleinen Scheinen gefunden. Die Mutter ist bei der Summe fast in Ohnmacht gefallen. Im Nachtschrank haben wir eine angefangene Packung Ibuprofen 800 entdeckt, zwölf Tabletten fehlten. Der dazugehörige Beleg mit Datum vom Freitag lag noch darunter. Ich bin keine Medizinerin, aber neuntausendsechshundert Milligramm in rund sechsunddreißig Stunden, diese Dröhnung muss man erst einmal wegstecken. Ansonsten nichts, vor allem keine persönlichen Dinge, aber das habt ihr ja bestimmt selbst bemerkt.« Wieder sah sie Kohlschuetter kurz an. »Im Bauhof gab es keine Spuren von unserem

Opfer. Der Abgleich der Fingerabdrücke der Mitarbeiter, die Zugang zur Lagerung hatten, ist auch durch. Falls unser Täter dort gewesen ist, hat er Handschuhe getragen, oder er gehört zu den Mitarbeitern. Was den Töpfermarkt angeht, bei der komplizierten Spurenlage …« Susi hob und senkte ihre schmalen Schultern. »Es lässt sich unmöglich feststellen, wer unberechtigterweise dort war, die halbe Stadt käme in Frage. Jeder, der irgendwann mal über den Platz gelaufen ist und ein Haar verloren oder eine Kippe weggeworfen hat«, sagte Susi zögerlich und machte eine kurze Pause, als ob sie eine Reaktion erwartete.

»Habt ihr was zum Sack?«, brummte Bernsen.

Die Antwort kam schnell und mit deutlich festerer Stimme. »Es ist tatsächlich das gleiche Modell wie die anderen. Der oder die Täter könnten also einen der unter der Bühne gelagerten Säcke an sich genommen haben, um im Nachgang das Opfer darin zu entsorgen. Den eigentlichen Inhalt, die Lumpen, haben wir heute früh in der Jüdengasse in der Mülltonne eines Anwohners sichergestellt. Der hatte sich beim Abfallamt über die illegale Müllentsorgung auf seine Kosten beschwert. Ein findiger Mitarbeiter hat die Bad Langensalzaer Kollegen informiert und die uns. Zufall, wie so oft.« Susi lächelte gequält. »Am Sack gibt es ein paar Faserspuren, die wir uns noch näher anschauen müssen. Ich befürchte aber, dass die von den alten Klamotten herrühren.«

Irgendwo hörte man ein Handy piepen.

»Jetzt das Wichtigste: Euer Tipp mit den Folterinstrumenten im Rathauskeller war Gold wert. Nicht alles wurde benutzt, aber an der Spanischen Spinne und auch am Gespickten Hasen sind sehr schöne Blutspuren, von denen ich nicht annehme, dass sie noch aus dem Mittelalter stammen.« Sie schaute zu dem Kollegen rüber, dem sie eben eines der Exponate in die Hand gedrückt hatte, und wies auf eine der Schautafeln. »Ich hätte nie gewusst, was das ist, und vor allem, was man damit macht, aber dank der ausführlichen

Erklärungen dort drüben an der Wand bin ich nun im Bilde. An der Spinne ist alles verwischt, aber bei dem Gespickten Hasen ist das Holz so alt und rissig, dass wir in den Zwischenräumen noch jede Menge Material finden sollten. Bei der Streckbank verhält es sich ähnlich. Tja, glücklicherweise gab es im Mittelalter noch keinen Edelstahl. Den hätte man schön abwischen können.«

»Da hat der alte Fuchs wieder ins Schwarze getroffen«, kommentierte Bernsen die Situation zufrieden. An Susi gewandt ergänzte er: »Kalder. Er hat gleich auf die Spinne und den Hasen getippt.«

»Dachte ich mir«, antwortete sie. »Wie dem auch sei, jemand hat die beiden Werkzeuge nur lieblos abgewischt, wir haben also DNA im Überfluss. An den anderen Sachen haben wir keine Spuren gefunden. Der Täter hatte wohl eine deutliche Präferenz. Dagegen hatte der Fußboden so einiges zu bieten …«

»Susi, wir haben noch was«, rief einer von Summers Mitarbeitern dazwischen. Sie schaute neugierig auf und ging zu ihm hinüber, Kohlschuetter und Bernsen folgten ihr.

Der Mann hielt Susi eine kleine Sicherheitsverpackung direkt unter die Nase. Sie kniff die Augen zusammen und schaute ihn fragend an. »Eine Wimper«, sagte er.

Susi nickte zufrieden. »Na, dann hoffen wir mal, dass sie nicht von unserem Opfer stammt. Gute Arbeit.« Sie wandte sich wieder Bernsen und Kohlschuetter zu. »Kurz und gut, ich bin mir ziemlich sicher, dass René Bärt hier unten gefoltert wurde und aller Wahrscheinlichkeit nach auch hier gestorben ist. Wir schauen uns das Blut an, danach wissen wir mehr.«

»Folter im Rathaus?«, fragte Bernsen beeindruckt. Er dachte an das Glockenspiel und die Japaner. »Ich war bislang immer der Meinung, so etwas passiert nur bei uns in der Inspektion – und der Henker heißt Chef.« Er griente spöttisch.

Susi und Kohlschuetter machten verkniffene Gesichter.

»Meine Güte, Leute, seid ihr fünfzehn, oder was? Susi heiratet Torten-Lary, und der gute Kohlschuetter hier grast weiterhin ganz Thüringen ab. Was ist euer Problem?«, blaffte Bernsen genervt. Es wurde Zeit, dass er das Heft in die Hand nahm. Wenn Kohlschuetter Frust schob, ging er ihm noch mehr auf den Geist als sonst.

»Iiich?« Susis Stimme klang hoch. »Ich habe kein Problem. Ich möchte nur meine Arbeit machen«, entgegnete sie spitz. »Aber das ist dem Herrn hier wohl nicht genehm.« Sie warf Kohlschuetter einen wütenden Blick zu.

Dessen Miene verhärtete sich. »Ich hätte wenigstens erwartet, dass du es mir vor allen anderen sagst, so lange, wie wir uns nun schon kennen«, sagte er vorwurfsvoll.

Bernsen schwieg und beobachtete interessiert die Szene.

Susi schaute verblüfft. »Sollte ich dich vielleicht noch um Erlaubnis bitten, Timo Kohlschuetter?« Sie hatte die Hände in die Hüften gestemmt und klang nun beinahe wieder so energisch wie eh und je. »An mir arbeitest du nicht deine gekränkte Eitelkeit ab. Wir sind Kollegen und waren nie etwas anderes. Benimm dich wie ein Erwachsener.«

»Das sage ich ihm auch immer«, ergänzte Bernsen unter heftigem Nicken.

Kohlschuetter sah aus, als wollte er ihm gleich eine reinhauen.

»Außerdem hatte ich dich vor meinem Urlaub extra eingeladen, zu einem kleinen privaten Umtrunk. Aber du hast ja nicht mal abgesagt«, fuhr Susi mit leicht beleidigtem Unterton fort.

Kohlschuetter hob den Kopf. »Wie?«

»Hauspost, vor drei Wochen, rote Mappe«, entgegnete sie gekränkt.

Kohlschuetter machte ein ungläubiges Gesicht, Susis Züge entspannten sich etwas, als sie bemerkte, dass seine Verwunderung echt war, und beide schauten auf Bernsen.

Den ließ diese geballte Aufmerksamkeit kalt. »Wenn wir jetzt alles geklärt hätten, könnten wir ja mal wieder zu unserem Fall kommen«, sagte er rotzig. Nun wusste er also, was in der Mappe gewesen war, die er für einen eiligen Auftrag des Chefs gehalten und kurzerhand in den Untiefen des Rollcontainers seines Schreibtisches versenkt hatte. Er würde Susis Gekritzel später in den Reißwolf stecken und danach in der Toilette herunterspülen. Denn eines hatte er in all den Dienstjahren gelernt: Das rückstandslose Vernichten von Beweismitteln war das A und O beim Vertuschen einer Fehltat. Das galt auch für die Ehe. Mit den Verpackungen seiner Thüringer Knackwurst, von denen er gut drei Stück auf der Autofahrt von Erfurt nach Bremen verputzen konnte, war ihm neulich allerdings ein echter Fehler unterlaufen. Wie hätte er aber auch ahnen können, dass die Rotfeder seine Kosmetiktasche durchforstete? Beim nächsten Mal würde er die letzte Autobahntankstelle vor der Hansestadt ansteuern und sämtliche Hinweise auf die kulinarischen Freuden, denen er fernab der Heimat frönte, in einen Müllcontainer schmeißen.

Susi sah aus, als würde sie gleich vor Wut platzen. Doch sie hatte sich im Griff und ging ruhig zur Tagesordnung über. »Vom Rathaus aus hat man ihn im zuvor geklauten Sack zum Töpfermarkt gebracht und neben den anderen Säcken unter der Bühne abgestellt. Warum auch immer.«

»Damit ist unser Täterkreis …«, hob Bernsen an.

»Leider nein«, fuhr sie ihm mit fester Stimme in die Parade. »René Bärt besaß einen Schlüssel zum Rathaus, er war in seiner Hosentasche. Den hatte Timo am Sonntag mit seinen anderen Habseligkeiten sichergestellt.« Sie nickte Kohlschuetter fast unmerklich zu. »Der Täter kann ihm den problemlos abgenommen haben. Allerdings hat er keine Fingerabdrücke darauf hinterlassen.«

»Noch was?«, fragte Kohlschuetter nachdenklich.

»Bis jetzt nicht. Ich melde mich.« Susi ließ die beiden stehen. Im Gehen drehte sie sich noch einmal um. »Habt ihr euch einmal gefragt, wieso Bärt ausgerechnet eine Begegnung mit der Spanischen Spinne und dem Gespickten Hasen hatte? Bei der Auswahl hier.« Sie hob den Arm und machte eine präsentierende Geste. »Womöglich hat das einen tieferen Sinn. Ich kenne mich allerdings mit so etwas nicht aus. Auch wenn ich mir manchmal wünschte, es wäre so.« Ein garstiger Blick traf Bernsen.

»Mhm. Danke«, nuschelte Kohlschuetter. Er zückte sein Smartphone und googelte die beiden Geräte, während er sichtlich angefressen weitersprach: »Dann brauchen wir uns nicht wundern, dass niemand etwas gehört hat. Geknebelt und hinter dicken Mauern konnte er sich hier unten die Lunge aus dem Leib schreien, ohne dass jemand etwas davon mitbekam. Aber wieso schleppt man die Leiche anschließend noch durch die halbe Altstadt zum Töpfermarkt?« Er überflog die Suchergebnisse auf seinem Handy. »Das Risiko, unterwegs gesehen zu werden, ist nicht kalkulierbar. Ich bitte gleich mal die Bad Langensalzaer Kollegen, eine Zeugensuche bei den Anwohnern des Rathauses zu starten.«

»Mhm. Im Rathaus konnte er nicht liegen bleiben. Das ist klar. Aber dass er bewusst als Spielfigur auf einem Jahrmarkt eingesetzt werden sollte, glaube ich nicht. So bekloppt ist kein Mörder.« Bernsen überlegte. Einen Mord durchzuziehen war meistens eine Sache von wenigen Minuten. Hier hatte es etwas länger gedauert, aber gut. Der oder die Täter waren anscheinend auf der Suche nach einem ziemlich heftigen Adrenalinstoß gewesen und hatten eine sadistische Ader. Zudem mussten sie nicht befürchten, während der Tat entdeckt zu werden. Das Opfer zu beseitigen – soweit der Mörder das als notwendig erachtete, und ganz augenscheinlich war das hier der Fall gewesen – machte ungleich mehr Mühe. Dabei gerieten die meisten Täter in logistische Schwierigkeiten. Und verbreiterten so ungewollt die Spurenlage. Hier führte die Spur zum Töpfermarkt. Zufall oder Absicht? »Es wäre ja durchaus möglich, dass das Wegschaffen der Leiche nicht ganz so reibungslos geklappt hat und die Bühne nur eine Zwischenlösung darstellen sollte«, sagte er gedehnt.

»Sie meinen, er hat ihn nur dort geparkt, weil womöglich eine Entdeckung drohte?«, hakte Kohlschuetter nach. »Die beiden Folterwerkzeuge sind laut Internet übrigens nichts Besonderes. Sie gehören zu einem Pool an Grausamkeiten, haben aber keine besondere Bedeutung. Meistens wurden sie zur Folter von Hexen verwendet, aber das fällt hier ja wohl weg. Wenn ich mir das andere Zeug so ansehe, vermute ich, dass die Folter mit diesen beiden Exponaten für den Täter am leichtesten umzusetzen war.«

»Klar. Auch auf diesem Gebiet muss man praktisch denken.« Bernsen nickte.

Kohlschuetter erwiderte nichts.

»Also mal echt, wie krank muss ein Mörder sein, der ein solches Spiel treibt? Ein Fest, auf dem Tausende von Leuten sind, und er lässt einen Sack mit einer Leiche an einem Seil schwingen. Das ist doch abartig.«

»Und riskant. Das haben wir ja gesehen. An einem anderen Ort wäre der Tote sicherlich viel später gefunden worden.«

»Eben. Da ist irgendetwas nicht glattgegangen. Da bin ich mir inzwischen sicher.« Bernsen nahm eine entschlossene Körperhaltung ein. »Andererseits hat man ihn aber nicht nur dort abgestellt, sondern auch in einen Sack des Teufelswerkes gesteckt. Lassen Sie es uns noch mal durchgehen. Nur für mich zum Verständnis.« Bernsen hob den Zeigefinger. »Bärt wird umgebracht und zum Töpfermarkt getragen. Wie macht man das, ohne gesehen zu werden? In einem Auto, zwischen den Ständen? Zu kompliziert und auffällig. Mit einer Schubkarre? Auch eher ungewöhnlich. Egal. Er kommt irgendwie zum Töpfermarkt. Zwischenstopp. Der Täter schnappt sich einen Sack, rennt in die Jüdengasse, kippt ihn aus, kehrt zurück und steckt die Leiche hinein. Seine Entdeckung droht, und er lässt das Opfer im Sack unter der Bühne zurück. Halten Sie das etwa für realistisch?«

»Nicht besonders.« Kohlschuetter überlegte. »Der direkte Weg zwischen Rathaus und Töpfermarkt führt nicht durch die Jüdengasse. Unser Mörder hat den Sack vermutlich vorher geholt, er hatte ihn also schon bei sich, als er im Rathaus auf Bärt traf.«

»Möglich. Darin lässt sich eine Leiche auch gut transportieren. Und während man mit einem über die Schulter geworfenen Mehlsack in der Innenstadt von Bad Langensalza normalerweise auffällt, herrscht zum Mittelalterstadtfest Ausnahmezustand. Die Rückkehr zum einfachen Leben wird in diesen zwei Tagen sklavisch zelebriert, da stößt niemandem ein Sackträger auf. Im Gegenteil, da fällst du auf, wenn du keinen dabeihast und mit Jeans und Flipflops deine Einkäufe in der Plastiktüte nach Hause trägst.«

»Gut beobachtet, Kollege«, sagte Kohlschuetter anerkennend.

»Passen Sie auf, ich könnte auf der Schleimspur ausrutschen und mir was brechen. Das geht in meinem Alter schnell«, erwiderte Bernsen betont cool.

Kohlschuetter lachte. »Nun gut. Die Tat war insoweit vorbereitet, dass der Mörder den Sack griffbereit hatte. Aber was das Teufelswerk angeht«, er hielt inne, »jemanden mit mittelalterlichen Gerätschaften zu Tode zu quälen zeugt nicht gerade von einer tadellosen Kinderstube, oder? Vielleicht wollte der Täter ja, dass das Opfer auf diese Weise gefunden wird? Die große Show sozusagen. Allein der Name des Spiels. Teufelswerk. Wenn dabei eine Leiche durch die Luft fliegt, ist das für einen Sadisten doch ganz großes Kino.«

»Mag sein, aber seine Perversionen auszuleben und bei der Entsorgung des Opfers nicht entdeckt zu werden sind immer noch zwei für den Täter als gleichermaßen bedeutsam einzuschätzende Dinge. Das ist zumindest die Meinung eines über alle Maßen erfahrenen Thüringer Polizeibeamten, der langsam ein zweites Frühstück vertragen könnte. Da fahren Sie mich jetzt sicherlich hin, oder? So viel Zeit muss sein.« Bernsen rieb sich den Bauch.

»Weit gefehlt. Ich bringe Sie zum Tierarzt«, antwortete

Kohlschuetter. »Der jährliche Check-up ist fällig. Bei der Gelegenheit würde ich auch gern Ihre Tollwutimpfung erneuern lassen, sicher ist sicher.« Er griente dreist. »Und über alles andere reden wir später. In jedem Fall bekommen Sie ab morgen ein eigenes Postfach. Wagen Sie es bloß nie wieder, eine an mich adressierte Mappe anzufassen.«

Bernsen zuckte nur mit den Schultern.

***

Kohlschuetter stellte den Wagen in einer schmalen Seitenstraße direkt gegenüber einem alten Fachwerkhaus ab. Bernsen stieg aus, lief über die angrenzende schmiedeeiserne Brücke, blieb an deren höchstem Punkt stehen und schaute hinunter in den Graben. »Was ist das denn für ein reißender Strom?«, fragte er angesichts des schmalen Rinnsals.

»Die Salza«, antwortete Kohlschuetter. »Sie stehen übrigens gerade vor einem der ältesten Fachwerkhäuser der Stadt, dem ›Haus Rosenthal‹. Es beherbergt das Thüringer Apothekenmuseum.« Er blieb ebenfalls stehen und betrachtete das weiß getünchte Haus mit dem dunkelbraunen Andreaskreuzfachwerk und dem hohen Kalksteinsockel. »Es stammt aus dem Jahr 1515.«

»Und da ist jetzt die Tierarztpraxis drin, oder was?«

»Eine Wand wäre eine bessere Gesprächspartnerin«, murmelte Kohlschuetter, drehte ab und ging auf das benachbarte Gebäude zu, neben dessen Eingangstür ein großes hellgrünes Schild mit der Aufschrift »Tierarztpraxis Dres. Annekatrin und Walter Zelski« angebracht war. Ohne weiter auf Bernsen zu achten, trat er ein.

Der Flur der Praxis, der zugleich als Wartezimmer fungierte, war nicht sonderlich groß, aber aufgrund seiner hohen Balkendecke, dem sichtbaren Fachwerk und dem großen weiß gekachelten Kamin, der noch aus dem 19. Jahrhundert stammte, sehr repräsentativ. Er war bis auf den letzten Platz mit einem halben Dutzend Hunden unterschiedlichster Rassen, vier Katzen in entsprechenden Transportboxen und einem Huhn in einem Wäschekorb sowie den dazugehörigen Menschen besetzt. Kohlschuetter grüßte freundlich und bahnte sich einen Weg zu dem großen weißen Empfangstresen, an dem eine blonde Frau hinter einem Computer saß. Er hatte ihn gerade erreicht, als die Tür erneut aufging und ein zügelloses Gebell einsetzte, das sein Trommelfell fast zum Platzen brachte. Ohne sich umdrehen zu müssen, wusste er, dass dies nur an Bernsens Eintreffen liegen konnte. Das geschieht dir recht, du Hundeflüsterer, dachte er und feixte innerlich.

»Was ist denn hier los? Das fehlt mir gerade noch. Dr. Dolittle lässt grüßen«, moserte Bernsen laut und stakste zu Kohlschuetter hinüber.

Das Huhn begann aufgeregt zu gackern.

Bernsen drehte sich zu ihm um und blaffte: »Ruhe, sonst Frikassee.«

Die stolze Hennenbesitzerin wurde rot vor Wut. »Was fällt Ihnen ein, so mit meiner Gertrude zu sprechen«, keifte sie. »Hühner sind ganz sensible Tiere, die merken genau, mit welcher Sorte Mensch sie es zu tun haben.«

Ein paar der anderen wartenden Tierbesitzer nickten zustimmend.

Bernsen stieß seine Schulter gegen die von Kohlschuetter und flüsterte: »Leute, die Tieren Namen geben, haben meistens einen an der Waffel. Wer geht schon mit einem Huhn zum Tierarzt?«

»Bernd Bernsen«, erwiderte Kohlschuetter hämisch. Er registrierte befriedigt, dass der Mund seines Kollegen bei der Erwähnung des Pudelnamens beleidigt zuklappte, wandte sich der Praxismitarbeiterin zu, stellte sich leise vor und bat darum, mit Nele sprechen zu dürfen.

Die Dame wurde blass um die Nase, stand auf und verschwand in einem der Nebenräume. Kurz darauf kam sie mit einem jungen Mädchen zurück, dem man die Verstörung ansehen konnte. Nele sagte kein Wort und führte Bernsen und Kohlschuetter in ein leeres Behandlungszimmer.

»Nele, du weißt sicherlich, dass ein Mitarbeiter des Ordnungsamtes, René Bärt, tot aufgefunden wurde«, begann Kohlschuetter vorsichtig. Er wollte das junge Ding, das ganz offensichtlich komplett unter Schock stand, nicht noch mehr verunsichern. »Wir ermitteln in diesem Fall.«

Nele biss sich auf die Unterlippe, die unaufhörlich zitterte. Ihre Augen füllten sich mit Tränen. Sie hob und senkte den Kopf. »Die ganze Stadt spricht davon«, sagte sie mit aufgeregter Fistelstimme.

»Du warst mit ihm befreundet?«, wollte Kohlschuetter wissen. Das Mädchen tat ihm leid.

»Mit dem? Nee. Mit dem war keiner befreundet«, antwortete Nele erstaunlich schnell und mit auffallender Entschiedenheit. »Der war, der war …«

»Ein Arschloch«, ergänzte Bernsen, wobei er intensiv die Beschaffenheit des Behandlungstisches in Augenschein nahm, die dazugehörige Fernbedienung erspähte und wie wild deren Knöpfe drückte.

Sie nickte.

»Wie gut kanntest du ihn?«, hakte Kohlschuetter nach. »Kannst du uns etwas über ihn erzählen?«

»Ich weiß nichts. Er war bei der Stadt, genau wie Michelle. Durch sie habe ich ihn kennengelernt. Am Anfang war das witzig, er schien ganz nett zu sein, aber irgendwann wurde er immer unmöglicher«, antwortete sie, wobei sie mit den Augen starr das graue Linoleum des Fußbodens fixierte.

»Hat er auf der Toilette geraucht? Alten Omas im Bus keinen Platz angeboten? Euch mit Papierkügelchen beworfen?«, mischte sich Bernsen ein. Kohlschuetter sah aus dem Augenwinkel, wie der Behandlungstisch bis auf Hüfthöhe nach oben fuhr und damit bei seiner maximalen Höhe angelangt zu sein schien. Bernsen jedoch drückte wie wild weiter auf den Knöpfen der Fernbedienung herum, was ein

Brummen des Gerätes, aber keine weitere Positionsveränderung hervorrief.

Nele riss den Kopf nach oben. Ihr Gesicht glühte. »Er war arrogant und hat uns alle wie Kinder behandelt. Sogar Theudi, also Werner Blarns, obwohl der viel klüger ist als René und auch noch älter«, entgegnete sie trotzig.

»Und Michelle, mochte sie ihn?«, fragte Kohlschuetter. Theudi musste die Abkürzung von Theudebert sein. Er erinnerte sich, dass Rosi Granitz ihren Mitarbeiter so vorgestellt hatte. So ein Alias schien ja in der Mittelalterszene nicht ungewöhnlich zu sein.

Nele schnaufte. »Anfangs ja, sehr sogar.« Sie flüsterte: »Sie war sogar ganz schön verliebt in ihn. Aber irgendwann hat sie gesagt, er sei ein Idiot, und danach war er Luft für sie.«

»Und René? War er auch an Michelle interessiert?«

Sie schüttelte heftig den Kopf. »Der war sich selbst genug.«

Kohlschuetter überlegte einen Moment, ob er dem Mädchen von seinem Vergewaltigungsverdacht erzählen sollte. Er entschied sich dafür. »Michelle und du, ihr wart schon lange befreundet, oder?«

Sie bestätigte das.

»Ihr habt euch vertraut, euch alles erzählt, oder?«

»Ich denke schon«, antwortete sie zögernd.

»Und du würdest es auch uns erzählen, wenn du etwas wüsstest, zum Beispiel von einem Streit zwischen den beiden oder, sagen wir mal, von einem tätlichen Übergriff von René auf Michelle?«

»Vergewaltigung«, warf Bernsen ein.

Nele schaute erst Bernsen und dann Kohlschuetter mit großen Augen an. Sie wischte sich mit dem Handrücken ein paar Tränen von der Wange. »Ich weiß aber nichts«, hauchte sie.

Just in diesem Moment ging die Tür auf, und eine sehnige Frau mit strengem Aussehen betrat den Raum, gefolgt von der Hühnerhalterin nebst Federvieh. Sie stoppte, grüßte kurz, erklärte, sie würden in das andere Behandlungszimmer gehen, nickte Nele aufmunternd zu und verschwand wieder.

»Frau Zelski, meine Chefin«, erklärte Nele sichtlich gefasster. »Gertrude hat einen Fuchsangriff überlebt und kommt zur Wundkontrolle.«

Bernsen holte tief Luft. »Frikassee, Suppe, mit Mozzarella überbackenes Filet, Brathühnchen ...« Sein Daumen ruhte noch immer auf dem Knopf der Fernbedienung. Die Hebevorrichtung brummte unaufhörlich.

Nele machte einen verwirrten Eindruck, den Kohlschuetter auf Bernsens unmögliches Benehmen zurückführte. Er ärgerte sich über dessen kindische Anwandlungen. »Hast du René im Laufe der vergangenen Woche noch einmal gesehen?«

Sie verneinte.

»Und Michelle?«

»Wir waren jeden Tag zusammen«, antwortete sie mit kratziger Stimme.

»Du warst am Freitag mit Michelle im Schlösschenpark. Wer war an dem Abend noch dabei?«

»Na, Theudi, also Werner, Josef und Thilo. Wir treffen uns jeden Freitag. Michelle hat uns allen eine Pizza spendiert, auf ihr Zeugnis.« Nele biss sich auf die Unterlippe, bis sie weiß wurde.

Kohlschuetter überlegte. Von den beiden Jungs hatte er noch nichts gehört. »Josef und Thilo?«, hakte er nach.

Sie nickte. »Wir sind eine Clique. Seit Michelle ihre Ausbildung angefangen hat, sind wir mit den Jungs befreundet. Josef und Thilo sind aber manchmal auch nicht dabei. Sie sind häufig unterwegs, wegen den Pflanzen. Weiterbildung und so. Die nehmen ihren Job echt ernst.«

»Welchen Job?«, wollte Kohlschuetter wissen.

»Sie sind Stadtgärtner.«

Kohlschuetter zückte sein rotes Notizbuch und ließ sich von Nele die vollständigen Namen und Adressen der beiden diktieren.

»War irgendetwas an dem Abend anders als sonst? War Michelle anders?«, erkundigte sich Bernsen mit einer für ihn erstaunlichen Milde.

»Nein, nichts. Sie war wie immer. Die Jungs haben herumgealbert.« Sie schluchzte. »Wir haben die Pizzen nicht aufessen können. Theudi hat die Reste mit nach Hause genommen. Er hat immer Hunger.« Ein verkrampftes Lächeln umspielte ihren Mund.

»Am Samstag hast du Michelle dann das letzte Mal gesehen?« Kohlschuetter brannte darauf, herauszubekommen, was Michelle Silbermann nur wenige Stunden vor René Bärts Ermordung in den Selbstmord getrieben hatte. Er war sich sicher, dass es mit René Bärt zu tun hatte. Und Nele konnte ihm helfen, das spürte er.

»Nein. Wir waren am Nachmittag verabredet, aber sie ist nicht gekommen. Wir wollten auf den Markt, zu den Seifensiedern. Michelle mochte die unterschiedlichen Gerüche so gern. Ich habe am Töpfermarkt auf sie gewartet. Ich konnte nicht wissen, dass sie da schon tot war.« Neles Stimme überschlug sich. »Sie war meine einzige richtige Freundin.«

»Nele, das tut mir sehr leid.« Kohlschuetter spürte, dass Nele das Bedürfnis hatte, ihnen ihr Herz auszuschütten. Er wollte sie nicht unterbrechen oder sie unter Druck setzen. Sie würde reden, wenn er ihr nur etwas Zeit gab. Mit ruhigen Augen schaute er das Mädchen an. Dabei stieg ihm ein stechender Geruch nach Verbranntem in die Nase.

»Bei den Silbermanns, ich war bei den Silbermanns und wollte sie fragen, warum sie nicht aufgetaucht war.« Sie schnappte nach Luft. »Der Notarztwagen stand vor der Tür. Ich konnte ihre rosa Turnschuhe sehen.« Nele wirkte nun gänzlich apathisch. »Ab da weiß ich nichts mehr. Am Sonntag bin ich gegen Mittag zu Hause in meinem Bett aufgewacht. Angeblich haben die mir eine Beruhigungsspritze gegeben.«

»Und da hast du dir nicht freigenommen oder dich krankschreiben lassen?«, fragte Bernsen, der zu Kohlschuetters Entsetzen nebenbei hektisch versuchte, die Hebe- und Senkautomatik des Behandlungstisches wieder in Betrieb zu nehmen. Die Tischplatte stand fest, und vom Motor stiegen kleine schwarze Rauchwolken auf. Als Kohlschuetter ihm eindeutige Zeichen gab, legte Bernsen die Fernbedienung behutsam auf der silbrig glänzenden Tischplatte ab, entfernte sich zwei Schritte und verfolgte die Befragung mit verschränkten Armen.

»Ich bin gern hier in der Praxis. Mir fällt sonst die Decke auf den Topf, und Tiere können einen echt gut trösten«, antwortete Nele stockend.

»Und wann hast du René Bärt das letzte Mal gesehen?«, wollte Kohlschuetter wissen.

Nele schluckte. »Irgendwann. Ich weiß es nicht mehr.«

»Eins noch, kennst du einen Pier Carderra?« Kohlschuetter versuchte angestrengt, etwas an der Reaktion des Mädchens ablesen zu können.

Neles Augen huschten flink hin und her. Mit lauter Stimme stritt sie ab, einen Pier Carderra jemals gesehen zu haben. Etwas zu laut.

***

»So reagiert meine Schwiegermutter auch, wenn ich sie frage, ob sie meinen letzten Hering gegessen hat, dabei hängt ihr die Schwanzflosse noch aus dem Mund«, bemerkte Bernsen abgeklärt, als sie wieder ihre Plätze im Dienstwagen eingenommen hatten. »Apropos Hering. Da ich das zweite Frühstück verpasst habe, können wir gleich zum Mittagessen übergehen«, nuschelte er, während er die Nachrichten auf seinem Mobiltelefon checkte.

»Sie hatten also auch das Gefühl, dass sie den Carderra kannte, und zwar nicht nur durch seine jährlichen Auftritte hier in der Stadt?« Kohlschuetter startete den Motor und ließ den Wagen langsam aus der Seitenstraße rollen.

Carderra hatte seinen Wohnwagen, das wussten sie von

den Bad Langensalzaer Kollegen, nach Beendigung des Mittelalterstadtfestes auf dem Parkplatz vor dem Rosengarten abgestellt. Der war zwar für Wohnmobile nicht zugelassen, aber Carderra hatte sich nach seiner Nacht in der Untersuchungszelle geweigert, einen anderen Standplatz aufzusuchen. Die Kollegen hatten von Polizeiterror bis Staatswillkür alle möglichen Schimpfworte zu hören bekommen und waren entnervt abgezogen.

»Die Kleine weiß was. Das ist so sicher, wie die Bremer Elle 57,87 Zentimeter misst. Sie wollte uns nicht alles sagen. Womöglich hat sie Angst. Und dann Sie mit Ihrer Softietour.« Bernsen winkte ab. »War doch klar, dass da nichts bei rauskommt. Nach dem, was Claudi gefunden und mir gerade gefunkt hat, können wir Carderra jetzt gleich selbst danach fragen. Vielleicht kriegen wir diesmal mehr aus ihm raus.« Bernsen klappte die Sonnenblende herunter, öffnete den Kosmetikspiegel und prüfte eingehend seine Gesichtshaut. »Haben Sie den Eindruck, dass einen die Thüringer Luft schneller altern lässt? Ich sehe irgendwie anders aus, seitdem ich hier bin«, sagte er mit einem seltsamen Unterton in der Stimme.

»Ich habe vor allem den Eindruck, dass ich gern hören möchte, was Ihre Claudi so Wichtiges erfahren hat«, entgegnete Kohlschuetter angesäuert.

»Nicht so eilig. Ich brauche auch meine kleinen Geheimnisse«, antwortete Bernsen rätselhaft.

»Haben Sie davon nicht schon genug?«

»Was soll das denn heißen?«

»Bei Ihrem Lebenswandel.« Kohlschuetter biss sich auf die Zunge. Er hatte nicht indiskret sein wollen. Aber der Kollege wirkte in den letzten beiden Tagen tatsächlich so, als wäre er nicht ganz er selbst, und das konnte nur an seiner heimlichen Liebschaft, an Frau Marwitz, liegen. Es war ja nicht so, als könnte Kohlschuetter die Affäre nicht nachvollziehen, also abgesehen von Frau Marwitz, die war nun wirklich keine Augenweide. Wenn man so lange verheiratet war wie Bernsen, konnte das zumindest einmal vorkommen. Oder nicht? Abgesehen davon schien die Rotfeder, ohne dass Kohlschuetter sie jemals kennengelernt hätte, nicht gerade eine sanftmütige, liebevolle Ehefrau zu sein. Und optisch? Allzu viel traute er Bernsen an dieser Front nicht zu. Zu allem Überfluss hatte der ja auch noch eine Schwiegermutter, die ihn ziemlich traktieren musste, warum sonst war er am Sonntag so schnell nach Thüringen gekommen. Wegen des Falles ja wohl kaum. Dafür kannte er ihn gut genug.

»Hä?«, machte Bernsen knurrig.

»Na ja, wenn die Thüringer Luft etwas mit Ihren Falten zu tun hätte, müssten wir hier ja alle so aussehen«, wich Kohlschuetter aus. Was Claudis Entdeckung anging, so würde er noch früh genug davon erfahren, und den lieben Friedhelm darum anzubetteln, das fiel ihm nicht im Traum ein.

»Da mag was dran sein. Wobei der Thüringer an sich nicht gerade ein schöner Mensch ist. Grobschlächtig mit slawischem Einschlag, würde ich sagen«, brummte Bernsen, während er, noch immer in den Spiegel blickend, die Haut auf seinen Wangen breit zog. Unbeirrt fuhr er fort: »Ich schlafe momentan eigentlich gut. Vielleicht stimmt was mit meiner Ernährung nicht. Zu wenig Fisch vertrage ich einfach nicht. Oder es ist der Stress. Beruflicher Stress soll ja Gift für die Elastizität der Haut sein. Aber bei der Kripo zu arbeiten ist nun mal kein Pappenstiel, vor allem bei meiner Verantwortung.«

»Der grobschlächtige Slawenabkömmling will ja nicht stören, aber könnten Sie mal wieder einen Gedanken an unseren Fall verschwenden, trotz Ihres überbordenden Stresses?« Kohlschuetter fragte sich, wie er Tag für Tag diesen Schwachsinn ertragen konnte.

»Mann, so habe ich es nicht gemeint«, ruderte Bernsen zurück. »Aber schauen Sie sich doch einmal um.« Er zeigte auf einen Mann, der gerade an ihnen vorbei über die Kurpromenade lief. »Der zum Beispiel. Sein Kinn passt nicht zur Stirn, und die Nase sieht aus, als hätte er sie sich irgendwann einmal gebrochen, und keiner hat daran gedacht, sie wieder zu richten. Und die Augen erst. Haben Sie schon einmal jemanden gesehen, dessen Augen keine zwei Zentimeter voneinander entfernt sind? Meine Güte, der muss doch schielen. Und diese Wangenknochen. Wenn er den Kopf irgendwo hineinsteckt, muss er aufpassen, dass er nicht daran hängen bleibt.«

»Was Sie da beschreiben, hört sich für mich nach Quasimodo, aber nicht nach einem typischen Thüringer an. Abgesehen davon war das der Bettler Hans, wenn Sie sich mal erinnern möchten.« Kohlschuetter konnte sich das Grinsen nicht verkneifen.

»Ach.« Bernsen drehte sich nach dem Mann um, an dem sie gerade vorbeigefahren waren. »Hab ich jetzt gar nicht erkannt, ohne die Verkleidung. Aber sehen Sie, der ist aus Jena.«

»Komisch, dass in seinem Ausweis als Geburtsort Kiel eingetragen war. Bei dem Aussehen«, frotzelte Kohlschuetter. »Da sind sich die Thüringer und die Nordmänner in ihrer Physiognomie wohl sehr ähnlich, was?« Er schaute Bernsen abschätzig an.

Der wechselte sichtlich brüskiert das Thema.

Einige Minuten später – Kohlschuetter war, abgelenkt von Bernsens ständigen Diskussionen, eine Straße zu weit gefahren und hatte wenden müssen, woraufhin ihn zwei ältere Damen angehalten hatten, um ihn nach dem Weg zum Japanischen Garten zu fragen – hatten sie den Parkplatz am Rosengarten erreicht. Kohlschuetter stieg aus und ging zu dem einzigen Wohnwagen, der auf dem Gelände parkte, während Bernsen vor dem Eingang zum Garten auf- und ablief und, seinen Bewegungen nach zu urteilen, versuchte, einen Blick auf die Blütenpracht zu erhaschen. Da er die Befragung von Pier Carderra ungern allein vornehmen wollte, zumal er nicht wusste, was Bernsen dank Claudi so Tolles in petto hatte, blieb Kohlschuetter genügend Zeit, sich in aller Ruhe den Wohnwagen des Feuerartisten von außen anzusehen.

Der Anhänger mit dem Namen »Adria Astella« schien neu zu sein, in jedem Fall wirkte er tadellos gepflegt. Kohlschuetter ging mit großen Schritten eine der Längsseiten ab und schätzte das Gefährt auf gute sieben Meter Länge. Die Rollos an den Innenseiten der Fenster waren heruntergelassen, und nur die leise ruhige Musik, die aus dem Innersten des Wagens drang, verriet, dass jemand zu Hause sein musste. Kohlschuetter hörte genauer hin und erkannte die Stimme von Enya, der irischen Sängerin, für die er in seiner Jugendzeit geschwärmt hatte. Der Draufgänger und Zuschläger Carderra hörte also weichgespülten New Age Pop? Das hätte er nicht gedacht, aber man konnte nun mal nicht in die Köpfe der Menschen hineingucken. Ungeduldig winkte er Bernsen zu sich, inspizierte noch einmal kurz den vor dem Anhänger stehenden Mercedes-Geländewagen, schlenderte zur Eingangstür zurück und wartete mit dem Klopfen, bis Bernsen neben ihm stand.

»Seit wann interessieren Sie sich für Blumen?«, flüsterte er Bernsen zu, während sie darauf warteten, dass ihnen jemand öffnete.

»Ich?«, fragte Bernsen erstaunt. »Die haben ein ›Rosencafé‹ da drin, und ich habe den Aushang der Speisekarte gesucht.«

Die Tür wurde so kraftvoll aufgestoßen, dass Bernsen, der etwas zu nah herangetreten war, sie um ein Haar an den Kopf bekommen hätte. Carderra stand mit nacktem Oberkörper im Türrahmen und schaute verdrießlich auf die beiden Kommissare herab. »Was ist?«, fauchte er mit tiefem Timbre.

»Dürfen wir hereinkommen?«, fragte Kohlschuetter betont freundlich.

Carderra schien einen Moment zu überlegen, trat dann aber einen Schritt zurück, und noch ehe er die Tür komplett freigemacht hatte, war Bernsen in seinem Mobilheim verschwunden.

»Ach, na schau mal an, wen haben wir denn da?«, rief er überrascht aus.

Professor Dr. Tehrbaum alias der Bettler Hans saß am Küchentisch und grüßte die eintretenden Kommissare freundlich. Bernsen erwiderte knapp den Gruß, schritt, ohne weiter auf den Mann zu achten, mit offen zur Schau gestellter Neugier den Wagen ab, bekundete hier und da sein Interesse für die darin verbaute moderne Technik und setzte sich schließlich auf eine schicke, mit schwarzem Leder bezogene Eckbank.

»Was verdient man denn mit diesem Feuergedöns? Scheint ja nicht übel zu sein, wenn ich mir die Kiste hier so angucke«, blaffte er unhöflich. Dabei griff er sich ein Kissen, klopfte darauf herum, als ob er Betten machte, versetzte ihm mit der Handkante eine tiefe Kerbe, sodass es wie ein chinesischer Glückskeks aussah, und stellte es ordentlich wieder neben sich ab.

Carderras Gesichtsausdruck verriet, dass er die beiden Kommissare am liebsten rausgeworfen hätte. »Ich wohne hier, immer«, murrte er. »Ich arbeite hart dafür. Soll ich etwa in einem Loch hausen, weil das Ihrer Vorstellung von einem Künstlerdasein entspricht?« Er war stehen geblieben, und sein kräftiger Körper wirkte angespannt, während seine Augen eine tiefe Traurigkeit erkennen ließen.

Professor Tehrbaum ließ seinen Freund nicht aus den Augen, sagte aber kein Wort.

»Aber verehrter Herr Carderra, was denken Sie denn von uns? Wir würden Ihnen nie ein derartiges Unrecht antun, wo Sie doch ein so gutherziger, großzügiger Mensch sind. Wir gönnen Ihnen jeglichen Luxus von ganzem Herzen. Sie, der Sie für die ganze Truppe das Schmiergeld an René Bärt gezahlt haben, nur damit es all den herzigen Mittelalterfreaks gut geht. Hat Ihr Freund hier eigentlich seinen Teil selbst bezahlt, oder waren Sie ihm ebenfalls behilflich?« Bernsen lächelte Tehrbaum herausfordernd an.

Kohlschuetter horchte auf. Das war es also, was die gute Claudi herausbekommen hatte. Sollte Bernsen sich ruhig noch einmal über seine angeblichen Alleingänge beschweren.

Carderra verzog keine Miene. »Das geht der Polizei nichts an. Mein Geld ist ehrlich verdient, und ich kann damit machen, was ich will.«

»Ich habe selbstverständlich selbst bezahlt«, sagte Tehrbaum ruhig. »Ich kann es mir leisten. Pier ist ein sehr selbstloser Mensch. Er weiß, dass viele von uns zu knapsen haben. Und das Mittelalter kostet«, erklärte er.

»Selbstverständlich. Sein Mitgefühl ehrt ihn. Nicht jeder hat seine eigene Show. Für die meisten sind diese Mittelalterfeste nur ein kostspieliges Hobby«, sagte Bernsen verständnisvoll. »Was wäre wohl passiert, wenn sich die Leutchen durch solche Übeltäter wie René Bärt zurückgezogen hätten? Idealisten sind ja auch schnell verprellt, noch dazu, wenn sie feststellen, dass man nicht einmal mehr einem Ordnungsamtsmitarbeiter trauen kann, ausgenommen natürlich Rosi Granitz, die sie ja all die Jahre so hofiert hat. Ihr Mitarbeiter Blarns auch. Wenn das keine Überzeugung ist. Traurig, traurig, wenn all der Ruhm ein Ende gehabt hätte.«

Carderra schaute Bernsen unschlüssig an. »Wir sind eine Familie. Wir halten zusammen.«

»Es muss in dieser Welt schließlich noch so etwas wie Solidarität geben, auch wenn der Zweck womöglich streitbar ist«, pflichtete ihm Tehrbaum bei.

»Eben, eben, meine Herren.« Bernsen grinste zufrieden. »Und Sie, Herr Carderra, sind das Oberhaupt, oder wie heißt das im Mittelalter – König, Fürst, Papst?«

Die Männer reagierten nicht.

»Ihr Ethos in allen Ehren«, sagte Bernsen, »aber René Bärt wurde ermordet, und wir werden das Gefühl nicht los, dass Sie, Herr Carderra, etwas damit zu tun haben.«

Tehrbaum schaute entgeistert. »Jetzt bitte ich Sie aber.«

»Die komplette Blödsinn«, bemerkte Carderra erstaunlich gelassen. »Es gibt keinen Grund, mich hier noch länger festzuhalten. Meine Truppe ist ausgebucht, wir müssen eigentlich schon lange an die holländische Küste sein.«

Kohlschuetter sah an Bernsens selbstzufriedenem Gesichtsausdruck, dass der Kollege gleich noch ein weiteres Ass aus dem Ärmel ziehen würde. Und so war es auch.

»Sie könnten die Veranstaltung ja vielleicht einfach absagen, so wie Ihren Auftritt am Freitag im Harz. Was haben Sie denn zu befürchten? Abgesehen davon haben wir Sie lediglich gebeten, sich zu unserer Verfügung zu halten. In Ihrem ganz eigenen Interesse. Schließlich wollen Sie ja genau wie wir erfahren, warum sich Michelle Silbermann wirklich umgebracht hat, wo sie mit ihrem Liebsten René Bärt doch so glücklich war.« Bernsen Stimme klang bestimmt und trotzdem windelweich, so als würde er einem Kleinkind die Funktionsweise eines Dreirades erklären. Dabei zuckten seine Mundwinkel, als wollte er die Freude über das Überraschungsmoment, das ihm da soeben gelungen war, jeden Moment herausprusten.

Kohlschuetter hasste diese Seite seines Kollegen noch mehr als alles andere an ihm. Aber Bernsen hatte ganz unverkennbar etwas im Köcher, das er jetzt selbstsicher verschießen konnte. Und er traf.

»Aber Pier, wieso hast du …« Tehrbaum verstummte, als er Carderras Blick bemerkte. In den Augen des Feuerspuckers lag der blanke Hass. Seine Nasenflügel zitterten, der nackte, fein säuberlich enthaarte Brustkorb bebte unter seinen tiefen, kräftigen Atemzügen. Er zwang sich zur Zurückhaltung, doch Kohlschuetter konnte sehen, dass ihm das große Mühe bereitete.

»Michelle hatte nichts mit diesem, diesem …« Carderra rang nach Luft. »Niemals hätte sie sich so unter ihr Niveau begeben. Nie!« Das letzte Wort brüllte er.

»Sind Sie da sicher? Michelles Freundin Nele weiß etwas

anderes zu berichten.« Bernsen genoss es sichtlich, Carderras Selbstkontrolle zum Bröckeln gebracht zu haben, und er ließ nicht locker. Das bemerkte nicht nur Kohlschuetter. Tehrbaum rutschte unruhig auf seinem Stuhl hin und her.

»Was hat Nele gesagt? Was hat sie gesagt?« Carderra war außer sich. Ohne Bernsens Reaktion abzuwarten, schrie er: »Das hat sie nie gesagt. Nie! Es ist eine Lüge! Nele würde nie lügen!« Seinen Oberkörper hatte er leicht nach vorn gebeugt, die muskulösen Arme wackelten, als wüsste er nicht, wo er sie hintun sollte, und seine Augen waren herausgetreten, als hätte er die Basedowsche Krankheit. Pier Carderras wunder Punkt war getroffen, das konnte man deutlich spüren.

»Sie hat gesagt, dass Michelle in René Bärt verliebt war«, sagte Bernsen, die Bedrängnis Carderras merklich auskostend. »Da hat die liebe Michelle den guten Pier wohl betrogen, was?«

Pier Carderra verharrte eine Weile in seiner Bewegung, als könnte er nicht glauben, was er da soeben gehört hatte. Schließlich lachte er gequält auf. »Ihr Idioten, was wisst ihr denn schon«, murmelte er wie zu sich selbst, ging zum Kühlschrank, nahm sich ein Bier und trank es in wenigen Schlucken aus. Die leere Flasche landete unter lautem Scheppern in dem blitzblanken Spülbecken. Er schaute Bernsen und Kohlschuetter provozierend an. Seine Selbstsicherheit war zurückgekehrt. »Ich hatte kein Verhältnis mit Michelle. Ich kenne sie seit zwei Jahren, und wir waren gute Freunde. Aber das habe ich Ihnen«, ein gehässiger Blick traf Kohlschuetter, »alles bereits am Sonntag erzählt. Und was der Show am Freitag angeht, ja, der habe ich abgesagt, meine Leute und ich sind schon Freitagabend hier eingetroffen. Zu Michelle hatte ich aber trotzdem keinen Kontakt.«

Carderra hockte sich auf einen der edlen Küchenunterschränke, ließ die Beine baumeln und bohrte demonstrativ in der Nase. »Wenn ich sie am Freitag getroffen hätte, wäre sie noch am Leben«, sagte er ruhig.

Kohlschuetter blickte ihn erstaunt an. »Wie meinen Sie das?«

»Vergessen Sie es!«, fauchte Carderra wild.

»Wir vergessen hier überhaupt nichts«, blaffte Bernsen. »René Bärt wurde höchstwahrscheinlich am Donnerstag kastriert und Samstagnacht zu Tode gefoltert. Wenige Stunden zuvor starb Michelle Silbermann durch ihre eigene Hand. Die Vorfälle haben etwas miteinander zu tun, das ist so sicher wie das Amen in der Kirche, und Sie beide sagen uns jetzt, was!« Sein Kopf leuchtete dunkelrot, so wütend war er. »Oder soll ich es Ihnen sagen?«

Carderra schaute mit unverhohlener Arroganz auf Bernsen herab.

»Was war schlimmer, Herr Carderra, dass Bärt Sie und Ihre feine Familie«, Bernsen rümpfte bei den letzten beiden Worten auffällig die Nase, »drangsaliert und um viertausend Euro leichter gemacht oder dass er sich an Ihrer kleinen Michelle vergriffen hat? Leute wie Sie begleichen Gleiches mit Gleichem, oder? Das ist doch Teil Ihrer kranken Welt. Dabei will ich Ihnen ja nicht einmal unterstellen, dass Sie dem armen Kerl als Strafe für Michelles Vergewaltigung selbst die Eier abgeschnitten haben. Zu dieser Zeit waren Sie ja noch im Harz, wie uns der dortige Veranstalter glaubhaft versicherte. Aber Sie haben unter Ihresgleichen genug Vasallen, die Ihnen alle äußerst gewogen sind, zumal der gute Pier für alle gelöhnt und Gott weiß was auf sich genommen hat. Da wird sich schon der eine oder andere für die Drecksarbeit gefunden haben, nicht wahr?«

»Kastriert?«, fragte Tehrbaum schockiert nach. Er war blass geworden. »Aber wieso, wer?« Er schaute in Richtung Carderra. »Gefoltert auch noch. Und Michelle vergewaltigt?«

»Von einem Profi kastriert, um das mal noch zu ergänzen«, sagte Bernsen, wobei er Tehrbaum mit seinem Blick fixierte.

Carderras Miene war wie eingefroren. »Sauber. Das nenne

ich mal eine anständige Abrechnung. Dem, der das gemacht hat, gebe ich ein Bier aus«, sagte er mit übertrieben zur Schau gestellter Selbstsicherheit.

Kohlschuetter wollte gerade zu einer Erwiderung ansetzen, als jemand ohne anzuklopfen die Tür aufriss. »Pier«, ertönte ein fast schon klagender Ruf. Erschrocken fuhr Kohlschuetter herum. Zu spät. Die Tür war, bevor er den Besucher sehen konnte, mit voller Wucht wieder ins Schloss zurückgefallen.

»Na, sieh mal einer an«, rief Bernsen, der vom Sofa aufgesprungen war und sich nun breitbeinig vor Carderra positionierte. »Jetzt würde mich aber mal interessieren, was Michelles Vater gerade hier wollte? Und bloß keine Märchen, Carderra, das sage ich Ihnen. Meine Geduld ist am Ende.«

Kohlschuetter schaute Bernsen neugierig an. Der nickte fast unmerklich.

»Keine Ahnung«, sagte Carderra gleichgültig. »Wer soll das gewesen sein?«

»Jetzt halten Sie uns mal hier nicht zum Narren. Sie haben ihn genau gesehen. Der Mann hat Sie geduzt, das war eindeutig, und das würde er wohl kaum tun, wenn Sie sich nicht kennen würden. Abgesehen davon, dass er hier hereinspazieren wollte, als gehörte die Karre ihm und nicht Ihnen. Sie haben uns einiges zu erklären, Herr Carderra.«

»Einen Scheißdreck habe ich«, erwiderte Carderra rotzig. »Sie können mir gar nichts. Das ist mein Reich, hier kann jeder ein- und ausgehen, wie es ihm beliebt. Der Tür steht immer offen.«

Tehrbaum saß betroffen auf seinem Stuhl und sagte kein Wort.

»Na, dann schau ich mir die Hütte mal näher an«, keifte Bernsen. »Wir werden schon etwas finden, Carderra.« Er machte zwei schnelle Schritte auf einen Paravent zu, der den Wohn- vom Schlafbereich trennte, stieß mit Schmackes dagegen, dass dieser in der Ecke landete, und stürzte auf das etwa zwei Meter breite Bett am Ende des Wagens zu.

Ohne erkennbaren Grund blieb er gleich darauf wie angewurzelt stehen und rührte sich keinen Millimeter mehr. Kohlschuetter, der schon befürchtete, dass Bernsen sich jeden Moment an sein Herz greifen und zusammenbrechen würde, anders konnte er sich dieses Verhalten nicht erklären, war mit einem Satz bei ihm.

Bernsen fasste ihn am Unterarm, zeigte zögerlich auf eine kleine Vase, die auf Carderras verchromtem Nachtschrank stand, und hauchte: »Veilchen. Die Wahrheit liegt in den Veilchen.«

NEUN

»Sind Sie jetzt total wahnsinnig geworden?«, fauchte Kohlschuetter, während er in den Dienstwagen einstieg.

»Meine Güte. Ich bin ausgerutscht und gegen diesen blöden Paravent gestoßen. Wer stellt auch so einen Kram mitten in einen Wohnwagen. Da kann man doch nur dagegenlaufen. Mir ist ja glücklicherweise nichts passiert.« Bernsen tat unschuldig, wühlte im Handschuhfach nach einem Kaugummi, fand ihn und kaute zufrieden. Gut, er hatte es etwas übertrieben. Aber Carderra war eine harte Nuss. Nur diese Veilchen, die hatten ihn aus dem Konzept gebracht, das musste er zugeben. Kohlschuetter hatte die Situation gerettet und die Befragung fortgeführt, bis er wieder Herr seiner selbst gewesen war. Ein klasse Teamspiel, das musste er schon sagen. Was die Erkenntnisse anging, war das Ergebnis auch nicht schlecht.

Pier Carderra hatte in mehrfacher Hinsicht die Unwahrheit gesagt und es ihnen gegenüber auch zugeben müssen. Zum einen hatte er für alle seine Freunde gelöhnt. Eine überaus großzügige Geste. Doch wenn seine Unterstützung für die Mittelalterleutchen auch freiwillig war, sie hatte nicht dazu beigetragen, seinen Hass auf Bärt zu schmälern. Im Gegenteil. Carderra fühlte sich für alle verantwortlich. Dieser Mittelalterblödsinn war sein Leben, die bunt zusammengewürfelte Truppe seine Familie. Und Michelle gehörte ebenfalls dazu. Er hatte das Mädchen sehr gemocht, das war nicht zu übersehen. Wenn sich Kohlschuetters Theorie von der Vergewaltigung bewahrheitete, war ihm zuzutrauen, dass er sie rächen wollte. Ihre Vergewaltigung oder ihren Tod? Möglich war beides. Nur kastriert hatte er Bärt nicht, das ging zeitlich nicht zusammen. Seine verfrühte Ankunft in Bad Langensalza war mit Sicherheit kein Zufall gewesen. Angeblich hatte er sich für den Auftritt am Freitag nicht fit genug gefühlt. Dass das Blödsinn war, hatte ihm Bernsen an der Nasenspitze ablesen können. Carderra war vertraglich gebunden gewesen, sein Nichterscheinen würde ihn definitiv eine Vertragsstrafe kosten. Warum hatte er das auf sich genommen und war nach Bad Langensalza gefahren? Um sich dort im Wohnwagen auszuruhen, bestimmt nicht. Das hätte er auch im Harz tun können.

Was sie nun außerdem wussten, war, dass der Bettler Hans von alldem sicher nichts mitbekommen hatte. Carderra hatte gelogen, dass sich die Balken bogen, den Freund aber nicht eingeweiht. Carderras Reaktion, als sie ihm die Sache mit der Kastration und der Folter aufgetischt hatten, sprach Bände. Die Schadenfreude hatte ihm im Gesicht gestanden. Eiskalte Freude, gepaart mit einer Selbstsicherheit, die Bernsen fast zum Platzen gebracht hatte. Der Typ war sich seiner Sache sicher, das spürte er genau. Hans, der Bettler, hingegen schien da in etwas hineingeraten zu sein. Dass Bernsen ihn für den Schweineschneider hielt, war ihm schnell klar geworden. Was das betraf, könnte Bernsen sich geirrt haben. Tehrbaums angebliches Alibi, der Nachtdienst im Klinikum Jena, würde noch zu überprüfen sein, aber wehe ihm, wenn es daran nur einen Millimeter zu rütteln gab.

Und schließlich die Veilchen, diese vermaledeiten Veilchen. Angeblich hatte ein Fan von Carderra sie an die Tür des Wohnwagens gesteckt. Alle Wetter, was für eine läppische Ausrede. Bernsen hatte schon so einige Verdächtige erlebt, die, von ihrem schauspielerischen Talent beseelt, meinten, sie könnten die Polizei über den Nuckel ziehen. Aber an irgendeinem Punkt übertrieben sie alle, oder sie verquatschten sich. Pier Carderra war abgebrüht genug. Aber auch ihn würde er knacken. Und Hans, der war Beifang. Warum hatte er sich als seriöser Mediziner auch mit diesen Mittelalterspinnern eingelassen? Ein Friedhelm Bernsen brachte alle zum Reden. Es war nur eine Frage der Zeit. Und davon hatte er genug.

»Wann begreifen Sie endlich, dass wir für derartige Aktionen einen Durchsuchungsbeschluss brauchen?«, moserte Kohlschuetter, während er sich mit zackigen, seinen Unmut verratenden Bewegungen anschnallte.

»Sehen Sie, und darum kümmere ich mich jetzt, genau wie um die Überprüfung des Alibis von unserem Bettler.« Bernsen wählte Claudis Nummer. Sie nahm sofort ab und bekam kurze, aber äußerst präzise Anweisungen. »Wir brauchen eine eigene Sekretärin«, sagte er, nachdem er aufgelegt hatte.

»Immer die gleiche Leier«, entgegnete Kohlschuetter. »Wann haben Sie Claudi eigentlich den Auftrag gegeben, Carderras Konten zu checken?«

Bernsen zuckte mit den Schultern. »Wir stehen in engem Kontakt. Wer soll denn die Hilfsdienste sonst machen? Die von Bettler Hans habe ich sie auch prüfen lassen. Aber da gab es nichts Auffälliges. Außer dass er nicht betteln muss.« Bernsen lachte auf. »Bei Carderra hatte ich ehrlich gesagt nicht erwartet, etwas zu finden. Aber diese Barabhebung war einfach nur zu schön. Und bei René Bärt gab es nichts, was wir nicht schon wissen. Er war äußerst gewissenhaft mit seinen Geldgeschäften, alles korrekt abgeheftet.«

»Schön, dass Sie auch ohne mich zurechtkommen. Also mit Claudi allein«, meinte Kohlschuetter mit leicht pikiertem Unterton.

Tja, wer einem Friedhelm Bernsen das Feld streitig machen will, muss eben früher aufstehen, dachte Bernsen. Laut sagte er: »Carderra hat gelogen, und er kennt den Vater von Michelle. Der ist fast zur Salzsäule erstarrt, als er uns gesehen hat. Meine Güte, so schlecht sehe ich nun auch wieder nicht aus. Im Gegensatz zu Ihnen.« Er klappte die Sonnenblende herunter und richtete betont angestrengt seine blonde, strohige Mähne.

Kohlschuetter gab Gas und sauste vom Parkplatz hinunter. »Da wird uns Herr Silbermann so einiges erklären müssen.«

Wenige Minuten später standen Bernsen und Kohlschuetter im Wohnzimmer der Silbermanns.

»Das kann nicht sein. Da müssen Sie sich irren. Mein Mann hat ein Allerweltsgesicht. Ich bin mir sicher. Er war die ganze Zeit bei mir. Wir müssen auch gleich wieder zur Thiemsburg raus, in unser Restaurant.« Die Worte sprudelten nur so aus Frau Silbermann heraus, während sie fahrig durch den Raum lief, hier und da ein Blatt einer Grünpflanze abzupfte, ein aufgeschlagenes Buch zuklappte oder ein Deckchen auf einem Beistelltisch neu drapierte. »Es ist unmöglich. Absolut unmöglich.«

»Frau Silbermann, was verschweigen Sie uns?«, fragte Bernsen laut und mit ernster Stimme. Die Frau log, um ihren Mann zu schützen, das war nicht zu übersehen. Aber warum? »Das hier ist eine Mordermittlung, und wir werden den Eindruck nicht los, dass Sie sie mit aller Gewalt behindern wollen.«

»Nein, nein«, rief Frau Silbermann immer wieder vehement und unterstrich ihre Aussage mit schnellen Kopfbewegungen, die ihre langen Haare wie wild hin und her fliegen ließen. »Michelle, meine Tochter, ist tot. Warum lassen Sie mich nicht in Ruhe?«

»Wo ist Ihr Mann?«, fragte Bernsen noch energischer.

Sie schluckte. »Ihm war nicht gut. Er hat sich hingelegt. Er hat das Haus nicht verlassen, nicht eine Minute. Ich schwöre es Ihnen.« Sie klang verzweifelt und wütend zugleich. Sie stampfte mit den Füßen auf, heulte, schmiss sich auf das Sofa, sprang wieder auf und setzte ihre Runde durch das Zimmer fort.

»Schatz, bitte hör auf.« Ohne dass ihn jemand bemerkt hatte, war Andreas Silbermann zur Tür hereingekommen. »Es hat doch keinen Zweck.«

Langsam ging er zu seiner Frau hinüber. Sie blieb stehen, schaute ihn an. Er fasste nach ihren Haaren, wollte sie streicheln. Sie wandte sich ab, schrie und trommelte mit ihren Fäusten gegen seine Brust. Irgendwann bekam er ihre

Handgelenke zu fassen, zog sie fest an sich und nahm sie in den Arm. Sie weinte leise an seiner Schulter.

Kaum hörbar begann er zu erzählen. »Michelle ist unser einziges Kind. Wir haben es noch viele Male versucht, aber meine Frau hatte nur Fehlgeburten. Sie müssen sie verstehen, für sie ist das alles zu viel.« Seine Stimme schien zu versagen. Er räusperte sich. »Pier ist mein Sohn. Ich hatte vor unserer Ehe eine kurze Affäre mit seiner Mutter. Sie hat später geheiratet, Carderra, einen Fleischermeister. Der hat ihn adoptiert. Wir hatten lange keinen Kontakt. Vor einigen Jahren ist er plötzlich aufgetaucht und hat mich nach einer seiner Shows angesprochen. Meine Frau und ich waren zufällig dort, doch er wusste genau, wer ich bin. Er muss mich wohl lange gesucht haben.«

Frau Silbermann schien förmlich in den Armen ihres Mannes zu versinken, während er sprach.

»Meine Frau wollte zuerst nicht, dass Michelle es erfährt. Doch irgendwann haben wir es ihr gesagt, und die beiden haben sich sehr gut verstanden. Ich glaube sogar, sie liebten sich wie richtige Geschwister.« Tränen liefen über seine Wangen. »Zumindest schrieben sie sich immer Nachrichten, telefonierten.«

»Ihm hat sie mehr vertraut als uns«, wisperte Frau Silbermann leise. Ihre Enttäuschung war nicht zu überhören.

Andreas Silbermann löste sich aus der Umklammerung seiner Frau, umfasste ihre Oberarme und schaute sie ernst an. »Pier ist mein Sohn. Er war Michelles Halbbruder. Wir sollten froh sein, dass …«

Sie riss sich los und rannte aus dem Zimmer.

»Pier Carderra ist der Meinung, wenn er am Freitag hier gewesen wäre, würde Michelle noch leben. Wissen Sie, wie er das meint? Kennt er vielleicht die Hintergründe ihres Todes?«, fragte Kohlschuetter, nachdem Herr Silbermann nicht weiterredete.

»Er wollte sie immer beschützen. Dabei war er ja nur sehr selten hier. Jetzt macht er sich natürlich Vorwürfe. Meine

Frau … Sie haben es ja mitbekommen.« Andreas Silbermann wirkte nun wie ein alter, einsamer Mann, den das Schicksal betrogen hatte und der nicht wusste, was er mit seinem Leben noch anfangen sollte.

»Herr Silbermann, wir wissen, dass Pier Carderra von René Bärt erpresst wurde, ebenso wie alle anderen Künstler und Schausteller auf dem Mittelalterstadtfest. Es ging dabei um keine großen Summen, aber Carderra wollte sich das nicht gefallen lassen, er hat sich hinter seine Freunde und Kollegen gestellt und deren Zahlungen übernommen. Es ist möglich, dass er Michelle davon erzählt und sie damit unbewusst in Gefahr gebracht hat«, sagte Bernsen.

Herr Silbermann schaute erst ihn und danach Kohlschuetter mit weit aufgerissenen Augen an. »Mir hat niemand etwas gesagt, aber dass er Michelle eingeweiht hat, da bin ich mir sicher. Und er hat alles bezahlt, sagen Sie?«

Bernsen bestätigte das. »Wir vermuten darüber hinaus, dass René Bärt Ihre Tochter vergewaltigt haben könnte. Er wurde vor seinem Tod kastriert, vermutlich war das die Rache dafür. Gab es vielleicht irgendwelche Anzeichen? Hat Michelle Ihnen gegenüber etwas Derartiges angedeutet?«

Andreas Silbermann wurde bleich. »Nein«, hauchte er. »Mein Mädchen, ich …« Er brach den Satz ab und blickte entgeistert um sich.

Bernsen schaute auf Kohlschuetter. Der hob an: »Haben Sie Pier Carderra am Wochenende gesehen? Und wenn ja, hat er so etwas erwähnt oder auch nur angedeutet?«

Andreas Silbermann nickte, schüttelte aber gleich darauf hastig den Kopf. »Er war am Freitagabend oben bei mir auf der Thiemsburg. Da ist er gerade aus dem Harz gekommen. Meine Frau hatte schon Feierabend gemacht«, sagte er leise. »Nein, er hat nicht auch nur annähernd so etwas gesagt.«

»Wie lange war er bei Ihnen?«, wollte Bernsen wissen.

»Er ist gegen kurz nach sechs gekommen beziehungsweise von einer seiner Assistentinnen gebracht worden und nach Mitternacht mit mir runter in die Stadt gefahren. Pier fährt nicht, wenn er etwas getrunken hat. Ich habe ihn an seinem Wohnwagen abgesetzt.«

»Und Michelle?«, wollte Kohlschuetter wissen.

»Die lag schon im Bett, als ich nach Hause kam.«

»Das heißt, Michelle und Pier haben sich am Freitagabend nicht mehr gesehen«, murmelte Kohlschuetter mehr zu sich selbst.

Andreas Silbermann schaute unsicher. »Nein, wieso?«

Noch ehe Kohlschuetter darauf antworten konnte, fragte Bernsen: »Wann haben Sie Ihrem Sohn eigentlich gesagt, dass seine Schwester sich das Leben genommen hat?«

Andreas Silbermann drehte seinen Oberkörper hin und her, als müsste er sich aus einer Umklammerung befreien. Fahrig fuhr er sich immer wieder durch seine Haare. »Ich wollte es ihm am Samstagabend nach seiner Show sagen. Vorher hätte ich nicht gewusst, wie er reagiert. Pier ist … Na, Sie haben ihn ja erlebt. Er war aber nicht in seinem Wagen. Ich bin später noch einmal in die Stadt, denn ich konnte sowieso nicht schlafen, da lag er sturzbetrunken in seinem Bett. Er hat mich nicht einmal bemerkt. Am Sonntag, bevor ich zur Thiemsburg gefahren bin, war ich dann ein drittes Mal dort, aber da wusste er es schon.«

»Wann waren Sie Samstagnacht bei ihm?«, hakte Kohlschuetter nach.

Andreas Silbermann überlegte. »Das muss so um elf und gegen ein Uhr in der Nacht gewesen sein.«

Bernsen und Kohlschuetter tauschten vielsagende Blicke. »Warum waren Sie heute bei ihm am Wohnwagen?«

»Er ist das Kind, das mir geblieben ist.«

***

»Äh, guten Abend, Herr Hauptkommissar Bernsen, ich … ich … mein Name ist Schitz, Benjamin Matthias, Polizeimeister in Ausbildung, Polizeidienststelle Sömmerda. Entschuldigen Sie bitte die späte Störung. Ich habe … ich kann …«

»Hä?« Bernsen krächzte ins Telefon. Er war im Tiefschlaf gewesen und wusste nicht so richtig, wie ihm geschah. »Wer ist dort? Was ist los?«

»Schitz, Benjamin Matthias, Polizeimeister in Ausbildung, Polizeidienststelle Sömmerda«, wiederholte der junge Mann aufgeregt.

»Mein Gott, was für ein Name«, meinte Bernsen, der so langsam realisierte, dass es weit nach Mitternacht und er soeben von einem Kollegen aus dem Bett geklingelt worden war. »Was gibt es denn so Wichtiges, Schitz, Benjamin Matthias?« Er richtete sich auf und hustete erst einmal in aller Seelenruhe seine Lungen frei.

Der Polizeimeister i. A. wartete geduldig die zweifellos unangenehmen Geräusche ab und setzte neu an: »Entschuldigen Sie bitte die Störung, aber hier steht ein …«

»Buchhändler.«

Bernsen hatte gehört, wie jemand aus dem Hintergrund dazwischenrief. »Was habe ich damit zu tun?«, fragte er genervt.

»Der Buchhändler Holk Maisel sagt, Sie seien sein Freund und er hätte eine wichtige Mitteilung zum Dreyse-Diebstahl zu machen«, erklärte Benjamin Matthias Schitz, wobei er immer aufgewühlter klang. »Ich habe seine Aussage bereits protokolliert, aber er wollte nicht gehen, ehe ich Sie darüber informiert habe. Er ist überzeugt, Sie seien der Einzige, der ihm helfen kann …«

Wieder hörte Bernsen jemanden reden. Er konnte jedoch nichts verstehen.

»Ja, richtig. Ihm und der Stadt Sömmerda, deren kulturelles Erbe unbedingt aufgefunden werden muss. Er sagt, das sei eine Frage der Verantwortung gegenüber unseren Traditionen und unserer Kultur«, sagte Schitz nun laut und deutlich.

»Da brechen einem ja die Schwanzflossen ab«, meckerte Bernsen. »Wenn Sie mich morgen früh informiert hätten, wäre das absolut ausreichend gewesen. Sie müssen noch einiges lernen, junger Freund.«

Schitz antwortete nicht. Es raschelte. Dumpfe Stimmen drangen durch das Telefon. Schließlich meldete sich der Buchhändler: »Also Friedhelm Bernsen, nichts für ungut. Es gibt mehrere Anwohner meines ›Schmökerecks‹, die zum Zeitpunkt des Einbruchs einen Wagen mit einer Böblinger Nummer und zwei schwarz gekleidete Herren gesehen haben wollen. Dasselbe Fahrzeug ist einer Kundin von mir neben dem Dreyse-Haus aufgefallen. Ich würde sagen, das ist ziemlich verdächtig, oder?« Holk Maisels Empörung sprang förmlich durch die Leitung.

»Böblingen?« Bernsen war nun hellwach und angesichts der sinnlosen Störung ziemlich mies drauf. »Was wollen die denn in Böblingen mit dem Kram? Haben die auch einen Dreyse? Ist vielleicht so wie in Weimar. Seit Jahren behaupten die, sie seien die Goethe-Stadt, dabei ist der Alte doch in Frankfurt am Main geboren.«

»Mitnichten. Böblingen ist die Partnerstadt von Sömmerda. Meines Wissens, und ich darf mich mit Fug und Recht als Dreyse-Kenner bezeichnen, war der wichtigste Sohn unserer Stadt niemals dort«, entgegnete der Buchhändler. »Ich dachte, Sie sollten das wissen. Es könnte eine bedeutende Rolle in Ihren Ermittlungen in diesem brisanten Fall spielen. Wenn die Böblinger unsere Devotionalien klauen, dann ist Vorsicht geboten. Dreyse ist nicht irgendein unwichtiger Hanswurst. Vergleichbare Persönlichkeiten hat Böblingen nicht hervorgebracht, die paar Fußballspielerinnen, du großer Gott, wen juckt das schon? Weiterhin noch eine gute Nachtruhe.«

Klack. Der Buchhändler hatte aufgelegt.

***

»Wie sehen Sie denn aus?«, fragte Kohlschuetter, als Bernsen am nächsten Morgen um kurz nach neun die Kantine der Erfurter Bereitschaftspolizei betrat. Sie hatten das am gestrigen Abend verabredet, damit Bernsen, darauf hatte er bestanden, ein anständiges Frühstück bekam. Kohlschuetter war im Gegensatz zu seinem Kollegen allerdings pünktlich um acht Uhr hier angekommen und wartete seither bei einer Tasse schwarzem Kaffee und einem Obstsalat auf Bernsens Erscheinen. Er hatte die Zeit jedoch genutzt und sich bei Claudi nach den Ergebnissen ihrer Recherche im Weimarer Staatsarchiv erkundigt.

Die Sekretärin des Chefs, die für Bernsen ohne Zweifel alles möglich machte, aber bei Kohlschuetter immer wieder mauerte, hatte ihm nur äußerst widerwillig Auskunft gegeben. Erstaunlicherweise hatte sie die Polizeiakten des damaligen Bezirkes Erfurt aber tatsächlich auftreiben können. Die Papiere waren noch dazu recht umfassend, denn just Anfang Juli 1987 hatte der damalige Bremer Bürgermeister den Staatsratsvorsitzenden Erich Honecker in Ostberlin besucht, und selbstredend waren die Sicherheitsbehörden angewiesen gewesen, sämtliche etwaigen Vorkommnisse auf dem Gebiet der DDR penibel zu dokumentieren. Entsprechend hatte sich bei den Bad Langensalza und Umgebung betreffenden Einträgen vom kleinsten Moped-Diebstahl bis zur Ruhestörung so einiges gefunden. Alles unspektakuläre kleinkriminelle Vorkommnisse sowie typische Nachbarschaftszwistigkeiten, die auch in der weitestgehend nivellierten Gesellschaft eines Arbeiter- und Bauernstaates nicht ausgeblieben waren. Nur über eine Sache war Kohlschuetter gestolpert. In Claudis Redeschwall wäre diese fast untergegangen, doch er hatte aufmerksam zugehört und ein feines Gespür für scheinbare Nebensächlichkeiten bewiesen. Es handelte sich um eine handschriftliche Aktennotiz eines Genossen Volkspolizisten über eine Anzeige, die nur mit dem Begriff »Sexuelles« umschrieben war, der aber, und das ging trotz der verschrobenen Formulierungen sehr deutlich daraus hervor, auf Anweisung nicht nachgegangen werden sollte. Die Vorfälle seien, so stand es auf dem Papier, mit dem Genossen Bürgermeister für Sicherheit zu klären.

Kohlschuetter wusste, dass damals fast jedem Ort in der

DDR einer dieser sogenannten Bürgermeister zugeteilt gewesen war, ein Stasimann, der den Auftrag hatte, die Leute zu bespitzeln, einzuschüchtern und gegebenenfalls ans Messer zu liefern. Deshalb verwunderte es ihn nicht, dass weder der Name des Täters noch der des Opfers in der Aktennotiz vermerkt worden waren. Es war schon erstaunlich genug, dass der Vopo sich damals überhaupt so weit aus dem Fenster gelehnt und diese Zeilen aufgeschrieben hatte. Womöglich war es dabei auch schlichtweg nur um eine Mitteilung für den Schichtwechsel gegangen, und es war reiner Zufall, dass dieser den Eingang in die Akten gefunden hatte.

Kohlschuetter hatte beim Stichwort »Sexuelles« zunächst an einen Übergriff durch einen Sowjetsoldaten gedacht. Er hatte einmal gehört, dass es zu DDR-Zeiten jedes Jahr zweitausend schwere Straftaten vonseiten der Rotarmisten gegeben haben sollte. In Anbetracht der konsequenten Vertuschungsstrategie hinsichtlich Problemen zwischen den Besatzern in der Kaserne in Bad Langensalza und der Staatssicherheit wäre das bei aller scheinbar gelebten Verbrüderung naheliegend gewesen. Er kam jedoch zu einem anderen Schluss, denn Claudis Zufallsfund barg noch einen weiteren, entscheidenden Anhaltspunkt: das Datum, den 2. Juli 1987.

Vier Tage, bevor Silvio Blarns mit einer frischen und erheblich vereiterten Kastrationswunde bei seinem Hausarzt vorstellig geworden war, hatte jemand, so vermutete Kohlschuetter, eine Vergewaltigung, zumindest jedoch einen sexuellen Übergriff angezeigt. Eine Anzeige von Silvio Barns wegen Körperverletzung gab es hingegen nicht. Das irritierte Kohlschuetter vor diesem Hintergrund wenig. Natürlich konnte das alles Zufall sein, aber die Indizien und vor allem die Aussage des Hausarztes a. D. der Familie Blarns wiesen auf etwas anderes hin.

Kohlschuetter hatte Claudi die Dokumente mehrfach durchsehen lassen, ehe er sich mit dem Ergebnis zufriedengab. Es bestand immer noch die Möglichkeit, dass die gesuchten Protokolle in den Wirren der Nachwendezeit abhandengekommen waren. Kohlschuetter aber ging felsenfest davon aus, dass Blarns seine Kastration schlichtweg nicht angezeigt hatte. Warum er seinerzeit darauf verzichtet hatte, darüber konnte man heute nur noch spekulieren. Die Annahme, dass er dadurch seine eigene Straftat vom 2. Juli vertuschen wollte, lag jedoch nahe. Die war nun verjährt und Silvio Blarns vor ein paar Tagen tödlich verunglückt.

Anders verhielt es sich im Fall René Bärt. Ihn hatte man nicht nur kastriert, sondern auch ermordet, und das verjährte nie.

Die fleißige Claudi hatte ganz nebenbei auch das Alibi von Professor Dr. Tehrbaum überprüft. Er hatte die Wahrheit gesagt, eine Not-OP an einem geplatzten Blinddarm am Donnerstagabend hatte seine Angaben noch unterstrichen. Damit konnte er René Bärt nicht operiert haben.

Bernsen zog geräuschvoll einen der Kantinenstühle unter dem Tisch hervor, warf sich lustlos darauf und gähnte. »Halten Sie sich bloß zurück«, sagte er warnend ob Kohlschuetters wenig freundlicher Frage. »Erst werde ich mitten in der Nacht von diesem Sömmerdaer Buchhändler aus dem Schlaf gerissen, dann verstellt die Marwitz meine Kaffeebüchse, und schließlich sind bei ›Nordsee‹ die Matjesbrötchen aus. Das kann ja nur ein Scheißtag werden.«

»Was wollten Sie denn jetzt schon bei ›Nordsee‹? Frühstück gibt es hier. Deswegen wollten Sie doch herkommen, oder nicht?« Kohlschuetter begann, die inzwischen leicht braun gewordenen Apfelstückchen in seinem Obstsalat zu essen.

»Ich hatte vergessen, dass Liese diese Woche Urlaub hat, und Sie meinen doch nicht ernsthaft, dass es hier während ihrer Abwesenheit einen anständigen Fisch zum Frühstück gibt«, entgegnete Bernsen betrübt. »Ich hatte Garnelen, Bismarck und Backfisch, ich bin bis Mittag durch.«

Kohlschuetter kaute sein Obst und berichtete von dem Gespräch mit Claudi.

Bernsen nahm alles schweigend zur Kenntnis und nickte hin und wieder mit geschlossenen Augen. Ohne auf Kohlschuetters Ausführungen einzugehen, wechselte er schließlich das Thema. »Carderras Vater hat das bestätigt, was schon unsere dreiundvierzig Zeugen ausgesagt haben: Carderra war Samstagnacht sternhagelvoll.«

»Wenn das die Wahrheit ist, kann Pier Carderra es kaum gewesen sein. Wenn nicht, will der Vater seinen Sohn schützen. Da er angeblich nichts von der Vergewaltigung seiner Tochter und auch nichts von der Erpressung der Mittelalterleutchen gewusst haben will, was ich ihm glaube, brauchte es diese Lüge aber gar nicht«, sagte Kohlschuetter.

»Mhm. Da ist was dran. Carderra bleibt dennoch verdächtig. Allerdings fällt der Hansemann als Komplize aus.«

»Er ist der einzige Arzt, der mit der Tat in Zusammenhang hätte stehen können«, ergänzte Kohlschuetter. »Kein anderer von Carderras Leuten hat eine derartige Ausbildung, zumindest habe ich heute früh auf unserer Liste nichts finden können.«

»Meine Rotfeder hat ihren blöden Köter letztes Jahr kastrieren lassen. Sie sagte, er würde damit friedfertiger, als ob der vollgefressene Kerl zu etwas anderem außer schlafen geeignet wäre. Wenn der Professor meint, dass Bärts Kastration nur von einem Profi durchgeführt worden sein kann, bestünde doch rein theoretisch ebenso die Möglichkeit, dass ein Tierarzt Hand angelegt hat.« Bernsens Stimme klang rau. Ab und zu unterdrückte er ein Aufstoßen und schmatzte zufrieden.

»Was um alles in der Welt wollen Sie jetzt mit den Veterinären?« Kohlschuetter konnte Bernsens Gedankengängen nicht folgen. Er wusste nicht, wie viele Humanmediziner in Thüringen zu einer solchen Operation fähig waren, aber eine höhere Anzahl als eins würde da schon zusammenkommen. Wenn Tehrbaum es nicht getan hatte, gab es im Umfeld des Opfers eben noch einen anderen Arzt, der ein Motiv hatte, sie waren nur noch nicht auf ihn gestoßen. Was sich hoffentlich bald ändern würde, denn abseits des Opferumfelds glich die Suche nach dem Profi der nach einer Nadel im Heuhaufen.

»Ach, nur so. In der Stadt wimmelt es von Tierärzten. Außerdem denke ich, Pier Carderra ist ein harter Hund. Er wird uns nichts sagen. Bei Nele, der Freundin von Michelle, verhält es sich jedoch ganz anders. Die hätten Sie beim ersten Mal nur richtig anpacken müssen. Aber das kriegen Sie ja nicht hin.« Bernsen nickte, wie um seine eigenen Worte zu unterstreichen. »Und wo arbeitet die gute Nele?« Er beantwortete sich die Frage selbst: »Beim Tierarzt, genau. Ein kleiner Bluff, wenn Sie verstehen. Die muss nur noch mal richtig angestochen werden, danach plappert sie von ganz allein. Sie ist doch noch ein kleines Mädchen, irgendwie. Hier sollten wir ansetzen. Also ich, Sie sind eindeutig zu sanftmütig bei so etwas.«

***

»Was ist denn nun noch?« Bernsen griff nach seinem Handy, das er nach einem kurzen Gespräch mit Professor Kalder gerade erst wieder zurück in seine Hosentasche geschoben hatte. Ohne auf das Display zu schauen, nahm er ab und blaffte hinein: »Ich bin nicht zu sprechen.«

»Schitz, Benjamin Matthias, Polizeimeister in Ausbildung, Polizeidienststelle Sömmerda«, tönte es schüchtern in sein Ohr.

Bernsen zog genervt den Mund breit. »Nee, nee, Kleiner. Jetzt nicht. Euer Dreyse kann mich mal«, schnauzte er und legte auf. »Und nun wieder zu Ihnen, junges Fräulein. Sie sind im zweiten Ausbildungsjahr Tierarzthelferin. Da schnippelt man auch schon mal an den Fellfreunden rum, also an Rüden zum Beispiel, die sich nicht anständig benehmen können«, fuhr er in gänzlich unangemessenem Ton fort.

Sofort nach Beendigung von Kohlschuetters Magerfrühstück waren sie nach Bad Langensalza aufgebrochen, um noch einmal mit Michelles Freundin Nele zu sprechen. Dieses Mal waren sie in der Tierarztpraxis von Dr. Annekatrin Zelski, Neles Chefin, in Empfang genommen wurden. Ohne ein Wort zu sagen, hatte sie Bernsen und Kohlschuetter zu der jungen Frau gebracht, die gerade damit beschäftigt gewesen war, Diätfutter in eine Glasvitrine im Behandlungszimmer 1 einzuräumen, ihr liebevoll über den Arm gestreichelt und sie mit den beiden Kommissaren allein gelassen. Bernsen, der überzeugt von seiner Idee war, das Mädchen könnte ihnen weiterhelfen, gefiel sich seitdem zusehends in der Rolle des Bad Guy und übertrieb maßlos.

»Bernsen, bitte«, mischte sich Kohlschuetter ein. »Sie sehen doch, dass Sie Nele erschrecken.« Er machte ein mitfühlendes Gesicht.

»René Bärt war bestimmt auch erschrocken, als er aufgewacht ist und ihm seine Hoden fehlten. Ich will von der jungen Dame nur wissen, ob sie vielleicht eine Ahnung hat, wo die Bömmelchen hingekommen sein könnten. Unsere Rechtsmediziner sind sich nämlich ganz sicher, dass weder die Technik noch das verwendete Material genaue Schlüsse darüber zulassen, ob hier ein Human- oder ein Tiermediziner am Werke war. Nun, da wir die hiesigen Chirurgen bereits ausschließen konnten …« Bernsen pokerte.

Nele schaute ihn entgeistert an. Sie öffnete den Mund, als wollte sie etwas sagen, brachte jedoch keinen Ton heraus. Ihre Augen füllten sich mit Tränen, die eine um die andere auf ihr weißes T-Shirt tropften.

Kohlschuetter wandte sich Nele zu und erklärte ihr einfühlsam, welches Martyrium René Bärt über sich hatte ergehen lassen müssen. Dabei vermied er es, die Kastration allzu detailliert zu beschreiben.

Nele hielt sich die Ohren zu, schloss die Augen und presste die Lippen fest aufeinander. Irgendwann sagte sie mit gebrochener Stimme: »Nein, bitte. Ich habe damit nichts zu tun. Das kann ich gar nicht. Nur Tierärzte dürfen operieren. Glauben Sie mir doch.« Sie heulte hemmungslos.

»Wie gern würden wir dir glauben«, hob Bernsen erneut an. »Aber du hast uns bezüglich Michelle und René nicht alles verraten. Auch über Pier Carderra nicht. Den kennst du gut, nicht wahr?« In seiner Stimme lag etwas Diabolisches.

Sie öffnete langsam die vom Weinen geröteten Augen, wobei sich eine dicke Träne aus ihren langen Wimpern löste und herunterfiel. »Pier ist Michelles Bruder«, flüsterte sie. »Ich habe hoch und heilig versprochen, es niemandem zu sagen. Ich gab mein Ehrenwort.«

»Siehst du, und das wissen wir nun auch schon. Aber es reicht uns noch nicht«, sagte Bernsen mit dem friedfertigen Lächeln eines Serienmörders. »Soll ich mich mal näher mit deinen beiden Chefs, Frau und Herrn Zelski, unterhalten? Die interessieren sich bestimmt dafür, dass du polizeiliche Ermittlungen behinderst. Das wirft kein gutes Licht auf ihre Praxis.« Seine Worte waren gefährlich laut und im Nachbarraum vermutlich problemlos mitzubekommen.

Nele schaute Kohlschuetter hilfesuchend an.

Der verzog keine Miene.

Schließlich begann sie zu reden. »Wir wollten am Mittwochabend ins Burgtheater, Michelle und ich.« Sie stockte. »Kino. Dort waren wir auch.« Sie sprach immer langsamer und schien sich unendlich zu quälen. »Als wir herauskamen, stand René da. Er faselte irgendetwas von Entschuldigung für sein Verhalten und wollte uns nach Hause bringen. Ich wusste nicht, was er meinte, und habe mich auch nicht weiter eingemischt. Michelle wollte erst nicht, doch er hat nicht nachgegeben. Zuerst sind wir zu mir gegangen und haben noch eine Weile auf dem Bordstein gesessen. Er war total nett und hat uns lauter witzige Geschichten erzählt. Ich musste irgendwann aber ins Bett, und Michelle war auch müde. Sie ist allein mit ihm weiter. Ich habe den beiden noch nachgeschaut, bis sie um die Ecke waren. Sie gaben so ein schönes Paar ab.« Nele atmete tief. Ihr Blick ging ins Leere.

»Nele?«, sagte Kohlschuetter weich. »Was ist noch passiert?«

Sie antwortete nicht und starrte nur vor sich hin. Irgendwann presste sie mühevoll den entscheidenden Satz heraus. »Er hat Michelle vergewaltigt.«

***

»Die Polizei ist schon wieder da. Die arme Nele. Du hättest sie sehen sollen.«

»Das sind normale Befragungen. René Bärt wurde ermordet. Die müssen das machen.«

»Ja, ich weiß. Mir tut nur das Mädchen leid. Für sie ist doch alles schon schwer genug.«

»Mir tut sie auch leid, aber wir können nichts mehr ändern.«

»Nein, das können wir wohl nicht mehr. Irgendwann ist der Zeitpunkt gekommen.« Sie weinte leise.

»Das hast du immer gewusst. Nichts ist umsonst.« Er nahm sie in den Arm und drückte sie so fest es ging an sich.

***

»Moin, Kohlschuetter.«

Kohlschuetter blickte auf. »Sind Sie aus dem Bett gefallen? Es ist noch nicht einmal halb acht.«

»Ich konnte nicht schlafen«, antwortete Bernsen zerknirscht. »Diese Sache mit der Vergewaltigung treibt mich um. Ich hasse diese Dreckschweine, also die Triebtäter. Sie wissen schon. Meinetwegen sollen sich die ganzen kranken Typen die Schädel einschlagen, aber bei Frauen und Kindern hört bei mir der Spaß auf.« Er schleppte sich förmlich zur Kaffeemaschine. »Und bei Tieren. Schlimm genug, dass manche Menschen nur auf der Welt sind, um anderen Gewalt anzutun, ob psychisch oder physisch.«

Kohlschuetter schaute seinen Kollegen erstaunt an. Da lag also Bernsens Schwachstelle. Seit sie sich kannten, machte er auf harten Hund. Er war derjenige, der ohne Rücksicht auf Verluste austeilte, die simpelsten Formen des Anstandes ignorierte, sich in den unmöglichsten Situationen über andere lustig machte, der die Vorschriften missachtete, seine Mitmenschen manipulierte oder sich, wenn es sein musste, sogar prügelte. Eine menschliche Seite, einen wunden Punkt, soweit es das bei Bernsen gab, hatte er bislang gut versteckt, jedenfalls was seine Arbeit betraf. Er schien über die komplette Klaviatur der menschlichen Kaltblütigkeiten und Brutalitäten zu verfügen und war, wie Kohlschuetter soeben beruhigt feststellen durfte, dennoch nicht über sie erhaben. »Ich hatte auch eine Scheißnacht«, sagte er und widmete sich wieder seinem Bildschirm. Seit gestern Mittag versuchte er sich am Zwischenbericht für den Chef. Dabei rang er, dem die Protokolle ansonsten leicht von der Hand gingen, um jedes Wort.

Nachdem Nele ihnen die Wahrheit gesagt hatte, waren sie noch einmal zu den Silbermanns gefahren. Die für Freitag angesetzte Beerdigung von Michelle musste verschoben werden, damit Kalder das Mädchen untersuchen konnte. Die Eltern, die bereits intensiv mit den Vorbereitungen beschäftigt gewesen waren, hatten furchtbar bestürzt reagiert. Dass Michelle von der schrecklichen Erfahrung so sehr aus der Bahn geworfen worden war, dass sie keinen anderen Ausweg mehr wusste, als sich das Leben zu nehmen, hatte niemand aussprechen müssen, so greifbar hatte diese Erkenntnis in den Gesichtern aller Beteiligten gestanden. Vor allem bei Carderra, den Bernsen und Kohlschuetter ebenfalls im Hause der Silbermanns angetroffen hatten. Im Gegensatz zu den Eltern – Frau Silbermann hatte einen Nervenzusammenbruch erlitten und musste mit dem Notarztwagen ins Krankenhaus gebracht werden – schien die Nachricht ihn jedoch nicht sonderlich zu überraschen, und auf Drängen seines Vaters hatte er schließlich zugegeben, dass Michelles Missbrauch der Grund gewesen war, warum er seine Zelte im Harz frühzeitig abgebrochen hatte und nach Bad Langensalza gekommen war.

Michelle, die gegenüber ihren Eltern kein Sterbenswörtchen über das, was ihr geschehen war, verloren hatte, war ihrem Bruder und ihrer Freundin gegenüber sehr offen gewesen. Sie hatte Carderra noch in derselben Nacht davon erzählt und ihm versichert, gleich am Morgen zur Polizei zu gehen. Am Telefon hatte sie einen gefassten Eindruck gemacht, weshalb Carderra sich erst richtig zu sorgen begann, als er am Folgetag nichts von ihr hörte und sie auch nicht erreichen konnte. So hatte er kurzerhand die Formalitäten mit dem Veranstalter geklärt und war nach Bad Langensalza gefahren. Bei seiner Ankunft erfuhr er von seinem Vater, dass Michelle wie jeden Freitag mit ihren Freunden Pizza essen gegangen war, sah sie mit den anderen im Schlösschenpark sitzen und war beruhigt. Später hatte sie ihm eine SMS geschrieben und das Treffen für Samstagnachmittag vereinbart. Die kurze Nachricht, so Carderra, war von Herzchensymbolen umrahmt gewesen, die sie entgegen ihrer sonstigen Gewohnheit ausschweifend verwendet hatte und die er im Nachhinein als einen Abschiedsgruß interpretierte.

Der ansonsten so toughe Pier machte sich schwere Vorwürfe, dass er nicht darauf bestanden hatte, seine Schwester am Freitag noch zu sehen. Er hatte, und das konnte er den beiden Kommissaren glaubhaft vermitteln, erst durch Kohlschuetter und Bernsen von Bärts Kastration erfahren. Dass er ihn umgebracht hatte, konnten sie angesichts dieses erdrückenden Motivs allerdings immer noch nicht vollständig ausschließen. Die Aussage seiner Freunde und vor allem seines Vaters, er habe sich in der Mordnacht betrunken in seinen Wohnwagen zurückgezogen, stand nach wie vor im Raum, aber ob sie haltbar war, daran hatte vor allem Bernsen lautstark gezweifelt.

Kohlschuetter konnte ihm nicht einmal widersprechen, es war denkbar, dass jemand einen Rausch nur vorspielte, um nicht als Täter in Frage zu kommen. Andreas Silbermann hatte seinen Sohn gegen eins aufgesucht und war gleich wieder gegangen. René Bärt, der zwischen ein und drei Uhr gestorben war, könnte um diese Zeit bereits auf der Streckbank gelegen und angstvoll die Rückkehr seines Peinigers erwartet haben. Unter Tränen hatte Andreas Silbermann geschworen, dass Pier unmöglich noch fähig gewesen sein konnte, zum Rathaus zu gehen und einen Menschen zu Tode zu foltern, aber das nützte den Kommissaren wenig. Pier Carderra war während der Tatzeit allein im Wohnwagen gewesen, und ihre Zweifel blieben.

Was Michelles Vater anging, so waren sich Bernsen und Kohlschuetter ausnahmsweise einmal einig gewesen, dass der gebrochene Mann, der da gestern vor ihnen gesessen hatte, alles, aber kein Mörder war.

Nun waren Kalder und Susi am Zug. Um den Vergewaltigungsvorwurf zu bestätigen, würde es ausreichen, Verletzungen im Genitalbereich nachzuweisen. Da die Tat aber einige Tage vor Michelles Tod geschehen war, könnten etwaige Beweise für Bärts Täterschaft bereits verschwunden sein. Michelles Kleidung vom Mittwochabend hatte sich glücklicherweise noch im Wäschekorb befunden. Bernsen und Kohlschuetter hatten die Beweismittel noch am Nachmittag bei Susis Kollegen im Labor abgegeben.

»Wieso hat dieser Carderra uns auch nichts von der Vergewaltigung seiner Schwester erzählt?«, murrte Kohlschuetter vor sich hin, während er die bisherigen Aussagen des Feuerschluckers protokollierte.

»Um sein Mordmotiv noch erdrückender zu machen? So blöd ist kein Mensch«, antwortete Bernsen, der sich eine Tasse Kaffee eingoss. »Ich denke, dieser Typ ist einfach so schräg drauf, dass es für ihn nie in Frage kommen würde, mit der Polizei zusammenzuarbeiten. Für ihn hat Bärt seine gerechte Strafe bekommen und damit gut.«

»Schon klar, aber jetzt sieht es noch beschissener für ihn aus. Der Verdacht ist nicht weg, ich würde sogar sagen, durch sein anfängliches Schweigen ist er nun noch erdrückender geworden«, antwortete Kohlschuetter, griff nach der leeren Tasse, die neben ihm stand, und wackelte mit ausgestrecktem Arm einen Meter vor Bernsen damit herum.

»Machen Sie Kraftübungen, oder was?«, fragte der Kollege ungerührt, schmiss sich auf seinen Schreibtischstuhl und schlürfte geräuschvoll seinen Kaffee.

Jeden Tag das Gleiche mit diesem Idioten, dachte Kohlschuetter, erhob sich, lief um den Schreibtisch herum und bediente sich selbst. »Wenn Sie demnächst zu alt und zu schwach sind, sich eigenhändig zu versorgen, räche ich mich bitterlich an Ihnen. Sollten Sie später einmal im Rollstuhl sitzen, schiebe ich Sie in den Kopierraum und schließe Sie dort ein.«

»Vergessen Sie nicht, ich habe nur noch ein paar Jahre bis zur Rente, und danach sehen Sie mich nie wieder«, konterte Bernsen grinsend.

»Versprochen?« Kohlschuetter tippte mit dem Zeigefinger auf einen Stapel Papier. »Das hätte ich gern schriftlich, mit doppeltem Durchschlag und vom Chef gegengezeichnet.« Er stoppte seine Frotzelei abrupt und schaute wie gebannt auf die gerade in seinem Postfach erschienene E-Mail von der KTU. »Na sauber. Das Blut auf den Folterwerkzeugen stammt von René Bärt. Volltreffer. Die Wimper dagegen nicht.« Er wandte sich Bernsen zu. »Kein Treffer in der Datenbank. Die kann quasi von jedem Besucher der Ausstellung gewesen sein. Oder von unserem Mörder. Deswegen sollten wir in Bärts Umfeld mal einen kleinen DNA-Test veranlassen. Ich kläre das, damit die Kollegen ausschwärmen können.«

Bernsen knurrte zustimmend.

Kohlschuetter richtete den Blick wieder auf den Bildschirm. »Die KTU hat Michelles Sachen auseinandergenommen. Eine Hose war mit Grasflecken übersät, und der Reißverschluss war zerrissen, na dann. Spermaspuren«, murmelte er vor sich hin.

Als sein Telefon klingelte, schaute er kurz auf das Display, sah zu Bernsen hinüber, nickte ihm zu, nahm den Hörer ab und drückte die Lautsprechertaste. »Herr Professor, guten

Morgen. Haben Sie schon was für uns? Der Kollege Bernsen hört mit. Wir haben Zeitdruck, Sie wissen ja, wie das ist.«

»Ich nicht«, sagte Bernsen ungerührt.

»Beide Herren, sehr schön. Also ja, kommen wir schnell zur Sache. Das bedauernswerte junge Mädchen, das Sie mir gestern haben bringen lassen, wurde mit hoher Wahrscheinlichkeit vergewaltigt. Die feinen Risse in der Vagina, die ich gefunden habe, sprechen dafür. Erstaunlicherweise hatte das arme Ding kaum Hämatome oder Kratzspuren an seinem Körper. Also nicht, dass es keine gegeben hat, aber sie waren eher unscheinbar, und dass der Notarzt die bei der Leichenschau übersehen hat, verwundert mich daher nicht. Gut, er hätte gründlicher schauen müssen. Das kann man eigentlich erwarten. In dem Fall hätte sich die Sache auch viel schneller geklärt. Aber wie wir wissen, bleiben Kapitalverbrechen in Deutschland oft unentdeckt, jedes zweite, wenn man Ihrer Gewerkschaftszeitung Glauben schenken darf. Elftausend Tote jedes Jahr, bei denen fälschlicherweise eine natürliche Todesursache diagnostiziert wird, nur weil die herbeigerufenen Ärzte keine gründliche Leichenschau vornehmen. Na gut, in diesem Fall war das Kreuzchen auf dem Totenschein wenigstens korrekt. Trotzdem hätten die blauen Flecke an den Innenseiten der Schenkel den Arzt stutzig machen müssen.« Professor Kalder seufzte. »Nun, dafür gibt es ja glücklicherweise mich. Vergewaltigungsopfer weisen in den meisten Fällen deutlichere körperliche Verletzungen auf. Diese junge Dame kann sich nicht sonderlich gewehrt haben, wenn Sie mich fragen. Das kommt eher selten vor: Die überfallenen Frauen geraten in eine Art Schockstarre und lassen alles über sich ergehen, damit ihnen nicht noch Schlimmeres widerfährt.«

»Meinen Sie, sie könnte freiwillig mit demjenigen geschlafen haben?«, wollte Kohlschuetter wissen.

»Dann müsste es wiederum ziemlich heftig zur Sache gegangen sein. Möglich, aber die Verletzungen …«

»DNA-Spuren?«, fragte Bernsen dazwischen.

»Nun ja, nach zweiundsiebzig Stunden ist das sehr schwierig«, begann Kalder zu sprechen. Man konnte förmlich hören, wie er sich wand.

Kohlschuetter zählte im Geiste die Tage von Mittwoch bis Samstag. Drei, genau drei. Das könnte noch klappen. »Herr Professor, es ist wichtig für uns.«

»Also bitte, Kollegen, meinen Sie, ich tue nicht alles, um Ihnen zu helfen?«, entgegnete Kalder pikiert. »Ich, der ich seit über fünfzig Jahren fast täglich nichts anderes mache. Wieso meint eigentlich in letzter Zeit jeder, dass ich meinem Job nicht mehr gewachsen bin? Ist das eine Epidemie, oder was?«

Bernsen zog eine Grimasse und äffte den Rechtsmediziner nach.

»Herr Professor, der Kollege Bernsen und ich sind die Letzten, die das in Zweifel ziehen. Entschuldigen Sie bitte.« Kohlschuetter schaute fragend in Richtung Bernsen. Darüber, dass der Professor in der Kritik stand, war ihm noch nichts zu Ohren gekommen. Möglich war es bei seinem biblischen Alter allerdings schon, irgendwann wollte Melanie Anders, seine seit Langem berufene Nachfolgerin, an den Start, das lag auf der Hand. Und wie ein weit über achtzigjähriger Greis noch jeden Tag diesen schwierigen und äußerste Genauigkeit erfordernden Job ausführen konnte, war ihm sowieso ein Rätsel. Ganz offensichtlich gab es sie, die fitten Greise mit der Gehirnleistung eines Fünfzigjährigen und dem unermüdlichen Durchhaltewillen eines Marathonläufers kurz vor dem Ziel.

»Schleimer«, nuschelte Bernsen in seine Kaffeetasse. »Alles Lüge. Das Fossil sollte in Rente gehen. Frisches Blut kann nie schaden.«

»Nun ja, Kohlschuetter, da will ich mal nicht so sein. Es war knapp, die Herren, wirklich knapp. Aber selbstverständlich habe ich noch Material gefunden. Es war René Bärt, daran besteht kein Zweifel.« Die Stimme des Professors war von Stolz erfüllt.

»Sauber«, sagte Bernsen anerkennend.

»Das habe ich ganz allein hinbekommen. Auch ohne frisches Blut, mein lieber Bernsen«, gab der Professor deutlich beleidigt zurück.

Kohlschuetter holte tief Luft. Kalders Hörgeräte waren wirklich top.

Bernsen machte eindeutige Handzeichen, die den Geisteszustand des Rechtsmediziners beschreiben sollten, winkte schließlich ab und pustete den Staub von dem Werder-Bremen-Wimpel, der in einer vor ihm stehenden, total vertrockneten Topfpflanze steckte.

»Das passt doch auch schön zu der Kastrationssache«, fuhr Kalder in normalem Tonfall fort. »Ich meine, heutzutage ist so etwas ja nicht mehr üblich, die spiegelnde Strafe. Aber die alten Traditionen kommen immer wieder. Sogar bei den Kriminellen. ›Auge um Auge‹, zweites Buch Mose«, dozierte er begeistert.

Bernsen stutzte. »Wie meinen?«

»Die Spiegelstrafe ist eine Strafe, die das Verbrechen widerspiegelt oder erwidert. Sie fügt dem Täter den gleichen Schaden zu oder einen Schaden, der es ihm unmöglich macht, seine Tat zu wiederholen«, erklärte Kohlschuetter etwas zu übereifrig.

»Sehr schön, Herr Kohlschuetter. Lateinisch auch *punitio membri*, die Bestrafung an dem Körperteil, mit dem die Straftat begangen wurde«, sagte der Professor.

»Na, da hat aber einer im Rechtsseminar aufgepasst«, lästerte Bernsen.

»Besser als permanent zusammenhanglos von Veilchen zu labern«, entgegnete Kohlschuetter scharfzüngig.

»Veilchen?« Die Stimme des Professors klang schrill. »Haben Sie Veilchen gesagt?«

»Seitdem der die Hörmaschinen hat, kriegt er auch das mit, was ihn nichts angeht«, maulte Bernsen mit gedämpfter Stimme.

»Das habe ich gehört, Bernsen, aber so kennen wir Sie

ja. Sollte es trotzdem noch jemanden interessieren, was ich zu sagen habe, lassen Sie es mich wissen.« Kalder schwieg, und Kohlschuetter konnte seine angestrengten Atemzüge hören.

»Was wollen Sie noch sagen?«, fragte er betont interessiert nach.

Bernsen formte erneut das Wort »Schleimer«, dieses Mal tonlos.

»Freud, Sigmund Freud, berühmter Psychoanalytiker und meines Erachtens ein vollauf überschätzter Mann, hatte eine Veilchentheorie. Er sah in diesen allerliebsten Blumen ein Sexsymbol und erklärte das mit der Ähnlichkeit des Wortes ›Veilchen‹ zu dem englischen Wort ›to violate‹, was in unserer schönen Sprache bekanntlich mit dem Wort ›vergewaltigen‹ zu übersetzen ist.«

»Die Wahrheit liegt in den Veilchen«, murmelte Bernsen gedankenversunken. Dann stand er auf und verließ das Büro. Hinter ihm fiel die Tür lautstark ins Schloss.

***

»Der junge Mann hier, oder sollte ich besser sagen, der Kollege, will zu Ihnen«, sagte Kohlschuetter zu Bernsen, als der nach einer guten Stunde wieder im Raum stand. Er hatte während Bernsens Abwesenheit die Ruhe im Büro genossen, den Papierkram bezüglich des DNA-Tests erledigt und ein paar Kurznachrichten mit Lea ausgetauscht. Kohlschuetter wusste, dass Bernsen in dem angefressenen Zustand, in dem er sich befunden hatte, erst einmal schnurstracks zu Claudi marschiert war, um sich dort Trost in Form eines Stückchen Kuchens oder einer Packung Kekse zu holen. Diese Kalorienbomben nahmen die beiden im Fall, dass der Chef außer Haus war, in einem ausschweifenden Gelage auf dem Sofa in dessen Büro ein. Ansonsten hockten sie an Claudis Schreibtisch und klagten sich bei geschlossener Tür gegenseitig ihr Leid. Er wusste auch, dass Bernsen sich maßlos darüber ärgerte, die Hinweise der Seherin nicht ernst genommen zu haben. Er hatte davon jedoch bis auf Bernsens undurchsichtiges Geschwafel nichts mitbekommen, und selbst wenn, wäre es ihm nie eingefallen, derartigen Hinweisen nachzugehen. Dass die Wahrsagerin auf dem Bad Langensalzaer Mittelalterstadtfest nicht zur Riege der Scharlatane zählte, sondern tatsächlich derlei Fähigkeiten besitzen sollte, verblüffte ihn außerordentlich, und er hatte einen kurzen verzweifelten Moment lang ernsthaft darüber nachgedacht, die Dame über Susanne Summers anstehendes Eheglück zu befragen. Zu guter Letzt war er aber zu dem Schluss gekommen, dass es nun endlich an der Zeit war, sich die gute Susi aus dem Kopf zu schlagen und die Jahre der Balz als ein abgeschlossenes Kapitel seines Lebens zu betrachten.

Derweil er noch darüber nachgrübelte, hatte die Pforte angerufen und einen jungen Mann angemeldet, dem nichts wichtiger zu sein schien, als mit Friedhelm Bernsen zu sprechen. Und nun kaute ihm der Bursche seit einer geschlagenen halben Stunde ein Ohr ab, dass man den Eindruck bekommen konnte, er lege es darauf an, Kohlschuetter die Arbeit eines Streifenpolizisten zu erklären. »Der Kollege Schitz hier hat einiges zu dem Dreyse-Diebstahl in Sömmerda herausgefunden. Das war Ihnen doch so wichtig.« Den letzten Satz betonte Kohlschuetter auffallend stark und nickte Bernsen immer wieder auffordernd zu.

»Wieso sollten mich diese Kinkerlitzchen …«, hob Bernsen schlecht gelaunt an, brach jedoch, ausgelöst durch Kohlschuetters Kopfschütteln, mitten im Satz ab und wandte sich dem Mann zu, der neben seinem Schreibtisch Platz genommen hatte. »Und wer ist er?«, fragte er ihn in pronominaler Anredeform, wobei die Verwendung der dritten Person Bernsen nicht gerade sympathischer erscheinen ließ.

»Schitz, Benjamin Matthias, Polizeimeister in Ausbildung, Polizeidienststelle Sömmerda. Wir haben vorgestern Nacht miteinander telefoniert. Es geht um die Traditionen und die Geschichte der Stadt Sömmerda, also um den Einbruch ins das Museum und die Buchhandlung ›Schmökereck‹«, antwortete der junge Polizist sichtlich eingeschüchtert. »Die gesamten Ausstellungsstücke und Bücher zu Johann Nicolaus von Dreyse, dem Techniker, Erfinder und Unternehmer der Stadt Sömmerda, wurden gestohlen. Sie erinnern sich, eine wichtige Sache.«

»Mhm«, brummte Bernsen, schmiss sich auf seinen Bürostuhl und legte seine Beine auf dem Schreibtisch ab. Er verschränkte die Arme hinter dem Kopf und musterte seinen Besucher desinteressiert.

Schitz zog einen fein säuberlich zusammengelegten Zettel aus der Hemdtasche seiner Uniform, las still die ersten Zeilen und begann dann vorzutragen. »Die genaue Auflistung der erbeuteten Stücke hat ergeben, dass fünfundzwanzig Bücher, fünf Zündnadelgewehre, ein Bronzekopf, der einst zu dem Denkmal Dreyses gehörte und den Waffentechniker selbst zeigt, eine kleine Nachbildung ebendieses Dreyse-Denkmals mit einer Größe von dreiunddreißig Zentimetern, eine Urkunde des preußischen Staates, die seine Erhebung in den Adelsstand dokumentiert, ein Ölgemälde mit seinem Porträt …«

»Gut. Genug. Wir überspringen das«, fiel ihm Bernsen unhöflich ins Wort.

Kohlschuetter verfolgte das Schauspiel mit einem Ohr, da er sich halbwegs darauf konzentrieren musste, das Protokoll für den Chef fertigzustellen.

Schitz' Wangen färbten sich dunkelrot. Er blickte erneut auf das Papier und fuhr fort: »Der an den Tatorten beobachtete Wagen mit dem amtlichen Kennzeichen …«

»Hallo? Wir sind hier bei der Kripo und nicht bei der Verkehrspolizei«, warf Bernsen erneut ein, veränderte seine Fußstellung und schmatzte laut. Ein paar dunkelbraune Kuchenkrümel, die er auf dem Weg von Claudi zurück in ihr Büro erstaunlicherweise noch nicht verloren hatte, rieselten von dem rauen Stoff seines Hemdes auf den Fußboden.

»Bei den Böblingern handelte sich um eine Delegation der Stadtverwaltung, die zu einem Arbeitsbesuch beim Sömmerdaer Bürgermeister war«, sagte Schitz in einer Schnelligkeit, als hinge sein Leben davon ab. Nach Beendigung des Satzes schaute er Bernsen unsicher an. Da der nichts erwiderte, sondern nur mit halb geschlossenen Lidern in seinem Stuhl hing, redete Schitz hastig weiter. »Ich habe alle zum Diebstahl befragt. Sie können es nicht gewesen sein.« Pause. Auch jetzt keine Reaktion. »Da sich noch niemand die Mühe gemacht hatte, habe ich die Anwohner der Buchhandlung und des Museums abgeklappert und versucht, weitere Zeugen zu finden. Insgesamt waren das über dreißig Leute.«

Bernsen zog die rechte Augenbraue nach oben.

Schitz, der das mitbekam und sich dadurch unübersehbar bestätigt fühlte, fuhr mit neuem Enthusiasmus fort. »Es war nicht ganz einfach. Die meisten wollten nichts gesehen haben, aber wenn man hartnäckig ist, reden die Leute irgendwann. Die Zeugenaussagen abzugleichen war die nächste Hürde. Sie wissen ja, wie das ist mit der Wahrnehmung. Jedem fällt etwas anderes auf, sodass man die Erkenntnisse am Ende zusammensetzen muss wie ein Puzzle. Ich hatte mal eines mit über fünftausend Teilen, auf dem die Wartburg bei Nacht abgebildet war. Ich kann Ihnen sagen, bis ich den dunklen Himmel und die roten Wolkenschwaden zusammenhatte, das war so eine schöne Sommernacht, Sie wissen schon, das hat Tage gedauert.« Er winkte ab.

Bernsen knurrte grollend.

Schitz räusperte sich verlegen, überflog flink seine Notizen und kam zum Thema zurück. »Zwei Frauen und ein Mann wollen den Heinz Enzmann rund um die Tatzeit gesehen haben. Die zeitliche Verortung der Einbrüche ergibt sich aus der Befragung des Buchhändlers, also Ihres Freundes«, er zwinkerte Bernsen vertraut zu, als wäre ein Sömmerdaer Freund eine erste entdeckte Gemeinsamkeit, »und aus der des Museumspersonals.« Schitz bewegte abwägend die rechte Hand. »Sie wissen doch, bei der letzten Führung waren die Ausstellungsstücke noch da, kurz vor der Schließung des Museums, Hokuspokus, alles verschwunden. Das habe ich schriftlich, also als richtiges Zeugenprotokoll. Der alte Enzmann hatte wohl einen dicken Rucksack auf dem Rücken und eine große Einkaufstüte in der Hand, als er aus dem Museum kam. Dort befindet sich zwar auch die Stadt- und Kreisbibliothek, aber so viele Bücher leiht niemand auf einmal aus. Die Bibliothekarinnen, die ich dazu befragt habe, konnten das bestätigen, auch dass Enzmann keinen Mitgliedsausweis hat und sie nichts an ihn verliehen haben. Sämtliche Aussagen liegen in schriftlicher Form vor.«

Kohlschuetter hatte sich zurückgelehnt und lauschte angetan Schitz' Ausführungen. Er lächelte über so viel Eifer. Auch über die Tatsache, dass Bernsen mit dem Sömmerdaer Buchhändler tatsächlich einen Freund gefunden haben sollte, was er stark bezweifelte. Holk Maisel hatte Bernsen Groschenhefte verkauft und ihn damit vor dem Keifen der Rotfeder bewahrt, aber Bernsen war nicht der Typ, der mit dem Begriff »Dankbarkeit« etwas anfangen konnte, geschweige denn mit zwischenmenschlichen Beziehungen. So wie der Kollege gerade aussah, ließ ihn der Bericht des kleinen Schitz auch absolut kalt. Er thronte hinter seinem Schreibtisch wie ein Patriarch, dessen Erstgeborener das familiengeführte Unternehmen übernommen hatte und nun unter den strengen Augen des Vaters zum Rapport antrat. Kohlschuetter, der den Dreyse-Diebstahl durch die Ermittlungen in Bad Langensalza auf seiner Prioritätenliste weit nach hinten geschoben hatte, zumal das die Dienststelle in Sömmerda prima allein erledigen konnte, fühlte sich durch das Engagement und den Enthusiasmus des jungen Kollegen an seine eigenen Anfänge bei der Thüringer Polizei erinnert. Wenn Schitz so weitermachte, konnte er es noch zu etwas bringen.

Er musterte den jungen Mann freundlich. Polizeimeister Benjamin Matthias Schitz war höchstens Anfang zwanzig, rothaarig und verfügte über eine auf eine frühere extreme Akne hinweisende unschön vernarbte Gesichtshaut, deren Ungleichgewicht er unübersehbar auch mit Kosmetika – ein großzügig verwendeter Abdeckstift verriet derartige Versuche – nicht in den Griff bekam. Kurzum, Schitz glänzte wie eine Speckschwarte. Während er sprach, und das tat er wahrnehmbar gern und ausschweifend, flogen die Speicheltropfen nur so um ihn herum, was er jedoch nicht zu bemerken oder ihn nicht zu stören schien. Akribisch genau, das konnte Kohlschuetter, der schräg hinter Schitz saß, deutlich sehen, hatte er alle seine Ermittlungsschritte fein säuberlich untereinander notiert und, so vermutete er jedenfalls, entsprechend ihrer Bedeutsamkeit farbig gekennzeichnet. Für den Namen Heinz Enzmann hatte er die Farbe Rot verwendet, also schien dieser Mann wichtig zu sein.

»Im nächsten Schritt habe ich die Personalien von Heinz Enzmann herausgefunden, ihn durch den Zentralcomputer gejagt und festgestellt, dass er keinerlei Vorstrafen hat«, sagte Schitz mit fester Stimme.

Bernsen nickte nahezu unmerklich.

»Danach«, Schitz hüstelte unsicher, »bin ich zu meiner Großmutter gefahren.«

Kurze Pause.

Bernsen meldete sich zu Wort. »Wieso?«, fragte er anklagend.

Schitz' Hals lief dunkelrot an. »Meine Großmutter ist gebürtige Sömmerdaerin und kennt jeden in der Stadt. Lisbeth Schitz.« Er betonte den Namen dermaßen überdeutlich, dass man das Gefühl bekam, es handelte sich bei seiner Großmutter um eine Heilige oder zumindest um einen Promi, den jeder gern in der eigenen Familie hätte.

»Und was hat Ihre Großmutter gesagt?«, fragte Kohlschuetter amüsiert. Der Junge musste noch einiges lernen, so viel stand fest. Von einer Großmutter ließ sich das Raubein Friedhelm Bernsen nämlich garantiert nicht beeindrucken.

Schitz wischte sich einmal quer über das Gesicht. Der

Abdeckstift verteilte sich unschön in seinen roten Augenbrauen. »Heinz Enzmann ist der Urenkel des Bürgermeisters Enzmann.«

»Oh, bitte keine Familiensaga«, moserte Bernsen. Unwirsch schwang er seine Beine vom Tisch und stand auf. »Gut. Wir müssen los nach Bad Langensalza. Ein Mörder wartet. Kohlschuetter, auf.«

Schitz sackte in sich zusammen und schaute ängstlich zu Bernsen.

»Warten Sie bitte einen Moment, Kollege«, sagte Kohlschuetter, ohne Bernsen anzusehen. »Fahren Sie fort, Herr Schitz.« Er nickte ihm aufmunternd zu.

Der junge Polizist rang sichtlich mit sich. »Ich wollte Sie nicht stören. Bestimmt nicht. Es ist nur, na ja. Ich habe Heinz Enzmann heute Morgen wegen Einbruchs und Diebstahls in zwei Fällen verhaftet. Er sitzt unten in meinem Wagen.« Schitz' Wangen glühten, was die Narben noch unschöner herausstellte.

»Jetzt brat mir einer einen Storch!«, jauchzte Bernsen auf. Seine Miene erhellte sich, und seine Körpersprache signalisierte eine selten zutage tretende Begeisterung. »Das nenne ich mal einen ordentlichen Polizeibeamten. Kein Federlesen«, Kohlschuetter traf ein abwertender Blick, »sondern auf den Verbrecher mit Gebrüll, ohne Rücksicht auf Verluste.« Er lachte schallend. Seine Faust flog krachend auf die Tischplatte. »Na, dann los, junger Freund, holen Sie den Herrn mal rein. Und gnade Ihnen Gott, wenn Sie sich geirrt haben.«

Zwei Stunden später, Kohlschuetter und Bernsen waren allein in ihrem Büro zurückgeblieben, hatte sich Bernsen noch immer nicht eingekriegt.

»So ein Saukerl. Erste Sahne«, rief er immer wieder und hielt sich dabei den Bauch vor Lachen. »Diese Schnelligkeit bricht all unsere Ermittlungsrekorde.«

Kohlschuetter, der sich ebenso amüsiert hatte, pflichtete ihm bei.

Der Sömmerdaer Heinz Enzmann, ein kleiner alter Herr jenseits der achtzig mit zerzausten Haaren und gutmütigem Aussehen, war von dem angehenden Polizeihauptmeister Schitz unter Handschellen in ihr Büro geführt und ihnen als Einbrecher präsentiert worden. Dagegen hatte Herr Enzmann entschieden protestiert, war aber aufgrund der erdrückenden Beweise, die vor allem in Form des von Schitz sichergestellten Diebesgutes vorlagen, nicht umhingekommen, seine Schuld einzugestehen. Schitz, dem vor Stolz fast die Tränen in die Augen gestiegen waren, hatte sich bei dem Alten für dessen Geständnis sogar überschwänglich bedankt und sich entschuldigt, ihn so rüde abgeführt und auf die Erfurter Polizeiinspektion gebracht zu haben. Kohlschuetter hatte diesen Verbrüderungsakt unterbrochen und, denn auch das erforderte das Protokoll, Herrn Enzmann nach seinen Motiven befragt.

In der Tat handelte es sich bei Herrn Enzmann um den Urenkel des Bürgermeisters Enzmann, welcher der Stadt Sömmerda im Jahr 1909 zu einem Dreyse-Denkmal in Kombination mit einem Kriegerdenkmal für die Kriege von 1864, 1866 und 1870/71 verholfen hatte. Auf seine Initiative hin hatte sich im Jahr 1907 ein Denkmalkomitee gebildet, das von Bürgermeister Enzmann höchstselbst angeführt wurde und durch das eine hohe Summe zur Ehrung des berühmtesten Sohnes der Stadt Sömmerda zusammengekommen war. Die wohlhabende Familie Dreyse hatte damals einen nicht unerheblichen Teil gespendet, aber auch die Stadtkasse und zahlreiche Bürger hatten sich verpflichtet gefühlt, den Mann zu ehren, der die Stadt durch seine Waffenfabrik bekannt gemacht hatte. Das mehr als vier Meter hohe Doppelstandbild, eine, wie Heinz Enzmann ihnen versichert hatte, durchaus seltene Darstellung, zeigte den sitzenden Nicolaus von Dreyse, der die Funktionsweise des von ihm erfundenen Zündnadelgewehrs einem neben ihm stehenden Soldaten erklärte. Die Inschrift des Sockels erinnerte an die in den Kriegen für das Vaterland gefallenen Soldaten.

Ein Blick in den bei Herrn Enzmann gefundenen Rucksack belegte seine Schilderungen, darin befand sich nämlich der nur etwa dreißig Zentimeter hohe Nachbau aus dem Museum der Stadt. Ab dem 20. November 1909 hatte das echte Denkmal den Marktplatz der Stadt Sömmerda geziert, was für Enzmanns Großvater quasi die Erfüllung seines Lebenswerkes bedeutete. Bis zum Jahresbeginn 1947 und dem Befehl des sowjetischen Stadtkommandanten, das militärische Denkmal im Ofen der Rheinmetall-Borsig einzuschmelzen.

Mit zittriger Stimme hatte Enzmann berichtet, dass sein Vater und einige mutige Mitstreiter das zu verhindern wussten und die Figuren schließlich in ihre Einzelteile zerlegt in einer Kiesgrube auf dem Werksgelände versenkt hatten, bis ihre Köpfe 1985 bei Bauarbeiten wiederentdeckt worden waren. Am nächsten Morgen jedoch war der Soldatenkopf verschwunden gewesen, und so blieb allein das Dreysehaupt, das ebenfalls in dem Rucksack war, für die Nachwelt erhalten. Den Sockel hingegen, und das beteuerte Herr Enzmann unter Tränen der Rührung, hatte man nach seiner Verwendung als Unterbau eines Thälmann-Denkmals, eine erstaunliche Ironie der Geschichte, auf den Bauhof verbracht, wo er heute noch sein unbeachtetes Dasein fristete.

Allen Versuchen zum Trotz hatte es die Stadt Sömmerda nie geschafft, ihrem großen Sohn dieses Denkmal zurückzugeben, was Herr Enzmann, vor allem im Hinblick auf die Mühen seines Großvaters, als himmelschreiende Ungerechtigkeit empfand. Seine Einbrüche, die für einen Mann seines Alters eine erhebliche Anstrengung bedeuteten, sollten die Stadtväter, aber auch die verantwortungsvollen Bürger aufrütteln und zum Nachdenken bewegen. Wenn Dreyse für die Stadt nicht mehr wichtig war, dann konnte er auch komplett aus ihrer Erinnerung verschwinden, hatte Herr Enzmann aus tiefer Überzeugung kundgetan. Irgendwann hatte der alte Mann schließlich eingesehen, dass dies der falsche Weg gewesen war, und sich bereit erklärt, das fremde

Eigentum zurückzugeben und den entstandenen Schaden zu begleichen. Schitz, der seinen ersten Ermittlungserfolg zu verbuchen hatte, war über Kohlschuetters Milde, denn der hatte alle Beteiligten einschließlich des Buchhändlers dazu gebracht, die Anzeige wegen Diebstahls fallen zu lassen, offenkundig schwer enttäuscht gewesen, hatte sich durch Bernsens Lob aber schnell wieder gefangen.

»Ich kann es immer noch nicht fassen, nimmt der den Mann einfach so fest und kutschiert ihn nach Erfurt«, prustete Bernsen.

»Wobei man über die Reaktivierung dieses Denkmals ja wirklich geteilter Meinung sein kann. Heute kann man das anders machen, und wenn dem Dreyse in Sömmerda schon ein kleines Museum gewidmet ist, reicht das doch aus, oder?«, entgegnete Kohlschuetter nachdenklich.

»Sie schon wieder. Meine Güte. Müssen Sie immer auf intellektuell machen?«, moserte Bernsen.

»Ich mache das nicht, ich bin es«, entgegnete Kohlschuetter spitz. »Finden Sie das gut?«, fragte er vorwurfsvoll. »Mir ist diese andauernde Erinnerungskultur etwas zu fett.«

»Kohlschuetter, echt«, erwiderte Bernsen genervt. »Das war ein alter Mann, der das Erbe seines Großvaters wiederbeleben wollte. Und das Denkmal«, er zuckte mit den Schultern, »das entsprach dem damaligen Zeitgeist. Patriotismus war damals nun einmal in. Dreyse hat ein Gewehr erfunden, und ohne diese Erfindung wäre Sömmerda wahrscheinlich nicht zur Industriestadt aufgestiegen, sondern man würde dort heute immer noch die Kartoffeln zählen. Wie kann man denn nur so kleinlich sein.«

»Ich bin nicht kleinlich, ich …«

Bernsen fiel ihm ins Wort. »Alles hat seine Zeit. Ich sage nur Thälmann-Denkmal. Am Ende ist das Leben gerecht. Sömmerda hat seine Dreyse-Erinnerungsstücke wieder. Und wir sind dank Pickel-Schitz aus der Nummer raus.«

ZEHN

Sie schrie.

»Annekatrin, Liebling. Du hast nur geträumt.« Sie hörte seine sanfte Stimme, die ihr ins Ohr flüsterte, und spürte seine warme, vertraute Hand auf ihrem Arm.

Sie richtete sich auf, als die Glocken der Marktkirche zu ihr herüberhallten. Sie zählte. Es war gerade mal Mitternacht. Sie hatte kaum eine Stunde geschlafen.

Wieder war er über sie gekommen, dieser Traum, der furchtbare Traum, der sie seit jener Nacht so oft heimsuchte und der mehr war als eine nebulöse Phantasie, die ihr Gehirn nicht zur Ruhe kommen ließ. Es war genau so passiert. Vor dreißig Jahren. Sie konnte die Kühe riechen, spürte die vom Stroh staubige Luft auf ihrer Zunge, ihre Anspannung, als sie den Kuhstall betrat, um der kalbenden Kuh zu Hilfe zu eilen. Sie war zu spät, hatte sich von dem lauen Sommerabend, den sie mit Walter und einem Glas Wein auf der Terrasse verbracht hatte, hinreißen lassen und nicht einmal mehr umziehen können. Sie trug ihr rotes Sommerkleid, ihr Geburtstagsgeschenk, für das Walter mehr als dreihundert Mark ausgegeben hatte. Doch da war keine Kuh, die vor Schmerzen schrie. Daran hätte sie es merken müssen. Nur er war da. Er und dieses fiese Grinsen in seinem Gesicht. Sie fiel ins Stroh, hörte, wie der Stoff ihres Kleides riss, spürte einen Schlag an ihrer Schläfe und diesen unsäglichen Schmerz.

»Liebling, leg dich wieder hin. Ich bin bei dir«, sagte Walter, der sich ebenfalls hingesetzt und sie in die Arme genommen hatte.

»Er war wieder da«, flüsterte sie.

»Ich weiß«, antwortete er verständnisvoll.

»Es war richtig, was wir getan haben«, sagte sie und legte ihren Kopf an seine Schulter. Sie weinte in Erinnerung an das, was dieser Mann ihr angetan hatte, und das, was dieser kurze Moment aus ihr und ihrem Leben gemacht hatte. Von jetzt auf gleich war sie zu einer gebrochenen Frau geworden.

»Was ich getan habe«, verbesserte er sie. »Dich trifft keine Schuld.«

»Wir, Walter, wir. Das ist wichtig.« Sie zitterte, obwohl die Hitze des Tages durch das geöffnete Fenster noch zu spüren war. »Erzähl mir, wie du es gemacht hast. Bitte.«

Er schaute sie verwundert an.

Sie biss sich auf die Zunge. Sie hatte ihn noch nie danach gefragt. Beim ersten Mal nicht und all die kommenden Male auch nicht. Es war eine unausgesprochene Vereinbarung zwischen ihnen. Sieben Mal hatte es reibungslos funktioniert. Jetzt, beim achten, bei René Bärt, war alles anders gekommen. Walter hatte ihn nicht umgebracht, das wusste sie genau. Er hatte ihm nur einen entscheidenden Teil seiner Männlichkeit genommen, ihn für das bestraft, was er Michelle angetan hatte. So war er bei allen Männern vorgegangen, von deren Verbrechen sie in den letzten dreißig Jahren erfahren hatten. Acht Vergewaltiger einschließlich ihres eigenen. Es waren mehr, viel mehr. Das wusste sie genau. Aber sie aufzuspüren käme ihr nicht in den Sinn. Dafür hatte sie zu große Angst. Es waren immer Zufälle gewesen, die sie und Walter zu Richtern hatten werden lassen. Wie bei Michelle. Da war die SMS auf Neles Handy gewesen, das diese auf dem Anmeldetresen vergessen hatte. Fahrig und abwesend hatte Nele da gewirkt. Und Michelle, wie sie kurz darauf unerwartet in der Praxis gestanden hatte, kreidebleich und mit tiefen Augenringen. Annekatrin hatte eins und eins zusammenzählen können. Und Walter hatte gehandelt.

»Wie hast du es gemacht, das mit René Bärt?«, fragte sie erneut.

Walter drückte sie fest an sich. Sie spürte, wie sein Kehlkopf wackelte und er langsam den Mund öffnete. »Er war im Neustädter Feld joggen. Im Dämmerlicht, am Donnerstagabend. Es war reiner Zufall. Ich bin über die Felder gefahren, um zu gucken, wie die Ernte läuft.«

Sie liebte das Brummen seiner Stimme, ihren vertrauten Klang und die Ruhe, die sie ausstrahlte.

»Wir kannten uns flüchtig von der Stadtverwaltung. Deswegen hat er sich wohl auch nicht gewundert, als ich angehalten und ein wenig mit ihm geplaudert habe. Irgendwann, als es schon ziemlich dunkel geworden war, habe ich ihm angeboten, ihn nach Hause zu bringen. Es war alles ganz einfach. Er hat deine Kekse auf dem Armaturenbrett gesehen und gefragt, ob er sich einen nehmen darf.«

Sie dachte an das Betäubungsmittel, das sie in die Füllung gegeben hatte. Für den Fall der Fälle. Denn Walter musste stets vorbereitet sein.

»Während er noch gekaut hat, habe ich ihm das mit Michelle auf dem Kopf zugesagt. Du hättest sehen sollen, wie erschrocken er war. In dem Moment war ich mir sicher.« Walters Genugtuung war nicht zu überhören. »Kurz darauf war er bewusstlos. Ich bin mit ihm in die Praxis gefahren, du hattest ja glücklicherweise dein Damenkränzchen, habe alles erledigt und ihn gerade noch rechtzeitig vor der Aufwachphase bei den Schrebergärten auf eine Bank gesetzt. Es war stockdunkel, alles lief problemlos. Als ich nach Hause gekommen bin, warst du schon zurück. Du erinnerst dich? Wir haben noch ein Glas Rosenlikör zusammen getrunken.«

Natürlich tat sie das. Niemals würde sie auch nur eine Minute mit ihrem Mann vergessen. Walter, der sie gerächt und sie all die Jahre beschützt hatte, der unermüdlich versuchte, ihr das Leben so lebenswert wie möglich zu machen, und alles dafür tun würde, ihr diese dunklen Erinnerungen zu nehmen.

»Weißt du, wer ihn ermordet hat?«, wollte sie wissen.

»Nein. Ich weiß nur, dass wir damit in Gefahr geraten sind. Das erste Mal in den ganzen Jahren.«

»Diese feigen Schweine.«

Er lachte gezwungen auf. »Ja, wenn sich einer getraut

hätte, uns anzuzeigen, aber die Angst vor Strafe und der öffentlichen Ächtung hat immer überwogen. Das wäre auch bei René so gewesen. Ganz bestimmt.«

Sie dachte das auch, sprach es aber nicht aus. »Jetzt ist er tot.«

»Und wir warten ab. Es wird schon alles gut gehen. Schließlich haben wir dieser furchtbaren Welt zu etwas mehr Gerechtigkeit verholfen.«

ELF

»Guten Morgen«, raunzte Claudia Muschke im Türrahmen des Büros von Bernsen und Kohlschuetter lehnend und schaute betont lustlos in die Runde. Ihre Mundwinkel hoben sich ein wenig, als sie Bernsen entdeckte. Die kleine, pummelige Sekretärin des Chefs steckte in einem lindgrünen Overall, bei dem auf Höhe der Brüste sowie an den Oberschenkeln breite Taschen aufgenäht waren und in dessen Mitte, also da, wo man Claudis Taille vermutet hätte, ein schmaler Stoffgürtel dem Ganzen eine Form geben sollte, was ihm aber nur wenig gelang. Und auch wenn Hochwasserhosen, wie sie landläufig genannt wurden, gerade den modischen Trend bestimmten, wäre Claudi mit einem etwas längeren Exemplar deutlich besser bedient gewesen. Stattdessen mündeten ihre runden Waden in ein paar farblich abgestimmten Turnschuhen, die das gesamte Ensemble noch untragbarer erscheinen ließen.

»Moin, Claudi, du siehst heute wieder scharf aus. Ist das Teil neu?«, rief Bernsen gut gelaunt, während er versuchte, die Kaffeemaschine zum Laufen zu bringen.

Claudis Gesicht bekam die Farbe eines Feuermelders. »Ach, du wieder.« Sie winkte ab. »Komm, lass das, ich mache dir deinen Kaffee«, sagte sie und wackelte eilig zu Bernsen hinüber. Im Vorbeigehen schaute sie kurz zu Kohlschuetter und sagte in einem deutlich forscheren Ton: »Der Chef fragt nach dem aktuellen Stand im Bad Langensalzaer Mordfall. Das Protokoll hat ja nicht viel hergegeben.« Sie blieb kurz stehen und fasste sich an den Kopf, als wäre ihr gerade etwas Wichtiges eingefallen. »Drüben sitzt übrigens ein Zeuge, der in der Nacht jemanden auf dem Langensalzaer Töpfermarkt gesehen haben will. Am Sonntag um kurz vor zwei Uhr morgens. Die Freaks«, so nannte Claudia Muschke jeden, der einen Computer bedienen konnte, ohne dass er wie bei ihr im Stundentakt abstürzte, »machen gerade ein Phantombild. Und gleich kommt noch einer, wenn der nicht schon da ist. Die Tür-zu-Tür-Aktion der Kollegen *dahinten*«, sie deutete mit wachsweicher Hand aus dem Fenster, wobei sich Kohlschuetter sicher war, dass Bad Langensalza in der genau entgegengesetzten Richtung lag und Claudia den Chef nur absolut unzureichend imitierte, »war wohl erfolgreich.«

»Schauen wir mal«, entgegnete Kohlschuetter angefressen. Der raumfüllende Patchouli-Duft, den Claudi hinter sich herzog, beleidigte seine Nase. Er wusste seit gestern Abend, dass sie Zeugen gefunden hatten, und erwartete die Zeichnung jeden Moment auf seinem Bildschirm. Deswegen setzte er sich seelenruhig an seinen Schreibtisch und lächelte Claudi freundlich an.

Die schnaufte unzufrieden, machte sich schließlich an der Kaffeemaschine zu schaffen und verschwand so schnell, wie sie gekommen war, jedoch nicht ohne Bernsen vorher zuzuraunen, dass er nachher bitte einmal in ihr Büro kommen solle.

»Na, was gibt es denn diesmal mit Claudi zu mauscheln?«, fragte Kohlschuetter provozierend.

Bernsen trommelte mit den Fingern auf seine Schreibtischunterlage. »Es geht um das Geschenk für Susi. Claudi sammelt doch«, antwortete er unbedarft. »Und sie wollte nicht, dass Sie wieder Amok laufen.«

»Was wünscht sich Susi?«, fragte Kohlschuetter, ohne auf den Kommentar über seine etwaigen Stimmungsausbrüche zu reagieren.

»Ein paar Scheine.« Bernsen schüttelte verständnislos sein ungekämmtes Haupt. »Früher haben wir Topflappen, Handtücher, Bettwäsche und das ganze Gedöns bekommen. Aber die jungen Leute heute wollen alle nur Bares.«

»Ist doch okay. Wissen Sie, was Susi mit dem Geld machen will?« Kohlschuetter wollte eigentlich nicht danach fragen, aber seine Neugier an allem, was die Kollegin Susanne Summer betraf, obsiegte.

»Einen Rasentraktor kaufen«, entgegnete Bernsen, als sei diese Anschaffung das Normalste auf der Welt, zumal wenn man in einer kleinen Wohnung am Erfurter Wenigenmarkt wohnte.

Kohlschuetter war irritiert.

»Torten-Lary hat angeblich eine noble Hütte in Neudietendorf. Das Süßzeug bringt wohl mächtig was ein. Dafür brauchen die diese Maschine«, plapperte Bernsen weiter.

Ein Haus auf dem Land und trautes Familienglück, dachte Kohlschuetter grimmig. Auch das noch. »Wie viel geben Sie?«

»Zwei bis drei Euro werde ich wohl lockermachen müssen«, entgegnete Bernsen mit großmütiger Geste.

»Mensch, da ist ja der Mercedes unter den Rasentraktoren drin. So viel Großzügigkeit hätte ich Ihnen gar nicht zugetraut.« Kohlschuetter war perplex angesichts so viel Dreistigkeit. Er wollte gerade einen noch frecheren Spruch nachschieben, da meldete sein Computer den Eingang einer neuen E-Mail. Das Phantombild war da. Kohlschuetter öffnete die Datei und schaute sich den Mann, den Anwohner um Bärts Todeszeitpunkt herum auf dem Langensalzaer Töpfermarkt hinter der Bühne gesehen haben wollten, genau an. Er winkte Bernsen, der seinen Computer wie üblich noch nicht einmal angeschaltet hatte, zu sich herüber.

»Und wer soll das sein?«, fragte Bernsen hinter Kohlschuetter stehend, während sich um ihn herum ein mächtiger Geruch nach frischen Zwiebeln ausbreitete.

»Wenn ich das wüsste«, erwiderte Kohlschuetter. »Ein Besoffener, der sich an der Bühne erleichtert hat, ein Nachtschwärmer, der den Weg nach Hause nicht finden konnte – oder eben unser Mörder.« Er öffnete die zweite Datei. »Aber sehen Sie, die Zeugen haben alle das gleiche Phantom gesehen.«

»Na ja, dann schnappen wir uns mal die Bildchen und düsen nach Bad Langensalza. Michelles Freunde stehen ohnehin noch auf unserer Liste. Ach und bitte packen Sie die Ohrenstäbchen für die Speichelproben ein. Ich finde Kosmetika eklig.«

***

Das Arboretum, der Baumgarten, lag im warmen Licht der Morgensonne, das sich in den alten, dicken Baumkronen brach und dem stillen, beinahe mystischen Ort ein noch geheimnisvolleres Antlitz gab.

»Wow«, entfuhr es Kohlschuetter, der interessiert eine knorrige Rosskastanie bestaunte.

»Soll ich jetzt etwa den ganzen Wald hier ablaufen, um die Typen zu suchen?«, maulte Bernsen. »Hier sieht man ja überhaupt kein Ende, Mensch.«

Kohlschuetter zückte sein Handy und tippte darauf herum. Schließlich sagte er: »Wussten Sie, dass das hier im 13. Jahrhundert ein Klostergarten war? Danach ein Ehrenfriedhof für die gefallenen Soldaten. Jetzt gibt es in diesem Wäldchen zweihundertneunzehn verschiedene Arten von Gehölzen, und«, Kohlschuetter schaute Bernsen an, »viele Bäume und Sträucher werden von den Bürgern gespendet. Quasi ein Bürgergarten. Sehr schön, wirklich sehr schön.«

»Bin ich Brockhaus, oder was?«, blaffte Bernsen, der mit seinen Sandalen ein paar Rasenbüschel am Wegesrand touchiert und nun unangenehm nasse Füße hatte. »Die Kerle sollen bei irgendeiner Kirche die Beete umpflügen. Aber wo die Hütte steht, hat uns keiner verraten.« Er hielt inne. »Ihre kleine Freundin hat es wohl nicht so mit der Flora, was?« Er grinste hämisch. »Seit wann ziehen Sie denn Wikipedia zurate? Oder hat es sich ausgekuschelt?«

»Das hätten Sie wohl gern«, presste Kohlschuetter heraus. »Wenigstens habe ich nicht zwei Eisen gleichzeitig im Feuer.« Er lief weiter, drehte sich kurz um und rief: »Da drüben ist die Gottesackerkirche, was es mit der auf sich hat, erzähle ich Ihnen aber nicht. Nicht einmal, wenn Sie mich nett darum bitten.« Ohne weiter auf Bernsen zu achten, lief er davon.

»Schlauberger«, nuschelte Bernsen, während er die nackten nassen Füße an seinen jeansbedeckten Waden rieb. »Und was heißt hier ›zwei Eisen‹? Meine Schwiegermutter, die alte Vettel, würde gut brennen, da haben Sie wohl recht.« Bernsen erfreute sich an diesem Gedanken.

In den Rabatten, die sich um die Gottesackerkirche schlängelten, machte sich ein junger Bursche am Unkraut zu schaffen. Er trug eine grüne Arbeitshose, wie es Gärtner oder Forstarbeiter meistens taten, und arbeitete auffallend zügig, als wollte er sein Tagwerk vor der großen Mittagshitze beendet haben.

»Fleißig, fleißig«, kommentierte Bernsen, grüßte kurz und stellte sich vor. »Wir suchen die beiden Stadtgärtner Josef Quarz und Thilo Gander, im Rathaus hat man uns gesagt, dass wir sie hier finden können.«

Der junge Mann hielt in seiner Bewegung inne, schaute zu Bernsen und Kohlschuetter auf, ließ den fetten Löwenzahn, dem er gerade zu Leibe rücken wollte, los und erhob sich. Etwas unsicher wischte er sich die von Erde schwarzen Hände an seiner Hose ab und streckte Bernsen seine rechte Hand zum Gruß entgegen. »Ich bin Thilo. Wie kann ich Ihnen helfen?«

Bernsen, der seit ihrer Einfahrt in die Stadt jeden Passanten, der ihnen über den Weg gelaufen war, nach seiner Ähnlichkeit zu ihrem Phantom abgescannt hatte, musterte Thilo auffällig. Der zeigte so viel Übereinstimmung mit dem Fremden auf ihrem Phantombild wie der Pudel Bernd mit einem Rottweiler. Er kam sofort zum Punkt und erläuterte dem jungen Mann den Grund ihres Kommens. Thilo Gander hörte sich alles ruhig an, nickte hin und wieder und wartete geduldig, bis Bernsen seinen Monolog beendet hatte.

»Sie wollen mich jetzt sicher fragen, ob ich René kannte und wie unser Verhältnis war?«, hob Thilo langsam an.

Bernsen verzog keine Miene. Seit die Welt von billigen Kriminalromanen und langweiligen Polizeifilmen überschwemmt wurde, meinte jedes Grundschulkind zu wissen, was die Kriminalpolizei tagtäglich zu tun hatte.

»Die Antwort lautet nein, nur mal kurz gesehen, und es gab keins. Nicht einmal ein entfernter Bekannter, würde ich sagen.« Der junge Mann wirkte selbstsicher und gelassen. Das Erscheinen der Polizei schien ihn nicht im geringsten Maße zu irritieren oder gar aufzuregen. Normalerweise trat bei den Leuten, die in einem Mordfall befragt wurden, genau das in mehr oder weniger intensiver Form ein. Verbrechen, insbesondere Kapitalverbrechen, verunsicherten die Menschen, das war normal. Thilo hingegen machte den Eindruck, als ginge ihn das alles nichts an. Er sah aus, als schwebte er über den Dingen, als wäre er gänzlich von der Welt entrückt und in anderen Sphären beheimatet.

Bernsen beugte sich kaum merklich nach vorn und schaute ihm angestrengt in die Augen, um etwaige Anzeichen für den Konsum von Rauschmitteln ausmachen zu können. Nichts dergleichen. Auch sein Schnüffeln nach einer möglichen Alkoholfahne blieb folgenlos. Schließlich begnügte er sich damit zu denken, dass es Menschen gab, die so sehr in sich ruhten, dass sie bei anderen Misstrauen erweckten, obwohl sie gänzlich harmlose Gestalten waren. Bei Gärtnern, so zumindest hatte ihm das seine Rotfeder einmal erörtert, war diese beneidenswerte Ausgeglichenheit angeblich keine Seltenheit, auch wenn sie die Pflanzen, die sie pflegten, nicht in ein Zigarettenpapier einrollten und pafften.

»Aber Michelle Silbermann kennen Sie, oder?«, fragte Bernsen.

»Michelle.« Um Thilos Mundwinkel zeigte sich ein sanftes Lächeln, und seine Wangen röteten sich leicht. »Sie war ein guter Mensch. Und schön war sie, wirklich schön. Sie fehlt mir sehr.«

»Sie waren befreundet?«, wollte Kohlschuetter wissen.

Thilo hob und senkte die Schultern. Er zog einen Flunsch. »Trotzdem konnte ich ihr nicht helfen«, erwiderte er mit sichtbarer Verzweiflung. »Das werde ich mir ewig vorwerfen. Das können Sie mir glauben.«

»Sie wissen also, dass Michelle von René Bärt vergewaltigt wurde? Wir sehen darin den Grund für ihren Selbstmord. Und auch für das, was mit René Bärt danach so alles passiert ist.«

Thilo hob die linke Braue und ging auf Bernsens Frage nicht weiter ein. »Was meinen Sie mit ›so alles‹?«

Bernsen wartete einen Moment. Dann sagte er laut und deutlich und mit übertriebener Betonung: »Kastration und Mord.«

Thilo senkte leicht den Kopf, ließ seinen Blick über den noch vom Tau benetzten Rasen wandern, vergrub die Hände in seinen Hosentaschen und sagte: »Fassungslos, ich bin wirklich fassungslos. Von dem Mord wusste ich ja, in der Stadt gibt es kaum etwas anderes, über das die Leute reden, aber Kastration? Wo sind wir denn hier hingeraten?«

»Wussten Sie von Michelles Vergewaltigung, Herr Gander?«, hakte Bernsen nach. Er konnte förmlich riechen, dass die Betroffenheitsnummer des jungen Kerls eine einzige Farce war. Das kroch dem doch aus jeder Pore. Aber er war nicht der, den die Zeugen auf dem Töpfermarkt gesehen hatten, ganz eindeutig.

Just in diesem Augenblick raschelte es abseits in einem Gebüsch, und ein zweiter Mann, etwa so alt wie Thilo, trat aus dem Dickicht hervor. Für alle gut sichtbar knöpfte er seinen Hosenstall zu, während er langsam auf sie zukam.

»Josef, du glaubst nicht, was man mit dem Bärt gemacht hat«, rief Thilo ihm schon aus der Ferne entgegen, als verkündete er die Nachricht des Tages und könnte es nicht erwarten, sie loszuwerden. »Die Eier haben die ihm abgeschnitten. Das haben mir diese beiden Polizisten hier erzählt.« Das Wort »Polizisten« sprach er laut und deutlich.

Josef Quarz, der noch immer mit seiner Hose beschäftigt war, machte einen falschen Schritt, drohte zu fallen, fing sich aber sofort wieder und setzte seinen Weg fort. Ohne ein Wort zu sagen, nickte er Bernsen und Kohlschuetter zu und stellte sich zu ihnen.

Bernsen schaute den jungen Mann, der sich sichtlich unwohl fühlte, mit großen Augen an. »Josef Quarz, wir sollten uns einmal näher unterhalten.«

***

»Mensch, Junge, musste das denn sein?«, fragte Bernsen mit einer Mischung aus Verständnis und Schadenfreude in der Stimme. »Es war doch klar, dass dich mein durchtrainierter Kollege hier von dem Maulwurfshügel kosten lassen würde, ehe du den dicken Baum da drüben erreicht hast. Vor der Polizei läuft man nicht weg, merke dir das fürs Leben. Das macht einen schlechten Eindruck. Und siehst du, jetzt legt dir der böse Bernsen dafür auch noch die Handschellen an. Nur damit du nicht noch mal auf eine so bescheuerte Idee kommst.«

Josef Quarz schaute Bernsen mit dreckverschmiertem Gesicht und trotzigen Augen an. »Ich habe nichts getan«, quengelte er schrill, ließ sich aber ohne Gegenwehr die Hände auf dem Rücken fixieren und folgte Bernsen, der ihn am Oberarm gepackt hatte, zu einer Parkbank.

Kohlschuetter, der noch damit beschäftigt war, den Staub von seiner teuren Jeans zu klopfen, kam mit Thilo Gander nach.

Bernsen und Kohlschuetter hatten Josef kaum dass er sich zu ihnen gesellt hatte, sofort als den Mann auf der Phantomzeichnung erkannt und ihn darauf angesprochen. Mit den Aussagen der Zeugen und den dadurch naheliegenden Vermutungen konfrontiert, war Josef wie wild losgerannt. Bis zum Hannoveraner Denkmal, das an die Schlacht bei Langensalza im Jahr 1866 erinnerte und eines der Wahrzeichen dieses Parks darstellte, waren sie gekommen, ehe Kohlschuetter den jungen Mann so weit eingeholt hatte, dass er ihn an der Schulter zu fassen bekam und ihn, sich auf ihn stürzend, zu Boden werfen konnte. Josef, der sichtlich nicht mit Kohlschuetters Schnelligkeit gerechnet hatte und für den der Angriff daher überraschend gekommen war, hatte sich kaum gewehrt.

»Junge, es gibt Leute, die dich zur Tatzeit an der Bühne gesehen haben, mitten in der Nacht, genau dort, wo der tote René Bärt abgelegt wurde. Du willst mir jetzt nicht erzählen, dass du nur so dort vorbeigekommen bist.«

»Die Stadt war noch immer am Feiern«, mischte sich Thilo Gander ein. »Der eine oder andere Festbesucher ist bestimmt über den Töpfermarkt nach Hause gegangen. Im Dunkeln sehen die doch alle gleich aus. Wie heißt es so schön? Nachts sind alle Katzen grau.«

Kohlschuetter zog das Bild aus seiner Gesäßtasche, faltete das Papier auf und hielt es Josef direkt vor die Nase. »Dann müsste das dein Zwillingsbruder gewesen sein«, bemerkte er lakonisch.

Josef schaute ertappt nach unten.

»Zufall«, meinte Thilo Gander ungerührt.

»Jungs, sagt mir einmal, und das müsst ihr doch wissen«, sagte Bernsen in vermeintlich freundlichem Tonfall, »wo findet man hier in der Stadt eigentlich die ›Rosenstadt Bad Langensalza‹? Ihr wisst schon, was ich meine, diese neue Züchtung …«

»Natürlich im Rosengarten«, fiel ihm Thilo ins Wort. »Und auf den öffentlichen Beeten, also fast überall. Wir haben noch nicht alle Grünanlagen geschafft.«

»Wenn ich euch sage, dass der tote René Bärt Reste von Rosen ebendieser Sorte unter den Fingernägeln hatte, dann könnt ihr mich bestimmt an die Orte führen, an denen ihr die eingegraben habt, oder? Und dort gibt es sicherlich noch jede Menge andere Spuren zu entdecken. Ihr kennt unsere Kriminaltechniker nicht, die finden Jahre später noch das kleinste Staubkorn. Wenn René, der ebenso bei der Stadtverwaltung angestellt war wie ihr, euch allerdings in seiner Freizeit bei eurer Arbeit behilflich war, dann könnt ihr uns das auch sagen. Das würde natürlich alles erklären, also zumindest seine dreckigen Fingernägel, nicht, wieso ihr ihn nicht kennen wollt. Warum man sich nämlich in einer Stadtverwaltung dieser Größe nicht über den Weg läuft, nicht einmal zum Beispiel bei der Weihnachtsfeier oder zum Geburtstag des Bürgermeisters, das müsstet ihr uns schon etwas näher erörtern. Ach, und wieso ihr beiden Stadtgärtner seid, die, wie ich gerade vernommen habe, auch für die Pflanzungen der Rosen zuständig sind, während Bärt ganz zufällig kurz vor seinem Tod in ein Rosenbeet gelangt hat, das würde ich auch noch gern wissen. Es gibt da so einiges zu bereden, Jungs, und ihr sitzt, lasst euch das von einem erfahrenen Kriminalbeamten einmal sagen, knietief in der Scheiße.«

»Ist ja gut«, hob Josef vorsichtig an. »René war ein Wichser. Das mit Michelle war schlichtweg zu viel.«

»Josef«, fauchte Thilo unwirsch. »Es geht hier um Mord.«

»Sie kriegen es doch sowieso raus«, entgegnete sein Freund entmutigt. »Wir haben ihm eine auf die Fresse gegeben.«

Bernsen wedelte mit seiner Rechten, um Josef dazu zu animieren, schneller zu reden. »Alles von Anfang an. Galopp.«

Josef schaute auf Thilo und schwieg.

»Nele hat uns am Samstagnachmittag angerufen«, sagte Thilo nach kurzem Zögern. »Sie war bei den Silbermanns, hat Michelle wohl noch gesehen, ehe sie sie abtransportiert haben. Sie war völlig außer sich, hat nur wirres Zeug gestammelt. Deswegen haben wir das mit der Vergewaltigung am Anfang auch nicht geglaubt. Aber sie hat uns keine Ruhe gelassen, fing immer wieder davon an. Mensch, das hat alles zusammengepasst. Die Sau hat Michelle benutzt wie einen alten Lappen.« Thilos Tonlage hatte sich nicht verändert. Er schilderte die Vorkommnisse so abgeklärt, wie eine Wettertante ein Hochdruckgebiet ankündigte. »Samstagnacht haben wir ihn endlich erwischt. Er kam aus dem Rathaus. Mann, hat der vielleicht geglotzt, als ich seine hässliche Visage in den Blumenkübel gedrückt habe. Die Rosen taten mir schon irgendwie leid, aber ich dachte, die werden sich davon erholen. Michelle hingegen ist tot, und niemand kann sie mehr retten.«

»Weiter«, forderte Kohlschuetter.

»Wir haben ihm so richtig eine mitgegeben«, sagte Josef mit unerwarteter Schärfe.

»Na sicher, ihr habt ihn ins Rathaus gezerrt und an ihm die Folterwerkzeuge ausprobiert. Ist schon klar«, warf Bernsen ein.

Josef schaute ihn mit großen Augen an. »Nein. Mit den Fäusten. Na gut, ich habe ihm noch richtig zwischen die Beine getreten. Der sollte so bald kein Mädchen mehr anrühren wollen.«

»Ach so, Sie dachten, die Kastration allein reicht nicht aus. Und bevor Sie halbe Sachen machen ...«

»Wir wussten nichts von einer Kastration. Das können Sie glauben«, antwortete Thilo. »Wann sollen wir das denn gemacht haben und vor allem wie? Mit der Heckenschere?«

»Zum Beispiel im Laufe der letzten Woche, vorzugsweise am Donnerstagabend«, antwortete Kohlschuetter. »Und wie? Vielleicht haben Sie ja verborgene Talente, von denen niemand weiß.«

»Wir waren am Donnerstag zur Weiterbildung in Erfurt, haben sogar dort geschlafen«, entgegnete Josef erleichtert. »Bonsaikurs auf der Erfurter Gartenbauausstellung.«

»Das lässt sich nachprüfen«, maulte Bernsen.

»Trotzdem hat der Tritt dann ja gepasst«, sagte Thilo ungerührt.

»Der hat aber auch gebrüllt«, bestätigte Josef.

»Wie am Spieß«, pflichtete Thilo ihm bei. »Daraufhin hat irgendwer etwas aus einem der gegenüberliegenden Fenster geschrien. Wir waren wohl etwas zu laut und haben die Nachbarn geweckt«, gestand er nahezu reumütig, wobei deutlich zu spüren war, dass sich die Gewissensbisse nur auf die Störung der Anwohner bezogen.

»Bevor sich noch jemand beschweren konnte, sind wir abgehauen«, ergänzte Josef.

»Der Sömmerdaer Tiernotretter«, murmelte Bernsen. »Dann passt ja alles.«

Kohlschuetter brummte nur. »Und Bärt? Was habt ihr mit dem gemacht?«

»Hinter dem Blumenkübel liegen lassen, was sonst? Sollten wir das Schwein auch noch nach Hause bringen?«, entgegnete Thilo im Brustton der Überzeugung. »Mit dem waren wir fertig.«

»Na ja, Jungs, wenn ihr meint«, entgegnete Bernsen selbstgefällig. »Hättet ihr aufgepasst, wäre euch allerdings aufgefallen, dass die Zeugen Sie, Herrn Quarz«, er wandte sich mit strengem Blick Josef zu, »am Töpfermarkt und nicht vor dem Rathaus gesehen haben. Und zwar gegen eins, auch darin stimmen die Aussagen überein. Der Mensch, der Sie lautstark um seine verdiente Nachtruhe ersuchte, als Sie Bärt verprügelten, tat das nach eigenen Angaben aber schon um kurz nach Mitternacht und gegenüber dem Rathaus. Jetzt frage ich die Herren, was hier wohl nicht zusammenpasst? Überlegen Sie gut. Ich vergebe keine Joker.«

»Ich wohne in der Nähe des Töpfermarktes und bin über den Platz nach Hause gegangen«, sagte Josef. »Das wird wohl gegen eins gewesen sein.« Er fügte kleinlaut hinzu: »Na, Mensch, und ich habe an die Bühne gepisst.«

»Du willst also eine Stunde vom Rathaus bis zum Töpfermarkt gebraucht haben?«, brüllte Bernsen mit wutrotem Kopf. »Wollt ihr uns verarschen? Bärt wurde im Rathaus umgebracht. Ihr wollt ihn vor dem Rathaus verdroschen haben. Bärts Leiche wurde unter der Bühne am Töpfermarkt versteckt. Sie, Quarz, wurden dort gesehen. Und das jeweils zur Tatzeit.« Bernsen holte tief Luft. »Ihr wandert ab, Freunde, alle beide. Das Unkraut in der Gärtnerei der JVA wartet auf euch. Daran könnt ihr lange, lange zupfen. Es wird ziemlich viel Unkraut sein.«

»Wir haben doch nicht auf die Uhr geguckt, als wir den verdroschen haben«, schrie Josef ängstlich.

»Das ist euer Problem, Bürschchen. Allein euer Problem«, erwiderte Bernsen hart. »Und jetzt macht ihr mal schön den Mund auf, damit der Kollege Kohlschuetter mit seinen Q-Tips darin herumstochern kann. Den Test machen wir natürlich gratis, weil ihr es seid.«

Kohlschuetter zückte die entsprechenden Utensilien und trat an die jungen Männer heran.

»Wir haben Bärt nicht umgebracht«, kreischte Josef so hysterisch, wie es mit einem Wattestäbchen im Mund eben ging.

»Nein, wir nicht«, sagte Thilo leise.

»Sprich dich ruhig aus«, sagte Bernsen lächelnd.

***

»Susi? Ja, ich höre dich.« Kohlschuetter hatte das Handy zwischen sein Ohr und die rechte Schulter geklemmt, um beide Hände für das Lenkrad frei zu haben. »Und da gibt es keinen Zweifel?« Er lauschte konzentriert Susis Worten. »Nein, nein, ich weiß ja. Ich danke dir. Das hilft uns ungemein.« Er senkte die Schulter, sodass das Telefon in seinen Schoß fiel, nahm es, ohne die Augen von der Straße abzuwenden, auf, warf es in das Ablagefach der Mittelkonsole und raste hinaus aus der Stadt.

»Was?«, blaffte Bernsen ungeduldig, nachdem Kohlschuetter auch Minuten später keine Anstalten machte, ihm die neuen Informationen mitzuteilen.

»Ihre schöne Wahrsagerin hatte auch in diesem Fall recht«, entgegnete Kohlschuetter und bretterte weiter über die Landstraße.

»Behalten Sie es am besten für sich. Ich gehe während Ihres Schweigegelübdes einfach etwas essen«, maulte Bernsen.

Es folgte ein langes Schweigen.

»Unser Täter muss sich bei seinem Folterhandwerk ebenfalls verletzt haben«, ließ Kohlschuetter ihn irgendwann wissen.

»Anfänger«, schimpfte Bernsen.

»Also jetzt bitte ich Sie aber«, echauffierte sich Kohlschuetter. »Susi hat an den Geräten neben dem Blut von Bärt noch das von jemand anderem gefunden. Es …«

»… wird von Maria Göldner gewesen sein«, vollendete Bernsen seinen Satz.

Kohlschuetter schaute entgeistert zu Bernsen hinüber. »Halluzinieren Sie jetzt, oder was?«

»Die Dame wurde 1670 als Hexe hingerichtet. Die letzte in Bad Langensalza. Kann doch sein, dass von ihr noch etwas übrig ist«, rechtfertigte sich Bernsen stolz wie Bolle über seine historischen Kenntnisse.

»Die Geräte stammen aus Sachsen. Schon vergessen? Hören Sie auf mit dem Quatsch und lassen Sie mich endlich ausreden«, sagte Kohlschuetter ungeduldig.

»Bis jetzt hatten Sie es auch nicht so eilig, mir Susileins Entdeckungen vorzutragen. Abgesehen davon müssen Sie ja irgendwann einmal mitbekommen, wie nervig es ist, wenn einem andauernd jemand mit seinem Pseudowissen auf den Sack geht. Nicht dass es sich in meinem Fall um Pseudozeug handeln würde. Die Hinweistafeln im Rathauskeller waren da sehr eindeutig.«

»Schon gut«, murrte Kohlschuetter. »Kapiert. Kann ich jetzt weiterreden?«

»Freilich.«

»Das andere Blut passt hervorragend zur Wimper. Aber nicht zu Ihrem Spezi Carderra. Er ist nicht unser Mörder, obwohl Sie ihn vom ersten Moment an in Verdacht hatten.«

»Ich habe keine Vorurteile«, konterte Bernsen überzeugt.

»Keine in einstelliger Anzahl«, bemerkte Kohlschuetter. »Dann wollen wir mal.« Er bremste, dass die Reifen quietschten, und sprang fast zeitgleich mit Bernsen aus dem Wagen.

Werner Blarns, der gerade dabei war, die Post von seinem ungewöhnlichen Steinbriefkasten aufzunehmen, schaute die beiden ankommenden Kommissare teilnahmslos an. Selbst als Kohlschuetter ihn über seine Festnahme wegen des dringenden Tatverdachtes des Mordes an René Bärt informierte, schien ihn das nicht im Geringsten anzuheben. Ohne darauf zu reagieren, lief er gemächlichen Schrittes ins Haus, setzte sich, als würde ihn das alles nichts angehen, an seinen Arbeitstisch und widmete sich dem Uhu, den Bernsen vor einigen Tagen seiner Kopffedern beraubt hatte. Dabei spreizte er seinen mit mehreren Schichten Pflaster umwickelten rechten Zeigefinger wie einen Fremdkörper ab.

»Bärt taugte nichts. Der musste weg. Im Mittelalter hätte man da nicht lange gefackelt«, sagte er irgendwann, ohne von seiner Arbeit abzulassen.

»Aber hätte es, wenn es nach dem Mittelalter gegangen wäre, nicht gereicht, ihn zu kastrieren?«, wandte Kohlschuetter ein.

Blarns' Mund verzog sich zu einem schmierigen Grinsen. »Ja, das hätte es, aber leider bin ich nicht darauf gekommen, und wenn, hätte ich mich im Vorfeld intensiv damit auseinandersetzen müssen. Ich bin geschickt, aber jemanden so zu operieren, hätte ich mir nicht zugetraut. Und wo kriegt man die dazu notwendigen Utensilien her?« Blarns nahm die Hände vom Uhu und schaute geradeaus. »Ohne Betäubung wäre es natürlich auch gegangen, und mit Nadel und Faden kann ich umgehen ...«

»Gut jetzt mit diesen perversen Spielchen«, pflaumte Bernsen ihn an. »Sie haben Bärt also nicht kastriert?«

»Nein, selbstverständlich nicht. Ich wusste ja nicht einmal, dass das schon von jemand anderem übernommen worden war«, antwortete Blarns, ohne die geringste Sorge erkennen zu lassen. »Donnerstag war ich übrigens unterwegs. Ich dachte, das hätte ich schon erwähnt.« Er zuckte mit den Schultern. »Wenn nicht, spielt es auch keine Rolle. Wenn Sie wollen, habe ich das mit der Kastration gemacht.«

Er zog den Mund breit. »Damit kriegt auch noch der Letzte mit, was ich so draufhabe.«

»Nicht seltsam werden, Freundchen, sonst schaffe ich dich in der Zwangsjacke in die U-Haft«, konterte Bernsen.

Blarns drehte sich entgeistert zu ihm um. »Wie? Ich muss mit? Aber ich muss doch den Uhu für Rosi noch fertig machen. Ich habe es ihr versprochen. Und er wäre auch fertig, wenn Sie ihn nicht«, er schaute Bernsen mit zusammengekniffenen Augen an, »wieder kaputt gemacht hätten.«

Bernsen verdrehte die Augen. »Mach deinen Uhu und erzähl uns endlich, was passiert ist«, raunzte er.

Blarns nickte zufrieden und bastelte weiter. Nach einer Weile begann er zu reden. »Ich habe geholfen, die vor dem Rathaus ausgestellten Foltergeräte reinzutragen. René, dieses Arschloch, hat im Foyer gestanden und zugesehen. Als ich aus dem Keller wieder hochkam, habe ich draußen Schreie gehört. Mir war sofort klar, dass jemand sich die Ratte zur Brust nimmt. Schließlich habe ich Thilos Stimme erkannt. Ich bin raus, habe mir Bärt geschnappt und ihn in den Keller gezerrt.«

»Und Thilo Gander und Josef Quarz?«

»Die wollten erst weglaufen, haben sicherlich wer weiß wen vermutet, als ich die Tür des Rathauses öffnete. Aber als sie mich erkannten, sind sie stehen geblieben. Bärt lag auf dem Boden und hat gewinselt wie ein Tier. Wir haben kurz gequatscht, und dann sind Josef und Thilo abgehauen. Als sie weg waren, habe ich den Kerl ins Rathaus gebracht. Der hat tatsächlich gedacht, ich will einen Krankenwagen rufen. Sogar bedankt hat er sich bei mir.« Blarns lachte laut auf. »Bald darauf wusste ich auch, warum ihn diese kleine Schlägerei so mitgenommen hat. Ich habe ihn nach unten gebracht, in die Ausstellung. Mann, da sind aber auch tolle Gerätschaften dabei gewesen. Ich wollte das immer schon einmal ausprobieren. Im Film oder auf so einem Bild ist das doof, da fehlt das Plastische, das Echte, wissen Sie. Als ich losgelegt habe, gleich in die Vollen, da hat er geheult wie ein kleines Mädchen.« Über Blarns' Gesicht legte sich ein frohes Lächeln, das abrupt in ein quietschendes Kreischen umschlug. »Ich habe nie geheult, egal, was er mit mir gemacht hat. Man darf nicht heulen, niemals!«

»Mit ›er‹ meinen Sie Ihren Stiefvater Silvio Blarns, nicht wahr?«, sagte Kohlschuetter leise.

Blarns reagierte nicht darauf. »Aber wissen Sie, irgendwann muss den Henkern damals langweilig geworden sein, immer diese monotonen Bewegungen, und man braucht Kraft, das ist schon ein echtes Fitnessprogramm. Außerdem haben die Geräte es ganz schön in sich. Richtig gefährlich sind die.« Mit leidender Miene streckte er Bernsen seinen verbundenen Finger entgegen. »Damals konnte man ja leicht eine Blutvergiftung kriegen, aber ich habe immer eine aktuelle Tetanusimpfung, schon wegen meiner Tiere.« Er ließ seinen Blick liebevoll über die leblosen Kreaturen in seiner Werkstatt schweifen. »Das mit dem Feuerzeug war da schon leichter, es stank nur eklig, und ich musste ein bisschen aufpassen wegen den Rauchmeldern. Aber alles in allem ist so eine Folter echt unspektakulär. Oder die Menschen können heute einfach nichts mehr aushalten. Alle verweichlicht, das wird es sein. Im Mittelalter musste man einfach härter im Nehmen sein. Daran wird es liegen.«

»Wieso haben Sie eigentlich seine Genitalien ausgespart? Das wäre doch noch mal ein Extra-Kick gewesen?«, fragte Bernsen dazwischen. »Im Mittelalter war das gang und gäbe.«

»Bin ich pervers, oder was? Ich gehe dem doch nicht an die Wäsche.« Blarns zog seine Lippen angeekelt breit.

»Weiter. Was war weiter?«

»Er war bewusstlos oder tot, keine Ahnung. Ich brauchte erst einmal frische Luft, und schließlich musste ich mir überlegen, wie ich das Arschloch aus dem Keller schaffen konnte. Ein Spaziergang durch das nächtliche Bad Langensalza war da genau das Richtige.«

»Sie haben Bärt im Rathaus sterben lassen und sind spazieren gegangen?«, fragte Kohlschuetter entgeistert.

»Was hätten Sie denn gemacht?« Blarns' Frage klang, als erwartete er darauf allen Ernstes eine Antwort. Als diese nicht kam, redete er weiter. »Als ich auf dem Töpfermarkt war, sind mir die Säcke vom Teufelswerk eingefallen, geniale Idee, was?« Er bleckte zufrieden die Zähne. »Ich habe mir einen genommen und bin noch etwas rumgebummelt. Die Lumpen habe ich in irgendeine Mülltonne geknallt, sonst hätte der ja nicht in den Sack gepasst. Wissen Sie, ich habe mir gedacht, wenn das Arschloch während meiner Abwesenheit abhaut, ist es mir auch recht. Aber als er noch dalag, na ja, da musste er eben in den Sack.«

»Er war tot«, bemerkte Kohlschuetter ruhig.

»Sicher«, antwortete Blarns unbewegt. »Michelle auch.«

»Wann war das?«, fragte Bernsen.

»So eine Dermoplastik von einem Vogel ist aber auch wirklich schwer. Ach, Rosi, was tue ich nicht alles für dich«, murmelte Blarns versonnen.

»Welche Uhrzeit?«, blaffte Bernsen. »Oder willst du, dass ich den Vogel aus dem Fenster werfe, um zu gucken, ob er noch fliegen kann?«

Blarns schaute ängstlich auf. »So gegen halb zwei. Ich habe wohl ganz schön lange an dem Arschloch herumgemacht, hat auch gereicht. Mir taten tagelang die Muskeln weh.«

Bernsen nickte Kohlschuetter bestätigend zu.

»Sie haben Bärt in den Sack gesteckt und zum Töpfermarkt gebracht?« Kohlschuetter wollte das alles gar nicht hören. Der Typ war ja komplett wahnsinnig. Hoffentlich bekam er für diese grauenvolle Tat eine fette Strafe, aber vermutlich würden die Verteidiger in seinem Fall auf schwere Kindheit und so weiter machen. Die hatte Blarns zweifelsohne gehabt. Wenn Kohlschuetters Mutmaßungen stimmten, war Silvio Blarns ein Vergewaltiger, der dafür mit einer Kastration bestraft worden war. Dass er seinen Stiefsohn misshandelt hatte, stand für Kohlschuetter nach dem, was Werner Blarns soeben angedeutet hatte, außer Frage. Blarns wiederum hatte mit mittelalterlicher Folter und billigend in Kauf genommenem Mord die Vergewaltigung einer Freundin gerächt. Das Schicksal kannte verschlungene Wege.

Blarns bestätigte Kohlschuetters Vermutung. »Ging ganz einfach. Lustig, oder?«, erwiderte er, immer noch auf den Uhu konzentriert. »Niemand achtet auf einen Mönch, der eine Sackkarre vor sich herschiebt, nicht einmal in der Nacht. Wenn in Bad Langensalza Mittelalterstadtfest ist, ticken die Uhren anders. Ich wusste, dass Theudebert niemanden auffallen würde. Aber am nächsten Tag … Wie der Sack aufging … Das war die Krönung des Teufelswerkes, glauben Sie mir.«

»Lustig?«, wiederholte Kohlschuetter ungläubig.

»Sie waren dort?«, erkundigte sich Bernsen.

»Meine Güte. Wenn beim wichtigsten Act des Mittelalterstadtfestes eine Leiche aus dem Sack kullert, ist das doch was. Das musste ich sehen. Noch dazu, weil es sich dabei um Bärt handelte, den ohnehin keiner leiden konnte. Ich dachte, die würden alle in Jubel ausbrechen. Was ja auch geschehen ist.«

***

»Wer hat denn nun René Bärt kastriert?«, fragte Bernsen, nachdem sie Werner Blarns den herbeigerufenen Bad Langensalzaer Kollegen übergeben und die ihn in ihr Auto verfrachtet hatten, um ihn in die Untersuchungshaft zu bringen.

»Ich weiß es nicht. Blarns' und Michelle Silbermanns andere Freunde waren es jedenfalls nicht. So viel steht fest. Aber eine Anklage wegen Mordes beziehungsweise eine nette Anzeige wegen Körperverletzung und Behinderung polizeilicher Ermittlungsarbeit reicht ja auch schon aus«, antwortete Kohlschuetter. »Für die Jungs, meine ich.«

»Die Ermittlungen dauern hier wohl noch an, und ich muss in Thüringen bleiben«, bemerkte Bernsen frohgemut.

»Sieht so aus, aber ich bezweifele, dass wir dieses Verbrechen so, wie sich die Faktenlage darstellt, umfassend aufklären werden.« Kohlschuetter seufzte. »Wenn nur Nele und Carderra von der Vergewaltigung gewusst haben, können auch nur sie die Täter sein, oder sie müssen jemand anderem davon erzählt haben. Hier sollten wir noch einmal ansetzen.«

»Mhm. Ich könnte auch noch nächstes Wochenende hierbleiben.« Abgesehen davon kommt es zwar selten vor, dass wir die Täter nicht fassen, aber möglich ist es trotzdem. In diesem Fall wäre ich darüber vielleicht nicht einmal böse, dachte Bernsen. Auch wenn ich dem Kollegen Kohlschuetter das lieber nicht auf die Nase binden sollte, diesem Mister Überkorrekt.

»Die spiegelnde Strafe und der Glaube an die Gerechtigkeit«, sagte Kohlschuetter mit gedämpfter Stimme.

»Die Wahrheit liegt in den Veilchen«, ergänzte Bernsen nicht minder kryptisch.

»Die Eltern von Bärt werden Aufklärung wollen.«

»Mag sein. Meinen Sie, es könnte sich um denselben Täter handeln, der damals Silvio Blarns verstümmelt hat?« Bernsen mochte wetten, dass es so war, auch wenn dreißig Jahre dazwischenlagen. Das würde heißen, er hätte mit seiner ursprünglichen Annahme bezüglich einer Verbindung zum damaligen Fall doch den richtigen Riecher gehabt.

»Ein bisschen drängt sich der Eindruck auf«, antwortete Kohlschuetter. »Zumindest ist Bärt genau das Gleiche passiert, nachdem er sich genau wie Silvio Blarns schuldig gemacht hatte. Und vielleicht waren sie nicht die Einzigen.«

»Dann hat hier aber jemand einen ziemlich intensiven Wunsch nach Gerechtigkeit – und eine Klientel, die niemals zur Polizei gehen wird. Wir könnten es mit einem Serientäter zu tun haben, der auf ewig unentdeckt bleibt.« Bernsen schaute Kohlschuetter prüfend an. Er konnte förmlich sehen, wie der innerlich mit sich kämpfte.

»Wir werden sehen«, antwortete Kohlschuetter leise,

und Bernsen hätte schwören können, dass sie beide das Gleiche dachten.

***

»Moin, Andras«, rief Bernsen und marschierte mit federnden Schritten einmal quer durch das kroatische Lokal, den rechten Arm zum Gruß nach oben gestreckt. »Ein Bier für mich und eine Sprite für meinen jungen Kollegen hier. Wir haben Grund zum Feiern.«

»Moin, Moin, Friedhelm.« Der Kroate salutierte hinter seinem Tresen. »Und Thunfisch komplett wie immer?« Er lachte so breit, dass seine großen weißen Zähne aufblitzten.

»Ein Wasser bitte«, sagte Kohlschuetter. »Ich brauche keinen Zuckerschock. Und nichts zu essen für mich, danke. Es ist ja noch nicht einmal Mittag.«

»Spielverderber«, raunzte Bernsen. »Wir haben einen Mordfall gelöst, da können Sie wenigstens mal mit einer Sprite mit mir anstoßen.« Er baute sich breitbeinig mit in die Hüfte gestützten Händen vor der Theke auf und schaute Andras erwartungsvoll an. »Die Pizzen gehen ohnehin aufs Haus, nicht, Andras?«

Das Lächeln des Kroaten fror ein.

»Denk an deine kaputte Entlüftung. Du willst doch nicht, dass ich die Hausverwaltung anrufen muss? Und es heißt Moin. Moin, Moin ist schon Gesabbel.«

»So langsam käme mich die Reparatur billiger«, murmelte Andras.

Kohlschuetter schaute sich um. Sie waren die einzigen Gäste, was ihn an einem Freitagvormittag nicht verwunderte. Die Schnellpizzeria bestand aus einem lang gezogenen Raum, in dem mehr als zehn Tische dicht an dicht aneinandergereiht waren, dem breiten Tresen, hinter dem Andras gerade einen Klumpen Hefeteig knetete, und einem Spielautomaten. Alles wirkte sauber und ordentlich, aber leidlich in die Jahre gekommen. Andras hatte offenbar, seit er das

Restaurant betrieb, nichts in den Gastraum investiert, nicht einmal in einen frischen Anstrich. Der grobe Rauputz hatte seine Zeit lange hinter sich und verfügte über eine flächendeckende schmierige Patina, in der man die komplette Speisekarte der letzten Jahre wiederfinden konnte. Der Kroate wirbelte den Teig durch die Luft und sang dabei, während Bernsen ihm ungeduldig zusah. Irgendwann, Andras hatte gerade eine dicke Schicht Thunfisch auf dem Teig ausgebreitet, drehte er sich um, schaute suchend durch den Raum und sagte zu Bernsen: »Du hast übrigens Besuch.«

»Ich?«, fragte Bernsen ungläubig. »Das glaube ich nicht. Ich bin nur inkognito da.« Er lachte übertrieben laut.

»Doch, doch. Eine Dame. Sie sieht ziemlich heiß aus, also dafür, dass sie schon etwas älter ist. Sie wartet seit einer Weile auf dich, muss jetzt aber wohl gerade mal die Hände waschen gegangen sein.« Die Freude über das Äußere der Frau konnte man Andras an den Augen ablesen.

Kohlschuetter fiel nur Ingelore Marwitz ein und vielleicht noch Liese, die Küchenfrau aus der Kantine der Bereitschaftspolizei. Allerdings würde er beide als alles andere, nur nicht als »heiß« bezeichnen.

Bernsen wurde sichtlich nervös. Hektisch schaute er sich um. »Und du bist sicher, dass sie zu mir will?«

Andras bekräftigte, dass er sich bestimmt nicht irrte.

Ein Perlenvorhang, hinter dem Kohlschuetter die hinteren Räume des Restaurants vermutete, raschelte. Ein Hund kam herausgeschossen, sprang fröhlich auf Kohlschuetter zu, ließ sich streicheln, drehte in Richtung Bernsen ab und fing an zu knurren. Ihm folgte eine Frau, klein und von zierlicher Statur, deren weibliche Reize durch das geblümte enge Sommerkleid, das sie trug, unübersehbar hervorgehoben wurden. Ihr schwarzes glänzendes Haar trug sie glatt nach hinten gekämmt, was ihrem schmalen, auffallend gepflegten Gesicht, das nur schwer ihr wahres Alter verriet, etwas Aristokratisches verlieh. Sie verströmte einen schweren Duft, der Kohlschuetter wie eine betörende Droge in die Nase stieg. Bernsen, der einige Mühe hatte, das angriffslustige Tier von seinem Hosenbein abzuschütteln, schaute auf, und Kohlschuetter konnte sehen, wie er jegliche Contenance verlor und für ein paar Sekunden absolut unfähig war, auch nur einen Mucks von sich zu geben.

Die Dame blieb stehen und schaute ihn unverwandt an.

Was hat der denn für Weiber am Start, dachte Kohlschuetter. Andras stieß eine Art Pfiff aus, wandte sich aber umgehend wieder seinem Steinofen zu, als er das energische Kopfschütteln der Dame bemerkte.

»Rotfeder«, hauchte Bernsen, und es hörte sich an wie die letzten Worte eines Ertrinkenden. Seine Gesichtsfarbe, die ansonsten als rosig zu bezeichnen war, war kalkweiß.

Kohlschuetters ganzes Interesse galt der Frau. Mit der rechten Hand tastete er um sich herum ins Leere, bis er eine Stuhllehne zu greifen bekam, zog das Möbel zu sich heran und setzte sich. Das also war die berühmte Rotfeder. Er hätte alles erwartet, aber niemals das. Diese Frau war ein Vamp, eine Aphrodite, wenn man eine Frau jenseits des sechzigsten Lebensjahres noch als solche bezeichnen konnte. Die dürfte mir auch Befehle geben, dachte er, schüttelte sich aber gleich darauf angesichts dieser ihm vollkommen fremden Art der Selbstaufgabe und harrte der Dinge, die da kamen.

»Rotfeder«, sagte Bernsen noch einmal. »Wie kommst du denn hierher? Ich hätte ja niemals … Du hier? Ich würde … ich sollte … der Fall … wir müssen noch … das Wochenende«, stammelte er aufgelöst.

»Friedhelm«, antwortete sie mit lauter, knarziger Stimme, die so ganz und gar nicht zu ihrem Äußeren passte. Kohlschuetter zuckte unwillkürlich zusammen. Wo holte diese Frau denn ein solches Organ her? Das stand nicht nur in krassem Gegensatz zu ihrer Optik, sondern war auch noch ein Angriff auf jedes Trommelfell. Wenn die seinen Namen säuselte, klang das wie eine versoffene Wirtin in der letzten Bahnhofskaschemme, der der Wind durch die Zahnlücken pfiff. »Friedhelm, du glaubst nicht, was passiert ist«, hob sie erneut an, und auch nach einem gewissen Gewöhnungseffekt konnte Kohlschuetter nicht feststellen, dass die Stimme erträglicher wurde.

»Deine Mutter ist gestorben«, platzte es aus Bernsen heraus, wobei er seine Freude darüber nicht verbergen konnte.

Die Rotfeder merkte auf. »Wie kommst du denn darauf?« Für einen kurzen Moment schien sie einem Tobsuchtsanfall nahe zu sein, besann sich aber und redete normal weiter. »Mutti geht es gut. Die ist bei uns zu Hause.«

Der Pudel Bernd setzte sich derweil zu Kohlschuetter und ließ sich von ihm Thunfischhappen, die er einen nach dem anderen von Bernsens frisch servierter Pizza nahm, ins Maul stecken.

»Schade«, brummte Bernsen.

»Friedhelm, stell dir vor. Gestern wollte sie unseren Dielenschrank aufräumen, du weißt schon, den wir von Opa aus Fahretoft geerbt haben. Die ganzen Kartons auf dem Fußboden und sie im Rollstuhl mit ihrem Gipsbein davor. Ich sage noch, pass auf, die Sachen sind wertvoll. Aber sie … sie«, die Rotfeder fing an zu schluchzen, »sie fährt über die Kiste mit unserem Weihnachtsbaumschmuck. Der Engel, unser schöner Engel, den wir uns zur Verlobung geschenkt haben, in tausend Teile. Ich habe versucht, was ich konnte, das musst du mir glauben. Alle Teile habe ich aufgelesen, die winzigen Scherben aus dem Teppich gekratzt. Der Engel lässt sich nicht mehr kleben, nicht wahr, Bernd«, sie schaute auf den Hund, als könnte der ihr beipflichten, »er ist nicht mehr zu retten. Das war zu viel für mich, Friedhelm. Einfach zu viel. Ich habe für Mutti einen Pflegedienst bestellt und bleibe die nächsten zwei Wochen hier bei dir in Erfurt.« Sie griff, ohne die Augen von Bernsen zu lassen, in ihre Handtasche, zog einen Parfümzerstäuber hervor, sprühte sich zweimal lang hinter jedes Ohr und ließ das Fläschchen vorsichtig wieder in die Tasche gleiten. Der Veilchengeruch raubte einem fast die Sinne.

Da wird sich die Marwitz freuen, dachte Kohlschuetter voller Spott.

»Setz dich erst einmal, Liebes«, säuselte Bernsen, der immer noch sichtlich unter Schock stand. »Andras bringt dir ein Glas Wein.« Er nickte dem Kroaten zu. »Und das hier ist mein Kollege Kohlschuetter, der wird dir Gesellschaft leisten. Wir wollten gerade unseren aktuellen Fall besprechen, aber für dich habe ich natürlich Zeit. Du duftest übrigens wundervoll.« Er ging zu seiner Rotfeder, führte sie an Kohlschuetters Tisch, verpasste Bernd einen leichten Tritt mit dem Fuß und raunte Kohlschuetter zu: »Lenken Sie sie ab. Ich muss nach oben und klar Schiff machen.«

»Die Marwitz«, flüsterte Kohlschuetter, »schon verstanden.«

Bernsen stockte. »Was hat meine Putzfrau damit zu tun?« Er schüttelte sich. »Schlimm genug, dass die meint, ohne Klamotten putze es sich leichter. Deren Nacktheit bereitet mir genug Alpträume.«

Kohlschuetter schluckte.

Vor sich hin brabbelnd schlurfte Bernsen davon: »Meine Schwiegermutter und der Weihnachtsengel. Diese Deern. Was habe ich nur für ein Glück.«

Dank

Viele Dinge im Leben ergeben sich aus Zufällen. Die Idee zu diesem Buch gehört dazu. Ein nettes Gespräch, eine immer wieder erzählte Geschichte, deren Wahrheitsgehalt schon längst keiner mehr belegen kann, und meine Leidenschaft für die ungewöhnlichen, ja zuweilen grausamen Geheimnisse unseres Daseins haben den vierten Band meiner Thüringen Krimis entstehen lassen. Dass es als Schauplatz das »liebliche« Bad Langensalza getroffen hat, lag angesichts der dortigen Leidenschaft für das Mittelalter nahe. In welchem Rahmen hätte man diese Geschichte besser erzählen können?

Wie das bei jedem Buch so ist, wächst es nicht allein auf dem Mist der Autorin. Ich bedanke mich bei:

Heidi Pasche. Auf ihrem veterinärmedizinischen Fachwissen beruht mein Prolog. Meine Ursprungsfassung war zu detailliert und brauchte die eine oder andere Retusche, aber ich bin mir sicher, sie findet sich wieder.

Sabine und Jörg Stengler. Mit Hilfe der Gräfin und des Grafen von der Weißenburg bewege ich mich nun in der Mittelalterszene, als hätte ich nie etwas anderes getan. Dass die beiden jeden Spaß mitmachen, haben wir in unserem gemeinsamen Video verewigt.

Marit Obsen. Ein Lektorat hat etwas von Folter. Doch Frau Obsen schafft es jedes Mal aufs Neue, dass ich dabei lachen muss. Immer dann, wenn sich mir die Feinheiten der deutschen Sprache entziehen, schlägt sie gnadenlos zu.

Dem Team des Thüringer Hofes Sömmerda. Ohne euch wäre ich am Schreibtisch verhungert.

Christian. Für alles.

Julia Bruns
ZWEI BIER UND EIN MORD
Broschur, 208 Seiten
ISBN 978-3-95451-500-4

»Julia Bruns hat einen wunderbaren Thüringen-Krimi gebraut. Mit den Hauptkommissaren Friedhelm Bernsen und Timo Kohlschuetter hat Julia Bruns ein Ermittler-Duo erdacht, das hoffentlich nicht schon nach dem ersten Fall die Akten schließt. Gut gelungen sind auch die amüsanten Dialoge, die das Buch lesenswert machen. ›Zwei Bier und ein Mord‹ ist ein gelungener Regional-Krimi, der die Besonderheiten der Stadt und Gegend als Schauplatz für eine bierselige Mordgeschichte schön in Szene setzt.« Thüringer Allgemeine

www.emons-verlag.de

Julia Bruns
ÄPFEL UND DIRNEN
Broschur, 272 Seiten
ISBN 978-3-7408-0043-7

»Ein überaus amüsanter Kriminalroman!« Kulturspiegel Thüringen

www.emons-verlag.de